MINHA VIDA DE RATA

MINHA VIDA DE RATA
JOYCE CAROL OATES

VENCEDORA DO
NATIONAL BOOK AWARD
E FINALISTA DO **PULITZER**

Tradução
Luisa Geisler

Rio de Janeiro, 2022

Copyright © 2019 by The Ontario Review, Inc. All rights reserved.
Copyright da tradução © 2020 by Casa dos Livros Editora LTDA.
Título original: *My Life as a Rat*

Todos os direitos desta publicação são reservados à Casa dos Livros Editora LTDA. Nenhuma parte desta obra pode ser apropriada e estocada em sistema de banco de dados ou processo similar, em qualquer forma ou meio, seja eletrônico, de fotocópia, gravação etc., sem a permissão do detentor do copyright.

Diretora editorial: *Raquel Cozer*

Gerente editorial: *Alice Mello*

Editora: *Lara Berruezo*

Assistência editorial: *Anna Clara Gonçalves e Camila Carneiro*

Revisão: *Laura Folgueira*

Capa: *Leticia Antonio*

Imagem de capa: *stocksy | Maresa Smith*

Diagramação: *Abreu's System*

Dados Internacionais de Catalogação na Publicação (CIP)
(Câmara Brasileira do Livro, SP, Brasil)

Oates, Joyce Carol
  Minha vida de rata : um romance / Joyce Carol Oates ; tradução Luisa Geisler. – Rio de Janeiro : HarperCollins Brasil, 2022.

  Título original: My life as a rat
  ISBN 978-65-5511-265-8

  1. Ficção norte-americana I. Título.

21-93831   CDD: 813

Índices para catálogo sistemático:

1. Ficção : Literatura norte-americana 813

Cibele Maria Dias – Bibliotecária – CRB-8/9427

Os pontos de vista desta obra são de responsabilidade de seu autor, não refletindo necessariamente a posição da HarperCollins Brasil, da HarperCollins *Publishers* ou de sua equipe editorial.

HarperCollins Brasil é uma marca licenciada à Casa dos Livros Editora LTDA.
Todos os direitos reservados à Casa dos Livros Editora LTDA.
Rua da Quitanda, 86, sala 218 – Centro
Rio de Janeiro, RJ – CEP 20091-005
Tel.: (21) 3175-1030
www.harpercollins.com.br

*Para minha amiga Elaine Showalter
e para meu marido e primeiro leitor, Charlie Gross.*

Agradecimentos

Em seu formato mais inicial, *Minha vida de rata* apareceu na *Harper's Magazine* em 2003 como um conto intitulado "Curly Red", que foi reimpresso na coletânea *I Am No One You Know* [inédita no Brasil], publicada nos Estados Unidos pela Ecco, em 2004.

Outras seções apareceram em formatos levemente variados nas revistas *Narrative*, *Boulevard* e *F(r)iction*.

I

A rata

Vai embora. Vai pro inferno — rata!
Não vai ter chance de caguetar mais ninguém.
É verdade, você não terá outra chance.
Existe apenas uma chance: a primeira.

O presságio:
2 de novembro, 1991

Disto eu me lembraria: água escura e fedorenta no rio perto da praia, a cor de beringela podre. Tínhamos visto a caminho da escola naquela manhã e parado para olhar.

Na ponte da rua Lock. Atravessando a passarela. E lá, diretamente abaixo, o rio estrondoso (um azul-cobalto profundo em dias claros, cinza-metálico quando nublados) parecia ter mudado de cor perto da praia e estava de um arroxeado escuro, fedendo a algo como óleo de motor, agitado em ondas como se estivesse vivo como cobras, cobras gigantes inquietas, você não queria ver, mas não conseguia tirar os olhos.

Minha irmã Katie me cutucou torcendo o nariz pelo cheiro:
— Vamos logo, Vi'let! Vamos sair daqui.

Eu estava dobrada sobre a balaustrada, olhando para baixo. Tentando ver — será que eram mesmo *cobras*? *Cobras* de cinco, de dez metros? As escamas tinham um brilho roxo profundo e tremeluzente. A visão era tão apavorante que eu começara a tremer sem parar. O odor me causava náusea e tontura.

Até onde conseguíamos ver, a água oleosa roxa vinha em ondas da costa enquanto, em outras partes, o rio estava da cor de pedra, cortante e atroador — o rio Niágara se apressando rumo às cataratas, onze quilômetros ao norte.

Nós corremos da passarela. Não olhamos para trás para ver se as cobras gigantes nos perseguiam.

Eu tinha doze anos. Foi a manhã do último dia da minha infância.

(Não foi imaginação. A água oleosa arroxeada como cobras no rio foi real.

Cidadãos alarmados em South Niagara haviam notado o fenômeno e denunciado. Houve muitas ligações para as autoridades locais e a polícia.

Na primeira página do *South Niagara Union Journal* daquela noite foi explicado brevemente que a *descarga excessiva de lama* do rio naquela manhã fora resultado da *manutenção rotineira das bacias de sedimentação de efluentes do Comitê de Água do Município de Niagara e não havia motivo para preocupação.*

O que isso queria dizer? O que era a lama?

Quando nosso pai leu as citações destacadas no *Journal*, ele riu.

— "Rotineira." "Sedimentação"… "não havia motivo para preocupação". Os filhos da puta estão nos envenenando, é isso que quer dizer.)

Renegada

Um dia, eu tinha sido a filha favorita de todos os sete. Antes de acontecer entre nós algo terrível, que ainda estou tentando corrigir.

Isso foi em novembro em 1991. Eu tinha doze anos e sete meses na época.

Mandada para o exílio. Treze anos! Para um adulto, isso não é muito tempo — provavelmente. Mas para uma adolescente, é uma vida toda.

Quem é a menininha favorita do papai?

Violet Rue. A pequena Violet Rue!

Quando eu era uma garotinha, papai beijava meu nariz de focinho e me fazia berrar. E me levantava com seus braços fortes, e fingia me jogar no ar para me dar medo, mas eu não demonstrava isso porque papai não gostava de garotinhas *medrosas*.

Havia uma intensidade naquilo, naquele erguer nos braços, na fala passional. Um delicioso cheiro ardente, o hálito de papai, abrasado e inconfundível, e eu não fazia ideia de por que, que ele estivera bebendo (uísque), mas sabia daquela ferocidade presente no próprio respirar do *pai*, o hálito do *homem*.

Como anda minha menininha? Você não tem medo do papai, tem?

É melhor não ter medo, o papai ama a pequena Violet Rue que nem um louco!

Uma vez, antes de eu nascer, minha irmã mais velha, Miriam, tinha sido a garotinha favorita do papai. Depois, minha irmã Katie tinha sido a garotinha favorita do papai.

Mas, agora, a favorita era Violet Rue. E seguiria sendo Violet Rue.

Porque eu era a mais nova, a bebê da família Kerrigan.

Caçula. A mais preciosa.

Papai tinha escolhido meu nome ele mesmo — *Violet Rue*. Um nome que ele dizia ter ouvido em uma canção irlandesa que o atormentava desde pequeno.

Falavam que *Violet Rue* havia sido uma gravidez acidental — uma gravidez "tardia" —, mas, para os de mente religiosa, nada é acidental de verdade.

Todos os seres humanos têm um destino especial. Todas as almas são preciosas para Deus.

A família é um destino especial. A família em que você nasce e da qual não há escapatória.

Sua mãe ficou emocionada! Uma linda bebezinha nova para tomar o lugar das outras que já estavam crescendo para longe dela, e os garotos em que ela mal ousava encostar, as bochechas macias e espinhentas, o calor das peles, os rostos ferozes e corados que ela não queria pegar de surpresa, abrindo a porta sem bater, sem pensar e "Ah. Desculpa. Eu não achei que tinha gente...". Seus irmãos mais velhos que afastavam a mão da mãe com um tapa se ela os tocasse mesmo por acidente.

Uma bebê para amar. Uma bebezinha menininha para adorar. A inocência de ser amada por inteiro e sem questionar, outra vez, quando ela tinha achado que não poderia haver outra vez...

É claro que a Lula ficou emocionada.

É claro que a Lula ficou arrasada. Ai, Deus, ai, Jesus, não.

Ela mal tinha se recuperado da última gravidez — tinha decidido que seria a última. Trinta e sete anos... velha demais. Quinze quilos acima do peso. Pressão alta, tornozelos inchados. Pielonefrite. Veias varicosas como teias de aranha nas coxas brancas como frango cru.

E o homem, o belo marido alto irlandês-americano. Evitando olhá-la, a barriga branca inchada, coxas flácidas, peitos como tetas de vacas.

Culpa dele! Apesar de que ele a culparia.

Em reprimendas privadas, ele a havia culpado por anos, pois ela quem quisera filhos e era inútil lembrá-lo de como ele também quisera filhos, quão orgulhoso havia ficado, os primeiros bebês, seus primeiros filhos, encantado e se gabando para os amigos de que estava alcançando todos, que maldição, exibido até mesmo para o próprio pai, o velho patife que papai não conseguia tolerar, já que o velho patife não conseguia tolerá-lo.

E ela havia sido uma linda mulher. Com um lindo corpo que o encantara. Pele macia, seios brancos surpreendentemente suaves, curva da barriga, quadris. Ah, ele tinha sido louco por ela! Como um feitiço. Aqueles primeiros anos.

Seis gestações. Sem querer reconhecer — (exceto, talvez, para sua irmã, Irma) — que tinham sido, talvez, ao menos duas gestações além da conta. E, então, a sétima...

Depois da primeira gravidez, o corpo começou a mudar. Depois da segunda, da terceira. E depois da quarta, ele começou a se rebelar. Pólipos cervicais foram des-

cobertos, que (graças a Deus) acabaram sendo benignos e poderiam ser removidos com facilidade. Outra pielonefrite. Pressão mais alta, tornozelos inchados. O médico havia aconselhado interromper a gravidez. Mas Lula nunca teria permitido. Jerome nunca teria permitido.

Não era algo a ser discutido. Não de forma aberta nem de forma privada. Eles eram católicos — isso era suficiente. Havia coisas das quais simplesmente não se falava e, para muitas dessas coisas, não havia palavras adequadas, de qualquer forma.

Assim como garotos iam para a guerra sem questionar, no exército americano. Aquilo não se questionava, não era assim que você se via.

Durante aquele tempo, sua mãe passou a maior parte dos dias deitada. Apavorada com um aborto espontâneo e apavorada que pudesse morrer. Rezando para que o bebê nascesse saudável e rezando pela própria vida, e, desta forma, Lula Kerrigan não apenas perdeu sua boa aparência (ela a havia subestimado) como também se tornou permanentemente assustada e ansiosa, supersticiosa. Procurando por "sinais" — que Deus estava tentando dizer a ela algo especial sobre si mesma e o bebê crescendo em seu útero.

Um "sinal" poderia ser algo vislumbrado pela janela — a figura de um anjo gigante nas nuvens. Um "sinal" poderia ser um sonho, um clima. Uma premonição súbita.

Nos estágios finais da gravidez, ninguém mais conseguiria fazer Lula sair de casa. De tão esbaforida, com uma barriga tão grande, e de olhos tão saltados, que ela tinha ficado. Comendo com voracidade até ficar enjoada. Ganhando mais peso. Sabendo que seu corpo dava nojo ao marido, apesar de (é claro) (como qualquer marido culpado) Jerome negar isso. A última coisa que Lula Kerrigan queria era se expor aos olhos de outros, que não teriam pena, fariam piadas.

Meu Deus. Aquela ali é... Lula Kerrigan? Parece um elefante! Fazendo um show, desfilando por aí.

Expressões desdenhosas que você ouviria pela infância, pela adolescência — *fazendo um show, desfilando*. A pior espécie de denúncia que uma mulher poderia fazer de outra.

Desfilando como se fosse a dona de tudo.

Isso seria cobrado de mulheres e garotas que se exibiam: seus corpos. Particularmente se eles fossem imperfeitos de maneiras óbvias — gordos demais. Aparecendo em público quando deveriam ter vergonha de suas aparências ou de qualquer forma estar cientes de suas aparências. De como olhos impiedosos avançariam nelas, avaliando. Nunca tal cobrança foi feita de homens ou garotos.

Não parecia haver um equivalente masculino para *fazendo um show, desfilando*.

Assim como, você descobriria, não havia equivalente masculino para *vadia, puta*.

A infância feliz

Nós éramos Jerome Jr., Miriam, Lionel, Les, Katie, Rick e Violet Rue — pronunciado "Vai'let", pulando o "o".

— Cristo! Parece um pelotão.

Papai nos encarava com um olhar de surpresa divertida, como um personagem de quadrinhos.

Mas (é claro) papai tinha orgulho de nós e até mesmo nos amava quando precisava nos disciplinar. (O que não acontecia com frequência. Ao menos não com as garotas da família.)

Sim, às vezes papai *usava força física* conosco, as crianças. Um bom sacolejo mais duro, que pusesse a cabeça de volta no lugar e fizesse os dentes rangerem — esse meio que era o limite com minhas irmãs e eu. Já com meus irmãos, papai era conhecido por bater de outra forma. Arrastar e *bater*. (Mas apenas com a mão aberta, nunca com punho. E nunca com cinto ou vara.) O que mais doía eram a raiva e a fúria de papai. Aquele olhar de decepção profunda, nojo. *Como pôde fazer uma coisa dessas? Como achava que ia se safar de uma coisa dessas?* A expressão nos olhos de papai, ela me dava vontade de sair rastejando e morrer de vergonha.

Disciplinar os filhos. Simplesmente o que um bom pai responsável fazia, demonstração de amor.

É claro, o pai de nosso pai *o* havia disciplinado. Nove filhos daquela barulhenta família irlandesa católica. Tinha que mostrar quem mandava.

Um por um, os filhos Kerrigan cresceram para desafiar o pai. E um por um, o pai lidou com eles como mereciam.

Velho patife. O jeito de papai falar de nosso avô quando nosso avô não estava por perto.

Muito do que papai dizia tinha que ser interpretado. Rindo, balançando a cabeça ou talvez não exatamente rindo. *Velho patife desgraçado. Velho patife de merda.*

Ainda assim, quando nosso avô não tinha nenhum outro lugar para viver, papai o trouxe para morar conosco. Montou um quartinho nos fundos da casa, que havia sido uma despensa. Isolamento térmico, ladrilhos novos, uma entrada separada para que vovô pudesse nos evitar se quisesse. Seu próprio banheiro.

O nome de nascença do papai era Jerome. Esse nome nunca foi reduzido a "Jerry", muito menos a "Jerr" — nem sequer por nossa mãe.

O nome de nossa mãe era Lula — ou também "Lu", "Lulu", "mamãe", "mãe", "sua mãe". Às vezes, em momentos afetivos, eles diziam "seu pai", "sua mãe". Às vezes, em momentos afetivos, poderiam dizer "seu papai", "sua mamãe" — mas esses momentos não eram frequentes nos anos finais.

Nos anos mais iniciais, eu não saberia. Não havia nascido nos primeiros anos, os mais felizes de meus pais.

Entre nossos pais, havia tanto que não era dito. Agora que estou mais velha, consigo ver que a conexão deles era como as raízes altamente emaranhadas de árvores, subterrâneas e invisíveis.

Com frequência, nosso pai chamava nossa mãe de "mor" — em uma voz neutra. Tão sem graça, tão achatada que ninguém nem pensaria que "mor" derivava de "meu amor".

Se estava irritado com algo, ele a chamava de "Lu-la", em uma forma espetada de repreensão.

Se tivesse andado bebendo, era "Lu-laaa" — brincalhão, beirando a zombaria.

Em momentos assim, nossa mãe ficava parada, dura, cautelosa. Você não queria provocar um marido que estivera bebendo, mesmo se, como parecia ser, o homem estivesse em um humor aveludado, brincalhão e não acusatório. Não.

O fato é que, boa parte do tempo em que víamos nosso pai, no fim do dia, ele andara bebendo. Mesmo quando não havia sinais óbvios, nem mesmo o cheiro quente e potente de seu hálito.

Mamãe tinha uma forma de se comunicar conosco: *Não*.

Queria dizer *Não provoquem seu pai. Agora não.*

Essa mãe se comunicava sem palavras, com um revirar de olhos lateral, um endurecer da boca.

Seu pai ama vocês, assim como eu... muito! Mas... não testem esse amor...

Uma verdade dolorosa sobre a vida familiar: as emoções mais tenras podem mudar em um instante. Você acha que seus pais te amam, mas será que amam *você* ou a criança que é *deles*?

Como se inclinar perto demais da boca do fogão, que nem eu tinha feito quando criança, e em um instante minha camisa de pijama inflamável irrompeu em chamas — você não consegue acreditar quão rápido.

Mas rápido também, como se ela estivesse se preparando para uma calamidade assim por toda a vida materna, mamãe me pegou, me afastou do fogo, me abraçou, sufocando as pequenas chamas violentas com seu corpo, mãos nuas apagando as chamas, antes que o fogo tomasse conta. E, então, tremendo, me erguendo na pia e ligando água fria sobre meus braços e minhas mãos, só para se certificar de que não havia nem mais uma brasa. Quase desmaiando, de tão assustada que ficou. *Nós não vamos contar pro papai, querida, tá bem?* — *Papai te ama tanto que isso apenas o deixaria chateado.*

Reconfortante ouvir mamãe falar de *papai*. Como se, de alguma forma, ele fosse o *papai* dela também.

E então quando mamãe chamava papai de "Jerome" era com a voz respeitosa. Não uma voz brincalhona nem acusatória ou crítica, mas (talvez) uma voz de cautela.

Ah, Jerome. Eu acho que... precisamos conversar...

A voz sussurrada que eu mal escutaria pelas aberturas de ventilação em meu quarto nos dias seguintes à morte de Hadrian Johnson.

Mesmo agora. Tantos anos depois. Aquela vontade forte de *sair rastejando, morrer de vergonha.*

Quando eu era uma garotinha, no começo dos anos 1980, meu pai era um homem de porte maciço, com cabelo preto espetado, braços e ombros musculosos, um cheiro de tabaco no hálito e (às vezes) um cheiro de cerveja, uísque. Os maxilares estavam cobertos de barba por fazer, exceto quando ele se barbeava, um esforço feito de má vontade uma vez por semana por alguém que não queria ser um *homem barbado*, mas pensando que seria afeminado não ter barba alguma. Profissionalmente, ele era um encanador e uma espécie de carpinteiro e eletricista amador. No exército, ele tinha sido um boxeador amador, um peso pesado, e quando éramos crianças ele tinha dois sacos de pancada, um padrão e um ainda maior, na garagem, onde trocava socos com outros homens e com meus irmãos conforme cresciam, que nunca conseguiam, por mais ágeis que fossem com suas pernas jovens, evitar o cruzado de direita rápido como um raio. Era o maior sonho de meu irmão mais velho Jerome — "Jerr" — conseguir um dia derrubar papai no chão, não *apagar*, só *derrubar*; mas isso nunca aconteceu.

E Lionel, Les, Rick. Ele fazia todos "trocarem" com ele, amarrava grandes luvas de boxe nas suas mãos, dava instruções, gritava *Me acerta! Tenta.*

Nós assistíamos. Nós ríamos e aplaudíamos. Ver um de nossos irmãos tentar não chorar, limpar o ranho sangrento do nariz avermelhado, nosso pai largar uma série de estouros na forma de socos mordazes contra um peito magro nu e suado — por que isso era engraçado? *Era* engraçado?

Tente me pegar, pequenino. Bora!
Ei, você não vai desistir até eu deixar.
As garotas estavam isentas de humilhações assim. Minhas irmãs e eu. Mas as garotas estavam isentas de instruções também. E o brilho especial de aprovação de papai, quando enfim um de nossos irmãos conseguia acertar um ou dois socos firmes, ou evitar cair com força de bunda no piso de cimento da garagem.
Nada mau, garoto. A caminho do Golden Gloves!
As garotas do papai tinham que supor que ele se orgulhava de nós de outras formas, só não estava claro como ainda.
Ele queria que fôssemos bonitas, o que poderia significar *sexy* — mas não de forma óbvia demais. Encarando Miriam — sua boca, o batom — sem saber o que pensar, como reagir: ele aprovava ou reprovava?
Ele parecia se impressionar com boas notas, mas boletins escolares não eram muito reais para ele, a escola era coisa de mulher, ele tinha largado o ensino médio sem se formar, nunca tinha lido um livro nem sequer espiado dentro de um livro até onde eu sabia, empurrava nossos livros didáticos como se estivessem no caminho na bancada, nenhuma curiosidade exceto apenas por uma vez, jogando para o lado um livro que eu tinha trazido da biblioteca — *O diário de Anne Frank*.
O que era aquilo, ele tinha ouvido falar, vagamente — no jornal ou em outro lugar — dessa *Anne Frank*. Nazistas?
Mas o interesse de papai era fugaz. Ele deu uma olhada na capa, o rosto abatido de garota da autora do diário, não viu nada em particular que o intrigasse, dispensou o livro como se o notasse sem interesse. Pois sempre estava distraído, ocupado. Sua mente era um caleidoscópio de tarefas, coisas a fazer, cada dia uma escada a ser escalada, nada aleatório permitido.
E que orgulho sentíamos, minhas irmãs e eu, vendo nosso pai em algum lugar público, ao lado dos outros, homens ordinários: mais alto que a maioria, mais bonito, com uma maneira de se portar que era tanto arrogante quanto solene. Não importava o que papai vestisse, roupas de trabalho, coturnos, jaqueta de couro, ele ficava bonito — *másculo*.
E a expressão no rosto de nossa mãe, quando estavam juntos, com outros. Aquele tipo particular de orgulho feminino, sexual. *Ali. É ele. Meu marido, Jerome. Meu.*
Para os filhos, pais não são idênticos. A mãe que eu conhecia sendo a mais nova de sete filhos certamente não era a mãe que meus irmãos mais velhos conheciam, que fora uma esposa jovem. Em especial, o pai que eu conhecia não era o pai que meus irmãos conheciam.

Pois papai tratava meus irmãos de jeito diferente de como tratava minhas irmãs e eu. Para papai, o mundo era bem dividido: masculino, feminino.

Ele amava meus irmãos de uma forma diferente da forma que amava minhas irmãs e eu, um amor mais forte, mais exigente, mesclado com impaciência, às vezes até mesmo escárnio; um amor doloroso. Em meus irmãos, ele via a si mesmo e, portanto, encontrava culpa, até vergonha, uma necessidade de castigar. Mas também uma cegueira, uma recusa de se separar deles.

Papai adorava suas filhas, suas *garotas*. Ninguém nunca teria ouvido um Kerrigan dizer que *adorava* seus filhos.

Nós nos encantávamos em obedecê-lo, nós nos aquecíamos em sua atenção, seu amor. Era um amor protetor, um desejo de apreciação, mas também de controle, até mesmo de coação. Não era um desejo de *conhecer* — de conhecer quem éramos ou poderíamos ser.

Ainda assim, papai se comportava de forma diferente com Miriam e com Katie do que comigo. Era uma diferença sutil, mas nós sabíamos.

Ele teria afirmado que nos amava igualmente. Na verdade, ficaria furioso se qualquer um sugerisse outra coisa. É isso que pais afirmam em geral.

Até que chega um dia, uma hora, em que param de afirmar isso.

Dois fatos a respeito de papai: ele tinha lutado no Vietnã e tinha voltado vivo e intacto (na maior parte).

Isso era o máximo que papai dizia a respeito dos seus anos como soldado no Exército dos Estados Unidos, quando Lyndon B. Johnson era presidente.

— Eu me alistei. Eu tinha dezenove anos. Eu era idiota.

Nós sabíamos por parentes que papai tinha sido "citado por heroísmo" ao ajudar a evacuar soldados feridos apesar de ele mesmo estar ferido. Ele tinha ganhado medalhas — guardadas numa caixa no sótão.

Meus irmãos tentaram fazê-lo falar a respeito de estar na guerra e ser um soldado, mas ele nunca falava. De bom humor, depois de algumas cervejas, ele admitia que tinha sido sortudo pra cacete que o estilhaço que o pegou acertara na bunda, não na virilha, ou nenhum de "vocês, crianças aí" teria nascido; quando estava de mau humor, ele apenas dizia que o Vietnã tinha sido um erro, mas não só dele: o país inteiro havia enlouquecido por completo.

Ele odiara Nixon até mais do que Johnson. Que um presidente pudesse mentir para as pessoas que confiaram nele e não se importar com quantas milhares de pessoas morreram por causa dele, papai balançava a cabeça, sem palavras, indignado.

A maioria dos políticos eram *uns sanguessugas filhos da puta. Merdas. Cuzões.* Até mesmo os Kerrigan que estavam envolvidos em política local no oeste do estado de Nova York eram desonestos, oportunistas e trapaceiros.

Papai só falava do Vietnã com outros veteranos. Ele tinha um punhado de amigos que eram veteranos do Vietnã, da Coreia e da Segunda Guerra Mundial com quem saía para beber, mas nunca convidava para a casa; nossa mãe não conhecia suas esposas — esses eram locais de reunião de homens como o papai, quase exclusivamente masculinos, relaxados e de camaradagem. Em lugares assim, eles viam na televisão lutas de boxe, jogos de beisebol e de futebol. Eles gargalhavam fazendo um estrondo. Fumavam, bebiam. Ninguém os repreendia por beber demais. Ninguém afastava a fumaça com acenos e expressões afrescalhadas. Quem iria querer mulher num lugar assim? Mulheres complicavam as coisas, estragavam as coisas, ao menos as mulheres que eram suas esposas.

Ao voltar para casa tarde depois de uma noite com esses homens, papai quase sempre pisava duro nas escadas. Com frequência, ele nos acordava, gritando palavrões ao errar um passo ou colidir no escuro com algo.

Se um de nós deixasse algo nas escadas, um livro, um par de sapatos, papai podia dar um bom chute de pura indignação.

Em nossas camas, às vezes era possível ouvi-los. A voz murmurante de nossa mãe que poderia ser assustada, suplicante. A voz de nosso pai arrastada, abrasiva, alta.

Um som de porta batendo, forte. E apesar de escutarmos com os corações acelerados, com frequência não ouvíamos mais nada.

Katie queria entrevistar nosso pai para um projeto de estudos sociais do sétimo ano envolvendo "veteranos militares", mas não deu muito certo. Calmo de início ao dizer *não, não dá*, mas, quando Katie insistiu com ingenuidade, ele perdeu o controle, furioso e profano, ameaçando ligar para a professora, *mandar aquela mulher se foder* até que — enfim — nossa mãe conseguiu persuadi-lo a não fazer uma ligação daquelas, não arriscar a posição de Katie com a professora ou a escola, por favor, é só deixar pra lá, tentar esquecer, a professora tinha boa intenção, Katie não era culpada de forma alguma e não deveria ser punida.

Punição era algo que nosso pai conseguia entender. *Punição injusta*, ele entendia particularmente bem.

Katie se lembraria daquele incidente pelo resto da vida. Assim como eu.

Não se pressionava o papai, e não se era ingrato com ele. Era um erro *deduzir* qualquer coisa a respeito dele. Sua generosidade, seu orgulho. Dignidade, reputação. Não ser desgraçado ou desrespeitado. Não permitir que *seu nome fosse arrastado na lama.*

Havia muitos *Kerrigan* espalhados pelos condados do oeste do estado de Nova York. A maioria deles havia emigrado do leste da Irlanda, de Galway e proximidades, nos anos 1930, ou eram descendentes. Alguns deles eram parentes próximos de nosso pai, alguns eram distantes, estranhos, conhecidos apenas de nome. Alguns eram parentes que víamos com frequência, e alguns estavam afastados e nunca víamos.

Nós nunca saberíamos por quê, exatamente. Por que alguns Kerrigan eram *gente finíssima, você pode confiar a vida neles*. Outros eram *filhos da puta, não dá pra confiar*.

Mas notávamos, minhas irmãs e eu, que primas de quem éramos próximas e gostávamos de repente ficavam inacessíveis para nós — seus pais não estavam mais no círculo aprovado de papai, tinham sido banidos de seu grupo de amigos.

Se perguntávamos à nossa mãe o que tinha acontecido, ela dizia, evasiva:

— Ah, pergunta pro seu pai.

Ela não queria se envolver nas brigas de nosso pai porque uma observação dela poderia chegar até ele e enfurecê-lo. Perguntas pessoais irritavam nosso pai e nós não queríamos irritar nosso pai, a quem adorávamos e temíamos da mesma forma.

Por exemplo: o que acontecia entre nosso pai e Tommy Kerrigan, um parente mais velho que tinha sido congressista americano e prefeito de South Niagara por diversos mandatos? Tommy Kerrigan era o Kerrigan mais proeminente de todos, e certamente o mais bem-sucedido. Ele fora democrata em certo ponto e republicano em outro. Tivera uma carreira breve como independente — um candidato pela reforma. Havia sido liberal em algumas questões e conservador em outras. Tinha apoiado sindicatos de trabalhadores locais, mas também a força policial de South Niagara, que era conhecida por suas tendências racistas; como prefeito, defendera mortes cometidas por policiais de pessoas desarmadas e fizera campanhas ruidosas como um candidato "pela lei e a ordem". Tommy Kerrigan era um veterano "condecorado" da Segunda Guerra Mundial que apoiava guerras americanas e intervenções militares sem questionar. Ele apoiou a Guerra do Vietnã até os Estados Unidos retirarem as tropas em 1973, e acreditava que Richard Nixon tinha sido "caçado" por inimigos até sair do gabinete. Naturalmente, Tommy Kerrigan tinha visões negativas sobre protestos e demonstrações contra a guerra, que considerava "traidoras", "desleais". Ele defendia ações da polícia ao lidar agressivamente com protestantes pacifistas como tinham lidado agressivamente com manifestantes dos direitos civis num outro tempo. Depois de um escândalo no começo dos anos 1980, ele teve que se aposentar de repente da vida pública, mal escapando de (diziam) investigações por propina e corrupção, mas continuou a viver em South Niagara, e ainda exercia influência política de formas indiretas quando eu era criança. Especulavam que houvera algum conflito entre Tom Kerrigan e o pai de nosso pai, então, por lealdade, nosso pai ficou para sempre afastado de Tom Kerrigan também. Quando um campo de beisebol foi construído em South Niagara e recebeu o nome Kerrigan Field, ninguém da nossa família foi convidado para a apresentação da construção ou o jogo de abertura; se nossos irmãos jogassem beisebol em Kerrigan Field, eles eram inteligentes o suficiente para não mencionar isso para o pai.

Com cuidado, papai falava a respeito de Tom Kerrigan, que *nossas famílias não se gostavam muito*, apesar de que outras vezes ele poderia balançar a cabeça e declarar que Tom Kerrigan era *o filho da puta mais desonesto desde Joe McCarthy*.

E se qualquer um nos perguntasse se éramos parentes de Tom Kerrigan, papai ria e dizia, fale com educação *Não. Não sou.*

Nós morávamos em uma casa de dois andares com estrutura de madeira no número 388, na rua Black Rock, em South Niagara, que papai cuidava com cuidado: telhado, calhas, janelas (vedadas), chaminé, laterais de painéis de ripas pintadas de cinza metálico, venezianas azul-marinho. Quando a calçada na frente começou a rachar, papai colocou o próprio cimento para substituir; quando a entrada de asfalto da garagem começou a quebrar e se despedaçar, papai contratou uma equipe para trocar sob sua direção. Ele sabia onde comprar materiais de construção, como comprar com desconto, desprezava usar *intermediários*. Nos longos invernos áridos de nevascas pesadas em South Niagara, papai se certificava de que a calçada e a entrada da garagem estivessem limpas; em meses mais quentes, papai se certificava de que o (pequeno) jardim e o quintal (de mil metros quadrados) estivessem com a grama aparada. Meus irmãos faziam grande parte desse trabalho, e às vezes minhas irmãs mais velhas, e se papai não estivesse contente com a qualidade da tarefa, podia terminar ele mesmo, em uma fúria de desprezo. Profissionalmente, papai era encanador, mas era autodidata de carpintaria e ousava pegar trabalhos elétricos (menores), pois se ressentia de pagar outros homens para fazer algo que conseguia fazer bem o suficiente sozinho. Não era só uma questão de economizar dinheiro, apesar de papai ser notoriamente frugal; tinha a ver com orgulho, integridade. Se você fosse um Kerrigan (homem), deveria se ofender com a mera possibilidade de que alguém poderia estar tirando vantagem de você. Ser *feito de bobo* era a pior das humilhações.

Por todo o tempo que vivi na casa na rua Black Rock, desde minha memória mais antiga, papai estava com algum projeto: trocar o linóleo no piso da cozinha, trocar a pia ou a bancada; repintar quartos ou a parte de fora da casa toda; martelar telhas, construir uma extensão nos fundos da casa em que, por alguns poucos anos difíceis, o pai idoso e doente de papai viveria, convulsionando em surtos de tosse que soavam como cascalho sendo atirado em pazadas rápidas e displicentes.

Papai era um perfeccionista e não conseguia se afastar de qualquer coisa que acreditava estar feita *meia-boca*.

Papai vigiava as casas dos vizinhos com atenção. Ele não se importava muito que gramados das outras casas estivessem esfolados e queimados no verão, mas se importava se a grama não fosse cortada a intervalos razoáveis, se ficasse alta o suficiente para ficar feia e para precisar semear; ele se importava se as árvores fossem largadas até ficar doentes e até seus galhos despencarem na rua. Ele se importava muitíssimo se propriedades em nossa quadra em Black Rock fossem largadas a ponto do abandono. Em particular, papai ficava incomodado se uma casa esvaziasse, pois coisas ruins poderiam vir de propriedades vazias, ele sabia de sua própria infância com seus irmãos e primos tacando o terror em lugares que não eram supervisionados adequadamente.

Atrás de nossa casa ficava um quintal que parecia grande e profundo, se estendendo até acres não cultivados de posse da prefeitura nos bancos íngremes do Niágara. Havia árvores das quais papai se orgulhava — um bordo vermelho que ficava esplêndido e vermelho-fogo em outubro, um carvalho ainda mais alto, uma fileira de sempre-vivas. (Mas papai foi impassível ao cortar o carvalho depois de ter sido danificado por uma tempestade, e ele temia que o vento pudesse empurrá-lo para a casa; ele o tinha cortado sozinho com uma serra elétrica alugada.) Minha mãe tentava cultivar um canteiro de flores, com níveis variados de sucesso: glicínias, peônias, lírios-de-um-dia, rosas atacadas por besouros-japonês, lesmas, podridão e mofo, que com frequência a derrotavam até o meio do verão, pois mamãe não conseguia convocar a ajuda das crianças mais velhas como papai conseguia.

Nossa casa ficava bem no fim da rua Black Rock sobre o rio.

Chorei muito quando me mandaram embora. Qualquer rio ou córrego que via, mesmo na televisão, ou até em foto, fazia surgir lágrimas. *Você tem que se controlar, Violet. Você vai ficar doente. Você simplesmente não pode continuar chorando...* Minha tia Irma me implorava.

A pobre mulher, não fui gentil com ela. Ela não conseguia suportar ver o coração partido de uma criança, impossível de sarar, por mais que se esforçasse.

Não importa quão longe eu chegasse a viver do rio Niágara, ele entrou nos meus sonhos. Pois ele não é como os outros rios — relativamente curto (58 quilômetros) e relativamente estreito (no mais extenso 2,6 quilômetros) e de corrente excepcionalmente rápida e turbulenta. Conforme você se aproxima, o rio chama você — sussurros que ficam cada vez mais altos, ensurdecedores. O rio é turbulento, como uma coisa viva tremendo dentro da própria pele. A quilômetros das quedas estrondosas como um pesadelo que chama: *Venha! Vem aqui. Lutas e sofrimento são absolvidos aqui.*

Naquela manhã de dezembro, quando você acorda para ver que o rio congelou por todo o caminho, ou quase; gelo escuro ondulado com uma poeira de luz fina de neve sobre ele, os olhos registram como beleza.

Mas tive uma infância feliz naquela casa. Ninguém pode tirar isso de mim.

Melhores beijos!

Um jogo. Um jogo feliz. O jeito que mamãe costumava se atirar sobre mim para me beijar, de súbito.

Quando eu era uma garotinha. Os melhores beijos vêm de surpresa!

Enlaçando seus dedos (fortes) pelos meus dedos (menores). Segurando meus dedos com os dela. A gente se preparando para atravessar uma rua movimentada.

Um. Dois. Três. E. Já!

Muito tempo atrás, quando a mamãe me amava tanto quanto o papai. Quando eu sabia (sem que precisassem dizer) que mamãe cuidaria de mim e me manteria longe do perigo mesmo que esse perigo fosse o papai.

— É fácil amar eles quando são pequenos — falou mamãe, rindo, para uma amiga. — Depois, nem tanto.

Obituário

Guardei esse recorte do *South Niagara Union Journal* até ficar tão seco que se despedaçou nos meus dedos. Um obituário sob uma foto de um garoto negro sorrindo com timidez com um espaço entre os proeminentes dentes da frente. Dezessete anos quando morreu, mas na foto poderia ter quinze, até mesmo catorze.

Hadrien Johnson, 17. Residente do número 29 na rua Howard, South Niagara. Fazia parte do time de beisebol e basquete da Escola de Ensino Médio de South Niagara. Quadro de honra 1, 2 e 3. Coral da juventude na Igreja Metodista Episcopal Africana. Morreu no Hospital Geral de South Niagara em 11 de novembro de 1991, de ferimentos severos na cabeça após um ataque tarde da noite de 2 de novembro por agressores ainda não identificados, a caminho de casa de bicicleta. Deixa a mãe, Ethel, as irmãs, Louise e Ida, e os irmãos, Tyrone, Medrick e Herman. O velório ocorrerá segunda-feira na Igreja Metodista Episcopal Africana.

As pessoas me perguntavam se eu conhecia Hadrian Johnson. (O nome foi escrito errado no obituário do jornal, mas corrigido em artigos subsequentes.) Não! Eu não conhecia — ele estava no terceiro ano do ensino médio e eu, no sétimo do fundamental. Sua irmã Louise tinha um ano a mais que eu, mas eu também não a conhecia.

Eu não tinha colegas afro-americanos que conhecesse bem. Todos os meus amigos eram brancos como eu, e todos moravam a algumas quadras de distância da nossa casa na rua Black Rock.

Foi apenas depois da morte dele que vim a conhecer Hadrian Johnson. Foi apenas depois da morte dele que nós começamos a ser associados na mente das pessoas. *Hadrian Johnson. Violet Rue Kerrigan.*

Não que isso fizesse algum bem para Hadrian Johnson, que estava morto. E foi a pior coisa que poderia ter acontecido com Violet Rue Kerrigan.

Garotos são assim mesmo

Era legal ter irmãos quando você estava crescendo? Irmãos mais velhos? Que podiam cuidar de você?

Garotas sem irmãos mais velhos me perguntavam. Como tinham inveja! Precisavam se proteger sozinhas.

Eu não apenas adorava os meus irmãos, eu me orgulhava deles. O simples fato — *meus irmãos mais velhos! Meus.*

Pois garotas são profundamente sensíveis à necessidade de ser *cuidadas*. Em certas circunstâncias, como na escola. Não ficar sozinha, exposta, desprotegida. Vulnerável.

Não mensurável, mas muito real — o poder de *irmãos mais velhos* de evitar brincadeiras, abuso, assédio, ameaças de outros garotos contra garotas. O poder protetor de *irmãos mais velhos* pela mera existência.

A ameaça sexual de garotos é imensamente diminuída, pela (mera) existência dos irmãos de uma garota.

A não ser, é claro, que os irmãos da garota sejam eles mesmos a ameaça (sexual).

Os pais não fazem ideia. Não têm como adivinhar. As vidas (secretas) das crianças, dos adolescentes. Pensando que, porque somos quietos ou dóceis (aparentemente), porque sorrimos quando mandam e parecemos felizes, porque *não damos trabalho*, que nossas vidas interiores são plácidas, e não agitadas e onduladas como o rio Niágara conforme ganha energia ao se apressar para as cataratas.

Você adorava seus irmãos, Vi'let?

Claro, eu tinha que adorar!

É verdade. Eu adorava meus irmãos.

Não tanto Rick, o mais novo, que se parecia comigo em temperamento, e que era razoavelmente bom aluno, como eu era, e de natureza doce, mas os outros garotos, os mais velhos — Jerr, Lionel, Les.

Eles tinham temperamento difícil, eram barulhentos, impacientes e mandões. Quando saíam do raio de escuta de adultos, eram profanos, até mesmo obscenos.

Eram engraçados — grosseiros e brutos. E barulhentos — eu já mencionei que eram *barulhentos*? Vozes, passos. Nas escadas. Abrindo e fechando portas. Colidindo comigo se eu não saísse da frente.

Ignorando a minha presença, em geral. É claro, por que os meus irmãos chegariam a *me* notar?

Às vezes, não eram tão educados com mamãe. *Linguarudos*, ela dizia deles. Mas, na presença de nosso pai, eram vigilantes, atentos. Eles se comportavam.

Se papai se irritasse com um deles, ele tinha suas maneiras de disciplinar: às vezes, um olhar afiado e raso; às vezes, uma mão erguida, a parte plana da mão, um pulso.

Estalos da língua endiabrada do papai, que os garotos não deixavam de notar. A língua quente e vermelha com ponta afiada, como uma lâmina fatiando seus corações. Mas no instante seguinte, sumia.

Mesmo assim, fora de casa, os Kerrigan mais velhos às vezes se metiam em encrenca.

Quase havia um ar reverente sussurrado na frase — *em encrenca*.

Na primeira vez eu era nova demais para saber o que havia acontecido. Nem Katie sabia. E se Miriam sabia, não nos contou.

No telefone com parentes, nossa mãe falava com tom irrisório:

— Não é nada. É uma fofoca idiota. Esses *mentirosos*.

Apesar de que, às vezes, a voz dela tremia.

— É a palavra dela contra a deles! É isso que todo mundo diz, e é uma questão legal.

Quase inaudível, mamãe falava ao telefone, na cozinha. Sentada, inclinada, pressionando o fone plástico cor de abacate na orelha, como se tentasse manter as palavras ali dentro, sem vazar.

Se Katie perguntasse o que estava acontecendo, mamãe diria, ralhando:

— Não importa! Não é assunto para vocês meninas.

Vocês meninas. Nós ouvíamos aquilo com frequência da boca de mamãe.

Seu olhar nos evitando, deslizando para longe no piso de linóleo.

Nós ficávamos confusas, mas éramos inteligentes o suficiente para saber que não devíamos insistir. Éramos inteligentes o suficiente para não perguntar aos nossos irmãos quem era que tinha se metido *em encrenca*. (E se perguntássemos a Rick, ele daria de ombros — *Não pergunta pra mim, pergunta pra eles*.) Nenhuma possibilidade de perguntar ao nosso pai, que era o guardador de todos os segredos e não recebia bem questões a respeito de qualquer coisa. E mais cedo ou mais tarde descobriríamos o que havia acontecido, ou alguma versão do que havia acontecido, assim como descobriríamos a maioria das coisas que não deveríamos saber, montando fragmentos de histórias como nossa mãe que, às vezes, com um tipo curioso de paciência autopunitiva, encaixava a louça quebrada para consertar com cola.

A garota *cuja palavra estava contra a deles* era uma aluna de catorze anos com necessidades especiais na escola de ensino fundamental em que Lionel estava cursando o nono ano. Jerr tinha dezesseis, e estava no terceiro ano do ensino médio.

Liza Deaver era o nome. *Liza Bizarra*, como era chamada, pois seu rosto era manchado como o casco de uma tartaruga.

Com catorze anos, ela tinha o corpo de uma mulher madura, grande, com movimentos vagarosos, com óculos de aros plásticos grossos e lentes que aumentavam os olhos. Ela usava calças com cós de elástico e camisas xadrez que inflavam largas sobre seus grandes e molengos peitos e barriga. Nós entreouvimos nossos irmãos imitando sua maneira de falar, que era lenta, e gaguejante, e chorosa, como a fala de uma criança.

Diziam que a idade mental de Liza era de nove ou dez anos. E permaneceria assim por toda a vida.

Liza era desastrada fisicamente, descoordenada e com frequência abria caminho bamboleando e vacilando com um olho fechado, como se enxergar com os dois a confundisse. De modo estranho, imprevisível, Liza às vezes explodia em raiva e lágrimas e tinha que ser mandada para casa pela professora de necessidades especiais.

Tínhamos ouvido que, na sala de aula de necessidades especiais na escola, Liza tinha algum talento para desenho. Exceto que os desenhos eram de pessoas com grandes rostos redondos de balão em perninhas de palitinho — só rostos e pernas.

Retardados, era como diziam. *Necessidades especiais* era o termo adulto, *retardados* era como as crianças chamavam.

Liza Bizarra era um apelido cruel. Ainda assim, às vezes, se garotos gritassem o nome atrás dela, Liza parecia ouvir mal e pensava ser alguma outra coisa, e se virava com um peculiar sorriso estrábico, uma espécie de esperança infantil.

Eu nunca — jamais — pronunciei *Liza Bizarra* em voz alta. Mas, como as outras garotas, posso ter dado uma risadinha contida ao ouvir.

É vergonhoso me lembrar disso agora — *Liza Bizarra*. Ninguém nunca — jamais — queria que a atenção dos cruéis garotos grosseiros e brutos se virasse contra você e então possivelmente, sim — a gente dava uma risadinha.

Nenhuma notícia a respeito do incidente no Patriot Park apareceu no *South Niagara Union Journal*. Apenas menores de idade envolvidos e a (suposta) vítima tão pouco confiável.

Às vezes, no relato confuso de Liza Deaver, havia apenas cinco ou seis garotos envolvidos. Às vezes, muito mais — dez, doze.

Às vezes, Liza Deaver lembrava alguns nomes. Às vezes, apenas um ou dois.

O que seria dito era que *um grupo desconhecido de garotos de idades aproximadas entre catorze e dezessete anos, não uma gangue, nem mesmo amigos* havia persuadido Liza a ir com eles para o Patriot Park depois da escola. Um dos garotos mais velhos, *não* um Kerrigan, havia feito amizade com Liza, ou na verdade fingido fazer amizade com Liza, então Liza se gabara de que ele era *meu namorado*.

Os garotos Kerrigan, Jerome Jr. e Lionel, não eram os líderes no ataque — se é que houve um "ataque". Isso era reiterado várias vezes por meus irmãos. A única coisa que tinham feito (eles afirmavam) era seguir os outros garotos vadiando pelos campos lamacentos. Passando por treliças esqueléticas no roseiral municipal para a piscina, para o edifício de reboco gasto em que se vendiam refrescos no verão e onde havia quatro banheiros e vestiários fedorentos. Fora da estação, o edifício ficava deserto, folhas mortas sopravam sobre a calçada de cimento. Mas os banheiros permaneciam destrancados.

O garoto que era o "namorado" de Liza Deaver levou-a para o banheiro masculino dizendo que tinham "surpresas legais" para ela.

Era verdade, Liza Deaver gostava de "surpresas". Em geral, barrinhas de chocolate, lanches em embrulhos de papel-celofane de uma loja na esquina, latas de refrigerante açucarado. Às vezes, eram dados a ela por pessoas gentis que a conheciam e conheciam sua família e, às vezes, por outras pessoas que não eram tão gentis.

Questionados mais tarde por pais, autoridades escolares, oficiais do Tribunal da Família, os garotos afirmariam que Liza "quis" ir com eles. Ir ao parque tinha sido "ideia dela". Entrar no banheiro masculino, ideia dela. Ela disse a eles que tinha feito coisas assim com os irmãos e outros garotos e, às vezes, eles davam "surpresas" para ela, às vezes, não.

Liza Deaver negou. Os pais de Liza negaram, resolutos.

Liza Deaver não tinha sido ferida o suficiente para precisar ficar no hospital, mas tinha sido examinada em uma emergência, e seus cortes, suas feridas, seu nariz sangrento e seus dentes, as "fricções" em suas áreas vaginais e anais, tudo foi tratado. Punhados de cabelo tinham sido removidos de sua cabeça e (diziam por aí) os garotos tinham "agarrado e arrancado" pelos pubianos, os quais (diziam por aí) Liza tinha muitos.

Ainda assim os garotos insistiram que tinha sido ideia dela. Eles tinham sido "legais" com ela, alegaram. Deram os seguintes presentes a ela: uma barra de chocolate com só um pedacinho mordido faltando, um colar de contas de plástico achado no lixo, um cachorrinho de pelúcia com olhos de botão, um desodorante perfumado. (Liza Deaver era conhecida por seu cheiro forte e cavalar.) Não era claro por quanto tempo Liza permanecera no banheiro com os garotos, pois ela não tinha uma noção forte da passagem do tempo, mas os garotos insistiram que havia sido por "apenas alguns minutos" — "com certeza menos de meia hora". Era 17h40 quando Liza mancou para casa, uma distância de cerca de um quilômetro e meio; foi estimado que os garotos levaram Liza para longe da escola às 15h30, apesar de relatos diferirem a respeito de quem exatamente estivera com ela desde o começo e quem se juntara mais tarde. O fato de que Liza levou para casa os "presentes" que os garotos deram parecia sugerir que ela ficou feliz de recebê-los, pois, do contrário, ela não os teria jogado fora, com nojo?

Se ela tinha sido vitimizada pelos garotos, em vez de ter sido uma companheira de boa vontade, não teria pedido ajuda assim que a liberassem e ela pudesse correr pela rua?

(Apesar de não ter ficado claro se os garotos haviam mantido Liza no banheiro contra a própria vontade. Ela não fora *aprisionada*, eles disseram; ela quisera ficar, e só foi embora porque era hora do jantar, e ela de repente se lembrou que seus pais ficariam bravos caso se atrasasse.)

Mais cedo ou mais tarde, ficou estabelecido que havia ao menos sete garotos envolvidos no incidente. Estes incluíam Jerome Kerrigan Jr. e seu irmão Lionel mas não (parecia) Les. (Com certeza não Rick.) Sem dúvida havia mais garotos, mas os sete nomeados se recusaram a oferecer o nome dos outros — eles não eram *ratos,* não *caguetavam* os outros.

Pobre Liza! O interrogatório a deixou confusa a respeito dos nomes dos rapazes, mas ela conseguia (mais ou menos) identificá-los por outros meios, descrições e fotos.

Sim, ela tinha ido ao parque e ao banheiro com eles de boa vontade, mas, quando quis ir embora, eles não deixaram. Sim, ela foi presa por eles, no banheiro. Não, ela não quis fazer as coisas "nojentas" que fizeram com ela.

Sim, ela havia dito para eles que queria ir para casa. Sim, ela começou a chorar, mas eles riram da cara dela. Não, não, *não*, ela não tinha dito a eles que seus irmãos faziam aquelas coisas nojentas com ela, nem outros garotos e nem outros homens. *Ela não tinha dito.*

Não ficou claro se Liza havia pretendido contar aos pais que "algo ruim" tinha acontecido. Depois de a libertarem, ela entrou de fininho em casa pela porta dos fundos e foi descoberta pela mãe num estado desgrenhado e corado, roupas sujas e rasgadas e mal abotoadas, e seu rosto manchado de sangue. De imediato, confrontada pela mãe assustada, Liza explodiu em lágrimas e começou a gaguejar e soluçar.

Foi o "pior dia" das suas vidas, disse a sra. Deaver. Eles "nunca, de forma alguma" se recuperariam do que fizeram à filha cuja única culpa foi ter sido "amigável demais" com pessoas que não eram suas amigas.

Os Deaver moravam em uma casa caindo aos pedaços na estrada Carvendale, na beira do distrito escolar. Em um lado da rua, ficava o município de South Niagara; do outro, uma região desincorporada de terras agrícolas raquíticas, grama alta e casas abandonadas.

Os Deaver eram uma família grande, mas não como os Kerrigan. Pois os Deaver recebiam *ajuda do governo* porque o pai não podia sustentar sua esposa e muitos filhos — nove? Dez? E desses, que pena, que dó, a não ser que fosse crime, como as pessoas diziam, muitos *não batiam bem* — o que a criançada chamava de *retardados*.

O sr. Deaver, quando empregado, trabalhava no pátio ferroviário. A sra. Deaver trabalhava meio turno no shopping local. Diversos dos filhos estavam fora da escola e apenas com empregos intermitentes, o mais novo nem tinha começado a escola ainda.

No Tribunal da Família, de início, Liza se sentou muda e assustada enquanto outros falavam em seu nome. Seus olhos de olheiras profundas estavam cristalinamente aumentados atrás das lentes grossas dos óculos. Depois de um tempo, ela começou a responder perguntas em voz baixa e rouca. Aí começou a falar mais alto. E então começou a chorar, soluçar, gaguejar, balbuciar e se engasgar. O rosto manchado de tartaruga estava corado e inchado, saliva brilhava nos lábios. Oficiais do Tribunal da Família que tentaram fazer transcrições de seus relatos contraditórios e não muito coerentes e que insistiriam mais tarde que sentiam muito pela "pobre garota deficiente mental" — e pelos Deaver, que acompanharam Liza e nunca a perderam de vista — (a sra. Deaver foi ao banheiro diversas vezes com Liza durante a sessão) —, não obstante, estavam pouco convencidos de que Liza contava a verdade ou de que, com sua cognição debilitada, ela tivesse um conceito claro de o que a *verdade* poderia ser.

Foi aceito de forma geral — *Garotos são assim mesmo*. E — *As vidas desses garotos seriam arruinadas…* Que situação pior poderia ter sido para os garotos se a menina tivesse se ferido gravemente!

Houve interrogatórios extensos do Tribunal da Família com os garotos acusados, com os pais e o advogado presentes. (Os pais dos garotos acusados contrataram um único advogado para representar todos os filhos, um advogado local com conexões com a família Kerrigan.) Dessa forma, uma audiência pública na corte juvenil foi evitada. Não houve prisões. Nenhuma acusação formal foi feita contra os garotos, que foram suspensos da escola por uma semana.

Liza Deaver foi colocada em suspensão pelo restante do ano letivo, pois se acreditava que a presença dela seria "dispersante" e "perigosa", nas palavras do diretor; a própria Liza era conhecida por ter um temperamento raivoso e por atacar cheia de fúria, cheia de frustração, crianças mais novas e menores, quando acreditava que elas não a respeitavam. (Liza em geral se sentia intimidada por indivíduos mais velhos que ela.) Então, Liza Deaver nunca mais voltou à escola, pois permitiram que largasse os estudos por "motivos médicos".

Tudo isso, minha irmã Katie e eu descobriríamos muito depois. Na época, sabíamos pouco.

Ninguém na família falava de Liza Deaver, até onde sabíamos.

Ninguém falava do *probleminha*. Por semanas Jerr e Lionel ficaram moderados ao redor da nossa mãe e cautelosos com nosso pai, como cachorros chutados. Mas eram cachorros chutados astutos. O horário para estar em casa era às nove horas. Jerr não pôde dirigir por seis semanas. Os dois ganharam tarefas extras na casa. No telefone, minha mãe dizia, com raiva:

— Foi culpa da garota! Ela fez de propósito! Esses Deaver tinham que dar um jeito nela! Antes que seja tarde.

Quando minha mãe desligou, perguntei o que "dar um jeito" queria dizer. Eu me perguntava se, depois do que os garotos tinham feito com ela, Liza precisava ser consertada, como um relógio quebrado. Com desdém, minha mãe disse:

— Como um gato, castrada. Pra não ter gatinhos que as pessoas precisem afogar depois.

De morrer

Crescendo, nós, as crianças Kerrigan, sabíamos que nosso pai morreria por nós. Ninguém tinha que nos dizer isso, nós sabíamos. É claro, o conceito de "morrer por alguém" não estava em nossos vocabulários. Ainda assim, nós sabíamos.

Na grande família irlandesa do nosso pai em Niagara Falls, ele tinha sido criado com a convicção de que as famílias permanecem unidas. Imigrantes irlandeses tiveram uma dificuldade imensa ao vir para os Estados Unidos, nem mesmo eram considerados "brancos" em algumas partes, como italianos, gregos e judeus, ainda até nos anos 1950. E assim, eles ficaram unidos, ao menos em teoria.

Não em teoria, mas em realidade, e crucialmente. Uma família tinha que proteger os seus. Você podia brigar com parentes, um irmão ou uma irmã, podia brigar com seus pais, mas essencialmente continuavam unidos, nunca desertavam ou traíam um ao outro. Ninguém nunca *saía da família* — era imperdoável.

Dentro da família não se *mentia* nunca quando importava de verdade, e nunca se *trapaceava*.

Ficava-se ao lado de um irmão contra o primo, mas com o irmão e o primo contra um estranho.

Você morreria pela sua família e você (talvez) morreria pelos seus amigos (próximos) do jeito que soldados morriam pelos companheiros (próximos).

Algo como, Jerome Kerrigan parecia sentir afeto real pela sua família imediata, talvez até por todos os Kerrigan. E os caras em seu pelotão no Vietnã, dos quais ele não ousava se lembrar sem os olhos se encherem de lágrimas e a boca ter dificuldade em ficar parada.

Se por um lado papai suspeitava de estranhos, confiava quase ingenuamente em parentes e amigos. Com frequência, fazia consertos domésticos de graça, não queria nem ouvir falar de ser pago exceto em bebidas, hospitalidade, favores recíprocos. Isso era amizade — lealdade, pagar o que se devia. Ser generoso.

Emprestava dinheiro para pessoas que, ele desconfiava, provavelmente não poderiam pagar de volta; emprestava dinheiro sem juros, sabendo que saía perdendo, porque aqueles para quem emprestava dinheiro pagariam os emprestadores que cobravam juros, e não ele. Ainda assim, papai não conseguia emprestar dinheiro *com juros* — não era assim que ele se via.

E assim, papai emprestava dinheiro para seus irmãos beberrões. Pagava fiança para os Kerrigan que se encontravam do lado errado da lei — negócios fraudulentos, cheques sem fundo, falta de pagamento da pensão alimentícia, lavagem de dinheiro. Fazia favores para gente no sindicato dos encanadores, para gente de quem ele tinha sido colega de escola, mas que tivera azar. Ele respeitava o *azar* — poderia acontecer com qualquer um.

Quanto mais filhos se tem, maior a possibilidade de *azar*. Esse era um fato cruel.

A coisa mais extravagante que papai fez, que eu me lembre da infância, foi ajudar uma de suas irmãs mais novas a comprar uma casa em Buffalo, para que ela e o marido pudessem morar perto da família do marido, que a ajudariam a cuidar do marido afligido com alguma doença assoladora terrível como esclerose múltipla. Nossa mãe não gostou dessa combinação, havia suspirado e lamentado e feito tudo exceto chorar no telefone, porque uma quantidade grande de dinheiro estava envolvida, mas, na presença de papai, ela não ousava reclamar pois, como papai destacaria, era *ele* quem recebia salário.

Ao mesmo tempo, você não iria querer irritar Jerome Kerrigan.

Você não iria querer se ver na *lista de merda* dele. Pois havia muita gente nessa lista que estava, nos olhos de papai, *fodida*.

O perdão era raro. O esquecimento, mais ainda.

E quanto mais próximo você fosse de papai, mais difícil era que ele o perdoasse.

Ele gostava de citar um provérbio italiano — *A vingança é um prato que se come frio.*

Outra observação que apreciava vinha do mundo do boxe e dizia *Tudo que vai volta.* Que era mais esperançosa pois parecia querer dizer que não só o mal, mas o bem também. O bem que você faz será devolvido a você. Em algum momento.

"Acidente"

Em novembro de 1991, quando Hadrian Johnson apanhou até ficar inconsciente e foi deixado para morrer na beirada da rodovia Delahunt, e o advogado que havia defendido Jerome Jr. e Lionel Kerrigan na época de Liza Deaver argumentou em defesa deles para a promotoria, a defesa de *garotos são assim mesmo* não funcionou tão bem para eles, nem para o meu primo Walt Lemire e um amigo da vizinhança chamado Don Brinkhaus que também estavam envolvidos no espancamento.

Na época, Jerome Jr. tinha dezenove anos e não morava mais em casa. Havia se formado na escola técnica e, através de intervenções de papai, era um aprendiz de encanador com o empreiteiro para quem papai também trabalhava, o maior e mais conhecido empreiteiro de encanamentos na cidade; ainda não tinha sido aceito no sindicato dos encanadores, mas não havia dúvidas de que seria, assim que completasse o período probatório. (Nenhum afro-americano fazia parte do sindicato local dos encanadores. Isso seria enfatizado, alguns disseram injustamente, na cobertura midiática do caso; injustamente porque não havia afro-americanos no sindicato local de policiais, de bombeiros, de eletricistas e carpinteiros, entre outros. O único sindicato local em que negros eram bem-vindos era o de funcionários de saneamento, que era predominantemente negro e latino.) Lionel tinha dezesseis anos, estava no segundo ano do ensino médio, era grande para a idade, de pele áspera, facilmente entediado. Até mesmo nas matérias profissionalizantes as notas de Lionel eram baixas, ele matava aula com frequência, nossa mãe não ousava denunciá-lo para nosso pai por medo de uma cena horrível. Só que Lionel estava maravilhado com o irmão mais velho independente, que morava sozinho agora em um lugar perto do pátio ferroviário e tinha um carro, o velho Chevrolet 1984 de papai que tinha passado para Jerr já que praticamente não valia nem para ser revendido. Nos finais de semana, os dois passavam tempo juntos bebendo cerveja com amigos de Jerr, andando no carro de Jerr. Jerr tinha odiado a escola, mas agora odiava o emprego em tempo integral ainda mais, ser supervisionado, avaliado e julgado. Pior, odiava ser assistente de encanador, ter que limpar banheiros cheios de merda, todo tipo de porcaria, chegava perto de vomitar cada vez que saía.

Era o que o pai deles chamava de a *porra de vida real*. Não sabia quanto tempo ele conseguiria aguentar essa *porra de vida real*.

Em casa Jerr já estava cansado da mamãe se metendo na vida dele. Entreouvindo-o no telefone. Dando conselhos que não pediu. Tirando lençóis sujos da cama, pegando as meias e cuecas imundas do chão para lavar. Preparando comida da qual ele estava enjoado, que ele já tinha parado de comer anos antes e agora odiava. Lanchonetes eram boas o suficiente para ele, hambúrgueres gordurosos, batatas fritas cheias de sal. Qualquer coisa que viesse num embrulho celofane exibida nos mostruários coloridos do 7-Eleven ele abria com os dentes como se fosse um animal.

Quando terminou com a namorada, gabando-se de como a deixara abandonada num restaurante barato, exatamente o que a vaca merecia por desrespeitá-lo, mamãe ficou chocada e querendo saber por que ele faria uma coisa dessas, ela tinha conhecido Abbie, e Abbie parecia uma boa garota, e Jerr atacou de volta:

— Foda-se que "Abbie é uma boa garota". Você não sabe porra nenhuma sobre "Abbie", mãe. Então cuida da porra da sua vida. Não tem "garotas boas", só porcas de raças diferentes.

Mamãe ficou tão chocada com Jerr falando com ela daquele jeito, não apenas pelo desrespeito, pela insolência, mas também pelo significado das suas palavras, o ódio por ela, que não conseguiu responder e cambaleou para outro quarto.

Não tem garotas boas, só porcas de raças diferentes.

De novo e de novo, *por quê*.

Mas foi como *garotas boas, porcas* — não havia *por quê*.

Você diria que os garotos Kerrigan não foram criados daquela maneira, e seria verdade. E ainda assim.

Desde o tempo em que nosso pai frequentara a Escola de Ensino Médio de South Niagara, houve incidentes envolvendo garotos brancos e garotos negros, em especial depois de eventos esportivos na sexta-feira à noite, mas em geral eram discussões ou brigas em público de times, escolas rivais. Rivalidade com a Escola de Niagara Falls, de Tonawanda e South Buffalo. Alguns desses times eram predominantemente brancos e outros eram predominantemente negros. South Niagara tinha times integrados, nossos treinadores gostavam de se gabar. Os times masculinos, femininos. Futebol, basquete, beisebol. Natação.

As líderes de torcida? Isso era outra história.

Nenhum incidente envolvera Hadrian Johnson, que estava tanto nos times de futebol quanto de beisebol da escola no seu segundo ano de ensino médio.

No ano anterior, quando Jerome Kerrigan Jr. era aluno do último ano, conhecera um pouco Hadrian Johnson, como tinha conhecido um punhado de garotos afro-americanos na escola, mas não houvera animosidade entre eles — nenhuma mesmo. Jerome Jr. insistia nisso, e parecia ser verdade.

Lionel negaria "animosidade" também. Qualquer "preconceito de raça" — *ele* não.

Eles insistiriam que admiravam atletas negros — Mike Tyson, Magic Johnson, Michael Jordan. Jerry Rice, Barry Sanders. E muitos outros.

Eles sabiam quem Hadrian Johnson era nos times da escola porque quem não sabia quem era Hadrian Johnson? Não que Hadrian fosse um jogador brilhante, normalmente ele era apenas muito bom, muito confiável, do tipo em que técnicos podem confiar.

Sim, era verdade, os melhores atletas negros em South Niagara em geral eram vistosos, espetaculosos. Eles se inspiravam nos grandes atletas negros do país, que os americanos viam com empolgação na TV. Esses eram os negros insolentes que os garotos brancos temiam, desgostavam, invejavam. Se os atletas negros não fossem claramente superiores aos melhores jogadores brancos, provavelmente não seriam escolhidos para times escolares pois havia muita pressão de pais (brancos) para que seus filhos fossem escolhidos para times, e havia (como técnicos tentavam explicar) um espaço limitado nas equipes; mas, dado esse fato, sob concorrência tamanha, ainda assim Hadrian Johnson foi escolhido para dois times da escola, um favorito de técnicos e companheiros de equipe.

Um garoto negro, sim. Mas não, sabe, um *deles*.

South Niagara não era uma escola grande: menos de quinhentos alunos distribuídos em três séries. De certa maneira, todo mundo se conhecia.

Só que alunos brancos e negros não se misturavam muito. Até acontecia nos times esportivos e na banda da escola, no coral, nos clubes, mas não socialmente.

Nem havia namoros "interraciais". Quase nunca.

Era irônico, Hadrian Johnson tinha sido um jogador fenomenal no time masculino de beisebol do South Niagara Jaycee, que era composto de garotos de diversas escolas da cidade. Fotos de Hadrian em seu uniforme Jaycee, que viriam a ser publicadas em jornais e na televisão, foram tiradas no Kerrigan Field.

Interrogados pela promotoria de South Niagara se teriam algum motivo especial para perseguir e assediar Hadrian Johnson, os garotos insistiram que *não*.

Eles não o "perseguiram" — isso estava errado. Só queriam dar um susto. E não sabiam que era *ele* — não tinham visto o rosto, não de início.

Mas será que tinham tirado Hadrian Johnson da estrada porque ele era negro? Negaram com veemência. Negaram sem parar.

Quatro garotos brancos num carro, um garoto negro de bicicleta, tarde da noite de sábado — mas não, eles não eram racistas.

Seria amargamente debatido se o ataque tinha sido um *crime de ódio* ou uma agressão que saiu de controle, onde raça não era uma questão. Se fosse *crime de ódio*, os réus provavelmente receberiam penas mais longas, se culpados; mas havia a possibilidade, se insistissem em um julgamento com júri, que eles poderiam ser inocentados por um júri simpático à situação (branco). Se conseguisse montar uma maneira em que uma defesa como essa não saísse pela culatra e piorasse a situação, na mídia, por exemplo, o advogado deles considerava que os garotos poderiam afirmar *autodefesa*.

Os garotos tinham bebido boa parte da noite. Dois deles eram menores de idade, o que queria dizer que os outros eram responsáveis por fornecer álcool a eles; o atendente do 7-Eleven que vendera os engradados também estava encrencado. Eles tinham andado pela cidade, ido até o shopping, voltaram do shopping, bebendo e jogando latas de cerveja por aí. Pararam em um Friday's, onde o bar era sempre cheio, depois no Cristo's (o que era um risco, nosso pai às vezes aparecia no Cristo's na sexta-feira à noite). Passaram pelo Kerrigan Field. Passaram pelo Patriot Park. Pela avenida Kirkland, rua Depot, rodovia Delahunt. *Viram um cara de moletom com capuz pedalando uma bicicleta na rodovia Delahunt, com comportamento meio suspeito, como se não pertencesse à vizinhança. Alguma coisa no cesto da bicicleta parecia ser roubada. Não viram o rosto — não sabiam quem era...* Se tivessem gritado com ele seria só um jeito de falar, assustando alguém que (talvez) estivesse no lugar errado. Se Jerr mirou o carro no ciclista, foi só para assustar, não com a intenção de atropelar no acostamento.

E a forma como ele quis fugir, se arrastando, gritando para que o deixassem em paz. Como alguém culpado faria.

Policiais, eles se achavam. "Vigilantes" da vizinhança. Evitando que estranhos invadissem as casas, roubassem os carros.

Os advogados sugeriam a possibilidade. "Justiceiros"? — "Lutando contra o crime"? Como possibilidade de autodefesa.

O problema era que os garotos não estavam na própria vizinhança. Já Hadrian Johnson estava na própria vizinhança.

Sim, mas eles não *sabiam*. Como se não tivessem prestado atenção no rosto da vítima até — tarde demais.

Delahunt era uma rodovia escura àquela hora da noite. Centros comerciais, lanchonetes de tacos, postos de gasolina. Na Sétima Avenida, havia um pequeno estacionamento para trailers com cabos de luzinhas penduradas apagadas, remanescente do Natal anterior. Para além daquela rua esburacada de bangalôs com estrutura de madeira sem calçada chamada Howard.

Seguindo o ciclista por toda a Delahunt. Só pela graça.

Bem... quem anda de bicicleta à noite? Parecia ser um cara alto, não um garoto. Não um garoto jovem. E o que tinha no cestinho?

Refletores na traseira da bicicleta e a própria bicicleta pareciam (eles conseguiam ver, olhos apertados com os faróis) ser bastante caros. *Coisas roubadas?*

O ciclista estava agindo como culpado, eles pensaram. Ia aos solavancos pelo acostamento. Sabia que eles estavam ali e que se aproximavam. Talvez ele tenha achado que eram policiais. Então tentou pedalar mais rápido, o mais rápido possível, pretendendo entrar em uma estrada de terra que se abria mais à frente no campo, buscando uma escapatória. Pois quem quer que estivesse naquele carro estava se aproximando dele, buzinando como tiros de metralhadora. Garotos gritando pela janela.

Viria a ser revelado que Hadrian Johnson tinha passado a noite na casa da vó na rua Amsterdam, a um quilômetro e meio de distância. Às vezes, quando Hadrian passava tempo com a vó, que sofria de diabetes, ficava a noite inteira, mas naquela noite ele não fez isso. Pedalando para casa na rua Howard por um trecho da Delahunt, onde, se houvesse trânsito provavelmente seria rápido, mas havia relativamente pouco trânsito naquela hora da noite, ele estivera a dez minutos da casa da mãe quando um veículo surgira com velocidade atrás dele, inundando-o com suas luzes brilhantes, buzina ensurdecedora, gritos ridicularizantes, xingamentos.

Baque do para-choque direito atingindo a bicicleta, um grito agudo, o garoto caído entre a bicicleta revirada tentando se libertar e rastejar para longe.

O que aconteceu em seguida era confuso.

Difícil de lembrar. Como com qualquer coisa quebrada e em pedaços, você tenta juntar as peças.

Ainda assim, era um acidente. Os garotos afirmariam. Tinha que ser, porque o acontecido ainda não tinha sido premeditado.

Ao acertarem o ciclista — viram naquele momento que era um garoto, (talvez) um garoto negro, mas (ainda assim) ninguém que reconhecessem — então Jerr parou o carro, precisava conferir se o ciclista estava bem...

Era verdade que Jerr parou o carro. Verdade que saíram do carro.

Verdade que todos se aproximaram do garoto (ferido?) que estava tentando rastejar para fugir deles pelo acostamento...

(Será que era verdade que todos os quatro garotos tinham saído do Chevrolet? Ou será que Walt tinha ficado do lado de dentro, como nunca deixaria de afirmar?)

Eis um fato: nada do que havia acontecido era o que Jerome, Lionel, Walt ou Don queriam que acontecesse. O que não significa que eles se lembrassem com clareza *do que havia acontecido*.

Eles tinham bebido. Os caras mais velhos tinham conseguido cerveja para os mais novos. Sábado à noite. Mereciam mais de uma porra de um sábado à noite. Não estavam prontos pra ir pra casa ainda, caralho.

Mas, apenas por alguns segundos, tinham parado na Delahunt. Nem sequer um minuto — eles tinham certeza. Com uma noção vaga do trânsito na rua, um veículo passou. Alguém reduzindo a velocidade para gritar pela janela *O que aconteceu?* E Jerr gritando de volta *Ligamos pra emergência, tá tudo bem*.

E então entraram em pânico e voltaram para o Chevrolet. Acelerando com pneus cantando feito um programa de televisão policial. E mesmo assim (mais tarde) eles afirmariam que mal tinham notado que o ciclista com ferimentos graves tinha pele escura, muito menos sua identidade: Hadrian Johnson, de dezessete anos, da própria escola deles.

Logo depois da meia-noite de 2 de novembro de 1991, uma ligação anônima foi feita para a polícia relatando um garoto muito ferido caído inconsciente na beira da Delahunt, em South Niagara e uma bicicleta retorcida ao lado dele. Uma equipe médica de plantão do Hospital Geral de South Niagara imediatamente foi enviada, e o jovem atingido foi levado de ambulância, ainda inconsciente, para a emergência.

A vítima nunca recuperaria a consciência, e morreria, de dano cerebral severo e outros ferimentos, nove dias depois.

Nenhuma outra ligação para a polícia foi relatada naquela noite. Mas na manhã seguinte, quando a notícia do espancamento começou a se espalhar por South Niagara, uma pessoa relatou anonimamente à polícia que passara de carro pela Delahunt na noite anterior, por volta das 23h40, quando viu um veículo estacionado no acostamento, onde alguém, parecia ser um jovem rapaz negro, estava deitado no chão sangrando de um ferimento na cabeça, enquanto quatro ou cinco "jovens rapazes brancos" estavam ao redor dele. Parecia, disse o relator, que houvera uma briga. Ele desacelerou a picape e então acelerou de novo quando os rapazes brancos o viram, pois pareciam "ameaçadores" — "bêbados e assustados" — e ele achava que tinha visto um deles com um rifle.

Talvez não um rifle. Uma chave de roda? Um taco de beisebol?

Ele deu o fora dali rápido. Rezando para Deus e o diabo que não entrassem no carro e fossem atrás dele.

O relator identificou o carro como um Chevy dos anos 1980, um tom esmorecido de bronze, um carro bastante desgastado, enferrujado e amassado. "Dava pra ver principalmente que o para-choque frontal direito estava afundado no ponto onde acertaram o garoto. Era inconfundível."

Ele não tinha visto os garotos direito. Apenas "garotos brancos", "talvez na idade de ensino médio, ou um pouco mais velhos", mas tinha tentado memorizar a placa:

"... os primeiros três dígitos... KR4... Algo assim."

Louisville Slugger

Se a porra do taco não estivesse ali.

Porque nada daquilo havia sido premeditado. Havia apenas acontecido — do mesmo jeito que o fogo *simplesmente acontece*.

Porque o taco tinha ficado rolando na parte de trás do carro por meses. O motivo que ele dava para carregar um taco no carro? Costumava dizer que era para *proteção*.

Mais ou menos, ele dizia. Mas era uma espécie de piada também.

Porque a maioria das coisas, a porra das coisas na porra da vida dele, era piada. E isso incluía o taco.

Apenas seu velho taco de beisebol. As inscrições estavam gastas, ele o tinha fazia anos. Não conseguia nem se lembrar da última vez que tinha jogado beisebol. Mas o taco era *dele* — os irmãos tinham que arranjar os próprios tacos se é que isso seria possível.

Nunca pensou muito a respeito. Não muito.

Balançando, rolando e batendo na parte de trás do carro, junto com as latas de cerveja vazias e outras merdas, ele nem ouvia mais.

Só que, naquela noite, um dos caras (bêbados) no banco de trás pegou o taco. E do lado de fora, na confusão, ele o arrancou de quem quer que fosse, talvez Don Brinkhaus, empolgado, estimulado, e balançando o taco porque o taco era *dele* e o taco era maravilhoso pra caralho. A pegada firme, o peso, a fita preta gasta que ele tinha grudado no cabo sabe-se lá quantos anos antes. Ele nunca tinha sido um rebatedor excepcional, mas era bom o suficiente. Envergonhado e desencorajado com facilidade, além de humilhado pra cacete, errando lances fáceis, acertando a bola com pouca força, fazendo com que ela saltasse como que jogada por uma criancinha, caindo reto no chão, rolando para os pés do primeira-base... Esperando para matar qualquer cuzão que risse dele.

Mas agora não. A porra do taco não erraria o alvo agora.

O garoto negro estendido no chão implorando que o deixassem ir embora, por favor, por favor, sangrando pelo nariz e pela boca não era tão fodão agora, não é mesmo. Deitado de costas e implorando. E os caras zombando, rindo. Golpeando, chutando.

Como se ele os tivesse provocado a *encontrá-lo* pelo caminho. Amassado o para-choques da porra do carro por causa *dele*.

Era apenas natural que o taco tomasse vida própria nas mãos de Jerr, e saísse do seu controle. Furioso, rápido. Como cortar lenha.

O *baque!* do taco. Ou será que era o *baque!* do crânio?

Mas sem o taco, talvez não. Não.

Não teria *rompido* o crânio. E todo aquele sangue.

Sem a porra do taco, teriam chutado o garoto negro umas poucas vezes mais e então o deixariam pra lá. Vendo que ele não estava brigando de volta, tinha ficado mole. Provavelmente o garoto negro não poderia identificá-los depois, os olhos inchados a ponto de fecharem. Sangue por todo o rosto. Puta que pariu. Ninguém queria matar ninguém, isso era fato.

Isso *era fato*. Eles jurariam com a mão na Bíblia.

Eles chegaram à conclusão de que (talvez) tivessem confundido o garoto com outro negro, maior, mais forte, um ou dois anos mais velho. Jogador de futebol. O que tinha a namorada branca de cabelo oxigenado. O que matava tempo do outro lado da rua da escola. *Aquele* pau no cu, aquele eles queriam pegar e apagar o sorrisinho da cara gorda.

Se não fosse o taco. A porra do taco. Nada daquilo teria acontecido. Ou do jeito que tinha acontecido. Dava para argumentar que era *circunstância atenuante*. O fato de o taco simplesmente estar nas mãos de Jerr naquele exato minuto.

Porque não tinha sido premeditado, levar o taco. Só estava na parte de trás do carro, onde estivera rolando por meses. E então, como um acidente. Deus do céu, *tinha sido um acidente.*

E também talvez, será que poderiam argumentar que tinham bebido, e que não estavam pensando direito. Comprando engradados de cerveja sem que ninguém perguntasse a eles para quem eram, quantos anos tinham. Nada daquilo teria acontecido se não fosse por isso. E o carro, o pai tinha dado a ele. Deus do céu! Ele nem tinha pedido um carro, era inteligente o bastante para não fazer isso, se tivesse, o pai o teria feito rastejar pelo asfalto. Com uma surpresa completa, ele simplesmente deu a ele o carro que teria valido alguma coisa, um trocado talvez. Mas tinha dado o carro para Jerr, o que deixava o filho devendo pro pai, e muito. E deixava Jerr ansioso, cuidar do carro. Toda vez que chegava em casa, o velho saía e inspecionava o carro e, se não dissesse nada, poderia ser pior do que se dissesse, pois ao menos quando ele falava dava para saber o que ele estava pensando. E Jerome Kerrigan estava sempre *pensando* pra caralho.

O que levou Jerr a desviar a merda do carro da rua. Como se quisesse se livrar dele. Umas poucas cervejas, a gente começa a pensar assim. Acertar o garoto negro foi apenas dano colateral. Dava para argumentar que tinha sido um acidente, ninguém nem sabia que o garoto estava lá até que o viram. Ele queria só assustar o garoto, fazer todo mundo rir, impressionar o irmão que achava que ele era um cara legal, mas as rodas da frente chegaram no cascalho e mudaram de direção, o para-choque direito atingiu o garoto e o levantou, e a maldita bicicleta deixou um dente no para-choque que ele e Lionel tentariam desamassar com as mãos, pintando e forçando a ferragem, mas ainda assim, o amassado estava ali. Cheios de ferrugem na porra dos dedos.

E o sangue do bastão, eles tinham esfregado até a morte.

Uma cadeia de eventos, acidentes. Poderia acontecer com qualquer um.

Nada tinha sido *premeditado*. Esse é o ponto principal.

Percebeu então, que era seu pai quem havia dado a ele a porra do taco de beisebol. Claro. É claro que tinha sido ele, tinha que ser, dando muita importância para aquilo, levando-o à loja no centro para que escolhesse de aniversário: *Louisville Slugger*. A melhor marca.

Agora você tem que fazer jus, garoto.

A irmãzinha

Acordada por... algo.

Não pelo clarão dos faróis na parede do quarto escuro. Não pela forte luz dos faróis nas duas paredes do nosso quarto, como quando um veículo virava na garagem.

Eu pensaria assim, mas apenas depois — *Eles apagaram os faróis. Não queriam acordar ninguém.*

Eu pensaria ainda menos, aos doze anos de idade — *Essa parte seria premeditada. Sem deixar nenhuma ponta solta.*

Então vi o horário: 0h25. Alguém havia entrado na cozinha no andar de baixo, pelos fundos da casa, pela garagem. Eu ainda não sabia que eram Jerr e Lionel.

Embora Jerr tivesse sua própria casa para morar agora, ele aparecia com frequência na nossa. Tinha trazido Lionel para casa, mas não partiria de imediato. Tinha deixado os outros, nosso primo Walt e Don Brinkhaus, em casa.

Naquele momento, eles não sabiam, afirmariam que não faziam ideia, que Hadrian Johnson tinha apanhado tanto que nunca recuperaria a consciência.

Apesar do sangramento profundo de ferimentos na cabeça, das pancadas do taco de beisebol de Jerr, eles afirmariam que, quando o deixaram, Hadrian Johnson parecia estar *bem*.

Isso eu descobriria mais tarde. Com o tempo, eu memorizaria muita coisa. Como que erguendo pedrinhas, cascalho. Levantando, contemplando. Baixando outra vez, cuidando para colocar o seixo no seu lugar preciso e correto.

No quarto pequeno compartilhado com minha irmã no topo das escadas, fiquei deitada imóvel ouvindo vozes que pareciam baixas e urgentes. De início, pensei que uma das vozes fosse do meu pai — mas a outra voz não era da mamãe.

Fui à porta e a abri, só um pouco. Com atenção, ouvi. Era emocionante para mim que Katie continuasse dormindo. Que todo mundo continuasse dormindo — nossos pais, nossa irmã mais velha, nossos irmãos Les e Rick.

Quando papai saía, ou meus irmãos, eu ficava acordada esperando por eles, se conseguisse evitar que meus olhos fechassem. Eles não faziam ideia do quanto eu esperava por eles. Aguardando, pacientemente, os faróis brilharem na parede do quarto. Naquela noite, esperava que Jerr trouxesse Lionel para casa e que ficassem um pouco na cozinha tomando uma ou duas cervejas, como faziam com frequência.

Em silêncio, deixei meu quarto e desci as escadas, de pés descalços. De pijama. Mas ninguém estava na cozinha.

Tinham entrado na cozinha, pensei. Havia uma corrente de frio no ar, um cheiro de folhas frias e molhadas. E então reparei que eles haviam voltado para a garagem, deixando a porta entreaberta.

Aquela porta raramente ficava trancada. A maioria das portas na casa raramente ficava trancada.

A poucos centímetros da porta, hesitei, ouvindo. Até então eu não sabia com certeza absoluta se eram Jerr e Lionel que tinham entrado na casa, mas agora eu ouvia suas vozes, baixas e urgentes. Com frequência, entreouvia meus irmãos falando um com o outro. Suas falas eram fascinantes para mim. Mais ainda, a fala de meu pai era fascinante para mim. A linguagem de homens e garotos, que quase nunca era dirigida a mim, tanto que eu só podia ser uma bisbilhoteira. Enquanto nunca havia ambiguidade em relação a se minha mãe se dirigia a mim.

Meus irmãos estavam inquietos, agitados. Eu conseguia ouvir apenas palavras isoladas. *Caralho, merda. Fala baixo!*

Meus irmãos nunca me pegaram entreouvindo, de tão pouco que me notavam.

Então, ouvi a torneira do lado de fora sendo aberta. Meus irmãos estavam fazendo alguma coisa com a mangueira...? Lavando o carro?

Pela abertura na porta, vi os dois agachados logo na saída da garagem, onde a água da mangueira seria absorvida pela terra e não empoçaria no piso da garagem. Havia luz — uma luz aérea na garagem —, uma única lâmpada no teto, forte e coberta de sujeira —, então, eu conseguia ver, embora mal, que lavavam algo: um taco de beisebol.

Tinha que ser o taco que Jerr carregava no carro "para proteção". Ele e Lionel tinham erguido as mangas para lavar o taco, as mãos e os antebraços vigorosamente.

Tinham pegado o sabonete da casa. Uma barra de sabão com perfume forte que ficava na pia da cozinha que basicamente só nosso pai usava, secando as mãos em maços de toalhas de papel.

Meus irmãos riam de nervoso. Havia algo de muito errado, mas senti vontade de rir também. Eles estavam a uns três metros de distância, pois eu os via em ângulo. Pensando *Eles não vão gostar disso. Eu espiando eles. Não.*

Ainda assim, permaneci onde estava. Olhando fixamente. (Talvez) memorizando. Eu demoraria muito tempo para descobrir que, durante aqueles minutos, meus irmãos estavam deliberando o que fazer com o taco manchado de sangue. *A arma do crime*, era como seria chamada um dia.

Eles estavam sóbrios agora, diriam. Sóbrios como pedra.

Totalmente *sóbrios* pra caralho.

Não pensavam com clareza, mas sabiam que tinham que se livrar do taco, e rápido. Consideraram jogá-lo no rio — mas e se flutuasse? Até mesmo se afundasse, um taco de madeira poderia se desmanchar, e o rio seria o primeiro lugar que a polícia de South Niagara procuraria por uma arma. Tampouco podiam queimá-lo (será que um taco *queimaria*? A fumaça seria detectada). Não era uma boa ideia esconder no lixo, nem mesmo na lixeira de outra pessoa na rua, então decidiram enterrá-lo na margem do rio, no meio da vegetação rasteira, a algumas centenas de metros de casa. Havia lixo na margem do rio, parte era adubo do jardim de mamãe. Aquela ideia era melhor, pensaram, do que dirigir. Eles já tinham ficado tempo suficiente no carro por uma noite.

Conseguiram diminuir os amassados no para-choque. Com dificuldade e com a força das mãos. Arfando, xingando. No dia seguinte, sob a luz do dia, no meio-fio perto de sua casa alugada, Jerr teria pego um martelo e desamassaria mais, se tivesse lembrado.

Na verdade, os amassados e arranhões e (até mesmo) as manchas de sangue na frente do Chevrolet ainda registrado sob o nome de Jerome Kerrigan ficariam evidentes quando fosse examinado com atenção por investigadores da polícia. Assim como as roupas, as meias e os calçados que meus irmãos tentariam lavar naquela noite.

Como o taco, que não poderia ser lavado a ponto de higienização absoluta, pois seus entalhes e ranhuras abrigariam traços do sangue de Hadrian Johnson, de forma inconfundível.

Enterrar o taco na vegetação, perto do adubo de mamãe — aquilo parecia uma ideia prática. Vi meus irmãos enrolarem o taco molhado em um pedaço de pano de estopa e os vi deixarem a garagem, mas não pude observá-los além disso, apenas entendi que não estavam indo longe, para o nosso quintal, ou um pouco além, a pé.

Eu estava confusa. Não fazia ideia do que os dois estavam fazendo. Imaginei que pudessem estar bêbados. Talvez fosse algum tipo de brincadeira.

Subi as escadas e voltei pra cama. Mas não consegui dormir.

E, então, cerca de meia hora depois, eu os ouvi entrando em casa. Na cozinha. Ouvi a porta da geladeira (silenciosamente) abrindo e fechando. O som de latas de cerveja sendo abertas.

Quase conseguia ouvir vozes. Risadas leves.

Je-sus.

Meu Deus, caralho!

Eu estava insone, e eu estava curiosa. Estava pensando — *Não há nada diferente na noite de hoje.*

Deixei meu quarto para me juntar a eles. A irmãzinha com jeito de garoto, que eles gostavam mais do que de Katie e de (a fresca, mandona) Miriam.

Era assim, eu adorava meus irmãos mais velhos e me banhava até mesmo na atenção descuidada deles. E eles me amavam, eu achava. Sempre tinha achado.

Me notando, às vezes. Bagunçando o meu cabelo como você bagunçaria o pelo de um cachorro. *Ei, garota. Como está, Vi'let Rue?*

Em uma família, há aliados e há adversários. Parecia a mim que meus irmãos e eu estávamos do lado do meu pai, e minhas irmãs estavam do lado da minha mãe.

Eu queria acreditar naquilo. Com toda a minha ingenuidade.

Porque eu não era uma *fêmea* ainda, não de verdade. Quadris retos como de um cara, peito reto, pequenos músculos duros nas pernas, braços, ombros — meus irmãos tinham que admitir, eu conseguia correr tão rápido quanto a maioria dos garotos da minha idade, raramente chorava ou reclamava, não tinha frescuras nem nojinho como as outras garotas, não me encolhia e fugia como as outras garotas.

Se eu tinha orgulho disso? Tinha.

Entrei na cozinha como se tivesse acordado só naquele momento. Ousadamente, disse:

— Oi, gente! Onde vocês andaram até tão tarde?

Eles encararam meu pijama como se, por um momento trêmulo, não soubessem quem eu era. Como se não soubessem o que fazer comigo.

Ambos bebiam cerveja direto da lata, sedentos. Respirando pela boca, como se estivessem correndo. Eu sentia a inquietação deles, via a fadiga nos seus rostos e, ainda assim, havia algo novo. Abertas, suas jaquetas estavam molhadas na frente. Tinham lavado e esfregado com vigor. Seus calçados estavam molhados, manchados. A barra das calças. O rosto grande e largo de Lionel parecia inchado; um corte pequeno brilhava sob seu olho direito. Jerr esfregava as juntas da mão direita, como se com dor, mas uma dor agradável. Ele tinha se demorado jogando água em seu rosto corado, umedecendo seu cabelo comprido, liso e cor de areia e penteando-o para trás. Como a pele de Lionel, a pele de Jerr era manchada, mas ele tinha um rosto brutalmente belo. Ele tinha o rosto jovem do papai.

Com um sorriso duro, Jerr disse:

— Ali pela região de Niagara Falls. Esbarramos nuns filhos da puta. Mas estamos bem, tá vendo? Não conta pra mamãe.

Lionel disse:

— É, Vi'let. Não conta pra mamãe, nem... ele.

Ele. A gente sabia o que *ele* queria dizer.

Não precisavam me alertar para não contar pro papai. Nenhum de nós jamais deduraria uns aos outros para nosso pai. Mesmo que estivéssemos furiosos uns com os outros, ou enojados, não faríamos isso. Seria uma traição tão profunda e cruel a ponto de ser imperdoável, pois a punição do papai seria rápida e impiedosa, e, por um certo tempo, papai não daria seu amor para aquele que punira.

Perguntei com quem andaram brigando. Como eu queria saber seus segredos. Ser como um irmão para eles, não apenas uma *irmã*.

Apesar de eu saber que era inútil. Eles dariam de ombros como sempre faziam quando eu tentava bisbilhotar. Jerr disse, baixando a voz:

— Você tem que prometer que não vai dizer nada, Vi'let. Tá bem?

Dei de ombros e ri. Eu estava me sentindo rebelde! Perguntando, será que eu poderia provar a cerveja deles?

Eles me olharam com surpresa. Eu *os* tinha surpreendido?

Lionel me passou a lata, que ainda estava fria. Não era cerveja normal, mas a escura favorita do papai, Dark Horse Black Ale. O sabor era repulsivo, até mesmo o cheiro, mas eu estava determinada a perseverar na tentativa de gostar, de entender por que meus irmãos e meu pai gostavam tanto de cerveja preta, até que um dia (eu tinha certeza) eu gostaria dela perfeitamente. Engoli de uma vez só. Engasguei, o líquido ardendo no meu nariz, os garotos rindo de mim, mas não com maldade. Consegui dizer:

— Prometo.

A promessa

Segunda-feira, as notícias do "espancamento grotesco" de Hadrian Johnson se espalharam por toda South Niagara. Até mesmo na minha escola, ninguém falava de outra coisa. Eu ouvi e soube.

Um garoto negro, jogador de basquete e aluno do quadro de honra do ensino médio. Espancado e deixado inconsciente na beira da estrada. Em estado crítico, internado em tratamento intensivo no Hospital Geral de South Niagara...

Nossos professores pareciam soturnos, cautelosos. Dava para vê-los conversando, nervosos, pelos corredores. Mas não com a gente.

Melhor não falar nada. Até sabermos de todos os fatos.

Eu temia pelos meus irmãos, tinha pavor de que fossem presos. Não contaria a ninguém o que sabia.

Mas a polícia de South Niagara já estava fazendo perguntas a respeito dos meus irmãos, do meu primo Walt e de Don Brinkhaus que, assim como Jerr, não frequentava mais a escola. Alguém dera a eles os primeiros três dígitos da placa do Chevrolet e uma descrição parcial do carro, que fora rastreado até nosso pai.

Não tinha como Jerome Kerrigan negar que dera o carro de presente para o filho mais velho, Jerome Jr., já que um número grande de pessoas sabia disso; mas havia a possibilidade remota, papai provavelmente dizia a si mesmo e à polícia, de que o Chevrolet tivesse sido roubado e o que quer que houvesse acontecido não fosse culpa dos seus filhos... Porque os policiais permitiram que papai achasse, de início, que a situação tinha sido mero acidente, um atropelamento em que o motorista não havia prestado socorro.

As malditas crianças perderam a noção e entraram em pânico.

Meus dois irmãos foram levados por policiais até a delegacia para questionamento. Jerr assim que chegava atrasado no trabalho, zonzo e distraído, no Chevrolet com o para-choque amassado; Lionel na escola, perturbado e ansioso, determinado a se comportar como se nada tivesse acontecido. Nós descobriríamos depois que papai se encontrou com Jerr e Lionel na delegacia na companhia do advogado que tinha defendido os garotos de forma tão bem-sucedida das acusações de violência sexual contra Liza Deaver.

Em casa, nossa mãe estava preocupada, nervosa. Diversas vezes ela se apressou para atender o telefone, levando-o a um cômodo em que pudesse falar com privacidade. Na hora do jantar, quando Lionel e papai não tinham voltado, pensei que seria esperado de mim perguntar Onde eles estavam? Havia algo de errado?, mas minha mãe dava as costas como se não tivesse ouvido.

Onde estava papai e onde estava Lionel? Minhas irmãs e meus irmãos Les e Rick pareciam não saber.

Em silêncio, sentamos com nossa mãe para ver o noticiário local das seis. A história principal era sobre o *ataque mortal a um adolescente da região por agressores ainda não identificados.*

A vítima era *Hadrian Johnson, dezessete anos. Jogador de basquete popular e aluno do quadro de honra na Escola de Ensino Médio de South Niagara. Espancado, ferimentos críticos, uma testemunha dirigindo pela rodovia Delahunt supostamente alegou que eram "quatro ou cinco garotos brancos"...*

Uma imagem de Hadrian Johnson encheu a tela, a foto que seria publicada no seu obituário: aparência juvenil, de menino, sorriso doce, dentes da frente com um espaço no meio.

Nossa mãe gemia baixinho para si mesma. Ela estava agitada desde a hora em que chegamos da escola e até mesmo agora, quando o telefone tocava, ela parecia não ouvir.

Minhas irmãs, Miriam e Katie, meus irmãos Les e Rick, continuaram encarando a tela de televisão de forma entorpecida, apesar de estar nos comerciais. Eles estavam mais silenciosos do que nunca. Les disse que conhecia Hadrian Johnson — mais ou menos. Katie disse que conhecia a irmã dele, Louise. Miriam, que nunca ousou fumar em casa, se atrapalhou ao procurar cigarros num bolso, acendeu um com as mãos trêmulas e nossa mãe, paralisada de olhar vidrado, piscante, não deu a mínima atenção.

O quanto todos eles sabiam ou haviam adivinhado, eu não tinha ideia.

Não entendi como aquela notícia terrível poderia estar ligada aos meus irmãos. Havia algo de que eu me esquecia — o taco de beisebol? Na minha confusão, me pareceu que Hadrian Johnson deveria ter apanhado das mesmas pessoas que tinham brigado com os meus irmãos — *os filhos da puta de Niagara Falls.*

A região de Niagara Falls, as cataratas do Niágara, ficava a onze quilômetros de distância. O ataque havia sido ali em South Niagara, na rodovia Delahunt.

Havia rivalidades de longa data entre os times das escolas de ensino médio. Às vezes, acabavam em atos de vandalismo, ameaças, brigas. Surras.

Deve ter sido isso, pensei. Uns caras de Niagara Falls invadiram South Niagara. Com frequência, havia ameaças em grafite nas paredes das escolas em South Niagara, palavras e desenhos obscenos depois de um final de semana.

Pelo que os meus irmãos me disseram, parecia que eles tinham estado em Niagara Falls e acabaram brigando por lá. Era possível que eu tivesse ouvido errado?

Não vou contar pro papai. Não vou contar pra ninguém. Prometo!

Quando o noticiário acabou, nossa mãe se levantou devagar, projetando-se para fora do sofá. Com a dignidade endurecida de alguém que sentia imensa dor, porém resignada a não demonstrá-la, ela atravessou a sala e saiu. Víamos seus lábios se movendo sem palavras, como se rezasse ou discutisse com alguém. Seus olhos haviam ficado embaçados, como se encarasse algo pressionado perto demais do rosto e não conseguisse focar a imagem.

Ela se escondia pela casa, naquele estado dormente. Ela se escondia como uma criatura ferida. Como tinha feito depois do que ela chamara de o *probleminha* com a garota Deaver, por semanas, ela relutara em sair da casa, sabendo que acabaria encontrando amigos, conhecidos, vizinhos, todos ansiosos para se solidarizar com ela a respeito da injustiça terrível à qual os garotos Kerrigan tinham sido submetidos...

Apesar de não estar sempre claro, nossa mãe sabia a diferença entre se solidarizar e se regozijar com uma situação.

Depois de um tempo, a garota Deaver foi esquecida. Ou pelo menos as pessoas pararam de falar sobre ela com Lula Kerrigan.

Daquele momento em diante, notamos que mamãe se tornava mais religiosa. Se é que era isso que era mesmo — "religiosa".

Na igreja, ela se sentava ereta e atenta. Era de se pensar que sua mente estava em outro lugar, dada a expressão vazia. Ainda assim, ela de repente cobria o rosto com as mãos, como se tomada pela emoção. Conforme a missa era celebrada dolorosamente devagar, conforme o padre erguia a pequena hóstia pálida nas mãos para abençoá-la, transformá-la no corpo e no sangue de Jesus Cristo, o soar do pequenino sino cinzento parecia incitar minha mãe a tais comportamentos, mortificantes para aqueles que precisavam se amontoar com ela no banco — nos anos recentes, apenas os filhos mais novos e Miriam.

Era raro que papai fosse à missa com mamãe. Ainda mais raro que Jerr ou Lionel fossem. Mas Les, às vezes. E Katie e Rick. E Violet Rue, que normalmente ficava espremida entre Katie e mamãe, uma criança inquieta, que se entediava fácil.

Violet Rue odiava a igreja. Ah, mas também tinha medo da igreja — o Deus de olhos sempre alertas que habitava a igreja e que conhecia as profundezas maiores do seu coração.

Às vezes, quando mamãe baixava as mãos do rosto, os olhos estavam cheios de lágrimas.

Lágrimas de mágoa ou de medo...? Triunfo? Vingança? Não havia como saber, ninguém ousaria olhar para aquele rosto brilhante.

A caminho do altar de comunhão, tropeçando como uma bêbada, negligente com suas crianças. *Ela* estava na presença de Deus, ela não tinha nada a ver com eles naquele momento.

O comportamento público de uma mãe pode ser fonte de vergonha imensa para os filhos, em especial para as filhas. (Como o do nosso pai nunca foi.) (Talvez porque víamos a mamãe em lugares públicos com muito mais frequência do que víamos o papai.) A boca com o batom vermelho que se destacava como se tivesse sido desenhada em papel no seu rosto pálido e carnudo, as sobrancelhas depenadas na pinça que nunca mais cresceriam, pernas nuas brandas marcadas por veias e quadris que se espalhavam, cabelo começando a ficar grisalho em mechas — tudo isso era vergonhoso para olhos atentos e implacáveis. E a precisão exasperante com a qual mamãe estacionava o carro, que requeria tentativas numerosas. As exclamações abafadas, os soluços engolidos.

Ai, Deus. Me ajude!

Eu adorava minha mãe, mas também acho que a odiava. Mais e mais, conforme eu crescia e mamãe parecia nunca mudar a não ser para se tornar uma versão mais irritante dela mesma.

Depois do noticiário, nós nos recolhemos chocados. Como se tivesse acontecido um incêndio em algum lugar na casa, mas ninguém soubesse onde. Eu conseguia ouvir a voz aturdida de Katie, e Miriam mandando ela ficar quieta, para não incomodar mamãe.

Eu queria dizer a elas que sabia muito mais do que elas. Nossos irmãos haviam me confiado um segredo e não confiaram a *elas*.

Por sete horas, meu pai permaneceu com Jerr e Lionel na delegacia enquanto os policiais faziam perguntas. (Não "interrogavam", já que eles não tinham sido presos — ainda.)

De início, meus irmãos negaram qualquer envolvimento com Hadrian Johnson.

Então, Jerr admitiu que era uma possibilidade que tivesse batido em algo, ou alguém, enquanto dirigia pela rodovia Delahunt no sábado à noite. E que tinha bebido — algumas cervejas. E que talvez dirigisse rápido, um pouco acima do limite de setenta quilômetros.

Com certeza ele tinha ouvido um *baque*. Tanto ele quanto Lionel. Olhou pelo espelho retrovisor, mas não viu nada, achou que deveria ter sido um cervo ou uma bicicleta abandonada no acostamento da estrada.

Alguém mais estava com eles?, perguntaram aos meus irmãos.

A princípio, relutaram a dar os nomes dos outros garotos. Pois não eram o tipo de gente que dedurava os amigos. Não eram ratos, alguém que entregasse outra pessoa.

No começo, balançaram a cabeça dizendo *não*.

Mas logo, depois de serem perguntados muitas vezes, e vendo a impaciência crescente de papai, reconheceram que *sim* — havia outros dois caras com eles, no banco traseiro do carro.

E então, meus irmãos de fato haviam sido "ratos" com seus amigos, afinal de contas. (Se isso seria usado contra eles? — Não parecia ser o caso.)

Eu me perguntaria sobre quando nosso pai ouviu dos policiais a respeito de Hadrian Johnson — o que fizeram com ele, em que condições estava; quando isso havia acontecido e o que a testemunha havia relatado.

Quando papai se viu sem a escolha de se convencer de que a situação em que seus filhos estavam metidos era apenas um atropelamento acidental sem prestação de socorro.

Depois de sete horas, papai foi autorizado a levar os meus irmãos de volta para casa. Eles não tinham sido presos (ainda). Tinham sido alertados e concordado em não deixar South Niagara e em ficar disponíveis para questionamentos futuros, que poderiam acontecer até mesmo no dia seguinte.

Passava das nove da noite. Estavam exaustos e mortos de fome. Na cozinha, jantaram o que mamãe havia preparado para eles e deixado no forno. Ninguém mais foi autorizado a entrar no recinto, apesar de nos dizerem — no caso, o papai, pois a mamãe não conseguia falar — que tinha acontecido um "mal-entendido" da polícia de South Niagara — um "erro de identificação" — que seria corrigido de manhã, com a ajuda do advogado.

Rick perguntou se tinha algo a ver com Hadrian Johnson ter sido espancado, e papai disse cheio de raiva que *não tinha, não*.

Pelo que conseguíamos ver em nossos irmãos mais velhos, eles pareciam exaustos, taciturnos. Seus maxilares estavam escuros com a barba por fazer e seus olhos, emoldurados pelas olheiras. Lionel não fez um comentário desagradável, como era seu costume quando alguém olhava para ele com mais intensidade do que ele gostaria, e Jerr nos ignorou completamente.

Katie e eu fomos dormir, mais tarde do que o normal. E em nossas camas, deitamos incapazes de pegar no sono. Katie disse:

— Acho que Jerr e Lionel estão metidos em algum tipo de encrenca por causa daquela noite. Com o carro de Jerr? Você acha que... eles estavam bebendo?

Sobre Hadrian Johnson, ela não falou, como se tivesse se esquecido dele.

E eu tinha me esquecido dele também. E do taco de beisebol.

Estranho estar deitada sob um edredom quente, usando pijamas de flanela, e tremer. Tremer tanto que meus dentes batiam.

E minha cabeça doía, como acontecia às vezes quando eu me deitava, a cabeça em um único travesseiro; sangue demais corria para ela. Queria muito apenas ficar deitada ali no escuro, sem ter que ver qualquer outra pessoa, sem ter que ouvir outra pessoa falar, sem ter que ouvir a mim mesma. Sem ter que pensar a respeito de qualquer coisa que me chateasse, me assustasse.

O que é isso? Por quê?

No começo, achei que fosse o vento arrastando os galhos no telhado da casa, então entendi que era papai falando com meus irmãos na cozinha lá embaixo. Sua voz estava baixa e afobada, as vozes eram sussurros. Às vezes, parecia que estava dando instruções a eles, e, às vezes, parecia que negociava com eles. De repente, sua voz ficava abrupta, como se os interrompesse. Eu não conseguia distinguir palavras por causa das batidas do meu coração.

Eu me sentia enjoada por saber o que Jerome e Lionel tinham feito, mesmo que não pudesse entender exatamente o que tinham feito, pois ainda pensava em Niagara Falls... Eu não queria bisbilhotar agora. Jamais entreouviria alguém de novo.

Era algo assustador para mim, eu não achava que poderia mentir se fosse questionada a respeito dos meus irmãos. Se os policiais *me* questionassem.

Eu não conseguia mentir de forma convincente para os meus irmãos e as minhas irmãs, e não conseguia mentir de maneira nenhuma para um adulto. Eu teria que contar a verdade. Como no confessionário, onde eu me esforçava para listar os "pecados" que tinha cometido, que incluíam os pecados de omissão. Se o padre me perguntasse — *O que não está me contando, minha querida? Qual é o seu segredo?* Se algum dos professores me perguntasse — *O que é, Violet? — O que você deveria contar à polícia?*

Durante o longo dia na escola, eu fiquei pensando em Hadrian Johnson. Ouvi seu nome, vi sua foto. Seu rosto na capa do *South Niagara Union Journal*. O pensamento inicial é de que se trata de um atleta, alguém que trouxe algum tipo de reconhecimento para South Niagara, um campeonato, uma bolsa. Mas então, a manchete:

JOVEM LOCAL, 17 ANOS, BRUTALMENTE ESPANCADO
Ataque na rodovia Delahunt, polícia busca agressores

Jerr tinha passado a noite na nossa casa, no antigo quarto que compartilhara com Lionel. Eu me perguntava se os dois estavam acordados como eu estava e se conversavam ou se tinham caído no sono em silêncio, exaustos. Eu me perguntava sobre o que pensavam. Se é que pensavam. Apesar de ser sensata o suficiente, eu me perguntava se de alguma forma era verdade — ou alguma forma da verdade —, que tinha sido um "mal-entendido" — um "erro de identificação".

Meus irmãos já tinham um advogado. Rápido assim, papai sabia que precisava, como ele diria sardonicamente dos outros, *acionar o advogado*.

No mundo de papai, acionar o advogado era admissão de culpa. Geralmente.

Mas você precisava de um advogado quando era acusado de algo. Perante a lei todos eram *inocentes até que se prove o contrário* e só um advogado conseguiria guiar o processo em busca de tal prova.

Como ele tinha protegido meus irmãos e os outros garotos de consequências sérias, na época de Liza Deaver.

Paralisada de medo, fiquei deitada pressionando as mãos sobre os ouvidos enquanto meu pai continuava a questionar meus irmãos quase diretamente debaixo da minha cama. Eu me perguntei se no quarto dos meus pais no final do corredor minha mãe também estava deitada acordada, incapaz de dormir, buscando sons — passos nas escadas, um fechar suave de portas — que mostravam que o drama tinha terminado por hoje.

Seja lá o que papai estivesse perguntando para os meus irmãos, eles estavam dando respostas que não eram satisfatórias. Isso eu conseguia entender.

Era provável que papai tivesse se sentido humilhado pela situação na delegacia. Ele conhecia policiais de South Niagara, e eles o conheciam. Tinha estudado com alguns deles. Possivelmente, estavam constrangidos por ele.

Dos quatro garotos trazidos para questionamento, Jerr, o mais velho, pareceria o mais convincente, já que era (aparentemente) o mais esperto; Walt, um primo, o filho de um dos irmãos mais novos de papai, pareceria o mais inocente, e o mais facilmente manipulável. Lionel, desconfortável no próprio corpo, tendo crescido muito rápido no último ano, com o corte vermelho sob o olho como um piscar lúrido, pareceria o menos confiável. E havia Don Brinkhaus, com seu corte de cabelo estilo militar e largo rosto de bezerro, que fizera parte do time de futebol da escola no ensino médio até ser expulso por ter brigado, dois ou três anos antes.

Será que eles passaram de carro pela rodovia Delahunt e será que Jerr tinha (sem saber) batido em algo ou alguém no acostamento...? Esse era o problema. Lionel queria insistir que nada havia acontecido. Afligindo, choramingando para papai — *Não foi a gente. A gente nem viu ele. Só querem prender alguém branco.*

Eu me perguntei: será que papai acreditava neles?

E eu me perguntei: será que mamãe acreditava neles?

No telefone, nós a ouvíamos, ofegante e incrédula.

— É tudo armação. Eles nem estão procurando outra pessoa. Acham que foi o carro de Jerr... o que Jerome deu a ele. Eles *acham*. Mas Jerr disse que, se bateu em alguma coisa naquela noite, foi um cervo. Ele disse que lavou as manchas de sangue. Ele achou que era um *cervo*, é o que se faz, se... se você acerta um cervo... E estão dizendo que esse garoto Johnson, esse garoto negro, estava envolvido com drogas. Eles estão todos... Quero dizer, muitos deles estão, lá mesmo, dentro da escola. No ensino médio. No fundamental. Os traficantes estão por toda a Niagara Falls, traficantes negros em Niagara Falls e em Buffalo, ligados à cidade de Nova York. Dirigem carros caros... carros esportivos. Vestem casacos de pele, correntes de ouro, preenchimentos de diamantes nos *dentes*. Eles se matam o tempo todo e ninguém liga, os policiais ignoram porque recebem uma grana de *suborno*. Vem tudo da Colômbia, da América do Sul, a droga... heroína, acho. Ópio.

E também:

— Foi uma coisa pessoal, esse tal "Hadrian Johnson" foi morto por um namorado da própria mãe... Apanhou até a morte com uma chave de roda. Deixaram o garoto pra morrer na beira da estrada. A polícia diz que a "arma do crime" foi jogada no rio. E não foi a primeira vez, teve outras que ninguém nem ficou sabendo, que nunca chegaram nos jornais porque garotos brancos não foram acusados. A mídia tem essa obsessão com garotos brancos... você sabe como é... sempre foi assim. Mas nosso advogado é muito bom. Ele diz que o assassino é provavelmente o namorado da mãe do próprio Hadrian Johnson, que é um traficante importante, mora em Niagara Falls e a polícia nunca nem encostou *nele*, ele já se livrou de assassinato um monte de vezes.

E mais tarde:

— Acabamos de ouvir... Foi um ataque dos Hells Angels. Racistas brancos. Uma gangue de motoqueiros, de Niagara Falls. Eles vieram para South Niagara na outra noite, procurando negros para matar. Dá pra vê-los às vezes, durante o dia, em formação militar, fazendo uma zorra com as suas Harley-Davidson. Poderiam ter matado qualquer um. Aquele pobre garoto... "Hadrian Johnson". Ainda estava no ensino médio, e Les diz que ele era um menino quieto, um bom jogador de basquete, todo mundo gostava dele. Gente que se incomoda com garotos negros diz que nunca tinha se incomodado com *ele*.

Um turbilhão de boatos, como folhas apodrecidas ao vento. Uma praga de boatos e um fedor de boatos e, ainda assim, nada vingava deles. Depois de diversos dias, a voz da nossa mãe ao telefone ficou mais frenética:

— ... ninguém deveria saber, nosso advogado diz que tem que ser confidencial, mas Hadrian Johnson se meteu numa briga com outro jogador de basquete negro naquele fim de semana por causa de uma garota, e tinha "marcado" ele com uma faca, e o outro garoto ameaçou matar ele, e...

Jerome Jr. e Lionel foram chamados de volta à delegacia. Walt Lemire e Don Brinkhaus foram chamados. Agora havia três advogados: um para os irmãos Kerrigan, um para Walt e um para Don Brinkhaus.

Ainda assim, os garotos não foram presos. Contanto que não fossem *presos*, seus nomes não apareceriam nos jornais locais.

Todos falavam deles: dos Kerrigan em especial. De alguma forma, começou a ser de conhecimento geral, ou suspeitado, que Jerome Kerrigan Jr. tinha atropelado Hadrian Johnson e não prestou socorro.

Não foi de propósito. Foi um acidente.

Culpando o garoto mais do que ele merece, só porque é BRANCO.

Papai fez questão de que Jerr voltasse a morar no seu quarto antigo; houvera ameaças "racistas" contra ele, e ele não estava seguro na sua casa no centro, papai achava. Lionel foi informado pelo diretor da escola que deveria ficar em casa por um tempo, os ânimos estavam tensos entre os "brancos" e os "negros" na Escola de Ensino Médio de South Niagara, e a presença de Lionel era uma "distração". Mamãe também queria que eu não fosse para a escola, mas fiquei tão chateada que ela cedeu. Eu não suportaria faltar às aulas — eu amava a escola! E, eu tinha certeza, eu queria acreditar, a escola *me* amava.

A ideia de ficar trancada em casa com a minha mãe e os meus irmãos dia após dia me deixava em pânico. Presa na casa em que todo mundo esperava pelo... pelo quê? O que os salvaria? Por outra pessoa ser presa pelo crime? Como mamãe dizia: "Quem quer que tenha feito essa coisa horrível. As pessoas culpadas".

Havia a esperança, também, de que as evidências que a polícia estava reunindo fossem apenas circunstanciais, insuficientes para levar o caso a um júri. Especialmente, um júri composto de gente branca. Era isso que os advogados dos garotos insistiam.

Parentes, vizinhos, amigos de papai vinham nos visitar para demonstrar apoio. Colegas veteranos do Vietnã. Ao menos, era esse o pretexto das visitas.

Ligaram do escritório de Tommy Kerrigan para papai. Não ficou claro se o próprio Tommy Kerrigan falou com papai ou um dos seus assistentes.

Às vezes, mamãe se recusava a receber visitas e se escondia no andar de cima quando a campainha tocava e mandava a gente não atender. Em outros momentos, ela se empolgava, insistindo que as visitas podiam ficar para o jantar. Parentes mulheres ajudavam na cozinha. Cerveja e refrigerante eram consumidos. Havia um ar de festa. O assunto de todas as conversas eram *os garotos* — o quanto eles estavam sendo maltratados pela polícia, o quanto era injusta, injustíssima, essa investigação.

Porque eles são BRANCOS. *Não tem nenhum outro motivo!*

O nome "Hadrian Johnson" nunca era pronunciado. Havia referência ao "garoto negro". E só.

Jerr e Lionel não mencionavam Hadrian de forma alguma. Era como se a polícia de South Niagara fosse a culpada pelo que eles estavam passando, ou melhor, o chefe de polícia, que tinha sido uma indicação de Tommy Kerrigan quando Tommy Kerrigan fora prefeito de South Niagara — *Desgraçado... Era de se esperar que ele tivesse alguma gratidão.*

Talvez existissem amigos, parentes, conhecidos que acreditavam que Jerr e Lionel eram culpados do que tinham sido acusados, mas essas pessoas não nos visitavam. Ou, se visitassem, eram cuidadosas no apoio emocional que demonstravam aos pobres Lula e Jerome.

Uma coisa horrível. Uma tragédia. Vamos torcer pelo melhor...

Havia muita especulação a respeito da identidade da "testemunha anônima" que informara parte da placa do Chevrolet. Como a polícia podia ter tanta certeza de que essa pessoa estava contando a verdade? Não era possível que essa pessoa tivesse dado a informação de forma equivocada de propósito? Informando os primeiros dígitos do carro de Jerr para enfiar o filho de Jerome Kerrigan nesse crime? E a audácia de especificar os agressores de Hadrian Johnson como "garotos brancos".

(No escuro, como a testemunha conseguia ter tanta certeza da cor da pele dos garotos? Ela não poderia ter visto nada além das sombras deles na beira da estrada. Segundo o próprio relato, a testemunha tinha reduzido a velocidade apenas por alguns segundos, então acelerara e partira.)

(Muito possivelmente essa "testemunha anônima" era um homem negro. Ele mesmo estava envolvido no espancamento...)

O telefone tocava sem parar. Com frequência, mamãe ficava a alguns passos de distância, olhando com ressentimentos para ele. Ela tinha medo de atendê-lo às cegas — desde Liza Deaver, ela não ousara atender uma chamada sem saber com certeza quem ligava. Se eu estivesse por perto, ela me pedia para atender enquanto ficava ali congelada me vendo tirar o telefone do gancho e dizer *Desculpa não tem ninguém aqui agora para falar com você. Por favor não ligue de novo obrigada!* — desligando rápido antes que a voz do outro lado conseguisse expressar surpresa ou raiva.

Um dia eu estava na cozinha depois da aula. Encarando o telefone enquanto ele tocava. E lá estava Lionel ao meu lado. Pairando sobre mim.

— Não atende — disse ele. Falou com tanta tensão, com o mesmo aperto que um nó teria se falasse. Sem que eu tivesse tempo de reagir ou me afastasse do telefone, mas me empurrando com grosseria, apesar de eu não ter feito movimento algum para atender.

A boca de Lionel estava retorcida em um talho de sorriso. Ele tinha faltado à escola, mal falara qualquer coisa para qualquer pessoa da família havia dias, exceto para nosso pai e apenas em particular. Ele passava a maior parte do tempo jogando videogame no quarto. O corte sob seu olho não havia sarado, ele devia estar mexendo na casquinha. A barba por fazer. A gola da camiseta esgarçada e suja. Eu sentia o cheiro de algo forte, rançoso como o fedor de um animal saindo dele. Ri com nervosismo, chegando para longe. Lionel disse em uma voz cantante e zombeteira:

— Ei, ei, "Vi'let Rue"! Pra onde vai tu?

Driblei. Fugi.

Querendo garantir ao meu irmão nervoso — *Não vou contar pro papai. Nem pra ninguém. Eu já te falei* — eu prometi.

O cerco

Sem recuperar a consciência, Hadrian Johnson morreu no hospital no dia 11 de novembro.

Agora a casa dos Kerrigan estava de fato cercada. Como um barco surrado por ventos ferozes.

Nós, os Kerrigan, nos protegíamos dentro de casa, nos agarrando uns aos outros. Papai nos protegeria, sabíamos.

Jerr voltou ao trabalho, onde o seu empregador e a maioria dos colegas tendiam a ser simpáticos à situação dele. Lionel foi suspenso da escola por tempo indeterminado.

Menos pessoas nos visitavam. Mas a família Kerrigan era leal. Ficavam até tarde da noite no porão que papai tinha transformado em uma sala de estar, bebendo, falando alto, com veemência.

Só os adultos podiam ficar no porão com papai. Nada de crianças, nem mesmo Jerr e Lionel.

Com tanta gente em casa, não era difícil evitar meus irmãos. Eles me ignoravam, da mesma forma que ignoravam seus irmãos mais novos, sentando ao lado de papai, comendo com a cabeça baixa e se dirigindo uns aos outros em trocas concisas. O sobrenome do advogado deles era O'Hagan — você conseguia ouvir suas observações temperadas com essas sílabas — *O'Hagan* — mas nunca o que estavam dizendo.

Desde que tinha me empurrado na cozinha, Lionel quase nunca olhava na minha direção. Eu chegara a pensar que ele havia se esquecido de mim, pois tinha muitas outras coisas no que pensar. Os olhos cor de seixo de Jerr flutuavam para além de mim, inquietos, meditativos. Em uma semana, meu irmão mais velho havia perdido peso, seu rosto estava descarnado, seus modos, irritáveis, distraídos. Enquanto Lionel comia vorazmente, Jerr empurrava a comida no próprio prato e preferia beber cerveja direto da lata. Com frequência, levava a lata para a boca com tanto descuido que riachos do líquido corriam reluzentes pelo queixo.

Certa noite, papai disse que bastava, que ele já tinha bebido o suficiente, e Jerr se levantou indignado da mesa, cambaleante, murmurando alguma coisa que parecia *Foda*.

Ou, talvez, julgando pela reação de papai — *Não fode*.

Num instante, papai se levantou também. Agarrou Jerr pela nuca e chacoalhou-o como se faria com um cachorro irritante. Empurrou-o contra a parede, deixando-o sem ar. Copos, talheres caíram da mesa para o chão. Houve choramingos de susto, gritos. Jerr se levantou com dificuldade, o rosto pálido, mas era inteligente o suficiente para não reclamar.

Ninguém ousou deixar a mesa exceto Jerr, que saiu de lá como um cachorro chutado. Papai estava de rosto vermelho, furioso. Ficamos sentados imóveis, esperando a fúria passar.

Em silêncio, terminamos a refeição. Em silêncio, minhas irmãs e eu limpamos a mesa para nossa mãe, que tremia muito. Era assustador, e ao mesmo tempo um pouco eletrizante, testemunhar nosso pai *disciplinar* tão rápido um de nós após desrespeitá-lo.

Esse é o segredo doentio e melancólico da família — era possível se encolher de medo do golpe de um pai e, ainda assim, se não fosse você o alvo dos golpes, sentir uma espécie de orgulho degradado.

Meu irmão, e não eu. *Ele*, não eu.

Nossa mãe começou a repetir muitas vezes durante aquelas semanas — *Essa gente está nos matando*.

Ao telefone, reclamava com uma voz vacilante, ferida. Para os filhos também, que não tinham escolha a não ser ouvir. Andara conversando com o padre da paróquia, o padre Greavy, que confirmara as suspeitas dela, foi o que nos relatou, que *essa gente* era nossa inimiga.

Nós nos perguntávamos quem era *essa gente*. A polícia? As pessoas negras? Os repórteres da TV e do jornal que nunca deixavam de mencionar que uma testemunha anônima havia descrito "garotos brancos" na cena do crime — "ainda não identificados".

Essa gente também poderia ser outras pessoas brancas, claro. Traidores da própria raça que defendiam os negros apenas porque queriam defender os negros. Hippies, assistentes sociais, políticos que faziam discursos em busca de votos.

Ficando do lado dos negros. Automaticamente. Dá pra ouvir na voz deles na televisão...

Ninguém na família fazia ideia de que eu sabia o que havia acontecido naquela noite. O que podia ter acontecido.

Que eu sabia do taco. De que havia um taco.

Em artigos sobre o ataque não parecia haver menção alguma sobre uma "arma do crime" — até onde a maioria das pessoas sabia, não havia uma. (Será que a polícia tinha mesmo mencionado uma *chave de roda*? Eu só tinha ouvido aquilo da minha mãe ao relatar um dos muitos rumores.) Um garoto havia sido brutalmente espancado, o crânio (de alguma forma) fraturado. Só isso.

Eu me perguntava se Jerr e Lionel falavam de mim. Do nosso segredo.

Eles só sabiam que eu sabia que estiveram envolvidos numa briga naquela noite. Não tinham motivo para suspeitar que eu sabia do taco. Com certeza achavam que eu acreditava na história de que estiveram em Niagara Falls e não em South Niagara.

Ela não contaria. Não a Vi'let Rue.

Tem certeza? Ela é só uma criança.

De qualquer forma, o que ela sabe? Ninguém sabe de merda nenhuma.

Porque...

Porque *Eles não poderiam ter feito aquilo, uma coisa tão terrível como aquela* veio a se tornar *Eles não fizeram aquela coisa terrível.*

Porque *Não pode ser possível* veio a se tornar *Não é possível. Não pode ser.*

Porque *Eles não mentiriam para nós* veio a se tornar *Eles não mentiram para nós. Nossos filhos.*

Dava para ouvir pelas tábuas do assoalho. Pelas aberturas de ventilação. Junto ao barulho do ventilador. Através de portas fechadas, e através das paredes da casa que, por algum motivo, não eram tão sólidas quanto as outras, preenchidas com algum tipo de isolamento felpudo que, vislumbrado apenas uma vez, quando uma parede estava sendo reparada, causou espanto por parecer tanto com um pulmão humano, de pé, na vertical.

Como uma televisão em outro quarto, volume baixo. A voz de papai dominante. A voz de mamãe muito mais fraca. Uma voz suplicante, uma voz choramingada, uma voz temente, pois papai odiava choramingos, chorões. Seus irmãos eram inteligentes o suficiente para não *incomodar e choramingar.* Gritando, xingando, empurrando uns aos outros escada abaixo, virando uma mesa na sala de pernas pro ar, fazendo com que a louça se espatifasse pelo chão — tal comportamento era preferível a choramingos desprezíveis, os quais papai associava a mulheres, garotas. Bebês.

E assim, mamãe não ousava falar por muito tempo. Não importa o que dissesse, ou não dissesse, papai a atropelava, com a voz agitada e direcionadora como uma retroescavadeira fora de controle. Será que estava ensaiando com ela? — *Você poderia dizer que chegaram cedo em casa naquela noite. Às dez. Você se lembra disso porque...*

Eles escolheriam um programa de televisão. Alguma coisa a que seus irmãos possam ter assistido. Ainda melhor: esportes. Talvez uma partida de futebol tivesse sido transmitida naquela noite... Na HBO, uma luta de boxe.

Jerome, não acho que... não acho que posso...

Olha. Eles não estão mentindo para nós, tenho certeza. Mas para as outras pessoas pode parecer que estão mentindo... Não tem nada que os filhos da puta desta cidade gostem mais do que foder com a vida de garotos brancos decentes.

Não me obrigue, Jerome... Não acho que eu possa...

Pode sim! Que inferno, eles poderiam ter estado em casa... Poderiam ter assistido à porra da televisão. Ou você poderia se lembrar desse jeito e mesmo que estivesse errada isso poderia ajudar eles.

Você não ouviu nada disso. Você não se lembra de nada disso.

O resgate

Você viu por acidente.

Tanta coisa havia se tornado um *acidente* na sua vida.

Faróis virando na garagem, no escuro. O carro do seu pai estacionando na frente da garagem.

Por acidente você caminhou pelo corredor do andar de cima. Baixou os olhos pelas cortinas transparentes vendo o carro chegar da rua. Já era tarde. Ele tinha perdido o jantar. Passava das nove. Ninguém mais perguntava — *Cadê o papai?*

No corredor ao lado da janela, você hesitou. O coração ainda não batia desagradavelmente rápido. Você estava (apenas) esperando pelas luzes do carro se apagarem no andar de baixo. Esperando que o motor fosse desligado. Esperando o som familiar da porta do carro batendo, que significaria que seu pai tinha saído dele e se aproximava da casa por onde entraria pela porta dos fundos para sinalizar que *Nada mudou. Estamos como sempre estivemos.*

Mas isso não parecia estar acontecendo. Seu pai continuava no carro (no escuro).

Ainda assim, o motor estava ligado. Fumaça pálida saía do escapamento. Você começou a sentir o cheiro do escape e sentia leve náusea.

No corredor, perto da janela, foi onde você ficou. Olhando fixo para baixo, para a entrada, o carro inativo. Esperando.

Ele não está liberando monóxido de carbono para dentro do carro. O carro não está na garagem, não corre risco de se envenenar.

Ainda assim, fumaça escura continuava subindo da traseira do carro. O fedor de escape se grudava ao úmido ar frio como cinzas.

Ele está sentado no carro. Está fumando no carro.

Esperando ficar sóbrio. Dentro do carro.

É ali que está: no carro.

Ele está seguro. Ninguém pode feri-lo. Dá pra ver — ele está no carro.

Não dava realmente para ver seu pai de onde você estava. Mas não havia dúvida alguma na sua mente de que ele estava no carro.

Será que papai estivera bebendo, será que era por isso que estava voltando para casa tão tarde?, você não se perguntava. Cada vez que papai chegava à noite sem conseguir andar em linha reta, testa franzida, o rosto bonito abrutalhado e corado, você queria achar que era a primeira vez e que era uma surpresa, algo inesperado. Você não queria pensar *Por favor, não. De novo, não.*

Você ia querer se retirar logo, antes que o olhar dele fosse lançado, como um gancho, para pegar sua filha favorita, Vi'let Rue.

Foi num desses dias após a morte de Hadrian Johnson, quando nada parecia ter acontecido. E ainda assim — sempre havia a expectativa de que algo aconteceria.

Seus irmãos não haviam sido chamados, com O'Hagan, para a delegacia naquele dia. Até onde qualquer um sabia, os outros — Walt, Don — também não tinham sido chamados.

Ninguém tinha sido preso (ainda), mas seus irmãos eram animais enjaulados. Todas as pessoas na casa dos Kerrigan eram animais enjaulados.

Eles pararam de ler o *South Niagara Union Journal*. Alguém, talvez papai, jogava o jornal no lixo assim que chegava de manhã cedo.

Pois os artigos a respeito do *espancamento brutal*, do *assassinato* de Hadrian Johnson continuavam a aparecer na primeira página. A foto de Hadrian Johnson continuava a aparecer. O garoto negro com um espaço entre os dentes da frente, olhando para cima, como se buscasse um rosto amistoso.

Você lia o jornal em segredo. Não todo dia, mas às vezes.

Essa gente está nos matando. Possivelmente, sua mãe se referia à gente que trabalhava no jornal. Na televisão.

Você começa a sentir uma inquietação ali na janela. Começa a se perguntar se seu pai está no carro mesmo. E é errado espionar o seu pai, assim como é errado espionar a sua mãe. Rostos relaxados como lenços molhados quando acham que ninguém está olhando. Ah, você ama eles!

No carro, papai está (provavelmente) fumando. Talvez tenha trazido uma lata de cerveja do bar. Talvez uma garrafa.

As garrafas são mais sérias que as latas. As garrafas — uísque, bourbon — são mais recentes que as latas.

Na lata de lixo, garrafas de vidro batem umas nas outras.

Papai não deveria fumar. Papai foi avisado.

Uma mancha no pulmão dois anos antes, mas uma *mancha benigna. Pressão alta.*

Mais de uma vez, papai declarou que tinha largado o cigarro — pela última vez.

Quando papai fuma, ele tosse muito. De manhã cedo você acorda com o barulho. Tão doloroso, lacerante, como se alguém raspasse uma faca no interior da garganta.

Anos atrás, quando você era uma garotinha, papai entrava em casa aos saltos: "*Ei! Cheguei!*"

Chamando você: "*Ei, Vi'let Rue! Papai chegou.*

Cadê a favorita do papai? Vi'let RUE!"

Aquela época feliz. Dava para pensar que duraria para sempre. Como um desenho animado, exagerado e inacreditável.

Agora papai não mostra sinal algum de que vai entrar em casa. (Talvez tenha pegado no sono ao volante? Uma garrafa na mão, que está começando a virar e derramar o conteúdo...) Ele desligou o motor, ao menos. Você sente alívio, a fumaça venenosa pálida parou de subir do escapamento.

Ele vai entrar em casa agora. Logo.

Tem um prato para ele, no forno. Coberto com papel-alumínio.

Mesmo quando sua mãe deduz que papai não vai comer o jantar que ela preparou para ele, há uma refeição no forno que, no dia seguinte, ao meio-dia, quando ninguém estiver por perto, mamãe vai devorar sozinha na cozinha sem nem sequer se dar ao trabalho de esquentá-la no micro-ondas. (Você já a viu garfando, garfando, garfando a carne fria coagulada e o purê de batatas. Viu sua mãe comer sem apetite, garfando com velocidade a comida sem sabor.)

É enlouquecedora a possibilidade de que ninguém esteja no carro.

Na frente da garagem, no escuro. A luz fosca do poste refletida com fraqueza no asfalto molhado.

Não, não tem ninguém ali!

De alguma forma, seu pai escapou da sua vista. Você não conseguiu vê-lo.

Ou ele está caído atrás do volante, inconsciente. Encontrou um jeito engenhoso de desviar o monóxido de carbono para dentro do carro enquanto ninguém notava...

O pai de uma colega de classe tinha morrido, poucas semanas atrás. Chocante, mas misterioso. O que você *diz disso*?

Não diz nada. Não há nada a ser dito. Evite a garota, ela não é sua amiga mesmo.

Assim como, na escola, seus amigos começaram a evitar *você*.

Você finge que não nota. Que não se importa. Escondendo-se numa cabine do banheiro pressionando lenços molhados nos olhos. Por que os seus olhos estão tão vermelhos? Tão inchados?

Mas agora começa a ficar assustada. Você se pergunta se deveria buscar sua mãe. *Mãe? Papai ainda está no carro, ele está lá tem um tempão...* Mas a ideia de pronunciar tais palavras, permitindo que seus pais saibam que você os espia, é impossível.

E então, algo acontece: você vê alguém saindo de casa quase diretamente abaixo, na direção do carro na frente da garagem.

Será que é... sua mãe?

Ela, também, deve ter ficado na janela, no andar de baixo. Ela vira os faróis ligados se aproximando da casa. Ela estivera esperando, também.

Deslizando os braços para dentro das mangas do casaco de alguém, grande demais para ela. A cabeça descoberta sob a neve que cai leve e derrete assim que toca o chão, seu cabelo.

Mamãe está sendo corajosa ao ir falar com papai, você pensa. Prende a respiração se perguntando o que vai acontecer.

Pois você, seus irmãos, já viram inúmeras vezes seu pai afastando a mão da mamãe, caso ela o tocasse de uma forma insultante ou que o irritasse. Já viram o seu pai encarando a sua mãe com tanto ódio que o seu instinto diz para sair correndo de medo.

Medo de que aquela face de ódio se vire para *você*.

Você viu ansiosa, enquanto, no carro, no lado mais distante do carro onde não dava para ver com clareza, sua mãe se inclinava para abrir a porta. Puxando a porta, sem assistência de qualquer pessoa do lado de dentro.

E agora, o que a sua mãe está fazendo? Ajudando o seu pai a sair do carro?

Você nunca viu a sua mãe *ajudar* o seu pai de forma alguma. Tem certeza disso.

De início, não parece claro se papai vai sair do carro. Se papai consegue sair do carro.

Ficou tarde na rua Black Rock. Uma vizinhança de trabalhadores em que as casas começam a apagar suas luzes perto das dez da noite.

No começo do inverno, as luzes começam a se acender antes do nascer do sol.

Por toda a rua, no inverno, quando o sol demora a aparecer, as luzes das cozinhas são acesas logo antes do alvorecer. Você vai se lembrar disso, no seu exílio.

Bem... papai está de pé, na calçada. Galgou para fora do carro com a ajuda da mamãe, e não parece estar bravo com ela. Os ombros estão caídos, as pernas se movem como chumbo. A leveza no seu corpo, que você se lembra da época em que era uma garotinha, a alegria pura com a qual ele dançava na garagem, ensinando seus irmãos a lutar boxe, acabou. A juventude acabou. Os anos de jovem paternidade quando seus filhos e suas filhas foram belos para ele, quando ele os encarava com amor e sentia orgulho, acabaram.

Colada na janela, você vê. Pois o perigo ainda não passou.

Você endurece o corpo: seu pai vai jogar sua mãe para longe com um lance do braço, ele vai xingá-la…

Mas não, inesperadamente, não parece acontecer. Em vez disso, seu pai permitiu que sua mãe passasse o braço ao redor da cintura dele. Ele se estabiliza contra a esposa, apoiando-se pesadamente.

De uma maneira estranha e cuidadosa, chegam até a casa. Prestando atenção para não escorregar na calçada, onde gelo começa a se formar, fino como uma membrana.

Que palavras eles trocaram? O que a sua mãe disse para o seu pai que acalmou a raiva dele?

Você se afastou da janela. Colocou a cortina de volta no lugar. Não quer que nenhum dos pais olhe para cima e veja você na janela, observando.

É um fato notável, seu pai se apoiando na sua mãe, que é muitos centímetros mais baixa que ele, e deve pesar uns trinta quilos a menos que ele. Ainda assim, ela o segura sem cambalear, sua mãe é mais forte do que você imaginava.

Juntos, seus pais se aproximam da casa, caminhando com cuidado, como pessoas bem mais velhas, de uma maneira que você nunca tinha visto. Lá embaixo, eles saem do seu campo de visão. Você fica imóvel, esperando entrarem na casa, esperando ouvir a porta abrir e fechar, para que você possa pensar, com calma, *Os dois estão seguros. Por enquanto.*

O segredo I

Minha mãe e eu temos um segredo. Todos esses anos em exílio eu não o contei a ninguém.

Na verdade, são segredos. Qual eu deveria contar primeiro?

No sexto ano, fiz amizade com uma garota chamada Geraldine Pyne. Ela me convidou diversas vezes para ir à sua casa depois da aula, na avenida Highgate. O pai dela era médico com uma especialidade que me fazia estremecer — gastroenterologia. Ela morava em uma casa de tijolos brancos com um pórtico e colunas, como um templo. Quando vi a casa de Geraldine pela primeira vez, senti pânico, pois entendi que a minha mãe não ia gostar que eu visitasse aquele lugar e ficaria triste se soubesse.

Entendi que o meu pai também reprovaria, pois falava com ressentimento de "gente com dinheiro". Mas o meu pai nunca saberia sobre Geraldine Pyne, só que era possível que a minha mãe ficasse sabendo.

Nos dias em que Geraldine me convidava para jantar na sua casa, em geral a sra. Pyne nos buscava de carro depois da escola, e a sra. Pyne ou a governanta me levavam de carro para casa depois; não havia sugestão de que a minha mãe pudesse vir me buscar.

A perua que a sra. Pyne dirigia não era um veículo muito especial, diferente do comprido Lincoln preto brilhante que o dr. Pyne dirigia. Então, se a minha mãe por acaso olhasse pela janela e me visse saindo do carro, não teria ficado alarmada ou desconfiada.

Nem Geraldine. Se mamãe por acaso a visse, ela não ia parecer uma garota especial. Não era possível adivinhar a partir de sua aparência modesta (óculos de plástico cor-de-rosa, aparelho brilhante, sorriso tímido) que era a filha de pais bem de vida, nem sequer que era popular (com as outras garotas e com a nossa professora, pelo menos) e uma aluna no quadro de honra.

Geraldine era *filha única*. Aquilo parecia mágico para mim. Assim como as minhas irmãs e os meus irmãos, todos mais velhos do que eu, pareciam mágicos para ela.

— Você nunca fica sozinha — disse Geraldine, melancolicamente.

Tentei não rir. Porque não era verdade, e por que qualquer pessoa iria querer que fosse verdade? Uma *filha única* não poderia fazer ideia da *comoção* na residência Kerrigan.

Era constrangedor para mim que Geraldine me confiasse o segredo de que seus pais quiseram outro filho, mas *Deus não tinha mandado*. Na família Kerrigan ninguém falava de questões tão íntimas de forma casual. Eu não podia imaginar a minha mãe ou o meu pai compartilhando essas informações comigo.

Eu era grata por não ser *filha única*. Meus pais teriam somente a mim, e eu teria somente a eles, para amar; seria como apertar os olhos contra uma luz cegante que nunca se apagava.

Eu não me sentia confortável convidando Geraldine para a nossa casa, pois acreditava que ela sentiria vergonha de mim. Em especial, veria os canteiros de flores cheios de ervas daninhas da minha mãe, que sempre estavam tomados por cardos e espinheiros, e florzinhas selvagens inferiores que nem margarida, tão diferentes das rosas elegantes nos jardins da mãe dela, com os nomes particulares que Geraldine uma vez enunciou para mim, como poesia — *damascena, floribunda, rosa Meilland, híbrida-de-chá, Ayrshire*. Geraldine veria quão *comum* era a nossa casa, apesar do meu pai ter muito orgulho dela, um orgulho que me parecia tolo, comparada com a casa dos Pyne; como se importasse que uma casa de madeira na rua Black Rock estava com a pintura em dia, com o telhado bom, canos de esgoto e calhas livres de folhas, calçada e entrada da garagem em condições decentes apesar de começando a rachar (dava para ver, se olhasse bem) em milhares de pedacinhos como um quebra-cabeças grosseiro. Em especial, Geraldine estremeceria ao ouvir os passos pesados como cascos dos meus irmãos mais velhos nas escadas, e as arrastadas vozes altas, como nada que ela já tinha visto na casa da avenida Highgate. E havia a possibilidade do meu avô emergir do casebre nos fundos da casa, desarrumado, caminhando sem jeito e entretido com a visão de uma garotinha desconhecida em casa: "*Oi! Quem diabo é você?*"

Mas então a minha mãe descobriu que o pai da minha amiga Geraldine era médico, o dr. Morris Pyne. Ficou chocada, intrigada. Insistiu que eu mostrasse a ela onde os Pyne viviam e me levou de carro até a avenida Highgate para que eu mostrasse a casa a ela. Tinha sido um pedido tão completamente incaracterístico da minha mãe, que quase nunca saía de casa exceto para fazer compras e ir na igreja, e que quase nunca evidenciava qualquer interesse nos amigos escolares dos seus filhos, que achei de início que ela não estava falando sério.

— Ah, mãe. Por que você quer saber? Não é tão especial assim.

— Que nada! Avenida Highgate. Vamos ver.

Ninguém ficaria sabendo daquele passeio de carro. Somente Lula e Violet Rue, buscando a residência do dr. Morris Pyne e família na avenida Highgate, número 11.

Foi como eu havia temido, a visão de uma casa de tijolos impecavelmente branca com pórtico e colunas em um imenso terreno arborizado era ofensiva para minha mãe.

— Tão grande! Por que alguém precisa de uma casa assim? Exibida como a Casa Branca. — A voz da mamãe era ferida, amargurada, zombeteira.

Ao lado dela me encolhi no banco do carona. Com pavor de que, por mais improvável que fosse, a sra. Pyne pudesse passar de carro pela gente a caminho da entrada da garagem, que dava uma volta elegante na frente da casa, e reconhecesse uma das amigas da escola da filha no banco do carona do nosso carro.

Tentei explicar para a minha mãe que Geraldine Pyne era uma das garotas mais legais do sexto ano. Ela não era mimada, e ninguém nunca ia imaginar que ela fosse uma garota "rica". Uma garota muito atenciosa, quieta, que por algum motivo (só Deus sabia por que) parecia gostar de mim.

— Ela me acha engraçada. Ela ri das coisas que eu falo, as outras pessoas nem entendem. E a sra. Pyne é…

Minha mãe gritou com grosseria:

— Eles olham de cima para nós. Essa gente. Não venha falar disso *comigo*.

Eu nunca tinha visto o rosto da minha mãe tão franzido, contorcido. De início, achei que ela podia estar brincando…

— Ah, mãe. Eles não são nada assim. Você está errada.

— E do que você sabe? "Você está errada…" O caralho que estou.

Acelerou o carro, furiosa. Eu não conseguia pensar em qualquer coisa para dizer — minha mãe cujas conversas normalmente eram afáveis e inconsequentes, como uma espécie de rádio tocando ao fundo, estava me assustando.

Conforme descíamos uma rota sacolejante e sinuosa a caminho de casa, minha mãe me contou com a voz seca e severa que quando ela era garota ela limpava "as malditas" casas daquela vizinhança. Casa de gente rica. Ela teve que largar a escola aos dezesseis, sua família precisava do dinheiro. De início, ela limpava a casa com uma prima, que fazia as negociações, depois descobriu que a prima roubava dela, então começou a trabalhar sozinha. Cinco anos. Trabalhou seis dias por semana por cinco anos até conhecer o meu pai e se casar e começar a ter bebês e a cuidar de uma casa só sua, sete dias por semana. Sua voz se levantou em uma cantiga furiosa…

larguei escola, dezesseis anos, me casei, comecei a ter bebês. Sete dias por semana.

Havia uma espécie de amargura particular dirigida a mim. Pois eu era um dos bebês. E eu a traí com minha descuidada e ofensiva amizade com o inimigo.

— Nessas casas, eu tinha que ficar de joelhos e esfregar. O piso da cozinha, do banheiro. Tinha que limpar as banheiras e os vasos imundos deles com saponáceo. Esfregão pro banheiro. Lã de aço. Tinha que trocar a roupa fedorenta das camas e lavar lençóis, toalhas, cuecas, calcinhas e meias. Tinha que arrastar as lixeiras enormes até a calçada, e eram tão pesadas que os meus braços doíam. Às vezes, as crianças chegavam em casa da aula antes que eu terminasse e sujavam os banheiros de novo, e eu tinha que limpar de novo. Pias que eu tinha esfregado, espelhos que eu tinha polido, precisava fazer tudo de novo. Mijo no chão. Eles riam de mim... os garotos. Os malditos garotos. Se é que me viam.

Distraída por tais memórias, minha mãe dirigia de forma errática. Os olhos transbordavam com lágrimas de mágoa. Nenhum de nós — seus filhos — jamais soubera daquela dor, eu tinha certeza — eu tinha certeza de que ela nunca tinha contado a ninguém, ou àquela altura eu já teria ficado sabendo.

— Ah, eles se achavam tão generosos! Às vezes, me davam comida para levar pra casa, restos que não queriam, coisa estragada, rançosa, lixo... "Aqui, leve isso para casa. Por favor, tente se lembrar de trazer o pote na semana que vem." Eu não podia demorar mais de vinte minutos no almoço. Eu não podia nem *me sentar*... Nunca gostam de ver a faxineira *se sentando*, isso é ofensivo pra eles. Ou usando um dos seus malditos banheiros. Se você tiver que lavar as mãos, use uma toalha de papel. Nada das malditas toalhas deles. Em algumas das casas grandes, eu trabalhava a manhã toda, com tanta fome que a cabeça chegava a doer. Aquela casa! Eu trabalhei naquela casa... Eu me lembro...

Tentei protestar: os Pyne não moravam na casa de tijolo branco há tanto tempo assim. Tinham se mudado havia poucos anos. Ela só podia estar pensando em outras pessoas. A sra. Pyne era educada, gentil, maravilhosa, não uma esnobe, não era cruel...

Com amargura, minha mãe interrompeu:

— Você! Criança imbecil! Do que você sabe? Você não sabe de nada.

Eu nunca havia escutado a minha mãe falar daquela forma. Era como se outra mulher tivesse tomado o seu lugar, selvagem e inconsolável.

Estávamos reduzindo a velocidade na frente de outra casa, ainda mais imponente, no número 38 da avenida Highgate — uma mansão vitoriana atrás de uma cerca de ferro forjado de quase dois metros com um aviso no portão: ENTRADA PARTICULAR. ENTREGAS NOS FUNDOS.

— E essa casa... Estive nessa casa também. E o seu pai, não.

Incerta do que aquilo significava, não falei nada.

— Sabe quem mora aqui?

Sim, eu sabia. Achei que soubesse. Mas me fiz de idiota, disse que *não*. Eu não queria despertar ainda mais a ira da minha mãe.

— Seu pai nunca soube. Eu nunca disse a ele. Que fui empregada doméstica na avenida Highgate. Que os meus pais me forçaram a trabalhar. Me forçaram a largar a escola. E uma das casas que limpei era a de "Tommy" Kerrigan... essa aqui. Talvez "Tommy" não more mais aqui... Talvez esteja aposentado e more na Flórida. Talvez tenha morrido, o desgraçado! Quando foi prefeito de South Niagara, e casado com uma mulher chamada Eileen... a segunda esposa dele, ou a terceira. Foi ela quem me contratou e era ela quem me pagava, mas "Tommy" às vezes estava em casa de manhã quando eu chegava para trabalhar. Recém-saído do banheiro, se vestindo... porco imundo. Uma vez, ousou me perguntar se eu cortaria as unhas do pé dele! Viu a minha cara e riu. "Não tem problema, Lula, meus pés estão *limpos*. Venha dar uma olhada." A sra. Kerrigan nunca soube como o marido se comportava com empregados... com as empregadas. Se ela sabia, fingia não saber. Todas as esposas desses homens ricos aprendem a fingir. Ou são dispensadas, que nem as empregadas. Ela me pagava menos que o salário mínimo. Me pagava em notas que valiam pouco. Eu tinha que polir a maldita prataria... Os Kerrigan estavam sempre dando jantares. Tinha que respirar o polidor de prata rosado e fedorento que me deixava enjoada até a garganta. Tinha que usar um alvejante terrível, que quase me fazia desmaiar. E no lado de "Tommy" da cama... manchas de merda. Eu rezava para Deus que ele não tivesse feito de propósito. Mas ficava agradecida por ter um trabalho, era jovem demais para saber de qualquer coisa. As empregadas negras trabalhavam por menos dinheiro que a gente, e aí, depois de um tempo, não sobrou uma branca trabalhando em Highgate. Duvido que tenha qualquer "empregada branca" em South Niagara hoje. Seu pai nunca soube de nada disso. Ele morava na própria bolha de... o que quer que seja... querendo acreditar no que queria acreditar. A maioria dos homens é assim. Jerome não sabe até hoje que eu já vi Tommy Kerrigan de perto. Ele não sabe que eu me ajoelhei naquela maldita casa dele ou em qualquer uma dessas. Ele deve achar que eu não tinha vida antes de conhecer ele... nunca perguntou nada sobre isso. Ele nunca ia querer encostar em mim... se soubesse...

Estávamos fora da vizinhança agora. Minha mãe dirigia de forma menos errática. A fúria cedia, a voz tremia cheia de algo como vergonha. Eu não conseguia pensar em nada para dizer, meu cérebro tinha dado um branco e seria difícil me lembrar no futuro do que a minha mãe tinha dito, e por que tinha dito; que verdades humilhantes ela sussurrara enquanto eu ficava sentada dura ao lado dela no banco do carona do carro sem me atrever a olhar para ela.

Foi o momento mais intenso entre mim e a minha mãe. Ainda assim, eu me lembraria dele com imperfeição.

Quando chegamos de volta na rua Black Rock, minha mãe parecia cansada. Eu não tinha me dado conta de que ela estivera chorando. O rosto pálido como cera estava úmido de lágrimas que ela limpava com um lenço. Ela tinha mudado de ideia. Sentia muito agora, eu entendia. Me alertava para eu não contar a ninguém o que tinha me contado...

— ... eles não entenderiam, pensariam mal de mim. E o seu pai... ele teria nojo de mim.

Eu quis protestar *Não. Nós te amamos, mãe.* Mas as palavras não vinham.

— Prometa! Prometa que não vai contar pra ninguém, Violet. Nem mesmo pra Katie. Pra... *ninguém.*

Rapidamente eu prometi. A mão na maçaneta do carro, desesperada para escapar.

O segredo II

E outro segredo passado entre Lula Kerrigan e sua filha Violet Rue.

Vendo televisão após a morte de Hadrian Johnson, o que era proibido — se a mamãe descobrisse.

Vendo o noticiário local e vendo a mãe e o irmão mais velho de Hadrian Johnson sendo entrevistados. Seus rostos atingidos pelo luto. Rostos de pele escura, e olhos exatamente como os nossos. Ouvindo palavras de pesar que também eram as nossas, que um dia pronunciaríamos. Lá estava a sra. Johnson pressionando um lenço nos olhos, como a mamãe teria feito. Uma mulher de meia-idade cheia de dor, balançando a cabeça em perplexidade. Por quê? Por que alguém iria querer machucar Hadrian, que era tão gentil com todos? Que amava tanta gente?

Comecei a chorar também. Naqueles dias, eu chorava muito. Lágrimas enchiam os meus olhos até o topo, e a menor das provocações as fazia transbordar. *Ele se foi. Um garoto está morto de verdade. Eles o mataram. É real.* Um gosto de moedas de cobre na boca, que me dava ânsia de vômito.

Minha mãe marchou recinto adentro e desligou a televisão. Ela estava brava, incrédula...

— ... eu disse pra você, nada de televisão, não foi? — Ela teria me dado um tapa, mas me encolhi a tempo.

Continuou com energia:

— Você não sabe, pelo amor de Deus... que só estão fazendo isso para as câmeras? Pra ganhar atenção, pra deixar os outros com pena? Pra que, caso eles processem...

A voz da minha mãe esmoreceu, como se, pela primeira vez, estivesse ouvindo o que dizia.

Tentei protestar: e se um de nós tivesse sido morto? Espancado até a morte com um taco de beisebol? Ela não sentiria também? Ela não choraria?

— Um taco de beisebol? Que taco de beisebol?

Mamãe me encarou, confusa. Então lembrei na hora. Ninguém sabia do taco de beisebol de Jerr. A *arma do crime* nunca tinha sido encontrada.

Mamãe disse, gaguejando:

— Isso... Isso nunca aconteceria com vocês. Não com um de nós. Não...

Então, ela se retirou para a cozinha, onde ouvi uma gaveta abrir e fechar. Uma porta de armário abrir e fechar. Com um coração batendo forte, segui a minha mãe, mal sabendo o que ia dizer.

— Foram o Jerr e o Lionel, mãe. Eu vi os dois com o taco de beisebol. Eles estavam tentando lavar na garagem, depois levaram pra longe, pra enterrar. São eles que... a polícia está procurando. — Mas a mamãe estava de costas para mim, na pia, a água correndo com força. Estava furiosa, tremendo. Não se virou para mim. Não deu sinal algum de que tinha escutado ou de que tinha percebido que eu a seguira até a cozinha. Na parede, o telefone plástico cor de abacate começou a tocar, mas a minha mãe tinha menos intenção de atendê-lo do que eu.

Confissão final

A garota que nunca chorava. Que nunca reclamava.
Não era uma *bebezinha* que podia ser zombada pelo pai e pelos irmãos nem acariciada ou acolhida pela mãe e pelas irmãs.
Mas agora eu chorava com facilidade. Chorava com frequência. Chorava tanto que os olhos vazavam lágrimas antes mesmo de eu começar a chorar, como uma torneira vazando. Minha pele estava sensível como se queimada de sol e registrando a dor quando tocada de leve. Minhas pálpebras estavam avermelhadas, inflamadas, inchadas e coçando, como se mordidas por mosquitos.
Em casa e na escola. Na escola e em casa.
Sábado de manhã na igreja de St. Matthew, onde mamãe levava Katie e eu para comungarmos com ela na missa da manhã seguinte — *Só nós três*.
Os filhos Kerrigan mais velhos já não iam tanto na igreja. Faltavam à missa, insensíveis aos pedidos e às ameaças da nossa mãe, já que papai não mostrava interesse algum pela igreja, apenas um vago respeito por religião — pela Igreja, apesar de não exatamente por Deus ou Jesus Cristo. (Papai riria de vergonha se qualquer um perguntasse para ele se acreditava em qualquer um dos dois.)
Na igreja, nos sábados de manhã, o padre Greavy ouvia as confissões das nove ao meio-dia. Dentro do confessionário que mais parecia uma jaula, com aquela grade como uma telinha de janela, onde ficava o padre, era possível ver apenas a sombra do perfil, pois ninguém deveria vê-lo. Ele ouviria a confissão envergonhada aos cochichos, mas não deveria ver *você*.
Ao ouvir as confissões, o padre assume o lugar de Cristo. Cristo é quem tem o poder de perdoar os pecados, mas apenas se o pecador se arrepender de verdade.
Eu não sabia se era pecado não ter contado para ninguém sobre os meus irmãos e o taco de beisebol. Eu tinha prometido aos meus irmãos que guardaria o segredo deles sem saber qual era o segredo. Eles haviam pedido isso a mim, e eu dissera *Sim, prometo*.
Do catecismo, eu sabia que havia pecados por omissão. Esses eram os pecados mais difíceis de contemplar, pois não *existiam* de verdade; não eram ações, eram ausência de ações.

No confessionário, que cheirava a algo azedo e melancólico como roupas velhas, eu me ajoelhei, a boca seca. Minha boca sempre ficava seca naquele espaço confinado. Não havia nada tão enervante na minha jovem vida, tão esquisito, como a confissão. Sussurrando *Padre, dai-me vossa bênção, pois pequei. Minha última confissão foi uma semana atrás.*

Cada semana a minha mãe me levava à igreja de St. Matthew e para o padre Greavy no confessionário. De vez em quando havia outros padres que ajudavam, mais jovens, mas a minha mãe sempre sabia qual confessionário o padre Greavy usava, era impossível não saber, era possível entreouvir as vozes murmuradas dos padres e reconhecê-los mesmo que não desse para distinguir as palavras.

A cada semana eu era obrigada a recitar uma ladainha de "pecados" para o padre Greavy. Felizmente, uma lista de possibilidades era dada na última página do meu livro de orações, que era um livro de orações para jovens católicos: desobedecer aos pais, deixar a mente vagar durante a missa, mentir, profanar, usar o nome de Deus em vão. Pecados mais obscuros e mais sinistros eram "pensamentos impuros" — "atos impuros" — os quais faziam eu me encolher de repugnância, só de pensar.

Esses eram pecados perdoáveis, menores. Pecados mortais eram outra coisa, da jurisdição dos adultos.

Não espantava que os meus irmãos evitassem a confissão. Eles haviam se tornado muito toscos com o passar do tempo para exames de consciência, assim como haviam se tornado muito desafiantes da autoridade sacerdotal para se curvarem o suficiente para caberem no confessionário. Miriam ria da confissão, inquieta; ela não comungava havia meses. (Pois Miriam estava noiva. Qualquer que fosse seu comportamento "impuro", parecia pouco provável que ela pudesse evitá-lo com o noivo.)

Katie e eu ríamos de nervoso enquanto nos preparávamos para o rito da confissão, como teríamos feito em preparação para um exame físico em que todas as nossas roupas precisassem ser removidas e tivéssemos que nos deitar, trêmulas, sobre uma mesa em uma veste de papel frágil. Como "falar palavrão" era proibido, ousávamos murmurar palavras proibidas — *inferno, desgraça, maldição*. Provocando uma à outra a feitos surpreendentes — *merda, bosta, filho da puta, bastardo maldito. Por-ra!* Ficaríamos mortas de vergonha se os nossos irmãos ou o nosso pai nos ouvissem, pois eram as falas deles que repetíamos, ou se a nossa mãe nos ouvisse, porque ela ficaria escandalizada.

A cada semana, quando eu terminava os sussurros angustiados dos meus pecados perdoáveis, o rosto queimando de vergonha, o padre Greavy respondia com paciência forçada, *E há algo mais que queira dizer, minha filha?* e eu murmurava *Não, padre*.

Como se aqueles pecados triviais pudessem ser do interesse de qualquer adulto, ainda mais de Deus! Ainda assim, o padre Greavy era obrigado a se comportar como se fosse o caso.

Mas naquele momento, doze dias depois da morte de Hadrian Johnson, a garganta pareceu fechar quando o padre Greavy me fez a pergunta de costume:

— E há algo mais que queira dizer...

Fiquei sentada, imóvel e curvada, incapaz de falar. E então comecei a chorar.

Houve uma hesitação assustada. Eu era uma garota grande, doze anos de idade, havia anos não chorava na frente de outra pessoa, não daquele jeito. E eu tinha certeza de que o padre Greavy sabia quem eu era, se não o meu nome, ao menos que eu era uma das filhas de Jerome Kerrigan.

Ficou claro que o padre Greavy não gostou daquela violação do ritual. Eu conseguia ouvi-lo respirando alto. Conseguia imaginar os seus pequenos olhos úmidos revirando nas cavidades, em alarme e exasperação. Mas o confessor não tinha alternativa a não ser perguntar o que havia de errado, me chamando de *Minha filha querida.*

E então contei a ele. Tentei contar. Enquanto fungava e gaguejava, tentando manter a voz baixa para que aqueles que estavam sentados nos bancos próximos ao confessionário não me ouvissem. Em uma voz apressada e trêmula, contei a ele sobre os meus irmãos chegando em casa tarde na noite em que Hadrian Johnson fora espancado, e o que eu tinha escutado, e o que eu os vira fazer na garagem, tentando lavar um taco de beisebol — mas o padre Greavy me interrompeu, argumentando que eu não fazia ideia do que estava dizendo. *Essas acusações são sérias.*

De imediato fiquei em silêncio. O coração martelava no peito.

Em um sussurro sibilante, o padre Greavy disse que a vida dos meus irmãos estava em risco. Não, não! Ele não queria ouvir mais nada.

Num instante, a letargia peculiar do confessionário havia sumido. O padre corpulento de meia-idade, ranzinza, de cabelo ralo cor de rato, com nariz gordo avermelhado, que tinha o hábito barulhento de limpar a garganta encatarrada, havia sido despertado grosseiramente da sua apatia e estava sentado reto com os olhos semicerrados para mim, através da pequena janela gradeada, com os olhos de um falcão, alertas e precisos.

O padre Greavy não queria ouvir mais histeria alguma a respeito do taco de beisebol. Não queria saber de nada sobre "Hadrian Johnson", que sequer fizera parte da comunidade de St. Matthew. Não queria problemas, e, se questionado, diria que não fazia ideia de quem eu era. Como confessor, ele não queria saber quem os seus penitentes eram. Sequer havia escutado com clareza as palavras hesitantes daquela garota.

Parecia que a confissão havia terminado. O padre murmurou palavras de absolvição, me dispensou com a instrução de recitar seis ave-marias, quatro pais-nossos. Na sua comoção, ele havia esquecido de pronunciar as palavras que terminavam o rito de confissão — *Reze por mim, minha filha*.

Atordoada, me lancei em um banco vazio. Eu me ajoelhei e enfiei o rosto nas mãos. Os lábios se moviam anestesiados, recitando as rezas familiares. *Ave Maria cheia de graça. Pai nosso que estais no céu.* O coração batia rápido, mas com uma espécie de exaltação, como se eu tivesse escapado por um triz de um perigo terrível. Eu estava profundamente envergonhada, mas também aliviada. Pois tinha tentado. Eu tinha tentado, e tinham me mandado calar a boca, e, agora, eu podia ir embora absolvida dos meus pecados.

Aquela seria a última confissão da minha vida.

"Deus do céu, o que a Violet fez agora?"

Esperando por você. Você sabia.
Dizia *Ei. Aonde está indo, garota?*
Você sorria. Largamente. Como uma abóbora de Halloween.
E, ao mesmo tempo, cuidadosa o suficiente para se conter. Havia algo nos olhos do seu irmão, como um mármore rachado que alertava você.

Os videogames favoritos dele tinham nomes como *Pit-Fighter, Cyberball, Primal Rage*. A franquia favorita de filmes era *O exterminador do futuro* e, a segunda, *Mad Max*.
Ele tinha ficado alto, e tinha ficado musculoso nos ombros e no torso. Com o pescoço grosso, os maxilares definidos. Os olhos afiados da cor de pedra sob as sobrancelhas grossas. Em poucos anos, seria mais alto e entroncado do que o irmão mais velho que ele tanto admirava. Teria o tamanho do pai com o jeito do pai quando abria e cerrava os punhos quando se sentia contrariado.
Inflexível como Jerome pai. Implacável.
Muitos dias depois do espancamento de Hadrian Johnson, o corte na bochecha de Lionel ainda não tinha cicatrizado. Com as unhas quebradas e sujas, ele ficava mexendo nela. Sem perceber. A cada dia, ela sangrava de novo. A cada dia, ele limpava os dedos na camiseta, mas que diabo. Mas por que caralho ele se importaria, ele não se importava. Não muito. Naqueles dias, naquelas semanas. À espera. À espera da volta da maldita polícia. À espera de ser algemado. Ele afirmava que não sabia como a merda do corte tinha surgido no seu rosto. Quem tinha batido nele, se tinha sido o golpe solto de um punho, o golpe solto de um taco de beisebol, o golpe solto de um taco de beisebol que havia atingido ele de raspão, ou se havia sido um murro que quase o tinha derrubado, quem era o merda que tinha feito aquilo, Lionel não sabia, mas quem quer que fosse, ele gostaria de matar o desgraçado com as próprias mãos e, talvez um dia, quem sabe, fizesse isso.
Hematomas no peito, na parte superior dos braços também. Hematomas escuros como vazamentos de petróleo. Ele havia passado a tal noite de que tanto

perguntavam totalmente bêbado, mas não conseguia se lembrar de porra nenhuma, e isso era um fato.

Ele queria. Você sabe. Sabia na época. Claro.
Um leve toque nas escadas do porão, de brincadeira. Na lombar. Você pesava menos de quarenta quilos. Mal tinha um metro e cinquenta. A cabeça rachada no piso de concreto. O pescoço quebrado num instante, como uma hiena arrebenta o pescoço de sua presa (na televisão). Ou ele teria encurralado você na garagem numa tarde qualquer na volta da escola, quando ninguém estivesse em casa. Ele teria colocado as luvas velhas de couro do papai, que ficam largadas num banco na garagem. Vestindo as luvas que cabiam nele, mesmo que ficassem um pouco largas. Encarando o seu rosto com tanto foco como se arrancasse as asas de uma borboleta enquanto socava, socava, socava a sua cara, que você nem sabia que era tão macia. O primeiro golpe tiraria sangue.

E a cabeça, durante a queda. O osso do crânio não tão duro nem protetor quanto gostaria. Descendo pela parede. As teias de aranha na parede de concreto, as teias de aranha no seu cabelo. As cavidades oculares afundadas, hematomas nos dois olhos. O maxilar inferior quebrado, solto. Os dentes partidos. A cartilagem do nariz amassada. Soco veloz, soco. Soco veloz. Soco direto, soco cruzado.

Fique com a porra da boca fechada ou nunca mais vai conseguir abri-la.

Homicídio culposo era o máximo que conseguiriam de pena. Homicídio, não. Sequência de eventos, acidentes. Nada daquilo fora premeditado. Meu Deus! Garotos jovens fazem essas merdas todos os dias e não poderiam ter *premeditado* nada. Seria como tentar *premeditar* a vontade de cagar. Impossível.

De qualquer forma, não poderiam. Não tinham. Apenas bateram no garoto de bicicleta por acidente e nunca viram o seu rosto. Eles juravam.

Deveria ter empurrado a garota escada abaixo com mais força. Deveria ter quebrado a cabeça dela. Um erro de merda demonstrar misericórdia.

Dava para pensar que Lionel não olhava mais na sua direção. Não estava mais ciente da sua existência. Distraído, meditativo. Mordiscando o lábio inferior, fazendo careta. Esperando o telefone tocar. Ele nunca fora um garoto de pensar muito, mas agora tinha se tornado uma criatura devorada por *pensar, planejar*. Como se alguma coisa estivesse dentro dele, algo vivo. E seus olhos envoltos pelo cansaço. Era notável como ele franzia a testa na sua direção, mas não para você. Espiando atrás de você, não o seu rosto. Por cima do seu ombro.

Olhando para ver se outra pessoa estava por perto. Observando, ouvindo. Se mamãe estava no outro quarto. Se qualquer um deles viria ajudar você.

Quando aconteceu, não foi nos degraus do porão, não foi na garagem. Nenhuma luva de couro. Nenhum aviso.

Você tinha ido lá para fora para dar uma olhada nos alimentadores de pássaros sem sementes, abandonados e congelados nos fundos da casa e se lembrou de repente quando era (provavelmente) tarde demais, que os pássaros tinham voado para outro lugar. Tinha se aventurado como uma idiota para os fundos da casa onde o piso de concreto tomado pela neve ainda não havia sido limpo nem coberto com sal.

Do lado de dentro, seu irmão Lionel agia como se ignorasse você, praticamente bocejando na sua presença, como que para garantir que foda-se, ele não dava a mínima pra você, mas agora lá estava Lionel, de repente atrás de você. Perto de você, esbaforido pelo que deve ter sido (você suspeitaria mais tarde) empolgação. Empurrou as suas costas como se por acidente e você escorregou, caiu nos degraus congelados — aconteceu tão rápido que você foi pega de surpresa.

— Ei! Cuidado! — O aviso de Lionel vem tarde, zombeteiro. E um gemido fingido de preocupação repreensora. — Ahhh, Vi'let... o que você fez?... *Porra*.

A força da batida na cabeça deixou você inconsciente. Dois, três segundos obliterados — uma concussão. Você acorda aturdida para dar por si no chão gelado. A têmpora esquerda lateja onde algo, a cortante ponta gelada de um degrau, cortou a sua pele fina como papel, liberando uma corrente de sangue. A perna esquerda está torcida, o joelho dobrado de forma impossível. Tanto sangue, tão rápido, você fica sem reação. Surpresa demais para se preocupar com a possibilidade de que pode sangrar até a morte.

Você vai se lembrar de Lionel se agachando sobre você com voracidade, até mesmo quando Miriam chega correndo de algum lugar de dentro da casa, Miriam ouviu o grito apesar de você não ter ouvido a si mesma gritar e, naquele instante, Lionel desaparece — (para onde? Desaparece) — e Miriam paira sobre você tentando erguer o seu corpo com cuidado, tentando confortá-la, tentando não entrar em pânico com o sangue, explicando que você escorregou no gelo, bateu a cabeça e cortou a testa, mas vai ficar tudo bem. E, quando Miriam consegue sentar você em um dos degraus, numa tentativa de estancar o fluxo de sangue com lencinhos de papel que estavam no bolso do casaco, e enfim com o próprio casaco, lá vem a sua mãe na porta, cambaleante, encarando e reprimindo.

— Deus do céu, o que a Violet fez *agora*?

A revelação

— Violet? Tem alguma coisa errada? — Pairando, me encarando com olhos preocupados. — Você se machucou?

Pois a sra. Micaela não poderia, não ousaria perguntar *Alguém machucou você?* Ela sabia dos boatos sobre os meus irmãos. Todo mundo sabia dos boatos sobre os meus irmãos. Depois de todo mundo ter saído da sala no final do primeiro tempo. Depois de ter soado o barulhento alarme que indicava o final da aula e eu ter ficado no meu assento, confusa e fraca e (aparentemente) incerta de onde estava.

Eu chegara mancando na sala muito antes do sinal tocar. Ofegante e determinada a não fazer um escarcéu, tinha me acomodado com o maior cuidado na carteira designada, tendo que me jogar de leve no assento, pois eu não conseguia (com facilidade, sem dor) dobrar o meu joelho esquerdo inchado.

A boca seca, mas não os olhos. E o nariz escorrendo.

As pálpebras estavam inchadas, com o dobro do tamanho normal, avermelhadas e irritadas. Se alguém me encarasse, veria o meu olhar fulminante encarando de volta com os olhos inchados, e (talvez) me reconhecesse, mas (provavelmente) logo desviaria o olhar.

Não ousava coçar as pálpebras com as unhas, mas, ainda assim, não conseguia resistir.

Tal coceira era dolorosa, mas também fantástica, como se tocar naquele lugar secreto e proibido. Como a coceira da pele lacerada na minha testa, que começava a doer sempre que era tocada. *Não, não!* — não encoste.

Ninguém podia ver o ferimento secreto. Escondido sob um Band-Aid.

Ela tinha me dado uma aspirina para me ajudar a dormir. Diversas aspirinas de baixa dose, para crianças.

(Mas eu ainda era criança aos doze anos? Eu achava que não.)

Miriam quis me levar para o hospital na noite anterior para que examinassem o ferimento, dessem pontos. Fizessem um exame de raios X da cabeça. Do joelho.

Mas a mamãe estava agitada, assustada. Tanto sangue!

Mamãe parecia mais perturbada pelo sangue, pela existência do sangue, manchando as minhas roupas, o casaco da minha irmã, pingando no piso de linóleo quando Miriam me levou cambaleante para a cozinha, do que pelo ferimento em si.

Insistindo em tratar a ferida ela mesma. Não queria *criar um alvoroço*.

Não queria hospital, emergência. A atenção de estranhos.

E então, com os dedos trêmulos, cuidou ela mesma dos ferimentos. Aplicando pressão para estancar o sangramento. Lavando com água fria. Aplicando iodo que queimava que nem fogo.

E, enfim, cobrindo o corte com um Band-Aid Johnson & Johnson grande e quadrado.

Dizendo que quando as crianças eram mais novas acidentes assim aconteciam o tempo todo. Joelhos ralados, cotovelos machucados, quedas de bicicletas, balanços, tropeços na calçada, batidas na cabeça. *Crianças!*

Era verdade, o pequeno corte na testa sobre o meu olho esquerdo se revelou pouco profundo. Ferimentos na cabeça sangram muito, é um fato. Mancham tudo de sangue! *Ah, Violet. Você não é assim.*

Desculpa. É claro que sentia muito por ter manchado as roupas de todo mundo, inclusive as minhas, e o piso que a mamãe mantinha o mais impecável possível. Soluçando, fungando, pedindo desculpas.

Repetindo para mim mesma que deveria agradecer pelo corte não ter sido mais profundo, pelo meu olho não ter sido arrancado fora pela ponta gelada do degrau. E ouvindo a mamãe me garantindo que eu era muito sortuda, sortuda demais, porque nada sério havia acontecido com o meu rosto ou a minha cabeça, do jeito que eu tinha sido descuidada.

Ainda bem que o seu pai não está aqui para ver isso. Com tudo que tem acontecido...

E então parou, vendo como eu estava pálida, e mudou enfim para um tom apologético. Beijando a minha testa, mesmo enquanto me repreendida. Como se não conseguisse evitar, afinal, era minha mãe.

Na escola, tentei disfarçar. No banheiro das meninas, o cubículo mais afastado. Torcendo para que eu conseguisse mascarar os passos mancos. (Meu joelho esquerdo estava inchado como algo grotesco — parecia uma toranja cancerosa. Por toda a minha perna, os nervos pareciam zumbir em curto-circuito.) As garotas que eram minhas amigas, ou que costumavam ser minhas amigas, mantinham distância. Outras, que sabiam dos boatos sobre Jerome Jr. e Lionel, me encaravam com pena. Apenas Geraldine veio me perguntar o que havia de errado, se eu tinha machucado a testa e o joelho; e eu disse a ela que não era nada... "Nada. Só escorreguei num degrau congelado." Pois era verdade. Eu tinha escorregado num degrau congelado e batido a cabeça.

Tentando afastar as lágrimas. Tentando não chorar. Era tão comovente para mim que Geraldine se importasse.

Não éramos amigas. Não mais. Desde que a minha mãe havia me repreendido e dito aquelas coisas tão chocantes a respeito das famílias na avenida Highgate e da vida dela antes de conhecer o meu pai, eu tinha me afastado de Geraldine.

Ela não me convidava mais para jantar, pois eu havia recusado o convite muitas vezes. E então, de forma tão abrupta, parei de ser convidada para ir naquela linda casa de tijolos brancos na avenida Highgate — esse era o meu presente para a minha mãe, que (eu esperava) entenderia a escolha que fiz sem precisarmos conversar sobre o assunto. Mas na escola, naqueles dias seguintes à morte de Hadrian Johnson, Geraldine me abordou como alguém abordaria um inválido, com empatia, mas com cautela.

— Você foi no médico, Violet? E se tiver quebrado o joelho?

— Meu joelho não está *quebrado*. Não.

Eu ri, para sugerir que a ideia era boba. Não era a primeira vez na vida que eu batia o joelho.

Eu não podia dizer para Geraldine no que estava pensando sem parar: nos meus irmãos, em Hadrian Johnson, no taco de beisebol. Não podia contar a ela como eu tinha me machucado nem quanto medo sentia do meu irmão Lionel. Ou do que ele poderia fazer comigo, quando tivesse a oportunidade.

E podia menos ainda contar para a sra. Micaela. Eu não faria isso.

Vendo a minha agitação, e que eu não teria condições de sair mancando para a aula seguinte, a sra. Micaela me levou, então, para a enfermaria da escola, que ficava ao lado da administração. Ela pegou a minha mão e caminhou comigo pelos corredores vazios (felizmente), como se eu fosse uma criancinha e não alguém de doze anos de idade. Sugerindo que eu me apoiasse nela se o meu joelho doesse. (Doía.) Ela me deixou sob os cuidados de uma enfermeira chamada sra. Donovan, com a explicação de que eu parecia ter um pouco de febre, e sofrera "algum tipo de acidente em casa".

De imediato, a sra. Donovan me olhou e exclamou para os meus olhos inchados. Uma infecção bacteriana? Fazia quanto tempo que eu tinha aquilo?

A sra. Donovan me fez deitar em uma maca na enfermaria e colocou compressas frias nas minhas pálpebras; tirou a minha temperatura e notou que os meus dentes batiam.

— Violet, você está doente. Sua temperatura é de 38 graus, isso é febre. Sua mãe não deveria ter deixado você sair de casa hoje.

As palavras gentis da enfermeira pareciam uma maldição e me fizeram chorar. O orgulho se derreteu, eu não tinha forças para me proteger. Seja lá o que eu falei, a enfermeira alarmada convocou o diretor, que me perguntou o que havia de errado, por que eu estava chorando, se alguma coisa tinha acontecido em casa e, sem saber o que estava fazendo, de alguma forma me vi contando a ele sobre os meus irmãos Jerome e Lionel e o taco de beisebol; contando a ele que Lionel tinha me empurrado no chão congelado na noite anterior, que eu tinha medo de que ele fosse me matar se eu contasse para alguém, e eu tinha medo de que o meu pai ficasse furioso comigo se soubesse, eu tinha medo de ir pra casa...

Eu havia começado a chorar histericamente. A sra. Micaela, que havia ficado na enfermaria, se sentou ao meu lado na maca e me abraçou. *Medo de ir pra casa. Medo de ir pra casa.* Essas palavras, uma vez pronunciadas, não poderiam ser retiradas.

A polícia foi chamada. Um dos policiais era uma mulher simpática da idade da minha mãe, que pegou a minha mão e me encorajou a falar, a contar tudo que eu sabia...

— ... ninguém vai machucar você. Nunca mais. Você vai ficar segura de agora em diante, Violet.

É claro, acreditei nela. Quando me lembro das palavras da policial e o jeito que ela segurou a minha mão, sinto uma onda de alívio, esperança — *segura de agora em diante, Violet.*

Foi assim que tudo começou. E uma vez iniciado não havia volta.

Viraria uma questão de registro público: a informação não solicitada, não coagida, puramente voluntária, dada à polícia de South Niagara pela irmã de doze anos de dois dos suspeitos na morte por espancamento de Hadrian Johnson.

Foi dessa forma que o restante da minha vida foi definido.

O taco

O taco de beisebol, subsequentemente identificado como *arma do crime* no caso de Hadrian Johnson, foi descoberto pela equipe de busca da polícia de South Niagara em meio a alguma vegetação rasteira a menos de trezentos metros da nossa casa, em uma margem elevada do rio Niágara, onde tinha sido enterrado às pressas sob poucos centímetros de solo, com folhas apodrecidas e lixo.

A equipe não precisou de um mandado para desenterrar o taco, que os meus irmãos (descuidados) haviam enterrado em propriedade municipal.

O taco, o cabo enrolado em fita preta desgastada e desbotada, havia sido lavado, até certo ponto, e até mesmo esfregado com algo como uma lã de aço, mas traços minúsculos de sangue e até mesmo digitais parciais permaneciam; e o mais incriminador, as farpas de madeira cravadas no couro cabeludo de Hadrian Johnson correspondiam às do taco.

O taco pertencia a Jerome Kerrigan Jr., cujas digitais parciais seriam encontradas no objeto. Também no taco, as digitais parciais que pertenciam a Lionel Kerrigan.

Os irmãos devem ter concordado em não testemunhar um contra o outro. Não incriminar um ao outro. Qual deles tinha de fato dado o golpe que atingiu Hadrian Johnson, não se saberia ao certo, embora Walt Lemire e Don Brinkhaus tenham dito que achavam que Jerr ficou em posse do taco durante o ataque...

— ... era dele. Ele não teria deixado ninguém mais segurar o taco.

Ambos não hesitaram em dizer que não haviam tocado no taco — nem por um segundo. E que tudo tinha acontecido "tão rápido" — apenas alguns minutos ou segundos, antes que Jerr gritasse com eles para voltarem para o carro e irem embora.

O taco foi considerado evidência irrefutável. O'Hagan e os outros advogados aconselharam os clientes a cooperar com a polícia ou que dessem a impressão sincera de cooperação com a polícia; aconselharam alegação de culpa, não pelas acusações de homicídio doloso, mas de homicídio culposo. As narrativas experimentais de Hadrian Johnson como traficante de drogas, Hadrian Johnson como provocador do ataque, Hadrian Johnson sendo atacado por outros agressores, negros, vistos por Jerome Kerrigan Jr. e pelos outros garotos sem querer enquanto dirigiam pela rodovia Delahunt, foram dispensadas de imediato, e não encontraram solo fértil na mídia local.

Assim, os acordos judiciais foram negociados com promotores municipais, homicídio culposo para Jerome Kerrigan Jr. e Lionel Kerrigan, agressão preterdolosa para Walt Lemire e Don Brinkhaus.

Como tinha apenas dezesseis anos, Walt foi sentenciado a cinco anos no Reformatório Juvenil do Município de Niagara, para ser libertado aos vinte e um. Don Brinkhaus recebeu de sete a dez anos em uma prisão de segurança média. Jerome, o mais velho, recebeu a pena mais severa — nove a quinze anos na Unidade Prisional do Centro do Estado, em Marcy, Nova York.

Lionel também foi sentenciado à Unidade Prisional do Centro do Estado. Com dezessete anos, teve que ser julgado como adulto; sua pena foi de sete a treze anos.

É claro, todas as sentenças foram imediatamente qualificadas — *com a possibilidade de liberdade condicional.*

Pelo menos não haveria julgamento. Fui poupada de ter que testemunhar contra os meus irmãos no tribunal, e South Niagara foi poupada de reviver um crime terrível. Poupada de ter que ouvir os argumentos da defesa, que de alguma forma sugeriam que a vítima havia atraído a própria morte.

A comunidade negra de South Niagara protestou que as penas eram excessivamente brandas, considerando a brutalidade do ataque a Hadrian Johnson, e o fato de que Hadrian não havia feito nada para provocar os criminosos. Alguns membros da comunidade branca (incluindo o ex-prefeito de South Niagara, Tommy Kerrigan, entrevistado pela televisão local) afirmaram que as sentenças eram duras demais, evidência do "racismo reverso" e da "intolerância negra" em South Niagara.

Com poucos dias após a sentença, diversas igrejas negras em South Niagara foram vandalizadas, incluindo a Igreja Metodista Episcopal Africana, que tinha sido frequentada por Hadrian Johnson. Focos de incêndio surgiram ao longo da avenida Howard em uma vizinhança predominantemente negra, e jovens negros relataram ameaças de garotos brancos mais velhos no caminho de volta da escola.

Ninguém me contaria sobre esse desenvolvimento — a *reação branca*. Pouco a pouco, com o passar do tempo, eu leria a respeito — semanas, meses.

Imagino uma *reação branca* como algo no rio — cobras de dez metros descoloridas, espumando água, se agitando e se contorcendo. Quase conseguia enxergar aquilo, a precipitação apavorante da *reação branca* se imbricando na costa rochosa do rio Niágara...

Mas na época eu já estava morando em Port Oriskany. A cento e vinte quilômetros de distância. Com a irmã mais nova da mamãe, Irma (que sempre tinha gostado de mim, apesar de gostar um pouquinho mais de Miriam e Katie) e o marido dela, Oscar Allyn.

Eles sempre quiseram ter filhos, é o que diziam. Quando criança, tinha sido um mistério para mim o porquê.

Durante muito tempo, acordei confusa e assustada naquele lugar novo, naquela cama nova. Sem saber onde estava ou por quê. Desesperada e esperançosa, acreditando que eu contataria a polícia de South Niagara, o diretor da escola, a sra. Micaela... *O taco. Eu estava errada sobre a história do taco. Nunca vi o taco. O taco está perdido, ninguém nunca achou o taco do meu irmão.*

Abrigo

Segura de agora em diante, Violet.
Tudo muito rápido, uma criança menor de idade pode se tornar *responsabilidade do município*.
Para a proteção da criança, ela deve ser retirada de um *ambiente doméstico inseguro*.
Oficiais do Serviço de Proteção ao Menor têm o mesmo poder que policiais e podem agir com a mesma eficiência. O trabalho deles é proteger a *criança em perigo*. Não é trabalho deles aplacar os desejos de qualquer adulto. Também não é trabalho deles determinar se a criança está contando a verdade ou alguma versão da verdade. Quando a verdade for estabelecida, a criança pode estar severamente ferida ou morta.
E então, sem autorização para voltar para a minha casa, e com uma única ligação para a minha mãe, fui "retirada" da minha família e colocada em um "abrigo" por um tempo — uma casa que acolhia crianças e adolescentes traumatizados, onde muitos tinham sido espancados e/ou abusados sexualmente por parentes, principalmente pais e irmãos mais velhos.
(Embora alguns ali também tivessem apanhado, ou sido abusados, ou deixados sem comida pelas mães.)
(Alguns eram retardados, ou tinham alguma doença mental, e vinham de casas em que os adultos tinham problemas mentais e apresentavam perigo para o bem-estar das crianças.)
(Alguns eram *fugitivos* — uma categoria que se entrelaçava com a dos traumatizados.)
Eu não tinha dito a ninguém que um dos meus pais tinha me machucado fisicamente ou até mesmo me ameaçado e, ainda assim, parecia certo que eu tinha sido agredida, traumatizada, ameaçada por um ou ambos, assim como pelo meu irmão Lionel. Foi explicado a mim que a minha situação familiar não garantia a minha segurança naquele momento; um juiz do Tribunal da Família havia aprovado a ordem de remoção, em especial porque os meus irmãos mais velhos eram

os principais suspeitos no assassinato de Hadrian Johnson, e um deles morava na minha casa.

No abrigo, nós nos movíamos como zumbis com medo de ser tocados. Medo de que falassem conosco, olhassem para a gente.

Doenças mentais são contagiosas? Retardo mental? Eu não queria pensar que sim.

Lembrando-me de como tínhamos olhado para Liza Deaver com um horror fascinado. Liza Bizarra. E, se a pobre Liza sequer olhasse na nossa direção, desviávamos o olhar, virando de costas, rindo.

Não não não. Não sou nem um pouco como você. Não olha pra mim!

No abrigo, eu tinha um sonho frequente em que a camada externa da minha pele se soltava e escorria sangue. Com esses sonhos vinham dores de cabeça que latejavam como um saca-rolhas e pioravam ao longo do dia, depois que eu acordava atordoada e grogue.

Recebíamos aspirina na instituição. Aspirina infantil de baixa dosagem que não tinha efeito algum na dor do cérebro.

Aqui havia uma surpresa — eu tinha sido expulsa da escola também.

A escola! Mas eu amava a escola...

Me informaram que eu seria autorizada a voltar para a escola — logo.

Também me informaram que a minha família não me queria de volta — nunca.

Minha mãe e Miriam chegaram no abrigo para trazer algumas das minhas coisas. Roupas, livros jogados em caixas de papelão sujas e rasgadas. Botas de inverno em uma sacola de compras com alça arrebentada. Jaqueta forrada de lã. Escova de dentes, pente. (Os dois parecendo desgastados e vergonhosos.) Minha mãe e a minha irmã foram autorizadas a entrar na instituição apenas depois de apresentar uma identificação em um balcão de segurança e de se submeterem a um interrogatório que a minha mãe considerou "insultante", pelo qual ela parecia me culpar.

Quando vi a minha mãe, corri até ela, para ser abraçada. Eu estava correndo, meus olhos inchados vazavam lágrimas.

Mas mamãe não me abraçou, não exatamente. Seus braços se levantaram — com fraqueza. Ela precisou se esforçar ao máximo para não me afastar.

— Violet. O que você *fez*.

Sua voz era baixa, mas acusatória. Um lamento suave de desespero.

Foi um choque para mim, eu estava quase da altura da mamãe. Uma garota grande e desengonçada aos doze, quase treze anos de idade, querendo me encolher para a *Violet Rue* menor, de apenas alguns anos antes, quando a minha mãe, e o meu pai também, me amavam.

Ainda assim, eu queria acreditar que a mamãe e a Miriam tinham ido me buscar. O desejo de ir para casa era tão forte que não entendi de imediato o significado das caixas de papelão.

Era verdade — eu tinha medo de Lionel. Mas Lionel já tinha sido preso...

Sim, Lionel tinha sido preso. Mas, não, ele não estava sob custódia da polícia.

A fiança, assim como a de Jerome Jr., fora paga por meu pai, então Lionel ainda estava em casa e, assim, era um *perigo evidente* para mim, aos olhos do Serviço de Proteção ao Menor.

Rata vadia. Rata piranha. Dedo-duro. Vamos arrancar a porra da sua cabeça.

A fiança para homicídio culposo era bem mais baixa do que teria sido a de homicídio doloso. Ainda assim, papai teve que apresentar um cheque administrativo (60 mil) ao tribunal do distrito de South Niagara para garantir que Jerome Jr. e Lionel não fugiriam antes dos crimes serem adjudicados; para a maior parte desse dinheiro, ele teve que hipotecar a casa pela segunda vez.

Foi Miriam quem me informou da novidade. Pois a minha mãe mal conseguia falar comigo.

Miriam dizendo para mim, num sussurro, como se um sussurro fosse menos acusatório, sim, claro, havia uma chance dos nossos pais "perderem" a casa. O que eu tinha pensado? Eu era *idiota*?

As mãos da minha mãe saltaram para o rosto. Como se, sem querer ouvir o que Miriam sussurrara, ela tivesse coberto os olhos (vermelhos) em vez das orelhas.

Miriam trocou um olhar rápido e cruel comigo. Como quem diz — não incomode a mamãe. Tente.

A visita não durou muito. Quinze minutos? Dez? Lenta de início, como no tranco de uma montanha-russa no momento em que o carrinho condenado sobe a primeira volta da rota nauseantemente vertical.

Encarando as caixas de coisas minhas no chão do quarto que parecia uma cela, sem reconhecer o que eram ou o que significavam.

Em uma voz hesitante, enfim a minha mãe falou. Através de um zumbido nas orelhas, ouvi parte do que ela disse.

Violet, como você pôde? Acabou com as nossas vidas.

Seu pai nem consegue falar sobre isso. Não consegue falar sobre você.

Enquanto conseguir ficar aqui, melhor. Não tem lugar para você em casa.

E não ouse chorar! Isso é tudo culpa sua.

Eu nunca tinha ficado longe da minha mãe por mais do que alguns dias. Naquele espaço de tempo, ela parecia ter envelhecido. Sua pele estava branca como farinha. Ao lado da boca, linhas profundas. Suas pálpebras, como as minhas, estavam avermelhadas e inchadas. Ela engolia em seco compulsivamente, como se o interior da boca estivesse árido. (Como Katie me contaria depois, mamãe foi *sedada*. Ninguém sabia exatamente quantas pílulas ela estava tomando, mas ninguém devia falar a respeito.)

Mamãe franzia a testa, distraída. Uma mosca zunia no teto.

Em uma janela, outra mosca. (Ou era a mesma?) (Ou havia mais do que duas moscas no quarto?)

Mamãe ficou em silêncio como se tivesse ficado sem palavras, e estava exausta. Miriam assumiu a tarefa de me explicar com sorrisos nervosos que não importava se Lionel estava em casa ou não, pois eu não voltaria para casa.

— Não por um tempo, Violet.

No lugar, "providências estavam sendo tomadas" para que eu fosse morar com a minha tia Irma e o meu tio Oscar Allyn em Port Oriskany, que ficava a 120 quilômetros de distância.

Ouvi aquelas palavras, ditas com cuidado por Miriam. Mas não as absorvi de verdade, pois estava esperando que mamãe as refutasse e olhasse para mim.

Ah não, Violet. É claro — você vai voltar para casa conosco. Agora mesmo!

Aquelas palavras, que eu tanto queria ouvir, mais tarde me pareceriam ter sido ditas de verdade pela minha mãe em uma voz trêmula.

Em vez disso, Miriam falava de forma evasiva:

— Papai está muito chateado, Violet. Você sabe como ele fica. No momento, as coisas andam bem tensas. Ele diz que não quer você de novo em casa... Não quer ver a sua cara. Ele não consegue superar como você "tentou resolver as coisas fora da família"... como não contou a ele sobre Jerr e Lionel. E como falou que não se sentia "segura" em casa. A polícia tinha um mandado para entrar na casa. Eles fizeram perguntas para todos nós! Até pra mamãe! A gente espera que o papai mude de ideia... daqui a um tempo. Sabe, se Jerr e Lionel não forem mandados embora...

Mandados embora. Eu poderia ter suposto que os meus irmãos provavelmente seriam presos, ainda assim, não tinha me ocorrido exatamente que seriam *mandados embora*.

— Ai, Deus. — Mamãe soltou um gritinho de dor. Ela não conseguia ficar mais naquele lugar terrível, disse. Não conseguia respirar. Ia esperar Miriam no carro.

Isso era algo que qualquer um de nós poderia ter dito quando criança. Rick, ou Les, ou Katie, ou eu. *Não gosto daqui, vou esperar no carro.*

Não era algo que um adulto diria. Não era algo que a nossa mãe diria. Ainda assim, a mamãe disse tais palavras com uma petulante voz magoada, deu meia-volta e saiu do recinto, com passos trêmulos, mas determinados.

Eu a segui, mancando até a porta. Impotente, eu a encarei. Eu tinha sido tomada de surpresa e não conseguia ter forças para gritar por ela. — *Mãe! Mamãe...*

— Violet! — disse Miriam, penetrante. — Você não está prestando atenção!

— Eu, eu estou... Eu estou prestando atenção...

— A mamãe não está se sentindo bem. Eu tive que dirigir até aqui. Desde que você... desde que... Caiu dos degraus e cortou a cabeça... Então na escola... dizendo aquelas coisas sobre... Bem, desde todas aquelas coisas, mamãe tem estado muito chateada e, é claro, o papai... o papai tem estado *pior*. Você tem sorte de estar aqui, Violet. Sinceramente.

De novo, Miriam explicou: minha tia Irma, Port Oriskany, transferência para uma escola nova. Porque eu não poderia ficar em casa, papai estava irredutível quanto a isso. E nenhum outro parente em South Niagara me acolheria. Me chamavam de *rata*. *Não dá para perdoar alguém que entregou os próprios irmãos. Dizendo que os pais abusaram dela.*

Miriam falava rapidamente, de modo evasivo. Numa respiração só, me contou que a situação era incontornável, que todo mundo me odiava e que nunca me perdoariam, e, na respiração seguinte, me garantiu que o papai podia (talvez) mudar de ideia, mas não tão cedo...

— ... você sabe como o papai é...

Tentando me lembrar, será que eu tinha dito para a polícia que os meus pais *abusaram* de mim? Eu não tinha memória alguma daquilo, só podia ser um engano. A policial entendeu errado quando me fez perguntas na escola. Mas...

Miriam não estava interessada. Fosse lá o que eu estivesse tentando dizer, tentando explicar, ela não estava interessada, seus olhos brilhavam com lágrimas de exasperação, de desgosto.

A irmã que eu tanto adorava, mas em quem não podia confiar naquele momento. Pois claramente Miriam estava *do lado deles*.

Um abraço grosseiro de despedida, um beijo na testa. Colocando três notas de dez dólares na minha mão.

— Sou eu que estou te dando isso, Vi'let. Caso precise de alguma coisa. Não fale pra ninguém que dei isso pra você, ok? Nem mesmo pra Katie. Promete?

Fugitiva

Consegui chegar até a ponte da rua Lock antes de me pegarem.

Oito quilômetros do *abrigo* até a ponte. A pé, na maior parte do tempo correndo/mancando.

Era estranho, o joelho não doía tanto agora. Ou se havia dor, ela parecia distante, como algo acontecendo em outro cômodo. Pois eu estava desesperada para voltar para casa, onde (eu queria pensar) papai me perdoaria quando me visse. Papai me deixaria voltar para o meu quarto antigo.

No abrigo, eram os *fugitivos* que eram admirados, invejados. Os *fugitivos* eram sempre as crianças mais duronas. (Uma das garotas, um pouco mais velha do que eu, carrancuda e silenciosa, tinha tatuagens borradas e raivosas ao longo dos braços.)

Era surpreendente que Violet Rue fosse um deles — uma *fugitiva*.

Depois da minha mãe e da minha irmã partirem, até parece que eu ia chorar.

Abraçando o próprio corpo com força, braços cruzados sobre o peito, ombros inclinados e rosto fechado como um punho.

Sem essa merda. Ninguém fode comigo.

Havia garotos negros na instituição. Eu sentia medo de que pudessem saber quem eram os meus irmãos. Que pudessem adivinhar.

Exceto que eu era apenas "Vai-yet" para eles — se é que tinham um nome para mim.

Talvez eles sentissem pena de mim. Garota branca com olhar atordoado, com um grande Band-Aid quadrado (e sujo) na testa, algo de errado com o joelho esquerdo que a fazia mancar e fazer careta.

Na instituição, sobrenomes não importavam. Nomes de família, nomes de adulto, não se aplicavam.

Papai nunca havia gostado de que o nome *Kerrigan* trouxesse associações com o tio político. Em South Niagara, as pessoas tinham a tendência a amar *Tom Kerrigan* ou a odiar *Tom Kerrigan*, então havia a sensação de que você estava sendo julgado erroneamente.

Mas agora, com Jerome Jr. e Lionel presos, os nomes, os rostos, na capa do jornal, *Kerrigan* se tornaria ainda mais notório.

E ainda havia a terrível manchete incisiva:

IRMÃ DE 12 ANOS DE SUSPEITOS
Traz informações "cruciais" para a polícia de South Niagara
A investigação de Hadrian Johnson continua

Por sorte, não publicaram a minha foto no jornal. Nem mesmo o meu nome. Meus irmãos não tiveram tanta sorte, pois as fotos deles apareceriam com proeminência diversas vezes, em vários veículos de imprensa.

Não tinha sido difícil fugir do *abrigo*. Tudo que os funcionários sabiam de mim era que eu era uma dessas crianças patéticas que teve que ser retirada da família por segurança; eu não causava a impressão de que era ousada o suficiente para fugir de volta para a tal família e arriscar um dano ainda maior.

De manhã cedo, antes do alvorecer. Antes que os outros estivessem acordados.

Magra o suficiente para me espremer por um espaço estreito (a janela abria embaixo, apenas alguns centímetros) da mesma maneira que um animal — uma dessas criaturas desesperadas que, para se libertar de uma armadilha, arrancaria uma pata com os dentes.

Não levando nada comigo. Só as roupas do corpo. A jaqueta com forro de lã com lenços usados e duros nos bolsos.

Atravessando as moitas do lado de fora da casa. Evitando a passagem de asfalto rachada.

Consciente de não correr no acostamento da estrada, mas ao lado dele. Atravessando campos, terrenos vazios. Atrás de outdoors e seguindo o trilho do trem.

Parte do terreno era pantanoso, lamacento com uma cobertura fina de gelo. Grande parte do caminho estava suja com restos de árvores quebradas. Rebarbas se prendiam na minha calça e espinhos feriam as minhas mãos.

Empolgada por estar do lado de fora, fora do *abrigo*.

Eu nunca voltaria, pensei. Não poderiam me obrigar.

Num surto, pensei *Vou me esconder em nossa casa. No porão. Ninguém vai saber.*

Nos limites da cidade, a pista se juntava a uma rodovia maior chamada Denis Boulevard. Havia trânsito agora. Campos desapareciam, mas havia terrenos baldios, becos pelos quais eu conseguiria traçar a rota. Começaram a surgir calçadas. Caminhei até elas rapidamente, mas não ousei correr. Não queria levantar suspeitas de estranhos. Não queria chamar atenção para mim mesma de maneira alguma e ainda assim parecia que os veículos diminuíam a velocidade, seus ocupantes me encarando.

Uma garota! Sozinha.

Por que aquela garota está correndo, sozinha...?

Conforme eu me aproximava da rua Lock e da ponte da rua Lock, que me levaria para a rua Black Rock e para minha casa, comecei a ficar assustada. Como se um anestésico estivesse perdendo efeito, o joelho começou a doer. Miriam havia me alertado, *Ele não quer ver a sua cara.*

Na ponte, a dor no joelho piorou. Minhas pernas ficaram fracas. Eu não conseguia recuperar o fôlego. O vento do rio enchia os meus olhos de água. Abaixo, o rio Niágara se apressava escuro e brilhante em partes, como as escamas de uma grande cobra, mas não havia cobras pretas à vista na água perto da margem. Não havia nenhum cheiro de óleo químico para revirar o meu estômago.

Apoiei-me no balaústre da ponte, sentindo um cansaço súbito. Na passagem de pedestres, de costas para o trânsito. Me lembrando da manhã em que Katie e eu vimos cobras no rio.

Não fazia muito tempo. Ainda assim parecia tanto tempo.

A manhã do dia em que Hadrian Johnson havia apanhado.

A manhã do dia em que Hadrian Johnson começaria a morrer.

E então surgiu uma voz masculina atrás de mim:

— Ei, menina.

Um carro de polícia de South Niagara tinha parado ao lado da passagem. Um dos oficiais havia baixado a janela e me encarava.

Ele havia me reconhecido, pensei. O Serviço de Proteção ao Menor havia emitido um alerta.

Virei de costas rápido. Tentei não entrar em pânico. Seria afirmado (falsamente) por ambos os policiais que eu havia começado a escalar o corrimão da ponte da rua Lock para me jogar no rio e, que, naquele instante, o policial mais próximo de mim se apressou para fora do carro, gritando com força:

— Não! Pare!

Eu me lembraria sempre de que ele foi mais rápido do que eu. E ele era rápido demais. Agarrou o meu braço, me afastando do balaústre com mais força do que eu imaginaria sendo usada por qualquer homem adulto que tentasse me segurar, e, quando me debati, soluçando e gritando para que me soltasse, ele fez o que policiais são treinados para fazer, sem um momento de hesitação, agarrando o meu braço com mais força, muita força, atrás das minhas costas e erguendo, mesmo quando ele me desequilibrou para que eu caísse na calçada da ponte, agora paralisada de dor, uma dor tão intensa na parte de cima do braço que não conseguia nem gritar, não conseguia nem respirar, perdendo a consciência com a velocidade com que uma lâmpada se apaga.

Ele nem tinha perguntado o meu nome. Não havia se dado ao trabalho. Precisava saber apenas que eu estava sob custódia da justiça, que era uma *fugitiva*. E era assim que policiais de South Niagara tratavam *fugitivos*.

II

"Rezando por Violet"

— Aqui, Violet, uma carta pra você...

Minha tia Irma não poderia estar mais surpresa, virando o envelope na mão, franzindo a testa com suspeita.

— O endereço de remetente é de South Niagara. Você conhece alguém chamado G. *Pyne*? Na *avenida Highgate*?

Queria arrancar a carta da mão da minha tia. Minha carta! Mas eu sabia que deveria tomar cuidado.

Era possível que a minha mãe tivesse alertado a tia Irma, sua irmã mais nova, para não permitir cartas de Geraldine Pyne... (Mas aí a tia Irma não teria me mostrado a carta, teria? Eu estava confusa demais para pensar com clareza.)

A carta era a primeira que chegara para mim em Port Oriskany. Fazia semanas que eu morava lá, na casa de tijolos beges na rua Erie, que era bem mais organizada e silenciosa do que a da minha família, e ninguém havia escrito para mim, e se houvera ligações entre a tia Irma e a minha mãe, eu não sabia.

Com raiva, minha mãe sibilou no meu ouvido *Eles olham de cima para nós. Essa gente. Não venha falar disso* comigo.

Com frequência na minha nova vida, eu precisava balançar a cabeça para me livrar da voz de censura da minha mãe. Era um medo que eu tinha, que os outros pudessem ouvir aquelas palavras sibiladas como alguém poderia ouvir um rádio cujo volume estava muito baixo.

E com frequência eu me sentia obtusa, sonolenta. Minhas pálpebras pesavam. Eu observava a boca dos outros (adultos) para tentar determinar o tom do que diziam pois nem sempre compreendia o que estavam falando. Quando uma pergunta chegava ao fim, eu já tinha me esquecido do começo.

Vagamente balancei a cabeça que *sim*.

Ou poderia ter sido *não*.

Eu tinha esquecido o que a minha tia havia perguntado, que era tão urgente. Meu coração batia rápido, antecipando o perigo ou uma súbita surpresa indevida.

Com relutância, a tia Irma entregou a carta para mim. Era claro que ela não confiava em mim — ninguém na minha família poderia confiar em mim. Mas a tia Irma parecia gostar de mim e (parecia) desejar que eu gostasse dela.

Sem filhos, a irmã mais nova da minha mãe. Aquilo era sussurrado na família. Como uma maldição.

— Obrigada, tia Irma.

Era um esforço falar com clareza. Quando se está sonolento, as palavras têm a tendência de ficar molengas, arrastadas. Com frequência, figuras bizarras como as dos sonhos se juntavam ao meu redor para me observar com interesse sobrenatural, como piranhas se aproximando cautelosamente da presa. As criaturas ouviam com tanta intensidade o que eu conseguia dizer, tentando determinar o nível da minha atenção e a minha habilidade de me defender contra os seus ataques, que muitas vezes eu perdia o fio da meada sobre o que eu mesma tinha dito.

Ela quer que você abra a carta na frente dela. Quer saber o que tem nela.

Mas eu não daria essa satisfação para a minha tia, abrindo aquela carta preciosa na presença dela, muito menos falaria dela mais tarde, pois eu não poderia compartilhar os pequenos punhados de "novidades" da minha vida com ninguém — pois eram tão poucos. Em vez disso, segui para o andar de cima, no quarto designado como *meu*, que tinha uma porta sem tranca, mas que poderia ser fechada com firmeza; e, lá, li a carta de Geraldine com ânsia, lágrimas inundando os olhos de tal maneira que eu quase não conseguia decifrar a bonita letra colegial da minha amiga mais próxima.

Querida Violet,
Estou com saudades. Sinto muito que esteja tão longe...

Era um mistério para mim como Geraldine tinha conseguido o meu endereço em Port Oriskany. Mais tarde, eu chegaria a perguntar para as minhas irmãs, mas nem Miriam, nem Katie disseram saber qualquer coisa a respeito de Geraldine Pyne.

Minha mãe? Muito improvável.

Eu mesma poderia ter perguntado a Geraldine, mas não o fiz. Apesar de apreciar suas cartas, das quais haveria apenas três, e de ter guardado elas por todos esses anos mudando de um canto para outro, não respondi — nem uma vez.

Comecei cartas para a minha amiga, mas nunca as terminei. Por quê? Por que não?

Depois de um tempo, Geraldine parou de me escrever e perdi o endereço dela.

Das três preciosas cartas de Geraldine, a última é a mais bonita, a que li e reli e memorizei. Com frequência ouço as palavras de Geraldine, na voz de Geraldine, nos meus ouvidos; é reconfortante para mim, como uma música que ouvi várias vezes.

Querida Violet,
  Que saudades! Tomara que você responda à(s) minha(s) carta(s).
  Você está indo à escola aí? Sua carteira está vazia na aula de preparação e em todas as outras aulas, e o seu armário está vazio. A sra. Micaela perguntou sobre você, mas ninguém sabe o que dizer, exceto que você "foi embora".
  Perguntei à mamãe se você poderia morar conosco, porque tem um monte de espaço na nossa casa. A gente poderia dividir o meu quarto, ou você teria um só para você. Mas a mamãe disse que achava que talvez não funcionasse, apesar de ser uma ideia "muito gentil". Perguntei por que não funcionaria, e a mamãe disse: "Violet tem a família dela. Eles vão querê-la de volta. Vão amá-la de novo".
  Estou rezando por você, Violet. Para que isso aconteça.

Sua amiga para sempre,
Geraldine

Exílio

No primeiro ano depois de ser *renegada*, enviei cartões de aniversário feitos à mão para a minha família. (Eu me lembrei de todos os aniversários!) O prazer foi tão grande que era quase doloroso escrever *Rua Black Rock, 388, South Niagara, Nova York*.

Até mesmo os meus irmãos encarcerados na Unidade Prisional do Centro do Estado, em Marcy, Nova York, receberam cartões. Quer dizer, eu os mandei. É claro que eles não responderam.

Depois de algum tempo, desisti de fazer cartões. Havia uma esperança tão infantil neles que comecei a parecer digna de pena até para mim mesma, como um cachorro que está abanando abanando abanando o rabo por muito tempo depois de todos o terem abandonado.

Em vez disso, mandei cartões-postais. As montanhas Chautauqua no outono, o lago Ontário no inverno, as cataratas do Niágara encobertas de névoa como um ectoplasma. Visões aéreas das costas íngremes e torturantes do canal Erie em Port Oriskany, onde tinham me mandado morar com Irma, a irmã mais nova da minha mãe, e o marido dela, Oscar, que não tinham filhos.

Por que continuei durante anos e anos, por mais tempo do que gostaria de admitir, a enviar cartões que nunca eram respondidos...? Ninguém que foi *renegado* faria essa pergunta.

Porque você nunca desiste. Você nunca deixa de ter esperança.

No meu caso, eu esperava que o papai notasse um dos cartões enviados para outra pessoa da família, para Katie, por exemplo, e parasse e se desse ao trabalho de lê-lo, já que (eu imaginava) ele não se daria ao trabalho de ler um dos cartões dirigidos a ele, que seria rasgado na mesma hora; e, ao lê-lo, se sentiria tocado, impressionado...

Nunca desiste da esperança porque, se desistir, o que sobra?

Imaginando as primeiras palavras que dirão para você — *Nós sentimos tanto! A gente não queria ter dito aquilo.*

Ou — *A gente não tinha entendido.*

... tudo um mal-entendido.

A letra cuidadosa de colegial nos cartões. Cuidadosa para não dizer nada que pudesse ofender. Mensagens breves. Ingênuas, inocentes. Sem acusações. Sim, cada cartão era um apelo, mas (eu esperava) não um apelo vergonhoso óbvio. Cada cartão era prosaico, sem lançar sombras. A esperança era de que, sem pedir por simpatia ou pena, tanto simpatia quanto pena seriam dadas a mim, que pedia por tão pouco. Esperança (vã) de fazer os meus pais sentirem muito e se arrependerem de me mandar para o exílio; de fazê-los reconsiderar (eu queria pensar) a rescisão do meu exílio e que me convidassem para voltar para casa na rua Black Rock onde (eu queria pensar) ainda havia espaço para mim, o quarto no segundo andar que eu tinha compartilhado com a minha irmã Katie e que, com o tempo, a própria Katie iria se mudar e deixaria vazio...

Como está o clima aí em South Niagara? Aqui é só neve — quase dois metros do lado de fora da minha janela.

Ou *Aqui está quente demais. Não é nem julho e já tem tantos mosquitos!*

Eu quase nunca ousava colocar um fato tímido. *Entrando no décimo ano. Tenho que pegar o ônibus, é longe demais para ir andando.* (Três quilômetros.)

A tia Irma esteve no hospital por quatro dias (vesícula). Mas ela está bem agora e manda um oi.

(Minha tia me pediu para *mandar* um oi? Com certeza não. Eu nunca teria dito a ela que estava escrevendo para os meus pais.)

Por fim, eu escreveria no verso de um cartão-postal das cataratas Canadenses sob um sol brilhante *Vou me formar no dia 15 de junho, vou ser a oradora porque tenho a maior média da classe na Escola de Ensino Médio de Port Oriskany e tenho bolsa para começar na Universidade St. Lawrence no outono.*

De todos os cartões, era esse o que eu esperava mais merecer uma resposta. Pois aqui havia algo de que a família Kerrigan poderia se orgulhar. Mas os meus pais não escreveram, nem a minha mãe ligou para a irmã dela (a minha tia) para perguntar.

A verdade é que as minhas irmãs me enviaram cartões algumas poucas vezes. Aqueles cartões de *muito obrigado* mais comuns e baratos assinados apenas com os seus nomes — *Miriam, Katie.* Como se estivessem com medo de escrever qualquer outra coisa. Com medo de assinar *Com amor.*

Durante todo esse tempo me certifiquei de que os meus pais tinham o meu endereço atualizado. O número do meu telefone. Pensando que um dia papai decidirá que já basta, que a sua garotinha já tinha sido punida o suficiente, que ligará num impulso para o meu telefone atualizado, e se eu não atender ele nunca mais vai ligar de novo (pois esse era o jeito do papai, ele se ofendia quando você menos esperava) mas, se ligar e eu atender, papai dirá na sua alegre voz alta:

— *Eeei-ii... É você que está falando, Violet Rue? Estou com uma saudade dos infernos de você.*

Sonâmbula

Na biblioteca da escola durante um intervalo, sentindo a cabeça cada vez mais pesada, pálpebras pesando e fazendo com que o que está escrito na página borre e nade. Deito a cabeça nos braços, na mesa. E a bibliotecária sra. Schaeffer me acorda com gentileza, com pena.
Kerrigan, Kerrigan. Como querem enganar.
Mas essa aqui é uma RATA.
Mas não, a boca da sra. Schaeffer se move de uma maneira diferente. Ela está dizendo outra coisa, palavras que não consigo entender.
— Violet! Você não pode dormir aqui.
Na mesma hora minha cabeça se levanta da mesa. Meus olhos estalam abertos. Sinto muito, tento explicar para qualquer adulto que esteja pairando sobre mim e me achando uma inconveniência. Na minha voz, há o apelo fraco de *Me perdoa!*
De repente, preciso ir ao banheiro. Depressa.
Em pânico, a necessidade de urinar vem muito rápido. Uma convulsão no meio das pernas. Gaguejando outro pedido de desculpas para outra bibliotecária assustada, manco em disparada com as costas curvadas para a frente, como se estivessem quebradas.
É ela? — Kerrigan.
Rata!
É verdade que tenho um raciocínio mais lento na nova escola. É verdade que me perco bastante. Sonambulismo de olhos abertos. Vagando pelos corredores na parte errada da escola. Nono ano? Oitavo? Depois de semanas, continuo confusa a respeito de onde fica o ginásio e onde fica o refeitório. Sonolenta. E deficiente auditiva.
— Violet? Violet! O sinal tocou, você deveria ir para a aula agora...
(Não perguntam *Tem alguma coisa de errado?* — todos sabem que tem alguma coisa de *errado*.)
Apesar de que normalmente chego na sala de aula justo quando o último sinal toca, então quase nunca me marcam como *atrasada*.

Quando estou na sala certa e na carteira certa, e se consigo ficar acordada por tempo suficiente, sou uma aluna "boa" — "atenta" — "diligente". (Apontado no meu boletim por todos os professores.) Minhas notas em provas variam de 97% de acertos a 44%. As notas do meu dever de casa são consistentemente mais altas — a maior parte da minha vida acordada na imaculada casa de tijolos beges na rua Erie, dos meus tios, é consumida por deveres de casa, que são muito mais difíceis aqui do que tinham sido em South Niagara, como cavar areia molhada para sempre em uma praia que se estende pelo horizonte.

Vale a pena, tenho certeza. Qualquer esforço. Perseverança.

Pois as notas altas vão impressionar os meus pais e reduzir o período do meu exílio.

(Não tenho dúvida de que a tia Irma fala de mim para os meus pais, ou ao menos para a minha mãe. Não consigo acreditar que a minha mãe se negue a ouvir notícias de tanto orgulho, que refletem bem na família Kerrigan, ou que o meu pai que adoro se recuse a sequer ouvir o meu nome em voz alta, que as próprias sílabas do meu nome possam ser uma lâmina no coração dele. Não consigo acreditar que não tem uma pessoa que se importe comigo *de verdade*. Como dizem, não conseguimos imaginar o mundo sem a gente.)

Na escola nova, há alunos negros que me olham impassíveis, de longe. Se eles ouviram as provocações discretas, é provável que estejam perplexos. *Por quê? Por que ela?*

Não tenho amigos negros em Port Oriskany, com certeza. Mas, por outro lado, também não tenho amigos brancos.

Uma voz manhosa murmura ao lado da minha cabeça. Pegando no sono de pé, desperto com o susto.

— "Ker-ri-gan"... é esse o seu nome? Né? Você não tem um parente político? Em Niagara Falls?

Um dos adultos me encurrala no corredor. O professor de matemática do nono ano com cabelo duro e sobrancelhas que parecem lã de aço, notório pelo seu sarcasmo.

— Ou foi... um julgamento? Algum político, talvez um prefeito, um congressista, num julgamento? Culpado? Mandado para a cadeia?

Bloqueando a passagem. Sorrindo para mim. Algo cruel e ganancioso nos seus olhos sebosos.

— Não? Tem certeza? Bom, o nome me parece familiar, por algum motivo... Talvez existam vários "Ker-ri-gan".

Abro caminho para passar pelo provocador, desesperada para escapar. De repente, estou completamente acordada.

O iceberg

Às vezes, um puxão de cabelo.
Garota! Acorda.
E, então, quando desperto, seja lá quem fechou o punho no meu cabelo já se afastou, sussurrando e rindo.
Mais de uma pessoa. Eu não queria ver os rostos delas.
Não era nada pessoal, era o que eu queria pensar. Eu tinha lido a respeito de galinhas que se juntavam ao redor de uma das suas que fosse acometida por doença ou feridas. A fúria dos saudáveis em cima dos enfermos. Como a fraqueza grita para ser devorada.
Essa frase, com palavras que deveriam ser feias e ásperas, ganhava, ainda assim, uma ternura estranha. Pois eu estava sendo acusada de *amor, amar*. Eu me perguntava se merecia.

Era o ano novo. E então era o final do inverno, o primeiro degelo em abril, e a água de gelo derretido corria apressada em calhas e sarjetas, jorrando dos telhados.
Recebi a notícia de que os meus irmãos encarcerados na instituição prisional de Marcy haviam recorrido da condenação.
Ou, melhor, o advogado novo que o meu pai tinha contratado para representá-los estava recorrendo.
Seria argumentado que o taco de beisebol pertencente a Jerome Kerrigan Jr. fora obtido de forma ilegal pela polícia de South Niagara. A localização fora divulgada a policiais pela irmã (menor de idade) do acusado, que havia sido coagida a delatar seus irmãos por uma policial sem a presença dos pais ou de um representante legal. *Se o taco for excluído, as evidências de DNA obtidas do taco também devem ser excluídas. O caso contra os Kerrigan se torna circunstancial; portanto, as condenações devem ser revertidas.*
Se fosse o caso, haveria novas negociações com a procuradoria. Por que qualquer um dos garotos assumiria a culpa mesmo de homicídio culposo, sem a evidência de DNA que ligava os irmãos Kerrigan ao taco? Sem a *arma do crime*

como evidência, qualquer um poderia ter assediado e espancado Hadrian Johnson naquela noite na rodovia Delahunt, com qualquer arma.

A única testemunha poderia mudar o seu relato. Tudo que ela precisaria dizer era que *Estava escuro, não tenho certeza do que vi.*

Atravessando um som de correnteza, como uma cachoeira distante, essas possibilidades vieram até mim. Sem querer bisbilhotar eu ouviria a tia Irma e o tio Oscar conversando em vozes baixas.

Pobre Lula!, murmurava Irma. *Que coisa horrível tudo isso tem sido pra ela...*

E Oscar responderia, seco... *Bem. Tem sido uma coisa bastante horrível para a família do garoto negro também.*

Não havia dúvida para o meu tio que os meus irmãos haviam matado Hadrian Johnson. Ou que um deles havia matado Hadrian Johnson e o outro tinha ajudado. O que minha tia achava sobre o caso não era tão claro.

Quando se trata de família, é melhor não pensar nada. Melhor... *não pensar.*

Quando me mudei para morar com a tia Irma e o tio Oscar, a tia Irma havia tentado me abraçar com frequência na suposição (errada) de que como a minha família havia me expulsado e como a minha mãe não me abraçava mais nem sequer falava comigo ao telefone, um abraço dela, da irmã da minha mãe, seria bem-vindo. E se eu não a abraçasse de volta e ficasse parada dura, segurando a respiração, de olhos baixos, isso não a dissuadia por completo. *Violet é muito tímida. Ela está... como se diz...? "Traumatizada."*

Eu chorava muito. Agora sinto vergonha de me lembrar. Como se lágrimas algum dia tivessem ajudado alguém. Até mesmo a tia Irma me alertou, eu iria *adoecer* se chorasse com tanta frequência e força.

A tia Irma também caía no choro fácil. Gostava de falar das diversas vezes em que tinha ficado comigo quando eu era *uma garotinha pequena* e ajudava a minha mãe a cuidar das crianças, pernoitando na casa agitada da rua Black Rock. Ela tinha me dado banho muitas vezes, passado talco no meu bumbum fofo e trocado a minha fralda. Ela me levava para passear de carrinho pela calçada cheia de rachaduras, que tornavam o passeio pouco estável, mas o *bump bump bump*, isso me fazia rir. *Eu me lembrava?*, Irma perguntava com esperança.

Eu assentia vagamente, sorrindo. Como uma boneca assentiria, sorriria. Apesar de não me lembrar, não queria que a minha tia soubesse o quanto ela não tinha importância na minha vida naquela época ou naquele momento.

O tio Oscar não era tão sentimental. Cedera aos pedidos da esposa para que aceitasse a filha da irmã na sua casa, mas com frequência seus olhos vagavam até mim perplexos — quem era aquela garota esquisita, uma estranha nas refeições, comendo a sua comida, mancando escada acima, retesando o corpo no corredor e na proximidade do banheiro (o único, no segundo andar), evitando os seus olhos? Não havia possibilidade de Oscar Allyn me abraçar para me confortar quando as lágrimas começavam a cair. Na presença de Oscar, eu não tinha o ímpeto de chorar. Se houvesse um toque acidental, nós dois saltávamos, amedrontados.

Você não é o meu pai. Vai embora!

Entre nós, ficou estabelecido um tipo de entendimento. Um pouco de distância. Mas entre a minha tia e eu, não havia distância suficiente.

Você não é a minha mãe. Vai embora!

Eu não aguentava me olhar no espelho. Aprendi a me ver só de soslaio. E apenas de olhos semicerrados. Na linha do cabelo, onde a casca do corte havia sumido, existia agora uma cicatriz suave, arrepiante e lúgubre, que me dava vergonha e eu tentava esconder sob franjas finas.

O joelho machucado não estava tão inchado agora. Minha tia me levou a uma clínica onde alguém que se dizia um médico examinou o joelho em um minuto e disse que "melhoraria" se eu não corresse ou forçasse.

Ainda assim, eu precisava correr. O desejo era muito poderoso. Às vezes, quando eu estava sozinha na rua, uma necessidade súbita vinha a mim, como uma sede súbita, de que eu tinha que correr, e corria; uma alegria feroz tomava conta de mim; corria até o meu coração bater rápido no peito e o meu joelho começar a doer, as pernas ficando fracas.

Corre, rata! Espera só até a gente pegar você.

Era uma questão de fascinação para mim. Como a letra de uma música presa na cabeça. Ouvindo de novo e de novo e de novo. De novo e de novo e de novo vendo como Lionel havia surgido atrás de mim em silêncio, com furtividade para me empurrar nos degraus congelados. Havia se tornado uma cena tão vívida, que eu conseguia ver nós dois com clareza — a garota tomada de surpresa, o rapaz alto atrás dela, empurrando. Podia ser uma cena de filme — eu tinha certeza de que já tinha visto.

Tinha também o policial que havia me agarrado. Com a mesma rapidez e habilidade que Lionel tinha me empurrado. Na ponte da rua Lock, onde ele me agarrou, girou o meu braço atrás das minhas costas até eu desmaiar de dor.

Por isso era tão crucial que eu corresse. O mais rápido possível.

Determinar com clareza, onde quer que eu estivesse, a existência de esconderijos. Rotas de fuga. Sentia uma simpatia profunda vendo os ratos revirando as lixeiras, que saltavam, guinchavam e se debandavam para qualquer fenda em busca de abrigo.

A tia Irma tentou me confortar. *Você está segura agora, querida. Aqui com a gente.*

Como se eu pudesse acreditar nela! Como se qualquer um de nós pudesse garantir a *segurança* dos outros.

Mas Irma também sofria de ansiedade. Naqueles dias, antes do identificador de chamadas, ela atendia ao telefone com hesitação — *S-Sim? Quem fala?* Uma batida na porta a enchia de medo.

Me lembro de uma vez em que, quando alguém bateu à porta, uma batida mais alta do que seria razoável, Irma gritou comigo, me mandando subir as escadas, correr para o banheiro e trancar a porta — como se, na emergência do momento, ela tivesse cedido aos meus piores medos, e um dos meus irmãos havia aparecido em Port Oriskany, para me matar.

Mais tarde, eu pensaria em como esse medo era tolo. Ninguém determinado a cometer um homicídio bateria na porta tão alto e se anunciaria.

Sem que eu soubesse, os anos de espera haviam começado.

Quando se está esperando, não se é feliz nem infeliz. Se está *esperando*.

Imaginei, semiconsciente, que permaneceria com doze anos, congelada e amaldiçoada, mas o tempo seguiu, de forma bizarra e indiferente, como se a catástrofe da minha vida não pesasse mais do que uma pena, que já tinha sido soprada para longe.

Cresci, me tornando uma garota alta e magra com olhos evasivos. Um inchaço crônico sob os olhos.

Boca taciturna e amuada. Pele pálida, que queimava fácil.

O cabelo escuro lembrava rabiscos insanos com giz de cera. Não conseguia passar um pente nele, e até mesmo escová-lo era uma tarefa difícil. Ainda assim, com frequência eu deixava o cabelo passar um dia e uma noite inteiros sem ser penteado ou escovado, e assim os nós se proliferavam feito piolhos. Desta forma, eu me premiava e me punia com um único gesto.

Ao contrário da mamãe, a tia Irma não ousava se meter no meu quarto sem pedir, catando uma escova e um pente para livrar o meu cabelo dos nós, sem se importar com os meus protestos.

Olha só pra você! Olha só esse cabelo! Que coisa horrível.

Fica quieta. Para de se mexer. Você tem um cabelo ondulado tão lindo... mais bonito do que o das suas irmãs.

De fato, eu tinha o cabelo da minha mãe. Era o que ela gostava de dizer.

Como eu odiava a minha mãe mandona! Repreensiva, briguenta. Dando tapas (leves) pra que eu ficasse parada.

Mas quando ela terminava de escovar e pentear o meu cabelo, de fato ficava bem melhor, eu tinha que admitir.

Relembrando também que a mamãe casualmente molhava o indicador e alisava as minhas sobrancelhas! — mesmo na presença de outras pessoas. Um gesto de intimidade exasperante, algo que apenas uma mãe poderia fazer em um filho, e aquele filho provavelmente seria uma menina.

Mas agora não havia ninguém para me tocar com essa intimidade. Ninguém para se preocupar tanto comigo, como se eu fosse ela própria.

A tia Irma não conseguia falar com assertividade com ninguém, e com certeza não comigo. Era raro que contrariasse o marido e, se fosse obrigada a fazer isso, ela se contorcia toda, falando em rodeios, sem que o marido fizesse ideia de que ela discordava dele. Comigo, ela falava com timidez até mesmo quando comentava sobre o tempo. Seus pedidos eram murmurados não em uma voz firme e mandona, mas como súplicas. Minha tia não tinha esperança de mandar em mim como a minha mãe faria, pois a minha tia queria que *gostassem* dela desesperadamente.

Esta é a sua grande fraqueza — querer ser *gostada, amada*. Você abre mão de todo o orgulho ao querer ser *gostada, amada*.

Aquilo me enchia de desprezo, que uma mulher adulta pediria desculpas para mim, em vez de me xingar, de ser sarcástica comigo. Afinal, eu não era uma rata sem valor? Eu não deveria rastejar para algum lugar e morrer?

Em vez disso, Irma agitava as mãos — *Violet, com licença...*

Violet, querida, espere um instante, desculpe...

E então eu escutava a minha tia no telefone falando com uma amiga quando achava que eu não estava por perto. Eu escutava a minha tia não ser tímida ou hesitante, mas perplexa, ressentida:

— *Ela nem sequer olha pra gente! É de partir o coração! Ela nunca foi assim. Ela mudou. Quanto tempo faz...? Seis, sete meses! Ela deveria confiar na gente a essa altura. Mas não confia. Fica no quarto o tempo inteiro... Como alguém em um iceberg flutuando em mar aberto, e você os chama de volta e os chama de volta e por fim...*

Eu logo me afastava. Não queria ouvir como aquelas palavras indignadas terminariam.

Cara de nabo

Na última segunda-feira de cada mês, a sra. Dolores Herne do Serviço de Proteção ao Menor aparecia para conferir como eu estava na casa de tijolos beges na rua Erie, Port Oriskany.

Como eu fora retirada da minha família e deixada sob a custódia de parentes, uma assistente social era enviada para me visitar em intervalos regulares.

Animada, a sra. Herne conversava comigo e com a tia Irma; depois, falava comigo sozinha, perguntando em voz sussurrada…

— … você se sente segura aqui, Violet? Tem algo que gostaria de me contar, só entre nós duas?

Sim, eu me sentia *segura* com os meus tios… é claro.

Não, não tinha nada para *contar* para uma estranha.

Consultando as suas anotações, a sra. Herne perguntou:

— Alguém da sua família em South Niagara ameaçou você desde novembro passado? Seu irmão Lionel…

— Lionel está pr-preso.

— Bom… Ele entrou em contato com você? De forma direta ou indireta?

Balancei a cabeça.

— Não entrou em contato? Não?

Não.

— Nem mesmo através de um membro da família? Lionel não entrou em contato com você… tem certeza?

Uma onda de pânico no peito, pois um pensamento me ocorrera, será que a sra. Herne sabe de algo que eu não sei? Será que Lionel tinha me ameaçado sem que eu soubesse?

A sentença tinha sido de sete a treze anos, falei à sra. Herne. Não tinha passado nem um ano ainda…

Um zunido começou nos meus ouvidos. Parecia que sra. Herne estava murmurando para dentro, com a boca fechada, mas de uma maneira que eu não conseguia saber se o som vibratório vinha da garganta dela ou da minha.

Uma estranha Cara de Nabo me confrontando.

— E você não visitou o seu irmão na prisão, imagino.

Balancei a cabeça. Tentando não cair na gargalhada.

Era impossível imaginar uma visita minha a Lionel ou Jerome. Meus pais teriam me levado? Não.

Eu não aguentaria ver o ódio nos rostos deles. A raiva assassina.

Rata vadia. Rata puta. Vamos arrancar a porra da sua cabeça.

A sra. Herne estava checando as suas anotações, franzindo a testa. Obviamente, ela não tinha nem dado uma olhada naqueles rabiscos à mão desde a última vez que visitara a casa; parecia ter se esquecido de detalhes cruciais do meu caso.

— E o seu irmão mais velho Jerome... Ele tem ameaçado você?

Fiz que *não* com a cabeça

— Na época que o seu irmão Lionel atacou você... Segundo o meu relatório, empurrou você de "degraus congelados"... O Jerome também estava lá?

Com frieza, disse que *não* à sra. Herne. Mais um minuto daquilo e correria para fora da sala de tanto que odiava aquele interrogatório.

— Jerome não participou do ataque, você acha? Até onde sabe?

Incerta de como responder. Hesitante, assenti.

— Você também não entrou em contato com Jerome?

Fiz com a cabeça que *não*.

(Mas talvez *sim* porque eu tinha mandando um cartão aniversário para Jerome, assim como enviara um para Lionel, e no cartão havia apenas a minha assinatura — *Violet*. Será que isso contava como entrar *em contato*?)

— E você não teve nenhuma notícia dos seus irmãos encarcerados através de mais ninguém, Violet? Alguém da sua família?

Quando apenas balancei a cabeça, a sra. Herne persistiu:

— Tenho que perguntar, querida. É crucial saber disso.

Eu estava imóvel, encarando o chão. Uma sensação de fadiga imensa tomou conta de mim, uma vontade de me deitar no carpete, fechar os olhos que estavam tão pesados, afundar no sono como se em lama preta...

— ... aquele que parece ter de fato atacado o garoto negro, não é? "Jerome." E Lionel se recusou a testemunhar contra ele...

Aquilo era verdade? Supus que sim. Nenhum dos meus irmãos havia testemunhado contra o outro. Os outros garotos tinham sido vagos na confissão. (Tinham medo do Jerome? Temiam que, algum dia, quando estivessem todos livres, Jerome poderia encontrá-los e machucá-los, se eles tivessem dedurado ele, como eu fiz?)

A sra. Herne devia saber que eu tinha *dedurado* os meus irmãos. Era por isso que havia sido exilada da família e estava sob custódia do município de Niagara e morava com parentes da minha mãe.

Nunca ousei perguntar à sra. Herne sobre os meus pais — se já tinham me perdoado? Se perguntaram sobre mim? — pois essas questões seriam tão lamentáveis que a sra. Herne ficaria envergonhada.

Todo os dias eu vivia com medo de que de repente ouviria notícias perturbadoras vinda de estranhos como a sra. Herne ou um dos professores na escola, como o professor de matemática do nono ano, com as sobrancelhas de lã de aço que parecia me espreitar, ousando fazer perguntas sobre mim em voz baixa — *Você é aquela garota, né? Kerrigan? Seus irmãos estão na cadeia por homicídio, espancaram um garoto negro até a morte, não é você?*

O zumbido aumentava de volume aos poucos. Eu estava começando a discernir — *Kerrigan, Kerrigan.* Querem esganar, KERRIGAN.

— Violet, diz aqui no seu relatório do Tribunal da Família que os seus dois irmãos estão recorrendo das sentenças. Isso foi em junho. Você teve notícias mais recentemente?

Balancei a cabeça para *não*.

— Não? — A sra. Herne sorriu e fez uma careta para mim, como se tivesse dificuldades auditivas.

N-não.

Tudo que eu sabia, notícias vagas vindas da tia Irma, era que o Tribunal dos Recursos do Estado de Nova York era *muito lerdo*. E que os advogados dos meus irmãos eram *muito caros*.

Eu me perguntei se a sra. Herne sabia de alguma coisa do processo que eu não sabia. Algo que ela não queria compartilhar comigo.

— Violet? Você está bem, querida?

A uma distância enorme, a assistente social me observava. De tão longe que eu não conseguia reconhecer direito a sua rústica cara de nabo e a sua voz abafada pelo rugido do vento.

— ... tente abrir os olhos? Violet?

Meus olhos tinham fechado? Eu achava que não... eu não estava olhando para a mulher? Estava em uma elevação, um pouco acima de mim. Entre nós, havia um barranco dentro do qual (eu parecia saber) eu não deveria olhar porque havia coisas terríveis lá, mutiladas e sangrentas.

— Violet! Por favor, acorde...

A sra. Herne me sacudia, alarmada.

Sem pensar, empurrei as mãos dela para longe. Eu não gostava que encostassem em mim.

— ... acordada, Violet? Tente abrir os olhos...

Meus olhos estavam abertos! Eu queria xingar aquela mulher, que só me encarava e não me deixava em paz.

Ainda assim, a sra. Herne me sacudia com força e, com mais energia ainda, eu empurrava as mãos dela.

Exceto que as minhas mãos pareciam não se mover. Estavam dormentes, longe do meu corpo. Eu parecia saber que poderiam ser operadas por algum tipo de controle distante, mas eu não (ainda) tinha dominado esse controle.

A sra. Herne havia sumido, para chamar a mulher cujo nome eu tinha esquecido, que supostamente era uma parente minha que relatava aos meus pais cada dia do meu exílio.

Onde elas estavam? Escondidas num canto? Se eu fosse uma garota mais jovem e mais infantil, teria saltado e enfiado a cabeça no corredor para surpreendê-las.

Ingênuo da parte delas imaginarem que não conseguia ouvi-las quando falavam com tanta clareza.

— ... pegou no sono do nada, parece... Tive que segurá-la para que não caísse no chão...

— ... ah, a Violet faz isso... às vezes. Não quer dizer nada, nada mesmo...

— ... privada de sono? Tem olheiras debaixo dos...

— ... ah, não, ah, não... As pálpebras dela só estão meio... inchadas. Alergia. Não quer dizer nada.

— ... examinada por um médico?

— ... ah, sim, sim, claro. Meu marido e eu... nós temos...

— ... tão de repente, tive que correr para que ela não caísse no *chão*.

Então, a sra. Herne estava de volta sentada à minha frente, sorrindo com falsidade. Meus olhos estavam totalmente abertos e nada parecia ter mudado e nada estava fora de lugar.

No corredor, minha tia (possivelmente) estava ouvindo. Eu não podia ter certeza e não poderia confirmar as minhas suspeitas me levantando para olhar, porque aí ambas as mulheres saberiam que eu estava ciente do seu conluio.

— Você tem certeza absoluta, Violet, de que se sente "segura" nesta casa? Que *está segura*? E que nenhum dos seus irmãos entrou em contato com você para... para... fazer ameaças...

Meu Deus, por que aquilo não acabava?

Assenti para *sim*. Ou será que era *não*?

A sra. Herne concluiu a visita com as perguntas de sempre a respeito da escola, que eram, como todos sabemos, pegadinhas. Fazendo anotações enquanto eu a garantia que estava "me ajustando"... "me saindo bem, na maior parte do tempo".

— Você está, você acha, "se ajustando"? E "se saindo bem"... "na maior parte do tempo"?

Sim.

— Bem, Adeus, Violet. Vou ver você de novo em... será que é setembro? Mas, por favor, me ligue a qualquer hora se... se tiver um motivo pra me ligar. Promete?

Não. Não prometo.

— Sim, sra. Harm....

— "Herne"... meu nome é Herne.

— "Sra. Herme."

— "Herne."

Sorrindo para a Cara de Nabo para que ela não tivesse mais nenhum motivo para suspeitar de mim. No outro cômodo, caso a minha tia estivesse ouvindo, ela também seria enganada.

Mais uma vez, a mulher disse:

— Tchau, Violet!

— *Tchau.*

Depois que a sra. Herne se foi, fui tomada por uma sensação de frio. Pois possivelmente os meus irmãos seriam soltos da prisão antes do que qualquer um esperava? Será que já tinham sido soltos? E ninguém me contou, para eu não ficar nervosa?

Para eu não ficar ciente?

Irmãs

Katie... Você vai me contar? Me avisar? Se...

Escondida no meu quarto com a porta fechada escrevendo um cartão-postal para a minha irmã. Eu não tinha certeza do que dizer. Quais palavras usar. Porque todo mundo na família torcia para que os meus irmãos fossem soltos da prisão o quanto antes (menos eu).

Todo mundo parecia achar que as condenações eram injustas, desleais. Tantas vezes foi repetido — *É só porque são brancos... garotos brancos.* Era de se pensar que Hadrian Johnson tinha atacado *eles.*

Talvez possa me ligar? Se tiver notícias? Aqui está o telefone da tia Irma, se precisar.

É claro que Katie já tinha o número. Eu havia me certificado de que tinha. Apesar de que nem ela nem Miriam tinham me ligado nos oito meses em que estava lá.

Se o Lionel for solto e se... se ele falar alguma coisa sobre mim...

Querendo dizer: se o Lionel me ameaçar.

Katie sabia. E Miriam deveria saber. Que eu estava apavorada que o Lionel e o Jerome fossem soltos, mesmo fingindo que esperava que fossem, como todo mundo.

... se ele me ameaçar? Você pode me avisar?

Um apelo no vazio. Como se inclinar sobre um poço profundo e gritar para baixo com as mãos em concha ao redor da boca esperando, esperando, esperando pelo menor dos ecos.

Mais tarde me ocorreu que mandar um cartão-postal não era uma boa ideia. Se eu mandasse um cartão-postal para Katie, qualquer um na família poderia lê-lo, inclusive a minha mãe.

Mas se eu mandasse para Katie uma carta (fechada), a mamãe também notaria e ficaria com suspeitas e (possivelmente) a abriria...

Rasguei o cartão-postal para Katie. Comecei uma carta para Miriam, que tinha saído da casa na rua Black Rock, eu tinha ficado sabendo, e estava alugando um apartamento no centro da cidade.

Miriam trabalhava como secretária para um contador em South Niagara. Ela queria sair de casa antes mesmo da prisão dos meus irmãos, mas demorou muito, o escândalo havia sido demais para o seu noivo, que rompeu o noivado...

Esperava que Miriam não *me* culpasse por aquilo.

Foram necessárias muitas horas para escrever uma carta para Miriam, embora tivesse menos de uma página. Uma sensação de pesar tomava conta de mim. Eu evitava pensar em quanto sentia saudade das minhas irmãs, assim como da minha mãe; escrever para elas era como se falasse com elas, pedisse ajuda para elas, e me deixava abalada.

Miriam! Katie! Será que vocês pararam de me amar também...?
Estou tão sozinha! Por favor!

Na carta para Miriam, incluí o telefone da tia Irma e pedi que Miriam me ligasse; eu não estava preparada para a ligação de Katie numa noite poucos dias depois.

— Violet? Oi! Miriam leu a sua carta pra mim. Ela... Nós... achamos que eu deveria ligar pra você... Que bom que não me escreveu... Mamãe teria pegado a carta e visto. Ela saiu pra fazer compras agora. Não posso falar por muito tempo...

A voz de Katie era atenta, nervosa. Ela parecia ansiosa e envergonhada, e falava rápido, para garantir que eu não a interromperia.

— Sobre o que está perguntando, dos recursos, o que quer que o advogado esteja fazendo... não sei direito. Tem um tribunal estadual só pra isso. Tommy Kerrigan está tentando ajudar. Ele tem "contatos" no sistema judiciário, é o que diz. Ele está saindo da aposentadoria, talvez pra concorrer à assembleia do estado, se conseguir doações de gente rica... Ele tem dado um monte de entrevistas na TV aqui dizendo que os seus "sobrinhos" foram perseguidos porque são *brancos*. É meio que... não sei... *controverso*, é o que as pessoas estão falando. Existe o que eles chamam de uma "repercussão branca" aqui e em Buffalo... Papai teve que fazer outros empréstimos. O valor da fiança foi devolvido, mas os custos legais são altos também. É um absurdo o quanto advogados cobram! Mas papai tem esperanças... acho. Se os advogados conseguirem recorrer das sentenças, Jerr e Lionel vão ser *soltos*... Não vão nem precisar esperar pela condicional. Jerr se meteu numas brigas na instituição, se machucou... no hospital da prisão. Acho que foi esfaqueado... Não sei do Lionel, ele meio que se afastou da gente. Não quer receber visita, é o que diz. Só o papai de vez em quando.

"Não, eles não falam de você, Violet. Seu nome nem é mencionado, ao menos não pra mim. Na maior parte do tempo, falam do 'caso', é como chamam. Estão chateados por conta do Jerr e do Lionel e acham que eles foram culpados porque são 'brancos'... Miriam e eu tentamos evitar o tema. Não sei o que Les e Rick acham... É difícil ainda ter que frequentar a escola, com as pessoas falando de Hadrian Johnson. Eu ainda tenho os meus amigos, ou alguns deles... É difícil, as pessoas meio que culpam você, mas aí outras pessoas colocam a culpa *neles*, nos negros. É como se você tivesse que estar ou de um lado ou do outro, e pessoas como nós, com o nosso nome, têm que estar do lado 'branco'. Eu só tento evitar tudo! Les não está muito bem, ele mata aula o tempo inteiro. Fica escondido no quarto jogando aquelas porcarias de videogames esquisitos. Rick tem falado de se alistar na marinha quando sair da escola, o que deixa o papai louco da vida. Papai sai muito e, quando está em casa, está sempre cansado. Ele anda bebendo mais do que antes. Teve uma bronquite pesada no último inverno... Ainda tem. Mamãe está tomando alguns remédios... 'Frontal.' É pros nervos e pra ajudar a dormir. Ouço ela chorando às vezes... Mas não vou consolá-la. Isso só deixa a mamãe *irritada*."

As palavras de Katie eram desarticuladas, desconexas. Ela estava falando rápido como se para terminar logo a conversa, antes que fosse descoberta.

Era a minha vez de falar. Minha boca tinha ficado seca.

Queria perguntar a Katie *Você não sente saudades de mim? Do nosso quarto? Você não tem pena de mim?*

De repente, ela falou:

— Ah, Deus! Mamãe está chegando. Tenho que desligar, Vi'let. Vou tentar escrever. Vou tentar ligar... se tiver notícias. Mas não ligue pra cá... e não escreva, por favor. Tchau!

— Mas, Katie...

Ela já tinha desligado.

Era de se imaginar que a ligação de Katie me deixaria arrasada, mas não foi o caso. Eu estava tão grata que a minha irmã tinha se dado ao trabalho de falar comigo e que ela não havia se esquecido de mim.

Grata pela emoção na voz dela, mesmo que fosse uma emoção de impaciência, repugnância.

Peguei um casaco do armário e saí para caminhar sozinha e correr. Correr, correr!

Aquela sensação de quando se está correndo e o coração está pleno de alegria e você pensa — *Só um pouquinho mais! E o coração vai explodir.*

Em outubro, ainda é possível ver as videiras ralas e secas com folhas murchas que ainda assim conseguem ter flores — não mais as flores grandes de cores brilhantes, mas pequenas flores desbotadas. Glórias-da-manhã azuis no cercado da minha tia haviam desbotado, murchado. Mas algumas videiras tinham se enroscado em uma árvore e flores desabrochavam quatro metros acima do chão, isoladas, corajosamente azuis a cada manhã. Antes da primeira geada.

O contato com as minhas irmãs era assim. Murcho, seco. Quase morto. Mas ainda assim, existia.

"Mr. Sandman, bring me a dream"

Ele me protegeria. Ele prometeu.
    Beijando a cicatriz na entrada do meu cabelo. Ajeitando o cabelo para trás para que pudesse pressionar os lábios gentilmente na cicatriz. Fazendo o meu corpo estremecer.
    Ele iria *tirar minhas medidas. Estabelecer um registro.* O tamanho do meu crânio, a extensão da espinha, o tamanho das mãos e dos pés (descalços). Altura, peso. Cor da pele.
    Pegando então na minha mão. Pressionando-a entre as suas pernas onde ele era gorducho, inchado, como uma fruta madura apodrecendo. Pressionava, esfregava. Quando eu tentava me afastar, ele agarrava a minha mão mais forte.
    Não finja ser inocente, "Vio-let"! Sua safada.

Às vezes, ele me chamava de Bela Adormecida. (O que só podia ser uma das suas piadas, eu não era *bela*.)
    Às vezes, ele me chamava de Branca de Neve.
    — Eu sou o "Sandman". Acha que tenho língua de lixa?

Sete meses. Quando eu tinha catorze anos.
    Se foi *abuso*, como o acusaram, não parecia ser, na maior parte do tempo. Era algo que eu conseguia reconhecer como *punição*.
    Cada vez era a primeira vez. Cada vez eu não me lembraria do que acontecia comigo, o que era feito comigo. Então houve uma única vez, e aquela foi a *primeira* e a *última*.
    Cada vez era um resgate. Acordar e ver o rosto de quem havia me resgatado, e os seus olhos que brilhavam triunfantes sob as sobrancelhas grisalhas. Boca como colchetes definidos e dentes manchados em um sorriso de felicidade.
    Vio-let Rue! Hora de acordar, querida.
    O sr. Sandman era o professor que havia me encontrado perdida no corredor do nono ano, quando eu estava no sétimo. Quando eu tinha acabado de chegar a

Port Oriskany como aluna transferida. O professor com as sobrancelhas grisalhas e estranhos olhos vidrados que parecia me reconhecer, que havia me interrogado sobre o meu nome.

E agora você está na minha chamada. "Vio-let Rue."

Nenhuma alternativa. O sr. Sandman era o professor de matemática do primeiro ano.

Enfim, eu era *dele*. Na sua sala de chamada e na aula de matemática do quinto período.

Tanto para a chamada quanto na aula de matemática, o sr. Sandman me sentava à direita dele, onde podia *ficar de olho em você*.

Ele tinha me ajudado. Antes de ser meu professor. Ele me descobriu dormindo num canto da biblioteca onde eu estava encolhida sob uma cadeira de vinil tipo um cachorro aninhado para dormir, nariz no rabo, um pequeno terrier esfarrapado, torcendo para ser invisível e não ser chutado.

Ninguém mais parecia me ver. Talvez fosse o casaco de pele de carneiro atirado sob uma cadeira no fundo da sala.

Pairando sobre mim, respirando pesadamente por tanto tempo, eu não saberia dizer.

Hora de acordar, querida! Pegue a minha mão.

Mas foi a mão dele que pegou a minha. Agarrou forte e me puxou para ficar de pé.

Por que você deixou que ele tocasse em você, Violet? Aquele homem terrível.

Quando você não deixava os outros tocarem em você, quem você podia esperar que ia amar você como uma filha?

— Eu sou o capitão. Vocês são a tripulação. Se não tomarem tenência, afundam.

O sr. Sandman, matemática do nono ano. Sua pele estava vermelha de indignação perpétua com a nossa estupidez. Os olhos saltavam para a gente como pequenos sapos brilhantes. Quando abria os lábios era como se moesse carne, nós nos encolhíamos em repugnância e estremecíamos e ainda assim ríamos, pois o sr. Sandman era *engraçado*.

Ele era um dos únicos três professores homens na Escola de Ensino Fundamental de Port Oriskany. Era conselheiro do Clube de Xadrez e do Clube de Matemática. Iniciava a sua aula de chamada cada manhã com o Juramento à Bandeira dos Estados Unidos.

(Em uma voz severa, o sr. Sandman recitava o juramento nos encarando enquanto ficávamos de pé obedientes com as mãos sobre o peito, as cabeças baixas.

Não havia piadas naquele momento. Dava para achar que o Juramento à Bandeira era uma oração. Uma bandeira dos Estados Unidos brilhante, uma bandeira que o próprio sr. Sandman havia comprado, pendurada aberta no canto esquerdo do quadro negro, e quando o sr. Sandman terminava o juramento com a sua virtuosa voz alta, ele erguia a mão direita com um floreio, em um tipo de saudação, dedos apontados para cima e na direção da bandeira.)

(Será que era a *saudação nazista*?) (A gente não sabia ao certo.)

O sr. Sandman dava as aulas de matemática como um capitão de um navio. Gostava de bradar o que chamava de *punho de ferro*. Se um de nós, em geral um garoto, agisse de forma irremediavelmente idiota num dia, ele teria que *caminhar na prancha* — se levantar da carteira e caminhar até o fundo da sala de aula, ficar parado lá de costas para a turma, esperando o sinal.

Num dia de *águas turbulentas* era possível que tivesse três ou até quatro garotos no fundo da sala, destinados a ficarem de pé até que o sinal tocasse, proibidos de se virarem, sem sorrisinhos, sem piadinhas, *se você tiver que mijar, faça nas calças* — um pronunciamento chocante cada vez que o ouvíamos, provocando vendavais de risos nervosos pela sala.

É claro, era álgebra do nono ano. Tínhamos catorze, quinze anos. Ninguém naquela turma tinha o hábito de *mijar nas calças*.

(Ainda assim, não éramos velhos o suficiente para que a possibilidade não nos enchesse de pânico. Nossos rostos coravam, nós nos revirávamos nos assentos esperando que o sr. Sandman não nos escolhesse para o tormento.)

Era raro que o sr. Sandman mandasse uma garota *caminhar na prancha*. Apesar de o sr. Sandman gostar de fazer piada com as garotas e de provocá-las, e levasse algumas (de nós) às lágrimas, ainda assim ele não era cruel com as garotas, normalmente não.

Os garotos eram outra história. Garotos eram *Schmutz*.

Bobbie Sandusky era o *Bobão Schmutz*. Charlie Farrolino era o *Cheio de Schmutz*. Rick Latour era o *Rio de Schmutz*. Don Farquhar era o *Dumbo Schmutz*.

Aquilo era engraçado? Por que a gente ria?

Escondendo os rostos nas mãos. Nada tão hilário quanto a miséria de alguém que não é você.

Era de se imaginar que o sr. Sandman seria detestado, mas, na verdade, ele tinha muitos admiradores. Formandos do ensino fundamental falavam com afeto dele como uma *figura*, um *desgraçado exigente*. Até mesmo garotos que ele ridicularizava riam das suas piadas. Como um comediante stand-up com carrancas e trejeitos, e com as coisas mais chocantes que saíam da boca dele, era impossível não rir. Hilaridade era um gás vazando pela sala que fazia você rir mesmo enquanto se sufocava.

O sr. Sandman acreditava com firmeza em *manter o navio na rota*.

— Num hospício, você não pode deixar os loucos tomarem conta.

Um punhado de garotos na aula do sr. Sandman parecia escapar da sua ridicularização. Não os mais inteligentes, mas provavelmente os mais altos, os mais bonitos, geralmente atletas, os filhos das famílias prósperas de Port Oriskany. Aqueles garotos riam mais alto das piadas do sr. Sandman dirigida aos outros, os menos afortunados. *Meu pelotão.*

Ele compraria uniformes para eles, dizia. Capacetes, botas. Revólveres para colocar em coldres. Rifles.

Eles poderiam aprender a marchar *pato de ganso*. Marchar em um desfile pela avenida principal passando pela escola. *A-ten-ção! Preparar, apontar.* Ele os lideraria.

(O sr. Sandman também estaria de uniforme? Que tipo de uniforme? De capitão? Uma pistola no coldre, não um rifle. Botas polidas até a coxa.)

Os garotos conseguiam no máximo fazer parte do pelotão, mas as garotas não importavam nem um pouco mesmo. Quando o sr. Sandman falava com uma espécie de doçura sobre o seu *pelotão*, parecia que nós (garotas) éramos invisíveis aos seus olhos.

— Garotas não têm "aptidão natural" para matemática. Não há motivo algum para garotas saberem matemática. Ainda mais álgebra... não tem uso prático para uma fêmea. Já levei minha opinião ao ilustre conselho tutelar da nossa bela cidade, mas as minhas opiniões, instruídas e objetivas, frequentemente acabam dando com os burros na água, aliás, acabam com muitos burros. Portanto, não espero nada das fêmeas... mas espero ao menos um trabalho medíocre, passável, de *você*. E *você*, e *você*. — Piscando para as garotas mais próximas dele.

Aquilo era engraçado? Por que as garotas riam?

Não parecia uma ideia radical, para nenhuma de nós, que garotas não tivessem *aptidão natural* para matemática. Parecia uma ideia bastante razoável. E um alívio, para algumas (de nós), que o nosso professor não exigisse nada além de *mediocridade* (uma palavra que nunca tínhamos ouvido antes, mas que entendíamos por instinto).

Na verdade, o sr. Sandman não piscava para mim nesses momentos. Quando fazia os seus pronunciamentos que deveriam nos fazer rir e nos ensinar sobre o jeito que o mundo funcionava, ele sequer olhava para mim. Tinha organizado as carteiras na sala de aula de forma que "Violet Kerrigan" estivesse sentada numa carteira na primeira fila, na extrema direita, perto da parede externa com janelas, a poucos centímetros da mesa do professor. Dessa forma, enquanto o sr. Sandman se pavoneava na frente da sala de aula dirigindo-se à turma, eu estava à sua direita, na linha lateral, como se na coxia.

Estou de olho em você. "Vio-let Rue."

Cada aula de matemática era um exercício de formação militar. Para cima e para baixo nas fileiras, o sr. Sandman servia como capitão e líder convocando os alunos desafortunados. Mesmo se você tivesse feito o dever de casa e soubesse a resposta, provavelmente ficaria intimidado, gaguejaria e se enrolaria. Até mesmo o elogio do sr. Sandman doía:

— Olha! Uma resposta certa. — E ele aplaudiria, com uma expressão séria de ironia.

Conforme o sr. Sandman andava de um lado para o outro na frente da sala, pregando, repreendendo, zombando e nos atormentando, um brilho oleoso aparecia na sua testa. O cabelo duro cor de poeira, já com falhas de calvície, havia se desalojado mostrando lascas de couro cabeludo brilhantes como celofane.

Eu tremia só de imaginar o sr. Sandman me olhando de relance.

De olho em você. "Vio-let Rue."

Desde que veio pra nós. Você.

Eram olhares rápidos e íntimos. Ninguém via.

Ficava depois da aula, na sala de chamada do sr. Sandman.

Era um privilégio especial: "tutoria". (Apenas garotas eram convidadas.)

Dizia para que trouxéssemos o dever de casa que tinha sido corrigido. Se precisássemos de instrução "extra".

O sr. Sandman pairava sobre as carteiras, respirando nas nossas nucas. Não era sarcástico nesses momentos. A mão no meu ombro:

— Aqui está o seu erro, Violet.

Com a sua caneta vermelha, apontava o erro e, às vezes, pegava na minha mão, a mão fechada sobre a minha, e refazia a questão.

Eu ficava parada. Uma espécie de paz se movia dentro de mim. Se não antagonizá-los, se você se portar exatamente como querem, não serão cruéis com você.

Se for boazinha, vão falar bem de você.

— "Violet Rue"... Você aprende rápido, hein?

Com as outras garotas, o sr. Sandman se portava de modo parecido, mas eu conseguia ver (eu conseguia ver, eu estava completamente ciente) que ele não gostava delas do jeito que gostava de mim.

Apesar de chamá-las de *querida*, ele não enunciava os seus nomes da forma melódica que enunciava *Vio-let Rue*. Isso era um sinal crucial.

Nervosas e empolgadas, nós nos debruçávamos sobre as carteiras. Não desviávamos os olhos quando o sr. Sandman se aproximava, pois o sr. Sandman não parecia gostar de nenhum tipo de comportamento de flerte ou que fosse ansioso demais.

Inclinando-se por cima de mim, sua mão descansando em um dos meus ombros. Sua respiração na minha nuca. A mão quente. A mão reconfortante. De leve, em um dos ombros, ou na lombar.

— Muito bom, querida! Agora vire a folha e veja se consegue replicar o problema de memória.

Às vezes, o sr. Sandman nos fazia jurar segredo: recebíamos "tutoria de ensaio" durante as quais resolvíamos problemas que apareceriam no questionário ou no teste do dia seguinte na aula dele.

É claro, estávamos ansiosas para *prometer* não contar.

Tínhamos privilégios e tínhamos gratidão. Talvez tivéssemos medo do nosso professor de matemática.

Aos poucos, as outras garotas sumiram das tutorias.

Apenas Violet Rue permaneceu.

A cada dia vinha a esperança — *Papai vai vir me buscar hoje.*

Ou mais possivelmente — *Papai vai me ligar. Hoje.*

Corria para casa torcendo ver a minha tia à espera na porta, uma expressão abatida no rosto:

— Ligaram pra você, Violet. De casa.

De imediato, eu saberia o que aquilo significava.

Até mesmo a Irma entendia que *casa*, para mim, não era sinônimo da organizada casa de tijolos beges na rua Erie.

E, então, todos os dias eu me apressava para casa. Mas, conforme eu me aproximava da rua Erie, uma onda de apreensão tomava conta de mim, a boca ficava seca de ansiedade...

Pois não haveria papai esperando por mim. Não haveria ligação.

No meio-tempo eu recitava a tabuada para mim mesma. Multiplicando números de três dígitos. Divisões de cabeça. Revirando problemas de álgebra que se desdobravam no meu cérebro, como sonhos em miniatura.

Tanta alegria no teorema de Pitágoras! Para todo o sempre, era um fato ao qual eu me agarrava como um colete salva-vidas no oceano agitado — *a área do maior quadrado é a soma das áreas dos quadrados menores.*

Não precisa perguntar *por quê*. Quando alguma coisa simplesmente *é*.

A matemática se tornara estranha para mim. "Pré-álgebra" — esse era o nosso currículo do nono ano. Como um idioma estrangeiro, assustador, mas fascinante. "Equações" — números, letras — *a, b, c*. Às vezes, a minha mão tremia segurando um lápis. Eu trabalhava por horas em problemas de álgebra, no quarto com a porta fechada. Parecia que cada problema resolvido me levava um passo mais perto de ser convocada de volta para casa em South Niagara, então eu trabalhava sem parar até que os olhos ficassem anuviados, e a cabeça transbordasse.

No andar de baixo, a tia Irma assistia à televisão. Vozes festivas e risos subiam pelo piso. Minha tia com frequência me convidava para ver televisão com ela, quando eu terminava o dever de casa. Mas eu nunca terminava o dever de casa.

A caminho da cama, a tia Irma parava à minha porta e falava com a sua triste voz doce:

— Boa noite, Violet! — E então: — Desligue a luz agora, minha querida, e vá dormir.

Eu desligava a luz da escrivaninha, obediente. Sob a minha porta, a nesga de luz desaparecia. E, então, alguns minutos depois, quando eu calculava que os meus tios já estavam na cama, voltava a acender a luz.

Durante o dia (na maioria dos dias) eu era atingida por ondas de sonolência feito éter, mas, à noite, quando estava sozinha, meus olhos ficavam maravilhosamente abertos e o cérebro corria sempre em frente como uma máquina de chacoalhar que precisaria ser quebrada para ser contida.

Nos deveres de casa, o sr. Sandman escrevia em tinta vermelha brilhante — *Bom trabalho!*

Minhas notas nos testes eram altas: 93% de acertos, 97%, 99%. Pois eu me preparava para aquilo de forma tão metódica, por horas a fio. E por causa das tutorias secretas.

Era verdade, eu não tinha nenhuma *aptidão natural* para matemática. Nada me vinha com facilidade. Mas muito do que passava para a minha memória, através de bastante esforço, não desaparecia como parecia desaparecer das memórias dos meus colegas feito água atravessando dedos abertos.

Meu segredo era que eu não tinha *aptidão natural* para matéria alguma — e, para a vida, muito menos.

Me manter viva. Manter o meu pescoço acima da água. Era esse o desafio.

Eles me perguntariam *por quê*. Mas quando ergo os olhos, posso ver a bandeira dos Estados Unidos brilhando com o seu tecido sintético, pendurada no canto do quadro do sr. Sandman, listras vermelhas e brancas parecendo cobras tomando vida.

Se eu prestar atenção, consigo ouvir o cântico. A cada manhã, jurando lealdade. (Mas o que era "lealdade"? Não tínhamos ideia.) A aula inteira de pé, palmas das mãos sobre os jovens corações. Recitando sílabas de sons desprovidos de qualquer significado, os olhos semicerrados em reverência, uma falsa reverência, as cabeças baixas. Cinco dias por semana.

Nosso professor, o sr. Sandman, não era irônico agora, mas sincero, intencional.

Juro lealdade. À minha bandeira. E à república que ela representa. Uma nação, indivisível. Com liberdade e justiça para todos.

Sussurrando para si, o sr. Sandman às vezes dizia conforme voltávamos para os nossos lugares: *Amém.*

Toda vez era um resgate. Ninguém entenderia.

Os garotos andavam me seguindo, me ofendiam em vozes baixas e lascivas.

Não me tocavam. Em geral, não.

Bem, às vezes — esbarrando em mim no corredor durante a troca de aulas. Esfregando um braço, as costas da mão no meu peito.

— Ei! Des-desculpa.

No meu armário, empurravam e sorriam.

Kerri-gan, Kerri-gan.

Rata!

Num banheiro onde eu andara me escondendo, esperando que fossem embora depois de soar o aviso do último período, perguntei a uma garota, Eles já foram embora?, e ela riu do meu olhar suplicante e me disse Arrã, claro, aqueles imbecis tinham ido embora há um tempão. Mas, quando eu saía, eles estavam esperando do lado da porta do estacionamento dos professores.

Gritos, risadas. Agarrando as mangas do meu casaco, o meu cabelo, enquanto eu corria em pânico.

Agachada atrás de um carro, ofegante. Mãos e joelhos no pavimento gelado. Desesperada por um lugar onde me esconder, testando as portas dos carros uma depois da outra até encontrar uma que não estava trancada. Me enfiei no banco traseiro, no chão, encolhendo o corpo como um animal ferido faria. No banco traseiro, havia um casaco masculino, puxei-o sobre mim. Queria me esconder por apenas alguns minutos até que os algozes fossem embora, mas estava tão cansada! — que peguei no sono. Fui acordada por alguém puxando o meu tornozelo.

O rosto escuro do sr. Sandman. Sobrancelhas de lã de aço sobre os olhos vincados.

— Vi-o-let Rue! É você?

Sua voz era quase uma canção. Surpresa, deleite.

— O que está fazendo aqui, Vio-let? Alguém andou te perseguindo?

É claro, o sr. Sandman sabia. Todos os professores sabiam. Apesar de eu nunca ter contado.

Seria muito pior para mim se eu *contasse*.

Eu não tinha certeza dos nomes dos meus algozes. Era uma questão de vergonha para mim, porque eram tantos.

— Bom! Não precisa me contar neste instante quem são esses parasitas. Você já foi pentelhada o suficiente. — Uma hesitação. Um sorriso por entre os dentes manchados. — Eu levo você para casa.

Ele me convidou para me sentar no banco do carona ao lado dele. Era surpreendente para mim, que o professor de matemática famoso pelo sarcasmo estava se comportando de forma gentil. Sorrindo!

Embora ele espiasse para todos os lados, checando se alguém nos via.

Era final de tarde, começo do inverno. O céu já estava opaco, desvanecendo.

Na minha confusão, acordando do sono, eu parecia não saber exatamente onde estava ou por quê.

O sr. Sandman me aconselhou, talvez fosse melhor que eu "me abaixasse" no assento. Caso algum "enxerido" estivesse vendo.

— Algum dos professores. Pode apostar, eles adoram uma fofoca.

Rapidamente me abaixei no assento. Fechei os olhos e abracei os joelhos. Eu não queria ser vista por ninguém no carro do sr. Sandman.

O carro do sr. Sandman era um grande sedã acinzentado de quatro portas. Não era um veículo compacto como a maioria dos carros no estacionamento dos professores. Seu interior era muito frio e cheirava a algo levemente azedo, como leite derramado.

— Você mora na zona leste, não é? É na... rua Ontario?

Aquilo era chocante para mim: como o sr. Sandman sabia onde eu morava?

— Não é na Ontario? Mas é perto?

— Erie...

— Você está se perguntando como sei onde você mora, Violet? E como sei com quem mora? Bem!

O sr. Sandman riu. Era parte do seu estilo cômico levantar uma questão sem respondê-la.

Quando recebi autorização para que eu me sentasse normalmente poucos minutos depois e espiei pela janela do carro, não me pareceu que o sr. Sandman estava dirigindo no sentido da rua Erie. Um pensamento veio até mim — *Ele está tomando outro caminho. Conhece outro caminho, um caminho melhor.*

E, quando ficou evidente que o sr. Sandman não estava de maneira nenhuma me levando para casa, fiquei sentada em silêncio, olhando pela janela. Eu não sabia o que dizer, pois temia ofender o sr. Sandman.

Na sala de chamada e na aula de matemática, o sr. Sandman se "ofendia" com facilidade — "profundamente ofendido" — com uma resposta tola para uma pergunta ou com uma pergunta tola. Com frequência, ele apenas nos fuzilava com os olhos, contorcendo as sobrancelhas densas de certa maneira, exceto se você fosse o alvo da ira dele.

No entanto, o sr. Sandman estava em excelente humor naquele momento. O sr. Sandman estava quase cantarolando.

— Sabe, Violet, foi uma surpresa agradável e inesperada... descobrir que você é uma aluna impressionantemente boa. Uma grande surpresa!

O sr. Sandman devaneava em voz alta enquanto dirigia. Não havia expectativa de que eu respondesse.

— Mas também é uma surpresa agradável e inesperável descobrir uma aluna tão impressionantemente boa no meu carro, escondida sob um traje, como a Bela Adormecida.

Estávamos subindo a montanhosa avenida Craigmont. Seguíamos na direção oposta à da casa dos meus tios na rua Erie, e eu ainda não conseguia me convencer a protestar.

— ... de fato há algumas surpresas mais "inesperadas" do que outras. E descobrir que Violet Rue Kerrigan é uma das minhas melhores alunas foi uma delas.

Violet Rue Kerrigan. O nome sugeria admiração na voz. Como se ele se referisse a alguém, ou algo, separado de mim, com um significado desconhecido.

A parte de cima da avenida Craigmont era residencial, com casas maiores e mais antigas. Os plátanos eram altos, de tronco descascado, feito pele esfolada. Detritos da tempestade estavam espalhados em partes da calçada rachada e pelos amplos gramados. Se não fosse pelas luzes (fracas) nas janelas das casas por onde passávamos, eu poderia achar que o sr. Sandman estava me levando para uma parte abandonada da cidade.

Enfim o sr. Sandman se aproximou da entrada de uma casa de pedras, pedras cinzas bulbosas, paralelepípedos? — com venezianas escuras e um pesado telhado de ardósia.

Focos de capim saltavam no gramado da frente. Um plátano estava caído em ruínas como se atingido por um raio. A longa entrada de asfalto estava cheia de rachaduras. Meu pai teria zombado de uma entrada tão descuidada, mas também teria se impressionado com o tamanho da casa do sr. Sandman. E a avenida Craigmont parecia ser uma vizinhança de propriedades caras ou propriedades que um dia foram caras.

— Sou o "último rebento" da família Sandman — disse o sr. Sandman, rindo.

— Desde que os meus pais idosos e doentes morreram anos atrás, minha vida é paradisíaca.

Paradisíaca não era uma palavra com a qual eu tinha familiaridade. Talvez eu tenha pensado que tinha algo a ver com *parado*.

Enquanto o sr. Sandman estacionava o grande carro pesado na entrada da garagem, a alguma distância da rua, consegui gaguejar:

— E-eu quero ir pra casa, sr. Sandman. Por favor.

Mas a minha voz era decepcionantemente fraca, e o sr. Sandman mal pareceu me ouvir.

(A essa altura, eu precisava ir ao banheiro, e rápido. Mas não podia dizer isso ao sr. Sandman, pois sentia vergonha.)

— Ora, querida! Por que está se encolhendo aí como um filhotinho chutado? Saia, por favor. Vamos só fazer uma visita curta... desta vez. Apenas alguns minutos, prometo. E então vou levar você para... você disse rua Ontario?

— Erie...

— Erie! É claro.

Um tom sutil de condescendência na voz do sr. Sandman. Pois a *zona leste* de Port Oriskany não era nem de perto tão opulenta quanto a *zona oeste* mais próxima do lago Ontário.

Minhas pernas se moveram entorpecidas. Saí devagar do carro do sr. Sandman. Não me ocorreu que eu poderia fugir — eu poderia correr para a rua sem problema.

Ao mesmo tempo eu pensava — *O sr. Sandman é meu professor. Ele não me machucaria.*

— Vamos só fazer um pouco de "tutoria" particular.

Eu queria muito explicar para o sr. Sandman — (que agora me guiava, com as mãos nas minhas costas, para uma entrada lateral escurecida da casa) — que eu estava preocupada que a minha tia Irma se perguntaria onde eu estava, pois ela se preocupava bastante comigo quando eu me atrasava para voltar da escola... E à tarde eu tinha perdido a noção de tempo, talvez por uma meia hora, quarenta minutos ou mais, no meu sono estuporoso em um carro que não sabia ser do sr. Sandman... Mas não, eu não conseguia falar.

Dentro da casa, o sr. Sandman acendeu a luz. Nós estávamos em um corredor longo, meu coração batia tão rápido que eu não conseguia ver com clareza.

E agora, em uma cozinha — uma cozinha antiquada com pé-direito alto, a maior cozinha que eu já tinha visto, bancadas longas, fileiras de armários, uma geladeira grande, um forno a gás imenso, com fileiras triplas de bocas no fogão e nenhuma delas muito limpa...

— Eu estava pensando... chocolate quente, querida? A essa hora do dia, quando o espírito despenca com a queda do nível de açúcar no sangue, descobri que chocolate quente restaura a alma.

No centro do recinto havia uma mesa antiga esmaltada de pernas sólidas. Nela, havia revistas espalhadas, livros. Uma única página do *Port Oriskany Herald* contendo as palavras cruzadas diárias, que alguém havia completado a lápis.

Com timidez aceitei a oferta de chocolate quente do sr. Sandman. Eu não conseguiria imaginar uma recusa.

Ousando admitir que precisava usar um banheiro, por favor...

O sr. Sandman deu uma risadinha como se o pedido fosse amável para ele.

— Ora, é claro, Bela Adormecida. Faz algum tempo desde que fez *xixi*, foi?

Tão envergonhada que nem consegui fazer um *sim* com a cabeça.

— Até mesmo a Bela Adormecida precisa, em algum momento, contra todas as expectativas, fazer *xixi*. Claro.

Cantarolando entredentes o sr. Sandman me levou ao banheiro no final de um corredor pouco iluminado, os dedos nas minhas costas. Estendeu o braço dentro da porta do banheiro para acender a luz e permitiu que eu a fechasse — por pouco.

Meu coração batia rápido. Não havia tranca na porta.

Parecia para mim que era possível que o sr. Sandman estivesse bem perto do outro lado da porta. Inclinando-se sobre ela. O lado da cabeça apoiado, ouvindo?

Eu tentava usar o banheiro da forma mais silenciosa possível. O vaso era antigo e estava enferrujado, com um assento de madeira escura. Porcelana com manchas amareladas que eu não queria olhar de perto.

Será que o sr. Sandman estava do lado de fora do banheiro? Ouvindo? Eu sentia muita vergonha.

E então, dei a descarga. Um som alto de esguicho que podia ser ouvido pela casa toda.

Lavar as mãos era um alívio. Apesar da água estar apenas morna, eu gostava de esfregar as minhas mãos. Diversas vezes por dia eu lavava as mãos, cuidava que as unhas estivessem razoavelmente limpas.

Notando agora que havia alguns livros no banheiro, no peitoril da janela. *Palavras cruzadas para pequenos gênios. Desafios de matemática favoritos. Desafios de matemática favoritos II. Jogos de matemática, desafios, problemas de Lewis Carroll.* Os livros eram de bolso com capas desenhadas, que pareciam ter sido bastante usados.

Quando saí do banheiro, foi um alívio ver que, afinal, o sr. Sandman não estava me esperando do lado de fora da porta.

Na cozinha, ele me esperava com o seu sorriso largo e molhado que lembrava moedor de carne. Ele tinha colocado duas xícaras grandes em uma bancada e preparava o chocolate quente no fogão, jogando chocolate amargo em pó na água fervente.

— Sabe, Violet... Sua família é cruel de renegar você. Não fique surpresa, querida... Sei tudo a respeito.

O rosto do sr. Sandman era grave, gentil. Não estava repreendendo como na sala de aula. Seus olhos, que em geral brilhavam com malícia, agora estavam adornados com rugas de sorriso.

Eu não sabia como responder. Não era surpreendente para mim que o sr. Sandman soubesse a respeito da minha família, porque me parecia que todo mundo sabia da minha humilhação e vergonha.

A família dela colocou a menina pra fora. Rata!

— É particularmente cruel, querida... rotular você de "rata". Sim, sim... Eu sei, eu ouvi! Sempre me faz estremecer.

Com leve presunção, o sr. Sandman sorriu. Desfrutando do poder de ler a minha mente.

— E que história é essa dos "ratos", sugerindo que uma espécie inteira de animais tende a entregar os seus? E por que haveria algo abjeto nisso? Para mim, parece mais provável que um cachorro entregue outros no seu zelo cego de impressionar o mestre do que um rato. É apenas a minha opinião!

Como o sr. Sandman apreciava aquilo. Num transe, eu o encarava, imóvel e sem palavras.

— Não se preocupe, querida. Vou proteger você. Não tenho nada contra "ratos"... Na verdade, tenho certeza de que são malvistos na degradada mente popular. Sua pele branca transformou você em inimiga em alguns bairros. Talvez até numa "inimiga dupla"... uma traidora da raça.

Inimiga. Traidora. Qual era o significado dos insultos dele? Eu sabia que tinha sido traidora por trair os meus irmãos...

— Não, não, querida Violet! Não fique assustada. Não vai acontecer nada com você que não deseje que aconteça.

Seria aquilo um consolo? Eu queria pensar que sim.

Nas minhas mãos, a caneca de chocolate quente borbulhante servia de consolo. Com timidez, levantei a caneca aos lábios, já que o sr. Sandman esperava que eu bebesse o chocolate; ele observava de perto, para confirmar que eu tinha bebido.

O chocolate líquido era grosso, levemente amargo. Eu quase teria imaginado que havia café misturado. Mas eu estava fraca de fome, e aliviada que o sr. Sandman não tinha me seguido banheiro adentro. E agora que eu tinha usado o banheiro e lavado as mãos, conseguia ver que o sr. Sandman queria ser gentil.

— Você quer um desses emprestado, Violet? Sem problemas.

O sr. Sandman folheava os *Jogos de matemática, desafios, problemas de Lewis Carroll*. Muitos dos problemas tinham sido resolvidos a lápis. Em algumas páginas havia asteriscos vermelhos entusiasmados e estrelas.

— Veja aqui, Violet. Essa seção não vai ser muito difícil para você. Vamos fazer juntos?

O sr. Sandman me sentou à mesa da cozinha. Me deu um lápis. Pensei um pouco sobre o problema em quadrinhos (exagerados e cômicos) enquanto ele se inclinava sobre o meu ombro respirando no meu pescoço. Minha cabeça começou a ficar leve.

— Cuidado, Violet! Deixe-me tirar essa caneca de perto.

Não conseguia ficar de olhos abertos. Teria caído da cadeira se o sr. Sandman não tivesse me segurado.

A luz se apagava. Pequenas ondas distantes saltavam aos meus pés. Sussurros, risos distantes. As pálpebras tão pesadas que eu não conseguia forçá-las a ficarem abertas...

Acordei, então, algum tempo depois. Grogue. Confusa. Não na cozinha, mas em outro quarto, em um sofá. Deitada sob uma colcha de retalhos que cheirava a naftalina, meus tênis retirados. (Pelo sr. Sandman?) Do outro lado do quarto, em uma poltrona reclinada de couro, o sr. Sandman estava sentado corrigindo provas sob a luz de um abajur.

— Ah! Enfim, a Bela Adormecida acordou. Você tirou um soninho excelente, hein? — O sr. Sandman riu com vontade, indulgentemente.

Meu pescoço doía. Uma das minhas pernas estava dormente, eu tinha ficado deitada de lado. Ainda muito sonolenta. Uma dor de cabeça maçante atrás dos olhos.

— Querida, está tarde... Já passa das seis. Sua tia vai se preocupar com você, vou levá-la para casa agora.

Por quanto tempo eu tinha dormido? Meu cérebro não conseguia calcular... uma hora? Duas?

O sr. Sandman colocou os papéis de lado. Ele parecia ansioso agora. Seu hálito tinha o cheiro agradável de algo doce e escuro, como vinho.

Quando tropecei ao me levantar, o sr. Sandman me pegou por baixo dos braços, com força.

— Opa! Chega de "Bela Adormecida". Você precisa *acordar* agora.

Ele me acompanhou até a cozinha, ligou uma torneira e jogou água fria no meu rosto, bateu — de leve! — nas minhas bochechas, mas o suficiente para me deixar atenta. Ele me enrolou no meu casaco e me levou para o ar fresco e gelado da rua. Meu joelho havia começado a doer, eu mancava de leve. Em voz baixa, o sr. Sandman me disse no carro:

— Esse é o nosso segredo, querida. Que o seu professor de matemática deu... *emprestou*... para você o livro de exercícios do Lewis Carroll. Porque os outros ficariam com ciúmes, você sabe.

E:

— Inclusive os adultos. Acima de tudo, os adultos. *Eles* com certeza não entenderiam, então pode dizer a eles que está no "Clube de Matemática". É uma honra e tanto ser selecionada.

Com cuidado, o sr. Sandman dirigiu até a rua Erie. Quando apontei a casa dos meus tios, ele passou por ela e estacionou no meio-fio a muitas casas de distância.

— Boa noite, minha querida! Lembre-se do nosso segredo.

As luzes estavam ligadas na casa. Uma luz na varanda. Temi que a tia Irma estivesse olhando pela janela. Que tivesse visto os faróis do sr. Sandman passando devagar.

Mas, quando entrei, ela estava na cozinha preparando o jantar. Perguntou onde tinha estado, e eu falei sem gaguejar:

— Clube de Matemática.

— Clube de Matemática! Existe uma coisa dessas?

— Eu sou a única garota selecionada.

Se a tia Irma tinha intenções de me repreender, aquela declaração a intimidou.

— Eles nunca nem me deixariam entrar em um clube de matemática quando eu estava na escola.

E:

— Ah, Violet! Você saiu hoje de manhã com a camisa abotoada torta assim? Olha só pra você...

Olhei. Lancei um olhar a mim mesma, vendo que de fato a minha camisa estava abotoada errada. Uma pena.

Mas por que você voltaria para lá de novo, Violet? Por quê... voluntariamente?

Logo então, eu anunciaria à tia Irma que não apenas tinha sido selecionada para o Clube de Matemática como também tinha sido escolhida como secretária.

E era o motivo pelo qual eu muitas vezes chegava tarde da escola. Nos meses de inverno, depois de escurecer.

(E era verdade. De certa forma. Entre as suas diversas turmas, o sr. Sandman havia "escolhido" oito alunos para compor o Clube de Matemática. Seis garotos, duas garotas. Os garotos eram presidente e vice-presidente, e eu era a secretária.)

O tio Oscar parecia impressionado também. Quando mostrei a ele o *Jogos de matemática, desafios, problemas de Lewis Carroll*, ele folheou o livro de bolso com uma expressão saudosa.

— ... algum tempo atrás eu provavelmente teria decifrado esses aqui. Eu meio que gostava de matemática. Agora, já não sei...

Mais tarde, eu encontraria o livrinho na bancada da cozinha onde ele o havia deixado.

Quando se mora com adultos, você mora com as cascas das suas vidas antigas e perdidas. Como as peles deixadas por cobras ou as cascas de gafanhoto pelo chão. A ficção dentro de você que você não deve permitir que eles conheçam.

Quantas vezes o sr. Sandman me deu carona da escola para a casa de pedra na avenida Craigmont? Durante um período de sete meses deve ter acontecido muitas vezes e, ainda assim, quando questionada por indivíduos chocados e reprovadores, determinados a estabelecer acusações criminais contra o sr. Sandman, eu responderia que não sabia ao certo, que não conseguia me lembrar daquilo direito pois era sempre a primeira vez e eu nunca parecia saber de antemão o que aconteceria, muito menos, em retrospecto, o que havia acontecido.

Quantas vezes você sonha em uma noite? Em uma semana? Em um ano?

Noites nevadas. O aquecedor no carro do sr. Sandman. Os limpadores de para-brisa batendo. Casaco de couro de lã, botas. O sr. Sandman pegando nas minhas mãos e soprando com o seu hálito quente e úmido.

— *Brr!* Você precisa ser aquecida, Branca de Neve.

Chocolate quente com chantilly. Torta de abóbora temperada com chantilly. Donuts de geleia, donuts de canela, donuts de chantilly. Sidra de maçã adocicada, *chiando de quente*. (A expressão do sr. Sandman, que ele pronunciava com um torcer sensual dos lábios: *chiando de quente*.)

Certa noite, ele tinha um favor para me pedir, o sr. Sandman disse.

Para o seu arquivo, ele estava tirando as medidas dos alunos de destaque. Ele precisava apenas da minha cooperação por alguns minutos — permitindo que medisse a circunferência da minha cabeça, a extensão da minha espinha etc.

— Um arquivo, minha querida, é uma coleção de fatos, documentos, registros. Nesse caso, é uma coleção muito particular. Ninguém nunca vai saber.

Eu não podia dizer *não*. O sr. Sandman já estava colocando a fita métrica amarela ao redor da minha cabeça

— Quarenta e nove centímetros, minha querida. *Petite*.

A extensão da espinha:

— Setenta e quatro centímetros, minha querida. Dentro do padrão de normalidade para a idade.

Altura:

— Um metro e 61 centímetros. Boa altura.

Peso:

— Quarenta e dois quilos e 942 gramas. Ótimo peso.

Cintura:

— Cinquenta e três centímetros. Bom!

Quadril:

— Setenta e um centímetros. Muito bom!

Quando o sr. Sandman enrolou a fita métrica ao redor do meu peito, esfregando contra os meus seios, me afastei dele, involuntariamente.

Ele riu, irritado. Mas não persistiu.

— Em outro momento, talvez, minha querida Violet, você não será tão arisca.

Tantos livros! Eu observava, maravilhada. Nunca tinha visto tantos livros fora de uma biblioteca.

Orgulhoso, o sr. Sandman acendeu as luzes. Estantes de madeira escura de aparência cara iam do chão ao teto.

(Não havia estantes de livro na nossa casa na rua Black Rock. Livros didáticos antigos gravitavam rumo ao porão, onde ninguém mexia neles, e ficavam mofados e fedorentos com o passar do tempo.)

Muitos dos livros eram coleções antigas. Na estante mais baixa estavam *Enciclopédia Britânica, Obras completas de Shakespeare, Obras completas de Dickens, Grandes poetas românticos britânicos*. Havia uma estante inteira cheia de livros sobre história militar com títulos como *Uma história da humanidade em guerra, Grandes campanhas militares da Europa, Os grandes exércitos da história, Soldat: Reflexões de um soldado alemão 1936-1945, A guerra está obsoleta?*. Em uma estante adjacente, *A batalha próxima, Livre-arbítrio e destino, A passagem da raça mestre, Higiene racial, Uma história da biometria, A Bíblia ariana, Uma releitura de* Minha luta *de Adolf Hitler, O carisma sombrio de Adolf Hitler, Origens da raça caucasiana, Estaria a raça branca condenada?, Eugenia: uma cartilha.*

Em uma estante especial, havia grandes livros de fotografia. Mais história militar: Estados Unidos, Alemanha. Tanques, bombardeiros. Cidades em chamas. Homens em uniformes nazistas marchando, braçadeiras nazistas. Saudações com braços erguidos que nem o sr. Sandman saudava a bandeira na sala de aula.

Papai havia odiado o exército. Papai havia odiado ser soldado. Eu me perguntei se o sr. Sandman algum dia tinha sido soldado.

Havia anuários das escolas antigas do sr. Sandman, quando jovem. Fotos em grupo da tropa de escoteiros do sr. Sandman (1954, 1955). ("Consegue me reconhecer, Violet? Primeira fileira. O primeiro da esquerda para a direita. Mais medalhas do que qualquer outro garoto de onze anos.")

Sobre uma mesa, havia fotos sem moldura de paisagens locais, céus de nuvens esculpidas, as cataratas do Niágara cobertas de névoa, que o próprio sr. Sandman havia tirado. E uma foto diferente das outras, que mostrava uma garota da minha idade deitada em uma cama de dossel, parcialmente vestida, mãos fechadas sobre o peito magro. O longo cabelo liso e claro havia sido estendido em volta da cabeça como um ventilador. Os olhos estavam abertos, mas cegos.

Uma garota que eu nunca tinha visto antes, tinha certeza. Senti uma pontada de alarme. Ciúmes.

O sr. Sandman me viu encarando a foto e a afastou para o lado.

— Ninguém que você conheça, querida. Uma Branca de Neve inferior.

Eu não me lembraria da garota parcialmente nua mais tarde. Acho que não. Apesar de estar me lembrando dela agora, este *agora* é um tempo indeterminado.

Contra as janelas da casa de pedras arredondadas do sr. Sandman, um leve *ping* de chuva congelada, granizo. Um inverno infinito.

— É um fato quase sempre mantido em segredo nos Estados Unidos que Adolf Hitler obteve as suas ideias "controversas" a respeito de raça, e dos problemas existentes através da raça, de nós... os Estados Unidos. Nossa história de escravidão e pós-escravidão, assim como o nosso "controle populacional" de índios... Em reservas em partes remotas do país. O estabelecimento de um censo científico apropriado. Como determinar quem é "branco" e quem é "de cor"... E como proceder a partir daí.

O sr. Sandman falava com casualidade, mas dava para ouvir uma subcorrente de empolgação na sua voz.

Adolf Hitler era um nome saído de quadrinhos. Um nome que provocava sorrisinhos impróprios. E, ainda assim, na voz reverente do sr. Sandman, *Adolf Hitler* tinha um som muito diferente.

Eu tinha deixado a minha caneca de sidra de maçã na cozinha, semivazia. Não queria mais beber do doce líquido quente que estava me deixando enjoada. Mas o sr. Sandman trouxe as nossas duas canecas para a biblioteca e entregou a minha para mim.

— Termine sua sidra, Violet! Ficou morna.

Impotente, peguei a caneca dele. Fechei os olhos, levei a caneca aos lábios para beber.

Um suco de maçã doce, açucarado. Um sabor de algo fermentado, podre.

Eles me perguntariam — *Por que você beberia qualquer coisa que aquele homem lhe desse? Por quê, depois do que aconteceu da primeira vez?*

Não houvera primeira vez. Todas as vezes eram a mesma. Não havia uma *vez mais recente*, e não havia um *tempo presente*.

— Alguns de nós entendemos que é necessário arquivar documentos e publicações cruciais antes que seja tarde demais. Um dia, o Estado de bem-estar social pode se apropriar de todos os nossos registros. O *Estado de bem-estar social liberal*. — O sr. Sandman falava com desprezo seco.

Populações inteiras estavam ficando para trás, o sr. Sandman disse. O número de nascimentos daqueles que deveriam se reproduzir estava caindo enquanto o número de nascimentos daqueles que não deveriam ter autorização para se reproduzir aumentava.

— Raças vira-latas se reproduzem que nem animais.

Quando o encarei, pasma, o sr. Sandman disse:

— Violet, você é uma garota inteligente. Para os padrões de Port Oriskany, uma garota muito inteligente. Você entende que a raça caucasiana deve se preservar contra a mestiçagem antes que seja tarde demais?

Eu havia escutado que um *cachorro vira-lata* é mais saudável e provavelmente viveria mais do que um *cachorro de raça*. Mas com frequência não respondia às perguntas do sr. Sandman porque entendia que ele preferia silêncio.

— A "mestiçagem" é a consequência natural da ilógica indolente liberal... "todos os homens são criados iguais". Porque o fato óbvio é que, na natureza humana, assim como na natureza em geral, todos os homens *são criados desiguais*.

Aquilo parecia razoável para mim. Eu não me sentia *igual* a ninguém, e com certeza não igual a nenhum adulto.

Minhas pernas estavam enfraquecendo. O sr. Sandman pegou a caneca e me sentou num sofá. Com a sua calma voz didática, que era muito diferente da voz didática de sala de aula, ele me disse que há hierarquias de *Homo sapiens*, o produto de muitos milhares de anos de evolução.

No topo, estavam os arianos, os caucasianos mais puros — a "raça branca". Norte da Europa, Reino Unido, Alemanha, Áustria. Russos brancos. A *crème de la crème*. Abaixo, havia os europeus centrais e os europeus orientais, e mais abaixo ainda os europeus do sul. Quando se chegava à Sicília, aí já estávamos em um nível inferior da evolução.

— ... apesar de que algumas sicilianas têm um físico muito atraente, por mais contraditório que pareça.

Havia as civilizações orientais — asiáticas, indianas. Ali, os de pele mais clara haviam reinado supremos por muitos milhares de anos apesar de estarem em perigo contínuo de serem infectados, poluídos pelos de pele mais escura que residiam no sul.

Na África, o Egito era a exceção. Uma grande civilização antiga e de (relativa) pele clara. O resto do continente tinha pele escura.

— De fato, um "Coração das trevas".

Com honestidade e gravidade, o sr. Sandman falava, olhando para mim. As palavras eram encantadoras, entorpecentes.

— Africanos pretos foram trazidos para a América como escravos, o que resultaria em um desastre para a nossa civilização. Pois africanos escravizados não permaneceriam assim, por causa dos esforços enxeridos de abolicionistas e radicais como Abraham Lincoln, e então era inevitável que africanos pretos recebessem liberdade, e desfrutassem dela, e causassem devastações na civilização branca, que até então havia dado abrigo e empregos a eles, cuidado deles... De início, as forças militares foram "integradas". Então, escolas públicas. E aí, os escoteiros!
— O sr. Sandman balançou a cabeça, enojado.

— Com essa *integração* vem a *desintegração*. Alguns crioulos querem diluir a raça branca, cruzando as raças enquanto outros querem erradicar completamente a raça branca de "demônios". A vingança é natural na espécie humana. Como espécie, temos que competir por comida para sobreviver, então as raças precisam competir pelo domínio da terra. O *Führer* entendeu isso e lançou um brilhante ataque preventivo, mas seus companheiros caucasianos se opuseram de forma imbecil... Quem poderá perdoá-los? Um dia, haverá uma guerra racial. Até a morte. — A voz de sr. Sandman se elevou, com veemência, como acontecia às vezes em aula.

Führer. Essa também era uma palavra das histórias em quadrinhos. Ainda assim, não havia nada de engraçado no *Führer* agora.

— Seus irmãos, sabe...

Esperei com ansiedade. O sr. Sandman buscou as palavras apropriadas.

— ... estavam seguindo os instintos, na guerra. Estavam se sacrificando.

Sacrifício não era uma palavra que eu teria associado a Jerome e Lionel. Dois anos haviam passado desde que suas penas na Unidade Prisional do Centro do Estado, em Marcy, Nova York, haviam começado. O recurso do advogado não tinha dado em nada, até onde eu sabia.

De vez em quando, eu ouvia alguma coisa sobre eles. Apenas de forma indireta, através da tia Irma. A sentença do meu irmão mais velho fora estendida porque ele se envolveu em um espancamento em que outro prisioneiro (negro?) quase havia morrido. Mas Lionel estava fazendo cursos de equivalência do ensino médio na cadeia. Lionel esperava entrar em liberdade condicional em um ou dois anos.

Todas as noites eu sonhava com eles. Isso se tornaria algo confuso na minha mente, conforme eu ficava muito cansada, que o sr. Sandman era aliado deles, e que tinham sido alunos dele também.

O sr. Sandman disse, com curiosidade:

— Você se arrepende, Violet? De "informar" sobre os seus irmãos como fez?

Uma paralisia tomou conta de mim. Eu não conseguia mover a cabeça para *não*.

Não conseguia murmurar um *sim*.

O sr. Sandman estava prestes a me fazer outras perguntas, mas então, vendo a expressão acometida no meu rosto, pareceu sentir pena.

— Violet, você já ouviu falar da amedrontadora ciência chamada eugenia?

Para isso, consegui balançar um *não* com a cabeça.

— Por que ela é "amedrontadora", você deve estar se perguntando? Porque ela conta verdades que muitos não querem ouvir.

Segundo a eugenia, o sr. Sandman explicou, o cruzamento entre raças — "miscigenação" — era um erro trágico que resultaria na destruição das Raças Superiores, e o cruzamento livre — "promiscuidade" — resultaria em raças inferiores com bebês que destruiriam as Raças Superiores apenas pela sua quantidade.

— Vemos agora como a raça negra está sendo contaminada com os próprios "marginais" deles... Cidades como Chicago foram tomadas por gangues e viciados em drogas. Eles se multiplicam como coelhos... como ratos! A escravidão é a desculpa dada pelos seus apologistas... Essa sombra recaiu sobre todos os pretos, e os deixou impotentes como inválidos. Eles não têm moral. São ambiciosos e lascivos. O QI médio deles foi medido a muitos níveis abaixo do QI médio de brancos e asiáticos. Quantos grandes matemáticos foram crioulos? Exatamente, nenhum.

Cedendo, então:

— Bem. Quase nenhum. E eram pretos de pele mais clara, árabes. Nos tempos medievais.

E:

— Verdade seja dita, algumas pessoas de pele escura se deram conta dos perigos da promiscuidade. Certos intelectuais pretos e líderes como W. E. B. Du Bois acreditavam que apenas "os melhores negros" deveriam se reproduzir... não esses marginais! O "um décimo talentoso" de cada raça deveria se misturar. — Mas o sr. Sandman estremeceu com a ideia.

Na aula de álgebra do quinto período havia apenas três alunos negros: duas garotas e um garoto. Não com frequência, mas de vez em quando o sr. Sandman chamava Tyrell Jones, um impassível garoto de pele escura com ar solene e óculos grossos.

— Ty-rell, venha ao quadro, por favor. Resolva esse problema para nós.

Como Tyrell era um dos melhores alunos da turma e também era negro, o sr. Sandman parecia perplexo com ele. Tyrell certamente não era um *marginal*. Ainda assim, Tyrell não era o que o sr. Sandman chamava de *pele clara*.

— Aqui, Tyrell. Estamos esperando que nos impressione.

O sr. Sandman passava o giz para Tyrell, que quase o derrubava de nervosismo.

Tyrell Jones fazia outras duas aulas comigo. Os professores protegiam Tyrell porque ele era tímido a ponto da incapacidade, com poucos amigos mesmo entre os alunos negros. Ele vestia casacos de tweed pesados que podiam ter sido do avô dele. Tinha alergia e asma, e com frequência assoava o nariz, borrifando medicação na boca de um pequeno dispositivo vermelho de plástico que guardava no bolso, para liberar a respiração. Seus olhos se enchiam de água. Seus lábios tremiam. Ele não parecia *jovem*. Parado na frente do quadro na aula do sr. Sandman, giz na mão, parecia ficar paralisado de medo, encarando o problema que o sr. Sandman havia rabiscado no quadro negro como se nunca o tivesse visto antes, apesar de que (provavelmente) deveria tê-lo resolvido da forma certa no dever de casa. Seus olhos aumentados pelas lentes grossas deslizavam pela sala de aula de rostos (majoritariamente) brancos como se, em desespero, procurasse um amigo.

Eu teria sorrido para Tyrell Jones se ele tivesse olhado pra mim. Só um pequeno sorriso rápido. Pois se sorrisse para alguém, eu não queria que a pessoa visse (de verdade). Não queria ser responsabilizada por um sorriso.

Mas estava sentada longe demais à direita, fora do campo de visão de Tyrell.

O sr. Sandman estivera me espiando, franzindo a testa. Conseguia ler os meus pensamentos? Com o meu medo do homem, havia uma dormência de intelecto: eu tinha parado de pensar de maneira racional.

— ... guerra racial, inevitável. Se não conseguirem mestiçar a nossa civilização, vão nos atacar diretamente. Até mesmo Tyrell Jones, de quem você parece gostar... Não é seu amigo.

Eu ficava muito nervosa quando o sr. Sandman lia os meus pensamentos. Com frequência, sentia que a minha cabeça deveria ser transparente e que o sr. Sandman conseguia ver dentro dela.

— Eles cortariam os nossos pescoços enquanto dormíamos, se pudessem. Você vai ver! E todos eles conhecem o seu nome... "Kerrigan". Eles sabem de quem você é irmã. E o seu parente extravagante... "Tom" Kerrigan. Eles com certeza conhecem o nome dele.

Eu sabia vagamente de que o tio do meu pai estava se candidatando a um cargo político em South Niagara. Tinha visto no jornal local artigos a respeito dos discursos, das entrevistas, das acusações "controversas" — "inflamatórias". Na primária mais recente do partido republicano para assembleia estadual, Tommy Kerrigan recebera mais votos do que um rival mais jovem e moderado. Sua campanha enfatizava "a lei e a ordem" — "reforma do assistencialismo" — "o fim das cotas raciais". Tom Kerrigan acreditava que o sistema de cotas era o "novo racismo... contra brancos".

É claro, Tom Kerrigan defendia que os seus jovens sobrinhos tinham sido "erroneamente condenados" de homicídio...

— Kerrigan é bruto, mas, às vezes, a brutalidade é a melhor arma. Uma marreta, não um instrumento cirúrgico. Uma espingarda, não um revólver com cabo de pérola. Você conhecia bem o seu tio, Violet?

— N-não...

— Você não ia na casa dele? Ele não ia na sua?

Parecia que eu estava decepcionando o sr. Sandman. As sobrancelhas grisalhas metálicas enodadas sobre os olhos ferozes.

Eu jamais havia conhecido Tom Kerrigan, apesar de escutar coisas sobre ele desde que me entendia por gente. Tinha visto fotos dele — um homem mais velho, de peito largo, cabelo branco, não tão bonito quanto papai, mas um rosto Kerrigan reconhecível. Uma boca cruel como de um peixe-pique disfarçada por um sorriso amplo.

— A maioria dos políticos se acovarda diante da simples ideia de se associar à "questão racial" hoje em dia. Mas Tom Kerrigan... ele mergulha de cabeça na mesma hora. — O sr. Sandman riu, com inveja. — Como professor de escola pública, estou numa posição muito diferente. Ao menos neste estado do Norte. Tenho que ser a alma de toda discrição. Nunca "discrimino" os alunos crioulos

• 153 •

quando estão nas minhas salas. Nada poderia ser provado contra mim se a "associação nacional para o progresso das pessoas de cor" tentasse me processar. Não me esforço para ajudá-los, mas também não me esforço para atrasá-los. Para falar a verdade, raramente reconheço que estão ali. Na maior parte do tempo, são invisíveis para mim.

Aquilo me parecia triste e errado. Ousei perguntar ao sr. Sandman por que ele não gostava de Ethel, Lorraine e Tyrell na nossa turma. Todos eles eram legais, e Tyrell era inteligente.

— Não é uma questão de "gostar" deles. Como indivíduos, os três podem ser inofensivos. Eles de fato se comportam bem na classe. É a raça que é uma ameaça. Imagine se os crioulos estivessem carregando o vírus da praga? Você evitaria todos, mesmo os que fossem "legais".

— Mas... eles não têm a praga...

— Garota idiota! Eles têm algo pior. Têm o vírus que vai destruir a raça branca de dentro para fora. Olha, sou um dos professores mais imparciais no distrito escolar inteiro de Port Oriskany. Dou a todo mundo o benefício da dúvida. Mas aos crioulos, não. Tenho limites. Não os "vejo" e não quero lecionar para eles. Sou obrigado a dar aulas para eles, mas não sou obrigado a "ver" nenhum deles.

— Alguma pessoa negra já machucou você, sr. Sandman?

— Não seja absurda! Ninguém *me* machucou. Tentei explicar isso para você! Não é uma coisa pessoal, é por princípio. Mesmo que "gostasse" de algum deles, eu não quero que a nossa raça seja contaminada pelos seus genes... Alguns deles são atraentes, sim, e até mesmo inteligentes, até certo ponto. Garanto a você, há alguns músicos, cantores, dançarinos negros fenomenais. Atletas... claro. Mas os seus primos, irmãos, pais... esses são os problemas. A fraqueza das mulheres brancas, que sucumbem a eles... A questão racial nos Estados Unidos não são os negros que conhecemos, nossos alunos, nossos criados e as pessoas que trabalham para a gente, por exemplo, no refeitório da escola ou coletando lixo; mas, sim, os que criam problemas políticos e os parentes deles. *Marginais* recém-saídos da prisão, ou a caminho dela. — O sr. Sandman falava com maldade. As palavras borbulhavam como bile.

Ele prosseguiu:

— Seus irmãos foram martirizados porque são brancos, Violet. Segui o caso de perto. Foi um erro eles assumirem a culpa... o aconselhamento legal foi incompetente. Estou convencido de que são inocentes. Estavam se defendendo. Ou foram provocados. Como previ, há uma guerra racial em movimento. Não temos escolha a respeito de que lado ficar.

Minhas pálpebras estavam ficando pesadas. As palavras veementes do sr. Sandman eram como marretadas envoltas em um material, como pano de juta. Duras, severas, mas, ainda assim, entorpecentes.

Não era uma sensação desagradável, mergulhar no sono. Pois agora o meu coração batia com menos nervosismo e velocidade, e os pensamentos não piscavam e disparavam como relâmpagos de calor.

Com gentileza, a voz cutucou:
— Vio-let? Hora de acordar, querida.
Com gentileza, a mão apertou o meu ombro. Com esforço, abri os olhos. Vejo um homem pairando sobre mim, sentindo o seu hálito úmido de carne.

Vejo com alarme que o sol havia desaparecido por completo no céu, e a noite pressionava as janelas.

Usando um robe de seda, eu estava deitada em uma cama. Uma cama de dossel que rangia com o peso do homem que se apoiava nela.

O robe de seda era azul-marinho do lado de fora, marfim do lado de dentro. Demorei algum tempo para me dar conta de que algo estava errado.

Será que eu estava nua por baixo do robe? Minha pele formigava, como se tivessem me dado um banho. Hidratante na pele. Talco nos seios, na barriga.

Um choque para compreender. Eu não poderia me permitir compreender.

As pontas do meu cabelo estavam úmidas. No começo da minha garganta, na parte de trás da boca, havia algo seco e áspero, como areia.

— Bela Adormecida! Hora de abrir esses belos olhos míopes.
Meus olhos estavam abertos. Mas eu não via com clareza.
Ele me... me deu um banho? Tirou as minhas roupas, me levou para o banheiro?
No banheiro, havia uma banheira de mármore com pés vitorianos. Uma banheira antiga, profunda como um caixão egípcio. Eu me lembrava bem daquilo.

Um piso de azulejo gasto, escorregadio de úmido. Um flash de câmera, cegante.
— Ah, bom! Você está acordando, não é? Sim.
O sr. Sandman falava distraidamente. Talvez eu tivesse dormido por tempo demais. Ele tinha acabado de se barbear, sua pele exultava um ar de calor. O cabelo grisalho fino também estava molhado, escovado para trás da testa franzida. Será que o sr. Sandman tinha vestido uma camisa branca recém-lavada?

Um pensamento apavorado me ocorreu; *Ele está nu.*
Mas não: o sr. Sandman estava vestido. Camisa branca, calças escuras. Na escola, ele usava uma camisa branca, calças escuras, casaco de tweed. Nenhuma gravata.

Eu estava muito confusa. Me sentei na cama, apertando o robe de seda ao redor do corpo. Era chocante para mim ver os meus pés descalços.

Você não pode fugir. Não pode correr. Ele pegaria você.

Ele poderia matar você, se quisesse. Estrangular você.

O homem estava esperando que eu me desse conta. Gritasse. Ficasse histérica. Seus dedos estavam acomodados. Era uma decisão minha.

Completamente imóvel, tentando reunir forças. Como água que passa por dedos abertos. Estava tomada pelo desespero, e, ainda assim, sentia a calma da racionalidade — pés descalços idiotas, eu não ia conseguir correr para longe.

— Suas roupas estão aqui, Violet. Tive que lavá-las... Estavam molhadas...

O sr. Sandman falava com rispidez, reprovação. Indicando, ao pé da cama, roupas dobradas de forma organizada. Era estranho ver o quão organizadas estavam.

Tão grata de ver as minhas roupas! Eu estivera apertando o robe de seda ao redor do meu corpo, apavorada que o sr. Sandman fosse arrancá-lo.

Mas ele era um cavalheiro, dava para ver. A casa de pedras redondas na avenida Craigmont. Tantos livros.

Poderia ter chorado, de tão tomada que estava de gratidão. Pois ele me permitiria viver e perdoaria o medo e a repugnância no meu rosto.

— Nosso segredo, Violet. Você entende, minha querida?

Sim. Eu entendia. Entendia algo.

Entendia que tinha sido autorizada a viver. A seguir.

Então, discretamente, o sr. Sandman se retirou. Permitiu-me alguma privacidade.

(Um quarto, pouco iluminado. Nas janelas, escuridão. O piso estava coberto por um carpete fino, contra uma parede mais distante, um espelho vertical alto refletindo luz de brilho pálido.)

Depressa, me vesti. Roupa íntima, jeans. Camisa e suéter. (De fato parecia que as calcinhas tinham sido lavadas e não tinham secado muito bem na secadora, o tecido branco sintético um pouco úmido e ao mesmo tempo um pouco morno.)

No carro, enquanto me levava para a casa dos meus tios na rua Erie, o sr. Sandman explicou que, naquele dia, depois da escola, havia acontecido uma reunião emergencial do Clube de Matemática. Como secretária do Clube de Matemática, eu tinha a obrigação de estar presente.

— Você entende, querida, que, se contar a alguém sobre a nossa amizade, quem vai se prejudicar mais é você. Sua família em South Niagara, que renegou você, nunca desejaria aceitá-la de novo. Seus parentes aqui em Port Oriskany vão expulsá-la de casa. E eu, também, poderia ser enviado para uma escola... inferior...

Nessa parte, o sr. Sandman riu. Como se fosse tão improvável que a última das possibilidades ocorresse.

Me deu um banho. Me segurou deitada. Me lambeu com a sua língua de lixa. Até eu guinchar, ganir.

Pegou a minha mão na dele e a guiou para o meio das suas pernas, onde era inchado, gorducho.

Não finja, Vio-let Rue. Safada!

O rosto estava contorcido. No tom de um tomate cozido, prestes a explodir. Olhos prestes a estourar das cavidades. Respiração em arfadas. Como a bomba de uma bicicleta, a bomba da bicicleta dos meus irmãos, jogando ar em um pneu, aquele som chiado que ela faz se você não está enchendo direito e o ar está escapando.

A mão aperta tanto a minha mão que dói. Empurrando, pressionando, com urgência, mais e mais rápido, pressionando a minha mão dormente na sua carne intumescida, conforme ele geme, balançando-a de um lado para outro, os olhos se revirando, ele está prestes a desmaiar...

Mas não. Nada disso aconteceu. Pois nada disso foi testemunhado.

Um dia escrevi em segredo num pedaço de papel: *Querido Tyrell, eu te amo.*

Não era verdade que eu amava Tyrell Jones. Eu não amava ninguém exceto os meus pais. E possivelmente Katie e Miriam. (Apesar de as minhas irmãs não serem mais legais comigo.) (Mas eu as perdoaria e as amaria de novo na hora se fossem legais comigo.) Mas, se eu ia escrever um bilhete para Tyrell Jones, tinha que dizer algo, e não conseguia pensar em nada mais que justificasse um bilhete.

Dobrei várias vezes aquele pedaço de papel. Enfiei no armário de Tyrell Jones quando não tinha ninguém no corredor para ver.

Depois, se eu pudesse evitar, nunca mais olharia na direção do armário (que era do outro lado do corredor do meu, perto da sala de aula do sr. Sandman). Assim, eu não faria ideia se Tyrell tinha encontrado o bilhete ou não.

Eu não queria saber. Não queria saber *mesmo*.

Se tivesse encontrado o bilhete, e lido, ele teria ficado chocado. Teria amassado o papel na mão e enfiado no bolso.

Mas isso não é uma piada, Tyrell. Não é uma piada cruel.

Não sou como o sr. Sandman. Não estou rindo de você.

Eu era tímida demais para falar com Tyrell Jones. Não conseguia nem ter coragem de sorrir para encorajá-lo quando o sr. Sandman o chamava para a frente da sala para resolver um problema no quadro.

Felizmente, o sr. Sandman nunca fez Tyrell Jones *caminhar na prancha*. Mas eu odiava quando o sr. Sandman o atormentava no quadro.

O *pelotão* do sr. Sandman estava animado. Garotos grandes, com gargalhadas altas. Não eram tão habilidosos em álgebra como Tyrell Jones, mas podiam rir do garoto negro nervoso, pois tinham a permissão do professor para fazer isso.

Tyrell era um entre a meia dúzia de alunos na sala de aula que fazia o dever de casa de matemática corretamente. Mas ficava tão intimidado com as interrogações do sr. Sandman que não conseguia pensar com clareza. Seus óculos escorregavam pelo nariz suado. Muito nervoso, ele se atrapalhava com o giz. Uma vez no quadro, começou a ficar sem ar, pareceu estar se sufocando na nossa frente, e o sr. Sandman teve pena dele de imediato.

— Passe o giz para Violet, Ty-rell. Vamos ver se um fiapo de garota consegue resolver esse problema que tanto confunde você.

Dava quase para ouvir *um fiapo de garota branca*. Mas o sr. Sandman não havia dito aquilo.

No dia anterior depois da aula, o sr. Sandman tinha me dado aquele exato problema para resolver. Havia conferido os meus cálculos e me ajudado com eles. Então eu sabia como resolver o problema, e logo o giz se moveu no quadro. Era fascinante observar como um problema de álgebra se resolve. De início, ele parece emaranhado além de qualquer esperança, que nem cabelo. Então, se você for paciente e souber a maneira como ele é "resolvido" — "desembaraçado".

Eu sentia como a turma me encarava, com ressentimento. As garotas em particular me odiavam. Os garotos brancos me odiavam. Tyrell Jones não conseguia nem olhar para mim, sentado em ignomínia na carteira, discretamente borrifando líquido medicinal na boca do apetrecho plástico vermelho que trazia no bolso.

Pois parecia que eu deveria ser muito inteligente. E que também era poupada do pior das piadas do sr. Sandman.

— Muito bom, Violet. Você é uma honra para o seu sexo.

Sexo. A mera palavra ergueu uma espécie de risinho espasmódico na sala. Apesar de que, ao pronunciar "sexo", o sr. Sandman não queria dizer (parecia) "sexo", mas algo clinicamente neutro, como "gênero".

O sr. Sandman aplaudiu, sorrindo para mim. Com um gesto intimidante, induziu os outros a aplaudirem também, mesmo que por um instante, com ressentimento.

Depois que o alarme tocou, tentei seguir Tyrell Jones no corredor lotado, mas ele se esquivou de mim. E mais tarde no dia, quando vi ele de novo e me apressei para alcançá-lo, não sabia o que dizer.

Tyrell Jones tinha a minha altura, apesar de ser mais pesado. Seus olhos me fuzilavam através das lentes grossas dos óculos. Antes que eu conseguisse respirar, ele me deu as costas de repente.

Nossos colegas nos observavam, curiosos. Logo, alguns começariam a dar risadas de escárnio e maravilhamento. Não com a zombaria de sempre, mas com indignação. Aquela frase sussurrada por onde eu passava.

— Essa manchinha amável, Violet...? Não é uma marca de nascença, creio, mas uma cicatriz?

O sr. Sandman passou o polegar gordo sobre a cicatriz em forma de estrela na minha testa. Involuntariamente, desviei.

— É fútil tentar esconder, sabe. E o que a causou?
— Eu... caí de bicicleta... quando era pequena.
— Ah! Trágico em uma fêmea tão jovem.

Trágico. O sr. Sandman estava brincando, imaginei.

— Bom, querida, se é de algum consolo... Você não estava destinada a ser uma "bela" de qualquer forma. A cicatriz lhe dá caráter. Outras garotas, meramente bonitas, tendem a ser *desinteressantes*.

Eu me contive ao sentir os seus lábios gordos na minha testa, o hálito quente de carne. Fechei os olhos, tremendo, esperando.

Um dia, descobrindo o arquivo (secreto) do sr. Sandman.

Uma porta logo depois do banheiro. Um armário, com prateleiras contendo o que pareciam ser álbuns de fotografias, as datas rotuladas de forma organizada nas lombadas. Ousando puxar um dos álbuns, *1986-87*, pasma de ver fotos de uma garota de cabelos escuros de treze ou catorze anos posando no sofá do sr. Sandman e na cama de dossel. Em algumas das fotos, a garota estava totalmente vestida, em outras, parcialmente. Em outras, nua exceto pelo robe de seda azul que me era tão familiar.

Na banheira de mármore profunda como um sarcófago, a cabeça caída na borda da banheira e os olhos semicerrados, vagos. Sob a superfície de uma água um pouco azulada, o magro corpo pálido brilhava, nu.

Muitas fotos dessa garota — *M. H.*

Então, de repente, uma sequência de fotos de outra, de cerca da mesma idade e tipo físico — *B. W.*

Bonitas garotas (brancas) pálidas. Braços magros, com seios pequenos, torsos e quadris curtos. Capturadas na agonia do sono profundo. Posicionadas como se mortas, de olhos fechados, cabelo estendido ao redor da cabeça. Lábios levemente abertos, e mãos cruzadas sobre o peito.

Virava as páginas duras, e mais fotos... Mais garotas (brancas).

E, também, mechas de cabelo. Anotações dobradas registrando medidas fastidiosas — altura, peso, circunferência do crânio, cintura, quadris, busto.

Fechei o álbum de qualquer jeito, devolvi à estante. Peguei o mais recente, que era *1991-92*. Mas antes que pudesse abri-lo, veio a voz do sr. Sandman da cozinha:

— Vio-let!

O sr. Sandman achava que eu estava no banheiro. Em mais um minuto, ele viria me procurar. Fechei rápido o álbum, devolvi ao lugar na estante abarrotada, fechei a porta.

O coração saltando no peito. Tamanha violência, como um pulso socando as minhas costelas.

Eu não havia reconhecido nenhuma das garotas. Minhas predecessoras.

— Vio-let, querida. Venha aqui agora mesmo.

Já me esquecendo de como em algumas das fotos a câmera estava próxima, íntima. Boca machucada, aberta. O robe de seda aberto ou jogado longe. Pequenos seios pálidos com mamilos suaves. A curva de uma barriga, um trecho aveludado entre as pernas.

Numa delas, uma garota tinha olhos abertos e dilatados. Um olhar de medo. Um borrão de sangue no rosto. Mãos abertas no peito, naquela atitude de paz primorosa, mas erguidas como se empurrando a câmera para longe.

Mas já esquecendo. Esquecido. As visões mais feias.

A não ser que fosse eu mesma que eu vislumbrara, me confundindo com outra.

O que ele tinha feito com aquela garota? Encarava e encarava.

Ela não pegara no sono corretamente. Havia sido teimosa, resistente.

Ou ele não havia drogado aquela garota porque não quis que ela dormisse. Ele a queria acordada, consciente.

Mas por quê? Por que uma garota era tratada diferente das outras?

Você é aquela garota, é o que quer pensar. Sempre, você é diferente dos outros.

Não é verdade que todas as vezes eram a mesma. Pois houve uma *última vez* na casa do sr. Sandman que não se repetiria.

Sem querer, ele me deu uma overdose. Uma fração de colher de chá do barbiturato moído e dissolvido em um suco de amora doce, mas ele havia calculado errado, ou havia se tornado complacente ao longo dos meses. Pois o estupor me vinha com tamanha obediência, cada vez uma imitação da vez anterior, que a sua vigilância havia diminuído.

E então, o sr. Sandman não conseguiu me acordar.

Vio-let! Vio-let! Acorde, minha querida...

Nenhuma memória de pegar no sono. Apenas vagamente, algo na minha mão que teve que ser tirado dos meus dedos para evitar que fosse derramado.

Um peso terrível. Afundando. A superfície da água muito acima da cabeça, nenhum movimento nos meus membros dormentes conseguia me trazer de volta. O conforto da água escura era como se muitas línguas lambessem ao mesmo tempo.

Violet! Abra os olhos, tente ficar sentada — a voz vinha de longe, alarmada.

Balançando o meu corpo e balançando. Ferindo os meus ombros com os dedos duros, nua dentro do robe de seda. Minha pele ainda quente do banho, ainda sem sentir o frio da morte. A loção cremosa escorregadia acariciando a minha pele, com perfume de lilás. Talco em todas as partes do corpo que seriam cobertas pelas minhas roupas, quando eu estivesse vestida de novo.

Só que: ele não conseguia me acordar.

Ele não ousou chamar a polícia (o sr. Sandman confessaria) pois seria descoberto e preso. Sua vida secreta, exposta.

Ainda assim, ele não queria que a garota morresse.

Sim — (o sr. Sandman confessaria) — o pensamento desesperado veio a ele, poderia deixar a garota morrer, e, dessa forma, seria poupado da exposição e da prisão, do ultraje e do ódio da sua comunidade de pessoas decentes, seria poupado da cadeia, quantos anos na cadeia, dos quais não conseguiria aguentar nem mesmo poucos dias. Ainda assim, não queria que Violet Rue morresse pois (ele insistiria) ele a amava...

Ou é o que afirmaria, mais tarde.

A solução foi me vestir às pressas, de qualquer jeito, com as roupas que ele havia removido, lavado e secado, e me enrolar em um cobertor arrancado de um armário de cedro e me levar para o seu carro, cambaleando e choramingando; no carro, ele me levou para o hospital de Port Oriskany, para a emergência, que ficava em uma entrada lateral do edifício; carregou e arrastou o meu corpo de qualquer jeito para dentro das portas de vidro automáticas, e me deixou ali, caída em uma cadeira; fugindo depressa mesmo com o segurança do hospital o chamando.

— Senhor! Ei, senhor!

Tinha deixado o carro ligado. A chave na ignição. Ele faria uma fuga rápida, era a ideia. Mas estava tão agitado que, em segundos, o sr. Sandman bateu em uma van que entrava no estacionamento do hospital enquanto tentava escapar.

Com o relato, viraria uma história que provocaria ultraje, ainda que um pouco de regozijo.

Pois, fora da tirania da sala de aula e da casa do professor de matemática, ele se revelava um trapalhão, um tolo. Levando uma garota de catorze anos inconsciente para a emergência iluminada demais de um hospital, uma garota vestida às pressas e (aparentemente) morrendo, acreditando que poderia abandonar a garota lá sem mais nem menos, que simplesmente correria de volta para o carro do lado de fora e dirigiria sem ser detectado, e então, de tão agitado, de tão burro, colidiu com o primeiro veículo que se aproximou dele, como se, no seu desespero, tivesse fracassado em *ver*...

Mas, majoritariamente, a história provocava ultraje. É claro!

Um professor de matemática a quem se confiava alunos do ensino fundamental ser revelado como alguém que abusava sexualmente de uma das suas pupilas do nono ano durante um período de sete meses, drogando repetidas vezes a garota para torná-la sexualmente submissa, por fim dando uma overdose com barbiturato, deixando sua pressão sanguínea em níveis mortalmente baixos...

Na emergência, a garota cujo coração mal batia foi reanimada. Na entrada do hospital, o professor de álgebra do nono ano foi preso por policiais de Port Oriskany.

Levado algemado em custódia da polícia para a delegacia no centro. Passou a noite na cadeia municipal e, pela manhã, um juiz ultrajado lhe negou fiança. Em alerta de potencial suicídio, pois o homem perturbado havia delirado e soluçado e murmurado muitas coisas insanas, apelos e ameaças.

Seria revelado que Arnold Sandman, cinquenta e um anos, residente de longa data de Port Oriskany, membro do corpo docente da Escola de Ensino Fundamental de Port Oriskany desde 1975, havia sido acusado de comportamento "inaceitável" em escolas anteriores, inclusive uma escola católica em Watertown; mas haviam autorizado que ele pedisse demissão das posições, e administradores escolares em duas escolas haviam concordado em lhe dar recomendações "boas" para tirá-lo das suas cidades sem um escândalo. Pois havia a incerteza do relato de diversas garotas... Havia a incerteza de que os pais das garotas sequer autorizariam que fizessem declarações à polícia, que seriam reveladas ao público. E o sr. Sandman negava tudo... em sua totalidade. E o sr. Sandman de fato falava de forma persuasiva. E o sr. Sandman era, todos concordavam, um professor capaz, embora excêntrico, cujos alunos tendiam a se sair bem nas avaliações estaduais;

na verdade, em geral melhores do que alunos ensinados por outros professores. Jocosamente, diziam que o sr. Sandman "aterrorizava" os alunos até que aprendessem matemática, quando outros métodos, mais gentis, fracassavam.

Desta vez, no entanto, Arnold Sandman não contestaria as acusações de colocar uma menor de idade em risco, de abuso sexual de vulnerável, de violações do estatuto de drogas, sequestro e cárcere privado.

A casa de pedras na avenida Craigmont seria investigada de cima a baixo. O arquivo incriminador seria descoberto. Das trinta e uma garotas fotografadas pelo sr. Sandman ao longo de um período de dezoito anos, todas exceto seis foram identificadas; destas, todas exceto duas moravam no norte do estado de Nova York e arredores; as duas que não moravam haviam morrido "de forma suspeita" (suicídio?), mas de nenhuma maneira (legalmente) conectada a Arnold Sandman.

Contatadas pelos investigadores, nenhuma das identificadas conseguia se lembrar de ter sido fotografada pelo professor de matemática do nono ano na casa dele ou em lugar algum. Nenhuma conseguia se lembrar de ter pegado carona no carro do sr. Sandman — a lugar algum. Nenhuma conseguia se lembrar de ter sido abusada, coagida, ameaçada sexualmente pelo sr. Sandman, mas a maioria conseguia se lembrar das tutelas depois da aula e do sr. Sandman sendo "muito gentil" e "paciente" com elas; algumas poucas se lembrariam de que suas notas de matemática eram inesperadamente altas... "... o que era realmente maravilhoso, porque eu não era muito boa em matemática com outros professores."

— Violet. Por favor tente se lembrar. Conte...
Não. Não consigo lembrar. Não me forcem.
Eu não conseguia. Minha garganta se fechava com força, não havia palavras para soltá-la.

Fraca demais para ficar sentada na cama. Fluidos gotejando nas minhas veias, fraca demais para comer ou para beber qualquer coisa que não fossem líquidos transparentes de canudinho.

— Violet? Vai ajudar se levantar os olhos, querida. Tente ficar de olhos abertos e focados...
Não. Não. Não consigo.
A amnésia era um bálsamo. A amnésia é o grande bálsamo da vida. Chorei de gratidão por tudo que não lembrava, que era confundido (por quem me observava) com o que eu poderia lembrar.

O choque daquilo tudo é que o que uma vez tinha sido íntimo e secreto, agora era público. O que ocorreu sem palavras se torna uma questão de palavras (alheias).

Abuso sexual de vulnerável. Sequestro. Cárcere privado.

Naquele sono profundo, em que o meu coração mal havia continuado a bater, nas profundezas do sarcófago de mármore, eu estivera protegida, segura. Quase pensaria que os braços do sr. Sandman tinham me abraçado.

Vio-let Rue! Vio-let Rue!

Sabe, eu te amo.

Ele nunca havia sussurrado aquelas palavras para mim, eu tinha certeza. Ainda assim, eu as ouvia com frequência, confundida com as vozes distantes. Risinhos abafados.

— ... o que aquele homem horrível fez com você. Tente...

Mas eu não lembrava. E o sr. Sandman era meu amigo. Ninguém mais era meu amigo.

A tia Irma me encarava, descrente. O tio Oscar, com repugnância.

Pois eu não testemunhava contra o meu abusador. Meus olhos estavam de pálpebras pesadas, a voz estava lenta, arrastada, insolente.

Não. Não podem me obrigar. Eu já disse... não lembro.

Quem me questionava era uma policial mulher. Mas eu era inteligente o bastante para não cometer o mesmo erro duas vezes.

Uma ginecologista (mulher) relataria *nenhuma evidência de penetração vaginal ou anal, nenhuma evidência (física) de abuso sexual.* Uma terapeuta (mulher) relataria *provavelmente um trauma extremo, dissociação.* A sra. Herne do Serviço de Proteção ao Menor.

Seria usado contra mim que eu não havia cooperado com as autoridades que estavam tentando montar um caso de abuso sexual reincidente e calculado contra o sr. Sandman, a não ser que pudesse ser argumentado que eu era vítima, psicologicamente doente, incapaz de testemunhar contra o professor que havia me drogado e abusado de mim por um período de aproximadamente sete meses.

O sr. Sandman tinha sido cuidadoso, meticuloso. Minhas roupas tinham sido lavadas — nenhum DNA. (Exceto por um traço incriminador que seria encontrado em um dos meus tênis. Aquele único traço seria suficiente para condená-lo.)

Se você não ajudar a condenar este homem horrível, ele vai machucar outras garotas, disseram.

Eu pensei, *Outras garotas vão se machucar mesmo que o sr. Sandman esteja na cadeia. Essa é nossa punição.*

— Violet. Ninguém está pressionando você...

Todos estão me pressionando.

— ... mas você precisa nos contar, você tem que pensar com calma e nos contar tudo que conseguir lembrar. Quando foi a primeira vez que aquele homem...

A sra. Herne estava visivelmente chateada. Pois havia (ela achava) um entendimento especial entre nós, eu sabia (deveria ter sabido) que poderia confiar nela. E ainda assim devo não ter confiado, pois o abuso acontecera por meses no período em que ela me encontrou várias vezes e eu não tinha dado *pista nenhuma*.

É claro que dei uma *pista*. Um *monte*. A sra. Herne havia fracassado na detecção, só isso.

E agora com a publicidade (feia, implacável) na imprensa local, parecia que Dolores Herne do Serviço de Proteção ao Menor de Port Oriskany não havia sido muito boa no seu trabalho, afinal, uma das suas protegidas juvenis em situação de risco tinha sido abusada sexualmente, aterrorizada por um professor, ao longo de sete meses, e ela *não tinha notado*.

Eu havia pensado, *Não abuso, mas punição. E não era nem a pior punição.*

— Violet! Estas flores lindas são de Lula.

Uma meia dúzia de rosas em um vaso, numa mesa ao lado da cama.

Irma corou, acrescentando:

— A sua mãe.

Como se eu pudesse não saber quem era Lula! Uma onda de sentimentos pela minha tia atravessou o meu corpo, uma mistura de raiva e amor.

Querendo acreditar nela, mas não. Irma havia comprado as flores. Pois não havia um cartão da minha mãe, Irma não conseguia ir tão longe no fingimento, forjando um cartão da irmã mais velha que por coincidência seria a minha mãe.

— Elas não são bonitas? Lula estava tão preocupada com você...

A voz de Irma foi sumindo, incerta. Eu queria muito dizer *Estava mesmo? Ah, claro!* Mas permaneci em silêncio.

Na verdade, fiquei mexida porque tinha recebido dois cartões enquanto estivera no hospital, de Miriam e de Katie.

Melhore logo! Com amor.

Como se tivesse pegado uma gripe. Como se pudesse esperar que a *melhora* viesse *logo*.

Depois de cinco dias no hospital de Port Oriskany, fui levada para a organizada casa de tijolos beges na rua Erie. Subindo as escadas com fraqueza. Sem ar quando cheguei no topo. Pensando *Mas talvez eu tenha morrido. É um truque deles.*

O mínimo esforço me deixava sem ar. Será que o meu coração tinha sido danificado?

Se o meu coração havia parado de bater na emergência, ele tinha recebido choques para bater de novo.

E eu também não me lembraria de nada disso, ou quase nada.

A relutância em *acordar*. Uma convicção de que *despertada* era um estado antinatural.

Meu coração está partido. Tolo, sentimental.

Não morava com a minha família, mas com *parentes*. Muito melhor do que num abrigo ou num centro de detenção para fugitivos.

Não era claro se qualquer pessoa da minha família havia mesmo me ligado enquanto eu estivera no hospital. Já que Irma não tinha me falado de ligações específicas, precisei deduzir que não houvera nenhuma, mas, de verdade, eu não sabia, pois os meus pais podiam ter pedido que as ligações fossem mantidas em segredo. Eu tinha certeza de que os meus pais sabiam do sr. Sandman, pois Irma devia ter contado a eles. E eles deviam ter lido a respeito. (Apesar de que o meu nome, por ser uma vítima menor de idade, não tinha aparecido nos jornais.) Parecia provável para mim que Irma e Lula falassem com frequência ao telefone, até mesmo todo dia enquanto eu estivera hospitalizada.

Parecia possível para mim que as irmãs falassem ao telefone com frequência. E o assunto só podia ser eu.

Eu. A sílaba mais lamentável em todo um idioma.

De qualquer forma, era algo em que eu gostaria de ter acreditado.

E o que aconteceu com Arnold Sandman? Ficara sob custódia da cadeia local. Sabiamente, não arriscaria um julgamento. (O promotor pediu uma pena de noventa e nove anos.) Em vez disso, o sr. Sandman seguiria o conselho do seu advogado e não contestaria as acusações e expressaria remorso, arrependimento e vergonha pelos seus crimes; e o juiz do caso o sentenciaria de vinte e cinco a trinta anos na prisão de segurança máxima em Attica.

Uma sentença de morte. Arnold Sandman nunca sobreviveria a Attica.

Eu não sabia de nada disso, na época. Apesar de que, se eu fechasse os meus olhos e começasse a deslizar na corrente rápida que sempre estivera lá, dentro das minhas pálpebras, muito abaixo da ponte da rua Lock, entre as cobras de tons beringela se agitando e se contorcendo, o sr. Sandman vinha pairar sobre mim, o rosto não mais jocoso e zombeteiro, mas contorcido em pesar.

Violet! Sabe, de todas as garotas, só amei você.

No andar de cima, no quartinho organizadamente decorado e designado a mim, eu me deitava na cama que parecia flutuar sobre um rio. Tão grata por estar sozinha que as minhas lágrimas molhavam o travesseiro.

Horas se passaram. Talvez dias. Ou tempo nenhum.

Veio uma batida tímida na porta. Uma mulher implorando, se, por favor, ela poderia falar comigo?

Puxei os cobertores sobre a cabeça. Para que eu visse o sr. Sandman com mais clareza. Para poder ouvi-lo com mais clareza.

Por fim, as batidas tímidas cessaram. Quem quer que estivesse do outro lado da porta tinha ido embora e me deixado sozinha com o sr. Sandman.

"Safada"

O tio Oscar nunca havia sido meu tio. E agora, nunca seria.

A quase ternura entre nós quando folheávamos o livrinho de joguinhos matemáticos juntos havia sumido por completo na sequência das revelações a respeito do sr. Sandman e da aluna (drogada) (que por acaso era eu) (que por acaso estava morando sob o teto de Oscar Allyn como uma pseudofilha adotiva).

Ele me encarava quando Irma não estava na sala. A língua surgindo entre os lábios úmidos vermiformes. *Safada.*

Stalker: 1997

Na loja de conveniência 7-Eleven, um display de videogames em embalagens brilhantes. Os títulos eram *Stalker, SWAT Team, Murder 1, Grand Theft Auto, No Mercy, Nuke!*.

Na capa de *Stalker* havia uma reprodução digitalmente produzida de um rapaz com cara de falcão e cabeça raspada, olhos fuzilantes e narinas alargadas, uma boca raivosa que lembrava a do meu irmão Lionel. Ou será que era o olhar profundo de ódio que me fazia pensar no meu irmão?

Nas mãos sangrentas do rapaz, um grande machado pingando de sangue.

Estou indo atrás de você, rata. Rata, puta.

Não vai conseguir se esconder.

Eu me afastei depressa, tonta. Fosse lá o que pretendia comprar no 7-Eleven, deixei o lugar sem fazer a compra.

O coração batia rápido, o suor frio escorria nas laterais do corpo. As últimas notícias que eu recebera do meu irmão vieram de Katie, na semana anterior — *Lionel tem hora marcada com o comitê de liberdade condicional na segunda-feira. A gente nem sabia disso até agora! Mamãe tem rezado muito. Achei melhor avisar, Vi'let.*

"Você não é desejada"

E então, quando voltei para casa, a tia Irma estava no telefone.

Eu não tinha estômago para prestar atenção. Apavorada de descobrir que o meu irmão estava em liberdade condicional.

Àquela altura, ele estava na instituição em Marcy já fazia cinco anos. Não exatamente a quantidade de tempo que Hadrian Johnson estivera morto.

Nós dois: *encarceramento*.

No entanto, Lionel ainda era jovem: vinte e dois.

E eu ainda era jovem: dezessete.

No andar de cima, no meu quarto. Joguei os livros da escola na cama. Pressionei as mãos sobre as orelhas. Pois achava que a tia gritaria para mim do andar de baixo *Boas notícias, Violet! Lionel está em liberdade condicional.*

Katie havia me dito como a família estava esperançosa. Milhares de dólares haviam sido gastos em recursos que não deram em nada, mas o papai se negava a desistir — se não existia mais a possibilidade de um novo julgamento ou uma comutação da pena para Lionel, havia a possibilidade de condicional por "bom comportamento". Lionel estivera assistindo a aulas na prisão, tinha conquistado o seu diploma de equivalência do ensino médio. Tinha "ficado longe de confusão" — ao contrário do seu irmão mais velho Jerome Jr. que, diziam, estava coberto de tatuagens sinistras e fazia parte da Fraternidade Ariana, cuja pena fora estendida por mais seis anos por participar do espancamento quase fatal de outro prisioneiro.

Na unidade em Marcy, os irmãos Kerrigan não se viam. Haviam sido separados de propósito, em partes diferentes da prisão. Jerome era considerado o mais perigoso, já que era mais velho e quem se acreditava ser o autor do assassinato, e agora membro de uma gangue de supremacistas brancos; Lionel havia sido (apenas) um cúmplice.

Tentando pensar em termos positivos: Lionel não era um assassino, Lionel estava (possivelmente) sendo reformado na prisão. (*Reformado? Re-formado?* Qual era a ideia de uma prisão? Será que a *re-forma* era de fato possível?)

Tentando racionalizar que, se o Lionel fosse liberado em condicional, faria qualquer coisa que pudesse para evitar ser mandado de volta à cadeia.

Ele não ameaçaria a irmã. Não machucaria a irmã...

No telefone, Katie havia dito, tentando parecer encorajadora: *Se o Lionel for solto, ele vai ficar em condicional aqui. Na nossa cidade. Seria uma violação da condicional sair de South Niagara, acho. Acho que seria. O advogado estava nos falando sobre isso. Se, assim, ele tentasse... Bem, você sabe... encontrar você, em Port Oriskany.*

Mesmo se tentasse entrar em contato com você, acho. Qualquer tipo de... ameaça. Ou... qualquer coisa.

Um dos termos da condicional seria que mantivesse distância de você. Não tentasse entrar em contato com você. Não saísse da cidade.

Você sabia que podem fazer isso? É isso que é a condicional... a condicional é por "bom comportamento".

Tentando me convencer de que o meu irmão, depois de servir uma pena por homicídio, tinha aprendido algo sobre *bom comportamento*.

Katie não me ligava com frequência. Impotente, ouvi a sua voz. Nesses momentos minha solidão era maior pois, quando desligávamos, o silêncio seria esmagador.

Fosse lá o que eu quisesse que a minha irmã dissesse, nunca era dito.

E Miriam, que eu adorava, Miriam que um dia tinha sido tão amável comigo — ela quase nunca tinha tempo para me ligar. Casada agora, com uma criança pequena, morando em Albany, Nova York, onde o marido trabalhava como engenheiro químico.

Miriam tinha vergonha dos Kerrigan, diziam. Tinha implorado ao marido que arrumasse um emprego em uma cidade longe o suficiente de South Niagara para que ninguém a associasse com os irmãos que espancaram um garoto negro até a morte com um taco de beisebol ou o político "controverso" que havia despertado ansiedades e animosidades raciais na sua campanha (bem-sucedida) para um assento na assembleia estadual.

Miriam sentia pena de mim, me disseram. Talvez um pouco culpada. Pretendia me convidar para passar um tempo com ela na sua vida nova em Albany em breve.

Nem Katie, nem Miriam haviam dito qualquer coisa a respeito de Arnold Sandman para mim. Nenhuma comunicação exceto pelos cartões de melhoras.

Nós tínhamos vergonha de qualquer coisa ligada a sexo. Às vezes, quando não há palavras, assim é melhor.

Eu me perguntava o que os parentes pensavam de mim. Aquela menina, Violet! Que tinha entregado os próprios irmãos, fez com que fossem mandados pra cadeia! Mandada pelos pais para morar com parentes em Port Oriskany, onde foi abusada por um professor de uma maneira impensável.

Que pena! Mas que sorte que o pervertido não matou ela.

— Violet? Vem cá! — Enfim, veio a voz trêmula da tia Irma no pé das escadas.

Àquela altura, eu tremia muito. Tinha tentado não escutar a conversa unilateral no andar de baixo. Quem quer que tivesse ligado para Irma tinha dominado a fala; Irma havia murmurado em concordância, pequenas exclamações de surpresa, simpatia. Conforme eu descia as escadas devagar, vi que a minha tia tinha um olhar grave e ousei pensar que as notícias não poderiam ser boas — quer dizer, que o Lionel não tinha conseguido a liberdade condicional.

— Notícias tão tristes, Violet. Seu avô Kerrigan morreu.

Meu avô! Por um momento, minha mente deu um branco.

— ... teria feito oitenta e oito anos na semana que vem. É claro, estava doente havia muito tempo, o pobre coitado...

Irma falava com solenidade. Provavelmente não tinha chegado nem perto do pai rabugento do meu pai em muitos anos e (provavelmente) ela fora a confidente da minha mãe nas reclamações amargas da mamãe a respeito do velho que fora morar conosco quando eu era pequena, em um puxadinho nos fundos da casa que o papai havia construído para ele.

O vovô Kerrigan — "Joseph Kerrigan" — nunca se lembrou do meu nome.

— Mir'um? — Ele me encarava, testa franzida. E mamãe diria, com cuidado de não parecer que corrigia:

— Essa é a "Violet", papai.

O vovô continuava me encarando com grosseria como se avaliasse o meu nome, ou a mim; mas, na vez seguinte, já teria esquecido.

Tinha sido um homem bonito muitos anos antes. Em fotos velhas, lembrava papai com o cabelo escuro firme subindo da testa, sobrancelhas pesadas, um "jeito irlandês" — diziam isso de todos os homens Kerrigan. Mas agora o rosto do vovô tinha escorrido para baixo. Camadas de carne se penduravam abaixo do queixo. Ele quase nunca se barbeava, bigodes saltavam do seu maxilar em ângulos inesperados, como fios de arame. E ele tinha se tornado fedorento: mentol, tabaco, uísque, roupas molhadas, pés sujos. Aquele cheiro particularmente denso que me dava náusea, o odor de dentaduras que não eram mantidas limpas.

Miriam era a neta favorita — *a bonita*. Quando era pequena, aprendeu a se contorcer e a desviar do vovô quando ele passava as mãos no seu corpo, escondendo a sua repulsa com risinhos. O vovô não gostava quando brincava comigo puxando o meu cabelo e eu me encolhia, fugindo como um gato.

E a mamãe, o velho mandava nela como se fosse uma criada, mal lembrando o seu nome.

— Ei, Loo-loo!

Às vezes, ele piscava com lascívia para ela.

— Ei, moça.

Eu me perguntava como era ser tão velho que você nem sabia ou se importava quem eram as outras pessoas. Como um contêiner que vai se enchendo e começa a vazar. Ao contrário das pessoas mais velhas na família, o vovô Kerrigan não se esforçava para ser "gentil" — ele estava cagando e andando se você gostava dele ou não.

O papai nunca tinha se dado bem com o pai dele, a quem se referia como o *velho patife*. Tanto pai e filho eram irritáveis e sensíveis, parecidos demais.

Ainda assim, papai insistira em trazer o pai dele para casa para morar conosco quando o vovô ficou artrítico e esquecido demais para morar sozinho na casa caindo aos pedaços em Niagara Falls, onde o papai havia crescido. Sua esposa, nossa avó, tinha morrido antes de eu nascer. Na família, diziam que o vovô tinha esgotado ela, abusado e batido muito nela, mesmo que depois da sua morte ele sofresse de saudade e bebesse demais. Brigava com os filhos, tornou-se beligerante, paranoico. Tinha uma disputa antiga com o primo Tommy Kerrigan, não conseguia parar de dizer obscenidades imorais a respeito do político, entre as quais a mais leve era "maldito cuzão trapaceiro".

Minhas irmãs e eu tínhamos que ajudar a mamãe a limpar o quarto do vovô. E o banheiro do vovô. Tentando não passar mal de nojo. Se reclamássemos, a mamãe perdia a paciência e gritava com a gente: *E eu? Vocês vão me ajudar, suas desgraçadas.*

Mas ninguém reclamaria do vovô para o papai.

Para a nossa sorte, o vovô passava a maior parte do tempo no quarto ouvindo algum programa de rádio ou vendo televisão; não gostava de comer conosco apesar de a mamãe preparar todas as refeições dele. De noite, pegava no sono na frente da televisão no volume máximo, pratos e talheres encrustados com comida, latas vazias de cerveja, garrafas de uísque no chão aos seus pés calçados com pantufas imundas. Ele não colocava o pé numa igreja fazia décadas — ainda assim, oficialmente, era católico e seria necessário celebrar uma missa solene e um funeral no cemitério da igreja de St. Matthew que era *terreno sagrado*.

Sorri, recordando. A barulheira das garrafas de uísque do vovô na imensa lata de lixo verde que um de nós (em geral um dos meus irmãos, mas às vezes eu) tinha que levar até a calçada para a coleta do lixo nas sextas-feiras.

— Violet, o que foi? Tem alguma graça nisso?

A tia Irma, que ficava chocada com facilidade, estava chocada.

Acontecia muito, eu sorria quando um sorriso não era apropriado. Ou não sorria quando um sorriso era apropriado.

Aos dezessete anos, eu não era mais uma garotinha. Não por dentro. Ninguém mexia comigo na escola, eu tinha conseguido um pouco da aura dos meus irmãos que estavam presos em Marcy. As piadas tinham sumido fazia tempo. Os boatos terríveis do que o professor de matemática "pervertido" fez comigo no nono ano talvez ainda circulassem, mas eu não sabia nada deles.

Perto dos adultos, eu tomava cuidado para não ofender ninguém. Era educada, "madura". Sem pestanejar, dava a impressão de concordar com eles. Tinha absorvido do sr. Sandman o fato (eu não duvidava de que era fato) que pessoas em posições de poder querem que você concorde com elas, não importa o que digam, e isso é tudo que querem — concordância, aquiescência. Os adultos do mundo controlavam tanto da minha vida que eu não podia torná-los meus inimigos.

Senti alívio puro quando soube que o Lionel não tinha recebido a condicional. Sentimento algum a respeito da morte do meu avô exceto por uma pequena pontada de esperança — *Agora o papai vai ter uma pessoa a menos com quem se importar.*

Família significava tanto para o papai, até o *velho patife*. Uma pessoa a menos na família aumentaria o valor da filha exilada.

— ... tão triste que o vovô faleceu. Quando exatamente...

Como se eu desse a mínima, *quando*! Eu mal tinha pensado no meu avô desde que tinha sido expulsa de casa.

Sem condicional! Sem condicional.

Era tudo que eu me importava: meu irmão, ainda preso.

Então me ocorreu: haveria um funeral para o vovô Kerrigan.

Uma missa funerária — uma missa solene — para todos os parentes, e eu iria — na igreja de St. Matthew. A tia Irma e eu iríamos juntas, e eu me sentaria com a minha família num banco na frente da igreja.

Como algo inchando, abrindo o meu cérebro: uma rosa híbrida-de-chá, uma rosa damascena. *Eu vou no funeral do vovô.*

Mas quando perguntei a Irma sobre o funeral, ela balançou a cabeça disfarçadamente:

— Não acho que vão nos querer lá, Violet. Lula parecia tão cansada que acho que até se esqueceu de mencionar o funeral.

Lula. Então a minha mãe tinha ligado. Mais uma vez, sem pedir para falar comigo.

— Mamãe perguntou como eu estava? — Ofegante.

— S-sim, Violet. Ela sempre pergunta...

Sempre. Uma porra de uma mentira do caralho, mas que eu amava ouvir.

— E o que você falou?

A tia Irma ficou me encarando imóvel, tinha perdido o fio da meada.

Como se houvesse uma forma de fugir de *mim* em uma conversa *comigo*.

— O que eu falei pra ela...? Disse que você estava indo bem. Notas ótimas na escola. Falamos mais do seu avô... — disse Irma como se pedisse desculpas. — Ele teve um AVC, no fim. Semana passada. Estava lutando fazia tanto tempo com o enfisema, no asilo disseram que era quase um milagre...

Milagre! Que mentira de merda. Quase ri na cara da Irma.

Katie havia me dito, era preciso admirar o *velho patife*. Enfisema, angina, tremores nas mãos, surdo, degeneração macular — o nosso avô tinha chegado perto da morte umas dez vezes, mas sempre se recuperara, até certo ponto. No asilo católico, havia continuado cruel como sempre, feito uma cobra velha, imóvel, astuta, e as pessoas só se aproximavam dele por sua própria conta e risco.

— O funeral é amanhã? Depois? A gente poderia ir... A gente podia ir de carro...

— Acho que não. — Irma parecia envergonhada. — Lula não me pediu pra ir. Só achou que eu deveria saber a respeito da morte do pai de Jerome, mas... eu não era próxima do seu avô... Mal conhecia o homem.

Irma pausou. Talvez estivesse se recordando de algo desagradável a respeito do meu avô que, com frequência, sem nenhum motivo além da crueldade, fazia comentários grosseiros sobre rostos e corpos de mulheres para despertar risadas em outros. E Irma não era o tipo de mulher atraente, sexualmente encantadora ou vivaz que o velho admirava.

Falei:

— Eu deveria estar lá. Todo mundo vai estar lá.

— Não, Violet. Acho que não...

— Eles não esperam que você vá? Que *eu* vá?

Minha voz se levantou em angústia. Irma pegou as minhas mãos, que se agitavam como pássaros feridos mesmo enquanto eu pensava com calma — *É claro que você não foi convidada, você não é desejada lá. Nunca mais.*

* * *

Naquela noite, num estado de alta agitação, liguei para casa. Por puro acaso, Katie atendeu.

— Ah, meu Deus, Violet. Não posso falar agora...

Na voz da minha irmã havia angústia, desalento. Eu não queria pensar, desgostar.

Katie tinha me pedido para não ligar para ela na casa dos meus pais. Mas eu não tinha nenhum outro número para falar com ela, pelo menos por enquanto.

— Jesus Cristo! Espera, vou atender no outro quarto...

No fundo, havia vozes que não eram distintas o suficiente para que eu as identificasse. Eu podia imaginar Katie escapulindo dos outros com o telefone sem fio colado ao corpo atrás das costas, torcendo para ninguém notar.

Não era uma boa hora para ligar. Eu sabia. O dia de uma morte na família. A residência estaria em polvorosa. Parentes do homem morto aparecendo para visitas — havia muitos só em South Niagara. De costume, mamãe estaria no comando. Mamãe prepararia a comida para os convidados. E papai estaria em um humor emotivo e imprevisível.

Logo, Katie se mudaria da casa na rua Black Rock. Estava fazendo algumas aulas na faculdade local e trabalhando meio período.

Queria muito (ela dissera) sair de South Niagara, onde todo mundo sabia sobre Jerome Jr. e Lionel na prisão, ela não podia abandonar a mamãe, como Miriam tinha feito.

Sim, todo mundo ainda falava sobre aquilo. *Hadrian Johnson*.

Era como se South Niagara se dividisse em duas: aqueles que acreditavam que quatro garotos brancos tinham matado um garoto negro espancando-o até a morte com um taco de beisebol e aqueles que acreditavam, ou professavam acreditar, que os garotos brancos haviam sido condenados sem provas, "atropelados" para assumirem a culpa e enviados para a prisão injustamente.

O assunto era tão doloroso que eu não perguntava mais a Katie a respeito. Tudo que havia para ser dito havia sido dito muitas vezes. *Racistas brancos, racistas negros* eram acusações lançadas livremente para todos os lados.

Em especial, eu não queria saber o que a Katie achava.

O problema era, Katie estava me falando com sinceridade: papai ficaria furioso com ela se soubesse que ela e eu conversávamos no telefone com frequência.

Como se conversássemos *com frequência*!

Eu estava magoada, ressentida. Mas sabia que era melhor não me trair com sarcasmo pois a Katie logo desligaria.

De início, Katie foi evasiva como a tia Irma tinha sido a respeito do horário do funeral do vovô, depois cedeu: quinta-feira de manhã, às dez horas na igreja St. Matthew.

Essa era uma notícia boa! Dali a dois dias.

Depressa, contei a ela que a tia Irma queria ir ao funeral. Uma mentira plausível: mamãe havia pedido a Katie que a ajudasse com a emergência.

— ... poderíamos ir de carro, se saíssemos cedo na quinta de manhã. Poderíamos ficar com... Bom, isso seria decisão da mamãe. Acho que muitos parentes do vovô estão vindo, de Niagara Falls?

Do outro lado da linha, Katie estava assustada, em silêncio. Do que Violet estava falando?

Alegremente repeti que Irma pretendia ir a South Niagara para ajudar a mamãe. E eu poderia dirigir o carro de Irma por parte da viagem, eu tinha carteira de motorista agora.

Ainda assim, Katie estava em silêncio. Eu conseguia visualizar a minha irmã mordendo o lábio inferior, encarando um canto do cômodo.

— Katie? Você está aí? Tem algo de errado? — A minha voz falhava de ansiedade.

— Eu... estou aqui, Violet. Estou... aqui. — Havia um vazio na fala da minha irmã, como o vazio no rosto da tia Irma quando fiz a pergunta que ela pareceu não ouvir.

— Tudo bem se eu for, Katie? Ou não? Quer dizer... o vovô era o meu avô, as pessoas achariam estranho se eu não fosse ao funeral dele... não achariam?

— Ai, Violet. Eu... não sei. É um momento meio estressante para todo mundo. Talvez não seja bom você nos "visitar" agora... Você sabe como o papai se sente em relação a você.

— Mas o papai veria que eu *me importo*. Com o vovô.

Katie pareceu contemplar aquilo. Para mim, era tão plausível que uma morte na família pudesse nos reaproximar.

— ... acontece que, Violet, não é uma boa hora pra nenhuma outra surpresa. O vovô não queria ir pro asilo. Ficou meio doido, de tão nervoso. Quebrou coisas. Gritou. Ameaçou colocar fogo na casa. Todo mundo ficou com medo, ainda mais a mamãe, que passava muito tempo presa em casa com ele. O papai torcia para que eles pudessem fazer as pazes antes de ele morrer, o que não aconteceu. O vovô não aceitava nem ver o papai no final, nem nenhuma outra pessoa. No asilo, tiveram que contê-lo, mesmo depois dos AVCs e mesmo pesando menos de cinquenta quilos. Então, o papai está se sentindo horrível, sobre o jeito como as coisas terminaram. E talvez tenha que vender a casa para pagar os advogados. *Isso está deprimindo bastante o papai, ele e a mamãe, os dois*. Você sabe como o papai ama essa casa.

Notícias horríveis! A casa que eu era proibida de entrar, com a qual sonhava todas as noites... Se o meu pai vendesse a casa, não haveria nunca mais um lar para voltar.

— ... e o Lionel tinha a reunião com o comitê avaliador de liberdade condicional esta semana... Eu falei pra você. Mas foi adiada pro mês que vem, não sabemos por quê.

Adiada para o mês que vem. Por isso a tia Irma não tinha comentado nada, não havia notícias, apenas um adiamento.

Uma prorrogação. Eu não teria que pensar no meu irmão vingativo solto para me punir por ao menos outras quatro semanas.

— Violet? Você sabe como o papai é... Como ele tem sido... Não acho que seria muito diferente agora, se você aparecesse no funeral. Quer dizer... Ele não mudou o que pensa de você. A mamãe talvez, um pouco... A mamãe diz que sente *saudade* de você. Mas...

Saudade. Mas não vai fazer nada a respeito, não é mesmo?

Ouvindo isso pensei — *eu odeio ela mais do que odeio ele*.

Por um momento estranho, houve silêncio na linha. Eu não conseguia pensar em nada para dizer, tinha sido atingida de surpresa por... algo... Nem mesmo sabia ao certo sobre o que estávamos falando, de tanto que havia sido pega de surpresa.

Aquele era o perigo de ligar para uma das minhas irmãs. Elas tentariam me desencorajar. Tentariam me proteger de ouvir aquilo que eu não queria ouvir, que era (como eu já sabia) o que eu já tinha ouvido e deveria ter sabido e (de fato) sabia. Mas mesmo assim.

— Violet? Você ainda está aí?

— Onde mais eu estaria? — Sarcasmo adolescente agora.

Katie parecia prestes a dizer mais alguma coisa, mas então, como se preocupada com o assunto, ou exasperada por mim, murmurou apenas, de forma conclusiva:

— Então.

Então era uma mera expulsão de ar, um suspiro. Eu não queria interpretar como *Então, Violet, você consegue ver que este não é um bom momento de voltar pra casa*, mas como um significador neutro, amistoso, informativo.

— Katie, obrigada! Acho então que... vejo você na quinta... na Igreja St. Matthew.

Desligando rápido, antes que a ela pudesse reclamar.

* * *

Deixei um bilhete para poupar a tia Irma de tentar me dissuadir.

Querida tia Irma, estou indo para South Niagara para o funeral. Vou pegar o ônibus. Vou ficar bem. Tento ligar quando puder.

Como assinar? Eu odiava hipocrisia, nunca escreveria *Com amor, Violet*.

Só assinei *V*. O raciocínio era que a Irma saberia quem era *V*.

Um punhado de notas pequenas. Quarenta e seis dólares.

Trocadinhos economizados com sofrimento como babá das amigas da minha tia e dos vizinhos. Tentada a pegar notas (pequenas) da carteira do tio Oscar, deixada na cômoda no seu quarto, mas decidi contra a ideia pensando — *Um dia, posso querer pegar todas as notas naquela carteira. Ainda não.*

Com aquelas notas, e sem muita sobra, consegui comprar uma passagem de ida e volta para South Niagara num ônibus Greyhound saindo de Port Oriskany às 7h10 na quinta-feira e chegando a South Niagara às 9h25. Se o ônibus não atrasasse, e se eu conseguisse chegar até a St. Matthew (que devia ficar a uns três quilômetros de distância da estação rodoviária) em meia hora, não me atrasaria para o funeral; e se eu me atrasasse, me sentaria em silêncio nos fundos da igreja sozinha, e os meus pais se deparariam comigo no final da missa, quando todo mundo estivesse se levantando para sair, e entenderiam que eu tinha tentado chegar a tempo, mas que viera de longe, de Port Oriskany...

Ensaiei obsessivamente: ônibus Greyhound, rodoviária de South Niagara, rua Front, avenida Huron, rua Comstock, Bryant, igreja St. Matthew, onde um padre (padre Greavy) estaria rezando a missa solene pela alma de meu avô.

E de novo: ônibus Greyhound, estação rodoviária em South Niagara, rua Front, avenida Huron, rua Comstock, Bryant, igreja St. Matthew... Comecei a tremer de ansiedade e empolgação.

— Vai muito longe? — Uma mulher corpulenta de casaco de lã cor de ervilha estava sentada ao meu lado, no corredor.

— Não muito.

— Sozinha?

Não dava para ver que eu estava sozinha? — eu quis protestar. Mas, claro, apenas murmurei que *sim*.

A mulher amigável estava a caminho de Buffalo, falou. Onde tinha família. Era para lá que eu ia também? Sua voz era calorosa, confidente.

(Eu podia fingir que não ouvia?) (Não, não podia. Não conseguia me fazer ser grosseira com aquela estranha afetuosa.)

— ... South Niagara. — Minha resposta era tão vaga como se eu não tivesse certeza completa e, mesmo se tivesse, não quisesse elaborar.

— Visitando a família?

Uma pausa. Eu estava rancorosa de ter que dar aquela explicação. E de como aquilo soava como uma imensa autocomiseração em uma voz inesperadamente fraca.

— Funeral do meu avô...

— Um funeral! Ah. Sinto muito. — A mulher parou de sorrir como se uma lâmpada tivesse apagado.

Eu me segurava imóvel. Olhando pela janela. Em pânico de ter que falar com outra pessoa pelos próximos noventa minutos, quando queria ficar sozinha com os meus pensamentos.

Mas a mulher não cedia. Virando-se para mim, como um escape de calor aberto subitamente, inescapável:

— Você está viajando sozinha para o funeral? Vai ficar bem?

Que pergunta! Se eu ficaria *bem*.

Sangue bombeava nas minhas bochechas. Ninguém na minha vida, nem a tia Irma, e com certeza nem a minha mãe, falava comigo com tanta intimidade ou parecia se importar tanto comigo quanto aquela estranha inquisitiva.

— Eu... Tenho idade suficiente pra pegar o ônibus até South Niagara sozinha. Não é longe.

— Não é *longe*, mas é um funeral... Tem certeza de que ficará bem? Quantos anos você tem?

Algo suspeito e terno na voz da mulher me magoava. Eu não conseguia encará-la nos olhos. Meus olhos se encheram de lágrimas, virados para a paisagem que passava do outro lado da janela.

Nada daquilo era da conta da estranha, quantos anos eu tinha, mas me escutei respondendo a ela, quase inaudível:

— Dezoito.

— Dezoito! Não.

Ela dizia isso porque eu não parecia ter dezoito anos? Meu coração se acelerou com ressentimento. Por que diabo aquela mulher não me deixava em paz?

Era verdade, eu não tinha dezoito anos (ainda). Mas me sentia bem mais velha. Eu me portava (eu tinha certeza) com a segurança de uma jovem mulher de vinte e poucos.

— Onde está a sua família, para você ter que viajar sozinha pra um funeral?

Entonações da voz de uma mãe. Uma mãe um pouco escandalizada. Eu estava em pânico com a possibilidade daquela estranha de repente agarrar as minhas mãos para me confortar.

— Minha família está... onde estou indo. É pra lá que eu vou.

Falava de forma tão inerte que os meus lábios pareciam secos. O pensamento desesperado de que eu tinha que escapar dali veio até mim — empurrando e passando por cima da mulher, cambaleando pelo corredor até o fundo do ônibus, para encontrar um assento vago...

Mas o ônibus estava em movimento, o motorista gritaria comigo. A mulher amistosa ficaria surpresa e magoada.

— Quantos anos tinha seu avô?

— Eu... não sei...

— Muito velho ou só... um pouco velho? Setenta e cinco? Oitenta? Ou... mais jovem? Ah, espero que não. — Rindo, como se a ideia de um avô jovem morrer fosse alarmante. — Você amava muito o seu avô?

Amar muito o meu avô. Que absurdo!

— S-sim...

— Ah, eu amava muito o meu avô também! Conheci apenas um deles, o outro não conheci, acho que a minha mãe também não. Mas o que... eu conheci, ele era uma pessoa abençoada.

Abençoada. A palavra era vazia para mim, algo além da compreensão.

Alheia ao meu desconforto, a mulher persistiu:

— Esse vovô é pai da sua mamãe ou do seu papai? Eles eram próximos?

Determinada a não responder a mais nenhuma pergunta inútil. Eu pegaria um livro e começaria a ler.

Mas me escutei falar, gaguejando, que o vovô era o pai do meu pai. Não, eles não eram próximos. Mas talvez... sim. Não se davam bem, mas eram próximos. Eu achava que sim. Talvez fossem. Talvez tivesse sido um choque grande para o meu pai que o vovô tivesse morrido.

— Meu pai não gosta que as coisas mudem. Ele fica triste quando não pode melhorar as coisas na nossa família.

Por que estava falando daquela maneira com uma estranha dentro de um ônibus, eu não fazia ideia. Apesar de me sentir amuada, hostil, desconfiada como uma criatura selvagem encurralada, minha voz era a voz de uma criança que precisava de conforto.

— Ah, vai ser difícil pro seu pai! Sempre é. É como uma mulher quando perde a mãe... é difícil mesmo. E se não andavam se dando bem, é pior, porque não podem fazer as pazes, é a pior coisa... Você não pode mudar como a outra pessoa se sente, porque é tarde demais. E o que você sente... é tarde demais.

Como água quente, a simpatia da mulher transbordava sobre mim. Uma sensação miserável, mas ainda não conseguia me desvencilhar dela.

Eu me peguei dizendo que tinha sido um choque terrível para mim a notícia da morte do meu avô. Acho... que vou sentir muito a falta dele...

Surpreendentes, as palavras jorravam de mim. Lágrimas piegas nos meus olhos por um avô que eu poderia ter amado se ele me amasse de volta — se, na verdade, o vovô tivesse sido uma pessoa diferente. Em luto por uma pessoa que nunca existiu — como colocar a mão no bolso e encontrar um buraco ali. O que quer que pudesse estar no bolso havia desaparecido.

Agora ela tinha me aberto em sulcos, como um molusco. Agora a mulher cujo nome era Sarabeth me tinha na palma da sua mão e não soltaria. Extraiu de mim a informação de que o meu nome era Violet — e de que eu morava com a minha tia em Port Oriskany. De que estava no último ano na Escola de Ensino Médio de Port Oriskany, onde todos os filhos de Sarabeth tinham estudado.

— Mas eles são velhos demais pra você, Vi'let... Você não os teria conhecido.

Por sua vez, Sarabeth embarcou numa história longa e complicada sobre a mãe da sua mãe que nasceu em Macon, Geórgia, e se casou aos quinze anos, perdeu o primeiro marido ("alguma coisa ruim feita por gente ruim") e se casou de novo, e viajou para o norte com o segundo marido nos anos 1930 — primeiro para Cleveland, depois para Erie, Pensilvânia, então para Buffalo e Tonawanda, onde o avô de Sarabeth havia trabalhado na Ferrovia Central de Nova York, e eles tiveram onze filhos...

— ... e esses onze filhos tiveram filhos... Um montão deles!

Duas das filhas de Sarabeth eram professoras e o mais caçula era "algum tipo de especialista em computadores" em Rochester.

— É de se impressionar que a minha avó era tataraneta de *escravos*. Fico muito feliz de pensar onde chegamos!

Sarabeth falava sem rancor apesar do ar de incredulidade. Não consegui não compartilhar da incredulidade dela. *Escravos?*

No meu estado distraído, eu não havia registado que Sarabeth tinha pele escura. As garotas da minha escola com quem eu tinha uma relação amistosa eram na sua maioria negras, e eu tinha parado de notar a cor da pele delas.

A presença física daquela mulher e sua persistente amistosidade tinham sido esmagadoras para mim.

Preocupada com os meus pais não me amando! E essa mulher descende de escravos...

Franzindo a testa, Sarabeth disse com cuidado:

— Vi'let, por que está morando com a sua tia? Por que não mora com a sua família em South Niagara?

Esta era a pergunta que eu temia. Mas tinha uma resposta pronta:

— Porque não tinha espaço pra mim lá... naquela casa.
— Não tinha espaço pra você? Quantos irmãos você tem?
— Seis. E o meu avô morava com a gente. Mas nem todos moram na casa agora... — Minha voz se perdeu. Sarabeth me olhava com uma confusão tão honesta.
— Como está a sua mãe, Vi'let? Você ainda tem a sua mãe?
— Sim.
— Você é próxima da sua mãe?
— S-sim.
— Tem irmãs, você disse?
— Duas.
— Mais velhas ou mais novas...?
— As duas mais velhas.
— Você se dá direitinho com elas?
— Sim, me dou bem! Quando consigo ver as duas.

A mudança de tom no *quando consigo ver as duas* alertou Sarabeth à possibilidade de algo errado.

Com discrição, então, Sarabeth cessou o interrogatório. Ela me libertou da intensidade da sua simpatia. O alívio tomou conta de mim, mas também a decepção, o arrependimento.

Logo, Sarabeth pegou no sono. Sua respiração era audível, reconfortante. Ao lado dela, eu olhava pela janela para a paisagem além da estrada Thruway. Agora que não havia ninguém de testemunha, lágrimas surgiam nos meus olhos e escorriam para as minhas bochechas. Não faço ideia do porquê.

Atrasado por um acidente na estrada Thruway, o ônibus chegou a South Niagara com 35 minutos de atraso.

Num estado de ansiedade corri boa parte dos três quilômetros da rodoviária até a igreja de St. Matthew na esquina da avenida Bryant com a rua Lock, a mochila batendo entre as minhas escápulas. E quando cheguei sem ar e suada, as altas portas da frente estavam fechadas, e, lá dentro, a missa solene já havia começado para o repouso da alma de *Joseph Gabriel Kerrigan (1908-1997)*.

Eu não tinha certeza se sequer tinha ouvido antes o nome do meio do meu avô: *Gabriel*.

Estava impresso nos santinhos do Sagrado Coração de Jesus distribuídos para que os enlutados na missa levassem para casa *in memoriam*.

Um nome bonito, pensei. E aquilo também era estranho: qualquer tipo de beleza vinda do meu desdenhoso avô.

No altar, um caixão cercado de lírios brancos. Vovô teria rido em escárnio, chutado as flores.

Vão todos pra porra do inferno.

O interior da St. Matthew era mais parcamente iluminado do que eu me lembrava. E mais escassamente ocupada do que já tinha visto. Os enlutados ocupavam apenas três fileiras bem na frente e nenhuma delas estava cheia.

Do fundo da igreja, eu não conseguia ver o padre com clareza — ele não lembrava o padre Greavy. Era mais velho, curvado. Sua voz era rápida, cantante e nasal, e os coroinhas murmuravam respostas quase inaudíveis. O meu avô teria ficado muito incomodado, uma missa solene para *ele*. Como muitos católicos irlandeses — homens — da sua geração, ele havia se tornado um opositor da Igreja. Ele sabia sobre os "padres pervertidos" muito antes da mídia expô-los. Ele se negou a ir a missas por décadas depois que a minha avó morreu, e não tinha conseguido escapar de um funeral na igreja.

Forcei os olhos para enxergar: meus pais sentados na primeira fileira. Vi apenas as nucas, mas reconheci eles de imediato, com uma terrível sensação de náusea.

Estavam sentados com a família do meu avô — a maioria deles mais velhos, de cabelo branco. Lá estavam Miriam, Katie... Rick? Les?

Era terrível para mim ver como eu não estava entre eles. Como se eu nunca tivesse existido.

Fazia seis anos desde que os meus pais tinham me visto ou falado comigo. Aquele encontro no *abrigo* infantil, quando a minha mãe decidiu esperar pela Miriam no carro, fora a última vez que vi a mamãe, e não conseguia nem me lembrar com clareza da última vez que vi o papai...

Estranho continuar a chamá-los de *mamãe, papai*.

Naqueles últimos anos, eu tinha ficado mais alta e mais magra, mas não fazia ideia se estava muito diferente. Tinha pouca noção da minha própria aparência.

Meu corpo parecia desconectado e dormente, transparente como os corpos em sonhos. Tinha sido instintivo ficar longe dos espelhos para evitar algum susto desagradável — *Rata! Cara de rata.*

O sr. Sandman tinha dito que eu era bonita. Ainda assim, quando eu ousava estudar o meu rosto no espelho, para ver o que ele tinha enxergado, não conseguia encontrar nada — o interesse do professor de matemática em mim era como um espelho que refletia luz, mas era uma luz que distorcia e cegava. Depois da prisão do sr. Sandman, vi as fotos que ele (supostamente) havia tirado de mim, mas a garota nas fotos (dormindo, de boca aberta, em parte vestida ou nua) não se parecia comigo.

Você reconhece essa garota, Violet?

Você não vê que essa é você, Violet?

Possivelmente tinha sido um truque. Eu não confiava na terapeuta, assim como não confiava na polícia. O que quer que eu falasse a eles se tornava propriedade deles, para usar como quisessem. Era um dos maiores choques da minha vida, como as palavras ditas podem ser irrecuperáveis, irrevogáveis.

Tudo isso eu explicaria para os meus pais. Tentaria explicar. Eu nunca tinha sido autorizada. Mas agora, hoje — talvez...

Sentada sozinha num banco nos fundos da igreja. Tremendo muito porque a igreja era úmida e gelada. Mesmo assim, gotas de suor escorriam pelas laterais do meu corpo, por dentro da minha roupa feito pequenas formigas porque o meu corpo tinha ficado quente com a corrida. Era difícil me concentrar na missa, que deveria ser familiar para mim, o canto do padre com palavras simples e monossilábicas, súplicas repetidas — *Cristo tenha piedade! Senhor tenha piedade! Cristo tenha piedade!*

O cálice foi erguido, o incenso liberado. Como o canto súbito de um pássaro, um sino tocou forte. Começou-se uma mistura de comungantes se enfileirando para o altar da comunhão. Eu tinha me esquecido — é claro, a missa de morte teria uma comunhão, e eu seria excluída por não estar num estado de graça, e porque fazia mais de seis anos desde a minha última confissão.

Não, eu não *acreditava*. Em nada daquilo. Eu tinha dezessete anos!

Repetindo para mim mesma que nunca tinha de fato acreditado. Nem mesmo quando criança...

Perguntando à minha mãe o que é *pecado* e ela dizendo *coisas ruins que você faz que não deveria ter feito.*

Me parecia agora que a missa católica era basicamente uma cerimônia de súplica. A humanidade de joelhos implorando a Deus por... pelo quê, exatamente?

Lá ia a mistura de comungantes se enfileirando para o altar da comunhão. Entre os velhos e encurvados havia a minha mãe, mãos fechadas à frente. Será que eu era a única pessoa na igreja que conseguia reconhecer a raiva no corpo da minha mãe? Na própria posição dos seus ombros, na curvatura da cabeça? Passando pelo caixão, ela teria gostado de socá-lo com as duas mãos, gritado com o homem que estava lá dentro.

Te odeio odeio odeio! Odeio como a minha vida foi sugada para dentro da sua, tive que servir você como uma empregada.

Odeio como você mandava em mim. Como olhava para mim. Tirando as minhas roupas com os olhos. Velho imundo.

Quando criança, eu não soubera. Agora que não era mais criança, entendia. O papai havia forçado a mamãe a entregar a sua vida ao velho assim como havia entregado a sua vida à família quando éramos crianças.

Como ela entregaria a sua vida a ele.

No carro, em direção à avenida Highgate naquele dia em que ela revelara sua amargura para mim — *casada, bebês, sete dias por semana*. Mas antes disso, limpava a casa de outras pessoas.

Eu nunca tinha ouvido a voz da minha mãe tão amarga e ainda assim tão elevada em sua amargura.

Os comungantes se ajoelhavam perante o altar. Outros se apressavam adiante com a ajuda de bengalas e andadores. A geração do meu avô era velha, oscilante nos próprios pés. Até mesmo os seus filhos tinham se tornado grisalhos, de movimentos lentos. Meu pai teria sido o homem alto, de cabelo escuro e vigoroso entre eles, mas papai permanecera sentado, não se levantaria para a comunhão. Era provável que papai não se comungasse desde o casamento com a minha mãe.

Desde que tinha ido morar com a tia Irma, eu havia parado de ir à igreja. Todo domingo, a tia Irma frequentava fielmente a missa das dez da manhã, mas eu a acompanhara apenas algumas vezes e, em todas elas, tinha pegado no sono — um estupor de tédio e ansiedade. Irma precisava me despertar ao final da cerimônia — *Violet! Acorde!* Ao contrário da minha mãe, minha tia não tinha o poder de me coagir a ir à igreja com ela, muito menos me faria acreditar em Deus e no pecado e na santa Igreja Católica Apostólica Romana por puro medo.

Você sabe que se tocar... Sabe... É um pecado, um pecado muito ruim, nojento. É esse o tipo de pecado que deve confessar, se quiser comungar. E lembre-se de que o padre sabe quando você está mentindo.

O padre Greavy não quis saber quando contei a verdade a ele. Eu me lembrava disso.

Enfim a missa solene estava terminando: *Que a paz de Cristo esteja convosco.*

O padre encurvado partiu flanqueado por coroinhas em vestes de sobrepeliz branca de musselina. (E agora eu via que, sim, era mesmo o padre Greavy, envelhecido e mais robusto.) Os enlutados desciam os corredores. Falavam com gravidade. Todos eram Kerrigan de nascença ou por casamento, como a minha mãe. Todos tinham conhecido Joseph Gabriel Kerrigan apesar de que provavelmente poucos o viram nos anos recentes desde que ele deixara Niagara Falls para morar com o meu pai. Seus rostos pesarosos só podiam ser para si mesmos — para a mortalidade deles. Não a do meu avô.

Ousada, fiquei parada de pé no corredor. Eu não tinha coragem de me aproximar dos meus pais, mas permaneceria onde estava, e eles teriam que passar por mim no caminho para sair da igreja.

E agora eu podia ver, eu achava que via, o meu pai olhando na minha direção. Em cerimônias como aquela, em geral papai ficava inquieto. Impaciente para fugir das pessoas que tagarelavam com ele. Idade avançada e doença sempre o deixaram desconfortável. Fraqueza nos outros e em si mesmo. A empatia que ele sentia por alguém doente acabava rápido.

Ele não tinha me visto, pensei. Ainda não.

Outros passaram entre nós. As irmãs sobreviventes do vovô, um irmão mais novo. Movendo-se com cuidado como se os seus corpos os machucassem. Bengalas, andadores. Katie dissera que fora papai quem providenciara a vinda deles para o funeral em South Niagara. Estavam provavelmente lá em casa. Distraída e ansiosa, mamãe teria arrumado as camas deles.

Esperando no corredor com a boca seca. As pessoas passavam por mim, saindo da igreja. Eu parecia familiar a eles? Eles me reconheciam? Ninguém sequer me olhou uma segunda vez. Vi rostos familiares — amigos do trabalho do meu pai. Vizinhos, parentes. Meu coração batia rápido enquanto eu antecipava os meus pais me vendo — me confrontando — e aí seria tarde demais para ir embora... Mas ali, de repente, estava meu irmão Rick, me encarando. Olhando para mim. Seu rosto registrava choque. Rick estava mais velho do que eu me lembrava, os traços mais ríspidos. O cabelo penteado de um jeito diferente. E então Katie se virou, e Katie me viu também. E Katie também registrou choque, e um tipo de desgosto. Ansiosamente, esperei que sorrissem para mim, acenassem, mas Katie não sorriu, e Katie não acenou para mim, exceto para fazer um gesto frenético e inconfundível — *Agora não! Agora não!*

Por um momento fiquei ali atordoada, imóvel. Mas Katie continuou a gesticular para mim, balançando a cabeça, franzindo a testa em alarme e exasperação — *Vai embora! Vai embora! Não é o momento certo, você não é bem-vinda.*

Cegamente dei as costas. Cegamente saí aos tropeços da igreja.

Que covarde! Fugi.

Safada

Aconteceu de forma gradual. De início, você achou que só podia ser um acidente.

Esfregando-se em você nas escadas, murmurando o que parecia ser *Desculpa!*

Abrindo a porta, surpreendendo você no banheiro. Quando tinha acabado de ver você entrando...

Em casa, na presença da sua tia, não olhava de forma alguma para você. Nas refeições, mal se dirigia a você, onde ele um dia tinha sido ao menos civilizado, amistoso. Agora, educado com dureza, fazendo cara feia. Comendo de cabeça baixa, enquanto mastigava a comida fazendo barulho.

E então, quando a tia não está por perto, encara você abertamente. A língua se estendendo no lábio inferior. Um sorriso brilhante.

Safada. Acha que eu não te conheço!

O rosto abrutalhado corado. Nariz inchado cheio de vasos estourados.

Gradualmente, desde Sandman. Desde a prisão, as manchetes nos jornais locais.

Gradualmente, ao longo do último ano, o seu tio (por casamento) Oscar Allyn havia começado a ficar fora de casa nas noites durante a semana. Chegando tarde do trabalho. Faltando refeições sem ligar para a sua tia antes.

A tia Irma está ciente dessa mudança. Perplexa, magoada. Estavam casados fazia tanto tempo — vinte e seis anos! Difícil para ela acreditar que o marido respeitável, confiável, razoavelmente educado, que ela achava que conhecia tão bem, estava se tornando uma pessoa diferente.

Nas escadas, quando passa no corredor do segundo andar, respira de forma audível, sem se importar que você escute, passando uma das mãos pelas suas costas — só um toque! Na lombar — toque fantasma. Aquele olhar no seu rosto (aquecido). A velocidade nos olhos castanhos, feito moscas pousando em algo podre e delicioso.

No seu quarto, na sua cama, quando você volta da escola, para a sua surpresa e choque tem uma revista com uma loira nua de peitos grandes na capa — *Hot Eye Kandy*.

(Você se livra da revista depressa. *Não* folheia para ver o que Oscar marcou só para você.)

Os livros didáticos, da biblioteca, Oscar parece ter folheado tudo, sublinhando palavras isoladas e aparentemente aleatórias em lápis vermelho, em um código indecifrável. Até o livro de matemática.

Você começa a ter medo dele. Seu tio (por casamento) que tinha sido tão taciturno, cortês, um pouco distante, mas amistoso o suficiente, durante anos.

Aquele olhar de desejo doentio. E ressentimento, raiva sub-reptícia.

Os lábios levemente abertos. O sorriso úmido. O sorriso de carne.

Deixando a camisa aberta — expondo a barriga gorda arredondada e coberta de pelos. Pelos opacos no peito, mamilos rosados.

Mamilos de homem! Uma vontade de rir incontrolável.

Abre a porta do banheiro que você acha que trancou — (será que Oscar mexeu na fechadura?) — apavorada, você tenta se cobrir com uma toalha:

— Vá embora! Me deixa em paz! Eu odeio você.

Com o rosto vermelho, o tio postiço murmura uma desculpa molenga.

— *Desculpa.*

Recuando rápido, achando que foi longe demais desta vez.

Assim como você foi longe demais, avançou para um ponto sem volta. Em vez de se encolher em silêncio, gritou alto *Eu odeio você*.

E agora, não há como voltar atrás.

Pensando que tem que ser culpa sua. É você, não Oscar Allyn.

Culpa sua que o marido da sua tia mudou tanto. No último ano. Agora que você tem dezessete anos e é "mais velha" — não é uma criança. Nos meses desde que Arnold Sandman foi exposto nos jornais e as pessoas haviam falado de pouca coisa que não fosse aquilo, reagindo com choque, nojo.

Aquela garota! Como pôde...

Não quis testemunhar contra ele, o que só pode significar que...

Nunca a perdoariam por se recusar a testemunhar. Por se recusar a lembrar. *Mas eu não queria lembrar.*

A moléstia havia entrado em você como um parasita buscando cavidades quentes e úmidas onde pudesse se apossar, florescer. Assim como o sr. Sandman se infiltrou em você sem o seu conhecimento e este desconhecimento permitiu que o espírito dele a invadisse por completo.

E então um dia. Irma se aproxima de você com timidez. Lábios apertados e ansiosos perguntando se o Oscar já "tocou" em você — em algum momento?

Era muito doloroso para a sua tia fazer uma pergunta daquelas. Humilhante.

A voz de Irma treme, ela pega a sua mão (fria, indiferente) na dela enquanto você balança a cabeça calada para *não*.

Não? Ele não tocou em você? Ou ameaçou tocar em você?

Você também está envergonhada. Ressentida de ser questionada. É como quando a sra. Herne questiona você, e a terapeuta, e as policiais (mulheres) insistindo que querem apenas *o melhor para você*, mas usam toda e qualquer evidência que conseguirem tirar de você contra você.

Mas não. Você não vai contar para a sua tia trêmula que o marido adquiriu o hábito de tocar, não você, mas a si mesmo, na sua presença. De início, também parecia acidental, involuntário, uma espécie de coçada mais forte na região da virilha, nada extensivo ou (aparentemente) deliberado. Como que de forma casual, mas então, aos poucos, com uma grosseria inequívoca quando não havia escolha senão passar perto do homem. E os sons sarcásticos saindo da sua boca:

— *Safada! Vio-let.*

Como se Sandman tivesse passado você para ele. E, no entanto, seu tio expressava choque e nojo imensos com a história de Arnold Sandman. Com seu jeito reticente, ele estava ultrajado. A tia Irma segurava as mãos, a tia Irma murmurava *Pobre criança, pobre garota* enquanto o tio Oscar murmurava *Pervertido! Deviam prender ele e jogar a chave fora.*

Você não vai contar à tia Irma que poucos dias atrás Oscar estava parado do lado de fora do seu quarto, bem cedo de manhã, antes de você sair para a escola, antes de ele sair para o trabalho. Cinto solto, calças abertas. Tão pega de surpresa que os seus olhos correram para baixo, chocada, consternada, incapaz de desviar o olhar. Pois você nunca havia vislumbrado o sr. Sandman sem uma peça de roupa, nem mesmo com a camisa parcialmente aberta. Nem mesmo com o cabelo desarrumado e úmido caindo na testa. Nem uma vez sequer.

E então — chocada ao ouvir a si mesma rindo. Um tipo de gargalhada nasal selvagem.

— Ah, o que é *isso*? Só pode estar de sacanagem.

De imediato, o tio cessou os movimentos obscenos que vinha fazendo com a mão, tocando-se. Acuando-se pelos seus olhos escarnecedores, humilhado.

Aconteceu tão rápido. Você nunca esperaria aquilo: uma sensação de poder. Que o homem pudesse ser atacado de uma forma tão particular a ele, sua masculinidade.

Você se dá conta: o poder que o homem tem sobre você é o de intimidação, de deixá-la envergonhada. Mas o poder que você tem sobre ele é o poder da risada.

Pois é muito engraçado. O pênis do homem, as coxas flácidas do homem de meia-idade, a carne atarracada entre as coxas pretendida como uma espécie de arma, mas murcha agora, indolente e derrotada. Risível.

Vai acontecer outra vez. Mais uma vez. Seu tio (bêbado?) parado nu e de pernas abertas sob a entrada do banheiro, onde não consegue evitar vê-lo, mexendo rápido no pênis, o rosto vermelho como uma máscara, os lábios tensos — seu instinto é de recuar, se afastar, mas, em vez disso, você ironiza como antes, ousando dar um passo à frente como se estivesse preparando um chute na virilha.

De novo, Oscar se retrai. Sua risada aumenta, o exclamar de um pássaro feroz. Seu escárnio com o velho é implacável, alegre enquanto grita para ele:

— Cuzão! Gordo escroto! Odeio você! Odeio, odeio, odeio você!

É deslumbrante, a animosidade súbita entre você e o homem adulto com quem você compartilhou uma casa por anos. A empolgação. Como uma cortina baixada que estivera escondendo algo surpreendente. Certa vez, você e o seu tio tinham gostado um do outro — ou quase. Tímidos um com o outro. Constrangidos. Não havia nada sexual no apreço dele por você — de forma alguma. Quase, às vezes, uma espécie de amabilidade desastrada — nada mais. Na sua indiferença adolescente, você mal notou o homem, era a sua tia Irma que te dava trabalho, pois era a tia Irma que queria tanto que você a amasse, que queria que o amor dela por você pudesse não ser o anseio inútil de uma mulher tola e sem filhos.

Ah, Lula. Estou tentando. É difícil...

A Violet era assim com você também? Às vezes, ela nem olha pra mim... E Oscar, ele está tentando também.

Era desconcertante se lembrar daquilo, de quando você foi morar com os Allyn, você e seu tio com frequência ajudavam a sua tia na cozinha, limpando a mesa depois do jantar, enchendo o lava-louça. Deixando a Oscar, o homem, a configuração dos botões e o iniciar apropriado do aparelho.

Oscar não encarava você de forma bruta naquela época. Você não tinha medo dele naquela época. Você teria ficado surpresa ao ouvir que, um dia, o homem (bem-intencionado) (profundamente entediante) com quem a sua tia tinha se casado seria merecedor do seu ódio.

Não querendo pensar — *Mas fui eu. Eu causei isso.*

Quando a sua tia volta, Oscar já tinha saído de casa. Chocada, Irma pergunta onde ele pode ter ido, logo antes da janta?

Você diz a ela que não sabe. *Nem ideia.*

Mas ele disse quando voltaria?

Não. Não disse.

Conforme o júbilo desaparece, conforme o coração bate com menos audácia, você começa a se sentir culpada. *Safada.*

Depois disso, Oscar evita você. Visivelmente. Mas Oscar também evita a esposa.

Ele não vai mais à igreja com Irma. Nos domingos pela manhã, Irma dirige sozinha para a igreja.

Esse é o momento perigoso: você sozinha em casa com o seu tio. Assim que se dá conta, também sai de casa. Caminha rápido, é capaz de andar por quilômetros. Começa a correr, animada. Lembrando-se de como tinha corrido desesperada para o funeral do seu avô. Que esforço desnecessário.

Você não é bem-vinda. Vá embora!

Você se pergunta se é hora de ir embora de novo. Você se pergunta se a tia Irma vai pedir para que vá embora. Ou se deve permanecer com ela, já que ela ama você.

No mundo todo, é Irma quem ama você. Ainda assim, você entende que Irma não faz ideia de quem você é, e, se soubesse, se afastaria com nojo.

Oscar entra num padrão de chegar tarde em casa do trabalho. Mesmo aos sábados ele desaparece por horas. Irma é impotente para confrontá-lo. Irma está atordoada, perplexa. Você pensa numa vaca que foi atingida por uma marreta a caminho do abate. O cérebro está aniquilado, as pernas colapsam. Irma se mantém de pé por pura força da vontade.

Você ouve Irma falando ao telefone com parentes, amigos. No entanto, você tem a impressão de que ela não fala com a sua mãe. Uma gaguejante voz feminina. Uma voz que sugere empatia, pena. Mas também impaciência.

É culpa sua, é o que você pensa. *Safada.*

E a sua tia tentou tanto amar você. *Você!*

Fora de casa por horas e quando Oscar enfim aparece depois das onze da noite seus pesados passos trôpegos nas escadas lembram você dos passos do seu pai que você ouviu quando criança, deitada na cama de olhos arregalados.

O olhar magoado no rosto da tia lembra o olhar magoado no rosto da sua mãe, no qual você não pensava fazia muito tempo.

Fugaz, uma ideia ocorre a você, aquele homem poderia machucar você se quisesse. Bastante.

Se tivesse bebido e estivesse fortalecido pela bebida. Não é sempre que vocês dois ficam sozinhos em casa, mas às vezes acontece, apesar da sua vigilância.

Estaria protegida no quarto com a porta trancada (você acha), mas a porta não tem tranca. Arrastar uma cadeira na frente da porta é patético demais, você está pensando. (Ou será que não?)

A porta do banheiro tem tranca, mas é solta, pouco confiável.

Os passos, a presença dele do outro lado da porta. Não consegue se concentrar em cálculo. Será que existe algo tão absurdo quanto *cálculo* — desenhos em uma folha de papel que poderia ser amassada pelas mãos de um homem.

Você começa a suar com a possibilidade de que ele fará você pagar por ter rido dele. É um insulto imperdoável — rir do homem, da masculinidade dele, insuportável para ele.

Se quiser, ele pode abrir a porta com um empurrão. Se tiver uma cadeira na frente dela, Oscar poderia (provavelmente) jogar a cadeira longe. O corpo dele é mole e caído, e, ainda assim, Oscar Allyn é forte, você o viu levantar objetos pesados para Irma, um banco de pedra no quintal que ela pediu para mudar de lugar, sacos de fertilizante, sal na calçada no inverno.

Oscar tem facilmente cinquenta quilos a mais do que você. Esteve bebendo, está reunindo a sua força. Seu desespero, seu desgosto. Como você o emasculou com a sua risada estridente. Se Oscar quiser, ele vai se jogar sobre você, fazendo com que grite de outro jeito. A sua risada sarcástica que o homem não foi sensível o suficiente para entender será a risada da histeria que será silenciada para sempre. Ele vai machucá-la entre as pernas da forma que puder, cutucando você, os dedos crus, as unhas afiadas. Ou possivelmente com um objeto, sua escova de cabelo. O cabo da escova de cabelo plástica, enfiado dentro de você.

Safada. É disso que você gosta.

Ou se possivelmente o homem tiver uma ereção. Se o homem conseguir sustentar uma ereção. *Este* será o seu triunfo, aniquilar você por completo.

Seja lá o que for, esta vingança. Você não a registrará por inteiro, não viverá para se lembrar dela. No júbilo, ele vai acabar com a sua jovem vida, um travesseiro arrancado da cama enquanto você se debate desesperada, a boca gritante esmagada contra o travesseiro, implorando e suplicando, muda.

Tudo isso é a prerrogativa masculina. Você aprenderia ao ver da porta seus irmãos jogando videogames. *Mata! Mata! Mata esse cara!* Com certeza você sabia, quando Lionel empurrou você nos degraus congelados, rezando para que arrebentasse o crânio.

Do outro lado da porta, o homem tenta ouvir o som da sua respiração acelerada, assustada. Com anseio, o homem ouve o silêncio do seu medo que é uma espécie de reverência, um reconhecimento de poder.

Será que vai sufocar ou estrangular você? Será que vai se forçar entre as suas pernas, será que vai estuprar você, ou será que vai simplesmente cutucar e beliscar dentro de você com os dedos, em uma fúria de impotência, atirando você de volta na cama barulhenta, deixando para você a sua vida degradada, como se não valesse a pena tirá-la...?

Num transe de pânico você não respira tem algum tempo. Uma das fantasias reconfortantes desde que começou a viver em exílio tem sido a de que você é uma criatura marinha, de corpo mole e sem ossos, protegida dentro de uma concha e (talvez) seja uma linda concha estriada que se camufla entre as redondezas de algas, invisível aos olhos dos predadores, e a criatura dentro da concha não consegue ouvir nada do mundo externo, concentrada no seu próprio batimento cardíaco e no correr do seu sangue... Nessa fantasia você tem apenas que fechar os olhos na escola, em uma sala de aula. E quando está sozinha.

Mas é inescapável, você não está sozinha agora.

Presa no seu quarto (no segundo andar). Na casa com a pessoa que quer muito derrotá-la, corrompê-la, e uma vez corrompida terá que ser morta, pois ele não pode arriscar que você conte a alguém; é o movimento fatal da vítima, *contar*.

Apesar de que talvez ele esteja pensando — *Ela não contou para ninguém sobre o outro. O pervertido.*

Você permanece imóvel. Não reza, mas se concentra em permanecer imóvel, mal ousa respirar, talvez o homem volte a si, como dizem; se compadecerá, pensará duas vezes, dará um passo para trás sem tocar na maçaneta e abrir a porta com um empurrão.

Em vez disso, depois de muitos minutos de silêncio, tensos como um fio esticado a ponto de romper, ele vai decidir passar com apenas um baque na porta, com a palma da mão, um gesto que poderia ser interpretado como jocoso, paternal e brincalhão — *E aí, Vi'let! Sou eu.*

Mas, eventualmente, Irma descobre. Apesar dos estratagemas do marido e a determinação da sobrinha de não *contar*, ela descobre. É claro que fica profundamente abalada, atordoada.

Seu casamento! Seu precioso casamento!

O marido Oscar Allyn, de quem ela se orgulhara tanto, que era o *seu marido*. Que tinha conseguido, aos quase trinta anos, um *marido*. Pois Irma havia passado sua mocidade em um transe de pânico de ficar para trás — nunca noivar, nunca se casar. A irmã mais modesta, mas não a mais inteligente. A *menina boazinha* — destinada a ser virgem por toda a (longa) vida. Seu destino seria o das filhas nascidas em grandes famílias irlandesas, *tias*, *solteironas*, que os outros subestimam, olham de cima, têm pena.

Ela não aguentaria aquilo naquela idade, além dos cinquenta. Perder o marido. O homem.

E ainda assim, a vergonha do comportamento do homem com a filha da irmã, sob o seu próprio teto — a garota que ela esperara proteger e acalentar! Ela reza para a Virgem Maria por conforto, conselho: o que deve fazer?

Possivelmente, Irma fala com o padre na confissão. Você não sabe quem ele seria, pois nunca se confessou na igreja da Irma.

Não é claro o que precipita a crise. Possivelmente a tia Irma, de jeito dócil, com medo de levantar a voz, envergonhada por uma piada mais ousada na televisão, resolve ainda assim confrontar o marido (bêbado) em uma das noites em que ele chega tarde em casa.

E possivelmente, o marido se recusa a respondê-la, ou num surto de fúria nega em voz alta "tocar" — "ameaçar" — a sobrinha de uma forma que ela entende que — é claro — ele é culpado.

É claro que a Irma sabia. Lenta na percepção, mas era inevitável. A tensão entre o marido e a garota, silêncios tensos nas refeições, os olhares hostis. O rosto corado do marido e olhares fuzilantes, os modos taciturnos da garota. Ora, o marido e a garota não estão se falando! Ela enfim entende.

E tem o humor atrapalhado de Oscar. Tentativas de humor. Olhando para Irma, mantendo o olhar fixo nela mesmo que (ela quase consegue pressentir isso) esteja profundamente ciente da outra na mesa, a garota. Um sorriso atrapalhado. Sem se dirigir à garota na mesma mesa que eles. Um olhar doentio, o rosto caído, o queixo.

Ele ficara obcecado não com a garota, a "sobrinha" pelo acidente do casamento, mas com as possibilidades levantadas nela por outro: o famoso pervertido Sandman.

A beleza do apodrecimento, da fosforescência. Uma sujeira indizível, para além da compreensão. Certos venenos que impressionam a língua, doces no início — irresistíveis.

Ninguém sabia exatamente o que Sandman havia feito com a garota. Muito era especulado, mas nada sabido. Nem a própria garota sabia. Não seria essa a parte mais deliciosa da equação, que a própria garota não sabia?

Ainda assim era um fato na comunidade, como um batismo.

E então, um dia, Irma confronta a garota:

— Violet, tenho algo pra contar pra você, por favor, não saia correndo escada acima.

"Violet, adeus!"

Nunca tive a chance de dizer *adeus* para a minha família.

Nunca tive a chance de dizer *adeus* para Geraldine Pyne, eu a amava como a uma irmã.

Nunca para os meus professores do sétimo ano. Em especial, a sra. Micaela que foi tão gentil comigo.

Nem sequer um deles disse as palavras que eu queria ter ouvido e que poderia apreciar ao acordar no meio da noite, incerta de onde estava — *Violet, adeus!*

Minha mãe saindo depressa do *abrigo* para esperar Miriam no carro. Sem um olhar de relance, nenhum choro de arrependimento, remorso.

Meu pai se recusando a me visitar no abrigo por medo (Miriam me contaria) de que ficaria tão furioso comigo que, ao alcance dos ouvidos dos outros, teria sido preso na mesma hora.

E então, eu estava grata que a tia Irma diria *Violet, adeus!*

Que a tia Irma me abraçaria e choraria sobre mim:

— Violet, eu te amo.

Adeus!

Minha tia tinha tomado a difícil decisão: ela mandaria o marido Oscar sair de casa.

Ela me surpreendeu ao dizer que tinha conversado com um advogado. Não porque precisava explicar ao advogado o motivo pelo qual estava pedindo ao marido para sair de casa, por qual motivo específico, mas porque precisava saber a lei a respeito de "separação" — estabelecer residências legais separadas.

Se separar? Do Oscar? *Divórcio?*

Divórcio, não. Irma achava que não. Mas a Igreja permitia *separação legal*.

Naquela noite, quando ele voltasse, ela lhe diria. Ele tinha que sair da casa.

Por quê...? Ele saberia.

Com certeza. Ele saberia.

Apesar de Oscar ser dono da casa também. Apesar de Oscar sustentar a casa. Apesar de Irma e Violet, esposa e filha (não oficialmente) adotiva serem financeiramente sustentadas por Oscar.

É melhor assim, disse Irma com coragem.

Agitada pelo nervosismo, pela empolgação, pela apreensão. Se eu tocasse na minha tia, era capaz de ser atingida por um choque pequeno.

Mas, mesmo naquele momento, ela desviava o olhar. Porque não me contaria as suas suspeitas. Porque tinha me perguntado, semanas antes, mais de uma vez havia tentado tirar de mim o que estava acontecendo na casa de repente tensa, o que Oscar dissera, ou fizera, ou sugerira fazer, ou ameaçara fazer — ela tentara me questionar, do seu jeito discreto, e eu insistira que não havia nada de errado.

Ia fazer uma mala para ele, naquele exato momento. Duas malas.

Tinha ligado para um hotel no centro, reservado um quarto: *Oscar Allyn.*

Porque ele *tem que sair hoje à noite.* Não toleraria a ideia de dormir sob o mesmo teto com o marido nem mais uma noite.

Ela estava agitada, as mãos balançavam e tremulavam. Tão resoluta que eu não teria acreditado ser capaz. Pensando, com admiração — *Lula não seria tão forte.*

Mas tive que dizer a ela, não. Acho que não.

Disse a ela que seria eu quem partiria, não o meu tio. Pois aquela era a casa dele. Ele deveria ficar na casa dele.

Minha resposta chocou Irma. Não sei o que esperava de mim, não tinha sido aquilo.

Sim, eu partiria. Era melhor eu do que o tio Oscar.

Com calma contei a ela. Como se fosse uma decisão a que eu chegara independente da dela.

No resto da tarde Irma e eu conversamos. Com tanta franqueza, com tanta liberdade, com a qual nunca tínhamos falado antes.

Na semana seguinte, eu faria dezoito anos. Uma vida inteira havia precedido esse aniversário. Eu não era *jovem* e com certeza conseguia morar sozinha. Eu moraria em Port Oriskany por um tempo, visitaria Irma com frequência.

De início, Irma não quis ser dissuadida. Ela havia ensaiado as palavras que diria a Oscar. Nada mais e nada menos. Apenas o que ele precisava saber. (Não que qualquer um o tivesse acusado de qualquer coisa. Como qualquer homem culpado, Oscar provavelmente não perguntaria.) Por tanto tempo ela havia contemplado aquela grave decisão, o mero ato de ligar para um advogado havia requerido uma coragem enorme da parte dela. Para fazer a escolha certa da mesma maneira como *fazia uma cama* — metodicamente, perfeitamente, todas as dobras alisadas.

Uma vez feita, ela não queria *desfazê-la*.

Mas então, aos poucos, Irma fraquejou. Era a minha hora de sair de casa — da casa dela. Não havia nada de errado entre o tio Oscar e eu — de verdade.

Logo, eu partiria para a universidade. Uma bolsa de estudos na Universidade St. Lawrence, a quinhentos quilômetros de distância.

Eu havia planejado trabalhar no verão. Queria me sustentar. Ela e o tio Oscar haviam me sustentado por anos. Agora era o meu momento de sair.

Lágrimas brilharam nos olhos de Irma. Entendi que ela havia compreendido.

— Ah, Violet! Você ainda é tão jovem...

— A mamãe se sustentou limpando casas quando tinha a minha idade, até menos. Mas acho que você sabe disso.

Irma me encarou de um jeito engraçado.

— Ela se sustentou *limpando casas*? A Lula?

— Não?

— Quando foi isso?

— Quando ela tinha uns dezesseis anos...

— Dezesseis anos! Acho que não, Violet.

— Mas... a mamãe me disse que...

— Isso é absurdo! Nenhuma de nós foi... faxineira ou empregada... Não éramos tão pobres.

— Mas...

Irma balançava a cabeça, franzindo a testa como se achasse o assunto de mau gosto.

De qualquer forma, a decisão parecia tomada: eu partiria, Oscar ficaria.

Era certo e justo: os Allyn permaneceriam juntos.

Somente quando eu estava me preparando para partir que senti uma súbita enchente de sentimentos pela imaculada casa de tijolos bege na rua Erie, em Port Oriskany. Uma saudade daquilo do que eu estava abrindo mão. E pela minha tia Irma, que me abraçou forte, me molhando com as suas lágrimas.

— Violet, adeus! Eu te amo, querida. Vou sentir tanto a sua falta. Mas você tem razão, é hora de você sair de casa.

III

A cicatriz

Você encara a cicatriz na minha testa. Estou vendo.

Não tem certeza se é realmente uma cicatriz, ou uma marca de nascença, ou um tipo de tatuagem exótica.

É claro, você não vai *perguntar*. Não até nós nos conhecermos melhor, e até mesmo assim talvez fique tímido, talvez hesite, imaginando que sou uma pessoa temperamental, que eu poderia *morder*.

Pode tocar na cicatriz, se quiser. É suave ao toque como algo diferente da pele humana. Uma *pele ainda por nascer,* talvez.

Muito suave, fascinante. Apenas um pouco repulsiva.

Aqui, me dê a sua mão! — Sei que tem curiosidade.

Seu toque na cicatriz me faz tremer, estremecer. É muito *erótico*.

Com frequência, sem saber o que estou fazendo, eu mesma toco a cicatriz. As pontas dos dedos encontram o caminho exato para o tecido explosivo ultrassuave na entrada do cabelo, apenas para tocar, afagar. Confirmar.

Sim. É real. Tudo que aconteceu comigo é real.

Uma sensação feito chamas toma conta de mim. Seios, virilha. A respiração vem rápido, há um rubor no meu rosto.

Tudo, tudo é real.

Como foi que aconteceu, você anseia por saber.

Uma cicatriz visível é o caminho para a cicatriz secreta entre as coxas femininas que tem um poder muscular terrível de se fechar como uma concha.

Lá está a cicatriz secreta que você tanto almeja, vejo em seus olhos.

O lugar mais secreto. Úmido, inflamável, o profundo pulso latejante.

Um homem vê uma cicatriz tão voluptuosa e seu primeiro pensamento é: *Me deixe provar com a língua. Me deixe aprofundar isso. Me deixe fazer isso sangrar de novo.*

É um benefício seu, permitir que ele pense: *Só eu sei como.*

A toca

Ela nunca tinha implorado, acho que não. Aquela maneira de dizer *Me ajuda aqui, por favor? Vamos lá.*

Contraindo os lábios para um beijo.

De modo que você pensava que era um jogo, que podia brincar com a mamãe, só vocês duas. Os outros que fossem para o inferno, a mamãe ria para que você soubesse que ela não estava magoada.

(Bem, às vezes Miriam e Katie ajudavam a mamãe com o jardim, e às vezes os seus irmãos também, mas na maior parte do tempo você se lembra da mamãe e *você*.)

Estendendo folhas de jornal no chão para que você pudesse se ajoelhar, como a mamãe fazia. Arrancando ervas daninhas, podando. Enchendo um cesto gigante que seria esvaziado nos limites da propriedade. *Adubo*. Onde sob alguns centímetros de folhas dissecadas e terra, seus irmãos um dia enterrariam o taco de beisebol que haviam usado para matar Hadrian Johnson, aquele que não tinham se dado ao trabalho de limpar por completo.

Até os seus braços doerem, a sua visão ficar turva sob o sol brilhante, vendo sóis e luas em miniatura dançando por toda parte.

Tão ocupada com a casa e as crianças, Lula não conseguia cuidar do jardim com frequência. Esperançosa no começo do verão, plantando sementes em fileiras metódicas, colocando plantas no viveiro, e então, em algumas semanas as ervas daninhas começavam a sufocar tudo, ela não conseguia manter o solo lavrado, regado. Matinhos, lesmas. Besouros. Todo maldito verão a mesma coisa.

Ela chorava. Xingava. Sete crianças! — e o marido.

Mais tarde, o avô iria morar com eles. Reclamando, olhando com lascívia para as pernas dela em shorts que deveriam ser calças, o *velho patife* tinha uma boca suja e era tão desgraçado que dava vontade de rir.

Ela tinha rido, na maior parte do tempo. Até não rir mais.

De manhã cedo, a mamãe às vezes avistava uma marmota no jardim, uma criatura gorda e peluda, surpreendentemente rápida, se atropelando para fugir, enquanto a mamãe corria atrás da criatura agitando as mãos e gritando: *Sai daqui! Que droga!*

Gritos de dor, raiva, incredulidade ao descobrir o que a marmota havia devorado naquela manhã.

A garotinha ficava arrasada de ver a mãe tão chateada. A mamãe no seu jardim chocada com o dano, lágrimas correndo pelas bochechas. Pés de zínias em brilhantes cores alegres devastados — apenas algumas pétalas caídas pelo chão. Pés de tomates devastados, começando a dar tomates verdes redondos e duros como bolinhas de gude recentemente. Algumas plantas tão destruídas que nem dava para identificá-las.

A mamãe sussurrando palavras que não podiam ser sérias (podiam?)...

Não posso ter nada! Nada! Toda coisa idiota que eu quero tiram de mim.

A garotinha sabia seu lugar em momentos assim. Tentando evitar que o olhar fuzilante parasse nela.

E você! Todos vocês! Vão todos pro inferno...

De verdade, a garotinha não se lembraria de tais explosões. Brilhantes lágrimas raivosas no rosto da mamãe, ela não se lembraria. Anos em exílio vendo o próprio rosto brilhante e raivoso em espelhos inesperados, às vezes até mesmo na presença de estranhos que não a conheciam, nem nunca a conheceriam, nem mesmo seu nome.

Olhando de forma exaltada. *E você. Todos vocês. Vão pro inferno.*

Ok, mamãe, deixa comigo.

Ele tinha rido, era uma espécie de piada. Matar a marmota era algo atraente para Jerr, dava para ver.

A essa altura, havíamos tentado gritar com o animal. A garotinha e a mãe. E, às vezes, Katie. E, às vezes, Miriam. Batendo as mãos, correndo atrás do bicho. Com veemência desastrada, a mamãe tinha corrido atrás do animal assustado com um rodo, batendo o rodo com força. Resmungando, enquanto o rodo saltava nas suas mãos mesmo enquanto a marmota escapava com facilidade.

Correndo pesadamente, mas rápida. Desaparecendo numa toca nos limites da propriedade.

Jerr tinha um plano grandioso, que tinha aprendido em algum lugar: afogar o predador do jardim na toca. Claro, ele preferia estraçalhar o filho da puta com tiros de espingarda, mas ele não tinha uma espingarda, nem mesmo um rifle, apesar do papai ter um rifle em algum lugar na casa, descarregado e escondido dos filhos. Então, Jerr prendeu a maior mangueira do jardim a uma torneira nos fundos da casa, arrastou a ponta até a toca (que a garotinha tinha mostrado pra ele) e ligou a água com toda a força enquanto a mamãe observava a uma distância pequena.

Com igual apreensão, nós assistíamos. Katie e eu. Não queríamos ver o animal afogado, mas também não queríamos ver a mamãe chorando e queríamos que ficasse feliz.

Na boca da toca, Jerr se agachou espiando a água correndo para dentro. Ele usava um boné de beisebol encardido, virado para trás. Vestia uma camiseta preta suja, shorts. Não tinha mais de treze ou catorze anos, mas já lembrava o nosso pai. Indiferente, ignorante da dor alheia.

A água continuou a jorrar da mangueira e toca adentro, barulhenta. Ou a água afogaria a marmota ou a assustaria de lá, e Jerr a mataria com uma pá — era esse o plano. Mas depois de alguns minutos de suspense a água começou a transbordar do topo da toca, como vômito. Nada de marmota.

Ah, merda. Que merda. Está aí... Eu vi...

A mamãe se desmanchou em lágrimas. Indignada, derrotada.

Porém, mais uma vez, em outra manhã, Jerr tentou de novo com a mangueira, toca, água jorrando. E de novo nada de marmota.

(Nem o irmão ou a mãe sabiam: a pequena Violet havia — ousadamente — levado Jerr para a toca errada.

Havia diversas tocas no quintal que eram fáceis de serem confundidas. Jerr nunca soube a diferença entre elas e, aparentemente, nem a mamãe.)

Como o meu irmão morreu? Um guarda DA PRISÃO *deu um tiro nele.*

Disseram que os presos em Marcy haviam feito uma "rebelião" e que tinham tentado fazer os guardas de reféns. Mas eles estavam em número menor. Derrubados a tiro.

Tinha trinta na época. Bom... quase trinta e um.

Estranho pensar que ele viveu tanto — era só um garoto da última vez que o vi.

Por que ele estava na cadeia...? Homicídio.

Em bares, divertindo homens com as histórias da minha família. Minha vida perdida. Era fácil encantar os homens quando são um pouco mais velhos que você. Nunca digo a eles que dois dos meus irmãos foram presos pelo homicídio de um jovem garoto negro. Nunca digo a eles o meu sobrenome. Se dou a eles um sobrenome, não é Kerrigan, é Allyn. Mas, em geral, não digo a ninguém o meu sobrenome e, em geral, ninguém pergunta.

São Valentim

Todo fevereiro eu mandava um cartão no Dia de São Valentim para a família de Hadrian Johnson, que continuava morando na rua Howard, 29, South Niagara. É um gesto cerimonial, acho. O dinheiro incluso nunca é muito.
Eu não sou uma pessoa sem valor, sou? Essa é a prova.
Ninguém sabe. Não tem ninguém na minha vida para saber. Nem mesmo os Johnson sabem quem manda o cartão, uma vez que está apenas assinado como *Da sua amiga.*
Quaisquer notas de valores pequenos que eu conseguisse economizar numa gaveta nos últimos doze meses, eu botava dobradas com cuidado dentro do cartão para os Johnson.
Podia ser trinta dólares. Poderia ser sessenta e cinco. Este ano, noventa e dois dólares. Espero ansiosa pelo momento em que possa ser mil dólares. Cinco mil!
Mas isso não vai acontecer por um tempo, acho.
É a mãe de Hadrian Johnson, Ethel, quem está listada no diretório de telefones como a residente na rua Howard, 29. É provável que outros membros da família morem com a sra. Johnson, possivelmente as irmãs nomeadas no obituário, possivelmente um ou mais irmãos. Talvez uma avó. Avós. Claro, não tenho como saber. O obituário não mencionava um pai.
É Ethel Johnson quem imagino enquanto preparo o cartão. A mãe de Hadrian que eu tinha visto na televisão. *Por que alguém iria querer machucar Hadrian, que era tão gentil com todos? Hadrian, que amava tanta gente...*
Fecho os olhos e vejo o rosto de Ethel Johnson marcado pelo luto. Vejo o rosto jovem de Hadrian Johnson.
Preciso me concentrar mais para visualizar os rostos dos meus irmãos Jerome Jr. e Lionel do que para visualizar esses rostos, de pessoas que nunca conhecera. Um esforço ainda maior era necessário para o meu próprio rosto, que havia ficado borrado na memória.
Seria um gesto inútil, mandar dinheiro para a família Johnson? Seria tolo, vão, ilusório? Desesperado?

Todos aqueles anos desde que saí de casa eu ainda carregava o obituário do *South Niagara Union Journal* comigo. Não preciso relê-lo, pois eu o sabia de cor. (Inclusive o erro de ortografia no nome de Hadrian.) Memorizei o rosto do garoto Hadrian Johnson, aos dezessete anos na foto.

O recorte se tornou amarelado, rasgado. Mesmo sendo guardado com cuidado e dentro de um envelope.

Nenhum outro recorte de jornal. Nada para me lembrar daquele tempo!

O envelope (sem marcações, comum) contendo o obituário, como as pequenas notas que junto ao longo de doze meses para enviar a Ethel Johnson, é guardado num lugar secreto onde quer que eu more, pois não quero que ninguém o encontre.

Como todos os meus segredos, provavelmente não será revelado.

Os cartões que envio aos Johnson são feitos em casa: papel-cartão, corações cortados acetinados e carmesins. Escrito em canetinha metálica prateada FELIZ DIA DE SÃO VALENTIM! *Da sua amiga.* Você pensaria que alguém jovem, possivelmente até mesmo uma criança, havia feito o cartão (grande demais) pois tão obviamente é um trabalho amador. Pode perguntar *Mas por quê? Quem é? E por que dinheiro?*

Estupefatos com o carimbo do correio que não é de South Niagara.

É provável que os Johnson deduzam (se é que deduzem qualquer coisa) que o cartão era enviado por alguém conhecido. Alguém que havia morado na vizinhança, mas que se mudou.

Uma garota que ia à escola com Hadrian. Talvez estivesse apaixonada por ele, mas guardou isso para si.

Garota negra, é claro. Não branca.

A primeira vez que mandei um cartão de Dia de São Valentim para os Johnson, tentei compor um bilhete explicativo. Eu não queria parecer grosseira ou misteriosa mandando um cartão de Dia de São Valentim para estranhos e assinando apenas *Da sua amiga.*

Conheci Hadrian na escola. Penso nele e ainda sinto falta dele. Sinto muitíssimo pelo que aconteceu com ele e espero...

Joguei fora. Tentei de novo.

Eu não era da classe de Hadrian, mas eu o via jogar basquete e...

Não. Eu não tinha ido à escola com Hadrian Johnson, eu nunca o tinha visto jogar basquete. Nunca o tinha visto conscientemente.

Nunca conheci Hadrian, mas todos que o conheciam o admiravam tanto. Rezei pela sua família. Espero que você e a sua família acreditem que houve algum tipo de "justiça"...

Não. Sem reza. Sem justiça.

Desisti, então. Pois não existem palavras.

E que consolo seria para os Johnson, que algum tipo de "justiça" tivesse sido feita. Quatro garotos (brancos) condenados por homicídio, mandados para a cadeia. Se Jerome Jr. e Lionel tivessem sido sentenciados à prisão perpétua ou à pena de morte, isso não traria Hadrian Johnson de volta...

Imaginava que os Johnson não sentiam prazer algum em saber que os assassinos do seu filho tinham sido mandados para a prisão. Nenhum prazer em saber que o garoto Kerrigan mais velho, o que (supostamente) usou o taco, foi morto na prisão; ou que os pais dos assassinos estão muito tristes, suas vidas alteradas de forma irrevogável.

Os Johnson são cristãos, tenho certeza. A não ser que a morte de Hadrian tenha minado sua fé em Deus.

Sim, realmente rezei por Hadrian Johnson e pela sua família, e pela minha família também. Pelos meus irmãos. Aos doze anos de idade, não mais acreditando de verdade em reza ou em um Deus que ouvia as rezas, ou até mesmo em um Deus, imaginando (na maior parte do tempo) que Deus era apenas mais um truque de adulto para que nos comportássemos como os outros queriam.

Se vocês estão se perguntando quem sou eu e por que escrevo — Sou a irmã dos irmãos Kerrigan, Jerome Jr. e Lionel. Fui eu que contei à polícia sobre o taco de beisebol. Eu sou a "informante" — a "rata".

Mas nunca poderei escrever essas palavras. Não tenho uma maneira de falar com a minha própria voz.

Já que não há endereço de remetente no envelope com o cartão, Ethel Johnson nunca me escreverá para me agradecer. Se tivesse vontade de agradecer.

Assim, nunca vou me sentir menosprezada ou magoada.

Ou talvez Ethel Johnson devolvesse o dinheiro se tivesse o meu endereço. Ao perceber que tinha sido enviado por uma pessoa (branca) com a consciência pesada. *Obrigada, mas não estamos necessitados. Por favor, não nos escreva mais.*

Assim que envio o cartão para a família Johnson o ar ao meu redor fica mais vivo.

É 11 de fevereiro. Frio de matar em Watertown, no rio Saint Lawrence perto da fronteira canadense, com um vento que leva a temperatura para abaixo de zero.

Não deve demorar mais do que dois dias para o cartão ser entregue na rua Howard, em South Niagara. A tempo do Dia de São Valentim.

Como de costume, tomei cuidado para colocar não um, não dois, mas três selos de envio prioritário no envelope, que é grande demais e notavelmente grosso, cheio de notas.

Como me sinto renovada! Um painel parece estar se abrindo no céu escuro.

Fico leve, efervescente. A sensação pesada desaparece dos meus braços e das minhas pernas.

São esses os momentos em que me sinto mais viva. Fico esperançosa. A visão quase fica precisa demais.

Noto coisas que de outra forma passariam num borrão de distração — um lindo grafite laranja-neon rabiscado em um edifício, feito um hieróglifo, pássaros chapins-de-cabeça-negra num fio de eletricidade com as penas abertas duas vezes o tamanho natural. Acima do rio, nuvens fofas horizontais do tipo chamado *cirrocumulus*. O som do vento nas árvores — *sussurrando*.

Rostos estranhos, surpreendentes e belos.

Olhos estranhos, surpreendentes e belos.

Os outros dias são abafados e borrados, e passam como se eu estivesse embaixo d'água. Tenho que me arrastar para atravessá-los. Tenho que me forçar a respirar.

O objetivo é *me manter viva*. Hoje, sinto que é possível.

Me mantendo viva

Pegar dinheiro de um homem. Nunca tem exatamente uma primeira vez.
Pois no começo pode ser (apenas) uma *gorjeta*. Então, ele compra bebidas. Ele paga por refeições. Ele paga por ingressos. Ele paga pela gasolina, ou pelo estacionamento. Ele pressiona as notas na sua mão (não relutante).
Mais tarde, ele dá um presente. É formal. Uma ascensão, uma declaração. Olhando para o seu rosto enquanto você abre o papel dourado e ondulado, embrulhado por um vendedor, imaginando o prazer que ele está causando a você, um prazer que se transforma em um prazer que corre nas veias dele como fogo líquido.
Ah, obrigada...
O homem não quer apenas gratidão, mas uma prova de que você está surpresa, sobressaltada, mexida, como se ele tivesse tocado dentro de você com os dedos.
... obrigada, eu não esperava... por isso.
Como quando se faz amor, quando ele se apoia nos cotovelos para observar o seu rosto. Alerta e invejoso precisando saber o que você está sentindo, o que está acontecendo com você, o que ele está fazendo acontecer em você que é excitante para ele, emocionante para ele porque é ele quem está causando isso, o macho penetrando a fêmea, a fêmea empalada sobre o macho, impotente em subordinação à energia apaixonada e acionada pelo macho, extinta, aniquilada.
... amo amo amo você.

Mas também, o cliente me pagou pelo meu trabalho. Através da agência, eu estava *ao seu dispor*.

Aqui está, querida. Pra você!
E:
— *Pode ficar com o troco, princesa.*

E:
— *Sorria, docinho! Assim é melhor.*
Eu era uma estudante universitária. Eu só podia trabalhar meio período. Em geral por um salário mínimo, ou menos.

Dando preferência àqueles tipos de empregos (sem experiência prévia necessária) que envolvem *gorjetas*. Garçonete, atendente, secretária.

Eram trabalhos naturais para jovens fêmeas. Trabalhos inevitáveis. Não uma serva, mas sim, servil. Às vezes, você usa um uniforme colorido com uma insígnia gravada em relevo no seio direito. Às vezes, o uniforme fica bem no seu corpo, às vezes nem tanto.

Às vezes, você usa um top decotado, saia curta de tecido brilhante que mal cobre a bunda. Pernas envoltas em meia-calça escura. Ou pernas nuas mantidas meticulosamente depiladas, brilhantes na sua palidez na luz opaca do restaurante/bar, como peixes que nadam devagar.

A mão (masculina) repousando na sua lombar. Ou uma série de leves tapinhas avunculares na lombar.

As *gorjetas* dependem da generosidade dos clientes. Até certo ponto, da sobriedade dos clientes.

No entanto, é verdade que se os clientes são homens, e se você puder acalentar os seus corações com um sorriso, ou atiçar os seus órgãos genitais, talvez eles lhe recompensem.

Isso é pra você, querida. Muuuito obrigado!

O que você perde em dignidade você ganha em gorjetas.

Ou o que você ganha em gorjetas você perde em dignidade.

Por fim, sugerem a você que limpar casas paga mais do que ser garçonete. Bem menos interação com o cliente.

É uma categoria diferente de trabalho feminino. Mais difícil fisicamente, apesar de não ser exatamente sem experiência requerida. Se estiver contratada através de uma agência confiável e conseguir trabalhar com rapidez e eficácia, não vai se sair nada mal.

Você engole em seco, ponderando. Parece haver, no trabalho de limpezas residenciais, uma espécie de segurança, *lar*. Os clientes seriam revelados com antecedência, não seria como os clientes aleatórios de um restaurante ou de um bar. Os clientes seriam, você quer pensar, confiáveis.

AGÊNCIA DE DIARISTAS MAID BRIGADE DE CATAMOUNT COUNTY. Os outdoors com desenhos de empregadas domésticas são tão encantadores!

Como estudante universitária em meio período, você vai às aulas de noite. Muito depois que a bolsa (da qual você tanto se orgulhara: esperando que os seus pais notassem) havia sido cancelada, já que você se transferiu para outra universidade.

(E por que você pediu transferência da Universidade St. Lawrence...? Com certeza não foi para sabotar a própria carreira universitária?)

(Muitos rostos familiares em St. Lawrence. Tendo que se esconder de sorrisos surpresos, olhares. Repentinamente incapaz de ficar *no lugar que você está*, e desesperada para ir embora, se mudar, começar de novo, *num lugar em que seja desconhecida*.)

Com isso, nacos de tempo se perderam. Semestres começados abruptamente encerrados. Meses em que você não conseguia ter a energia para se matricular em universidade alguma. Empregos de salário mínimo, ou nenhum emprego.

Mas agora, outra universidade: Catamount Falls. Outra chance.

Uma esperança feito um balão de hélio levado pelo vento.

Um campus urbano ao norte, cercado de pinheiros, e ao sul o *vrum* da estrada Thruway. Onde você se sentia em casa (ou tentava). Ciente da melancolia particular do crepúsculo num campus assim, quando alunos diurnos partiam e alunos noturnos chegavam. Ao acender das luzes incandescentes.

Aqui estamos! Também pertencemos a esse lugar.

Você abriu mão da possibilidade de ser uma aluna em tempo integral. É provável que mereça esse status inferior, mais semelhante ao de uma pessoa encarcerada à espera da liberdade condicional.

O cronograma da universidade deixa as manhãs, e boa parte das tardes, livres para o trabalho (manual). Você se inscreve na agência de emprego quando consegue, esperando arrumar trabalho ao menos uma ou duas vezes na semana.

Como você é nova, e inexperiente no trabalho doméstico, e exala um ar de desespero lamurioso inadequadamente mascarado por um corajoso sorriso estoico, a agência vai pagar você *por fora, em dinheiro*, e não em cheque, como pagam a maior parte dos funcionários. Desta forma, não precisam descontar impostos do salário e não precisam pagar benefícios se você ficar doente ou se acidentar.

É verdade, a Maid Brigade realmente tem a fama de explorar os funcionários. Mas não tanto quanto as outras agências de limpeza locais.

Você é esperançosa, imprudente. É mais forte do que parece, uma garota que nunca reclama, feita para os rigores da limpeza doméstica que vão pagar melhor do que os seus outros empregos de merda e não lhe forçam a sorrir até o rosto doer.

Pensando — *Se a mamãe descobrir, o que vai achar?*

Pensando — *Será que a mamãe vai entender por que estou fazendo isso, ou vai ter vergonha e me odiar mais ainda?*

Por fora

O cliente era um "doutor" — isso quer dizer que o seu nome tinha o prefixo *dr*.

O cliente tinha dinheiro, claramente. Divorciado, morava sozinho em um edifício residencial alto com vista para o rio Saint Lawrence. Tinha a reputação de boas gorjetas e mau humor, expectativas altas, não "se envolva" com esse cliente porque vai se arrepender.

A maioria dos clientes da agência era mulher. Esposas de maridos prósperos, em casas grandes. Você tampouco "se envolvia" com elas, se pudesse evitar. Se fosse inteligente. Com frequência, essas clientes não davam gorjeta. Elas pagavam (com cheque) o serviço à agência, que então passaria para a funcionária uma pequena *gratificação*.

Exceto que eu era uma contração nova. Uma contratação de meio período. Não tempo integral. Sem benefícios. Nada de cheques semanais. *Por fora*.

Nem precisa dizer. Mas Ava Schultz na Maid Brigade dirá, com franqueza, direto ao ponto, sem enrolação, que é o que as pessoas amam na Ava, loira amarelo-ovo com piercing na sobrancelha, na narina, e com braços talhados de uma mulher que serviu seu tempo como diarista.

Não fode o cliente, tá bem? Tipo roubar alguma coisa bonitinha que você acha que não vão notar porque ele vai notar.

E não fode com o cliente. Fim.

Seu nome era Orlando Metti. Nós deveríamos chamá-lo de dr. Metti.

Fazia duas semanas que eu limpava casas e ainda estava aprendendo. Ainda não sabia se queria limpar a casa dos outros. Se eu estava desesperada por dinheiro a esse ponto. Disposta a me dobrar, ajoelhar. Disposta a esfregar os encardidos, as imundícies, a merda das outras pessoas. Disposta a rastejar por *gorjetas*. Naquela tarde eu era dupla de uma mulher guatemalteca de meia-idade chamada Felice que fazia limpezas para aquele cliente fazia muitos anos. Quando chegamos no apartamento de Metti, no décimo sétimo andar de um lindíssimo edifício com vista para o rio Saint Lawrence, Felice murmurou para mim:

— Nós tiramos os sapatos agora, por favor. Ao entrar.

Tirar os sapatos! Eu não tinha sido avisada com antecedência. Por sorte, estava usando meias grossas de lã sem buracos, que manteriam os pés razoavelmente quentes durante as horas do nosso trabalho.

O homem é um perfeccionista. Não se apresse na limpeza, ele vai reclamar para a agência. Principalmente na suíte — tome muito cuidado ao fazer a cama. Cozinha, banheiro, pias, banheira e chuveiro — certifique-se de que estejam brilhando. Ou ele vai se recusar a pagar o valor todo. Vai pedir que você nunca mais volte.

Ainda assim, Orlando Metti foi surpreendentemente educado conosco. Naquela tarde. Pois tínhamos trabalhado muito. Pois tínhamos passado uma boa quantidade de tempo removendo, com níveis variados de sucesso, manchas de urina canina e coisas piores, dos carpetes espalhados pelo apartamento de oito quartos, deixadas pelo buldogue francês da filha do cliente, que estava temporariamente na casa enquanto a filha estava na faculdade.

Sabão e água, alvejante. *Doggy-Out!* para remover odores caninos em spray aerossol.

De fato, o cliente foi educado, quase apologético.

Garantindo a nós que o "cachorrinho desgraçado" não estaria no apartamento por muito mais tempo, se fosse escolha dele.

Metti se ausentara pela maior parte do tempo em que fizemos a limpeza, mas voltou a tempo de verificar as instalações, como Felice havia me dito que faria. Prendi a respiração enquanto ele conferia o interior da geladeira, uma das tarefas tediosas que Felice havia designado a mim.

Prendi a respiração quando o cliente (muito bem-vestido) passou o dedo pela bancada atrás de um micro-ondas, onde uma pessoa não pensaria em limpar, já que estava fora de vista.

Alguns detalhes menores precisavam ser conferidos, limpos novamente, dos quais apenas um tinha sido minha responsabilidade, os outros, de Felice.

Mas o dr. Metti não parecia gravemente irritado com aqueles pequenos erros, apenas os apontou com uma careta, que era algo entre um sorriso e uma chacota, como se dissesse *Peguei vocês, meninas!*

Então, com a magnanimidade digna de um patriarca, mesmo que mal tivesse olhado para nós, o dr. Metti declarou *Bom trabalho, garotas!* e botou umas notas nas nossas mãos quando deixamos o apartamento.

Vinte dólares. Aquilo era a gorjeta generosa? — me parecia que sim. Porque haveria outra, uma segunda gratificação da agência, incluída no pagamento da semana.

No elevador de vidro que descia em silêncio para o térreo, uma descida vertical fluida que me deixava tonta, a suavidade, a quietude da descida, tudo aquilo um luxo que por algum motivo não merecíamos, mas recebíamos, um bônus, como outra gorjeta — (pois Felice e eu éramos um tipo bruto de trabalho proletário, havia menos romantismo na limpeza doméstica do que, até mesmo, no trabalho de garçonete) — Felice dobrou sua nota de vinte dólares com cuidado e a colocou na bolsa. Seu rosto parecia cansado, dolorido, insolente. Suas sobrancelhas desenhadas finas à lápis se franziam. Os lábios tensos. Ela tinha sido amistosa comigo antes. Ela tinha sido paciente ao me dar instruções, conselhos. Mas agora, quando tentei falar com ela, Felice franziu a testa, deu de ombros e se virou.

Felice era uma mulher peituda, com um ar de glamour desgastado, mal tinha um metro e meio. Sem jeito, eu pairava sobre ela. De alguma forma isso deixava sua rejeição ainda mais chocante.

Mais tarde eu descobriria de outra garota na agência que Felice tinha ficado ressentida pelo cliente ter me dado uma gorjeta idêntica à dela. Porque eu era apenas sua ajudante, e era muito mais jovem, e Felice limpava a casa daquele cliente havia muitos anos.

Havia algo entre eles, talvez. Ninguém sabe com certeza.
Felice nunca diria. Mas talvez... fosse isso.

Na quinta-feira seguinte, fui instruída por Ava a chegar no apartamento de Metti à uma da tarde, pontualmente. Eu limparia o apartamento sozinha.

Mas e Felice?, perguntei em pânico.

O cliente havia insistido, ele quer apenas uma faxineira. Pagará a taxa integral como se houvesse duas. Ele disse: *Só a garota na próxima. A outra não.*

Por favor era uma palavra que este cliente pronunciava com frequência. *Por favor* era um som tão agradável na voz grossa e modulada de Metti que você registrava (de imediato) como uma ordem.

Você tem uns minutos a mais, por favor?

Ou: *Você tem tempo para resolver uma coisinha na rua para mim? Por favor.*

Logo se tornou rotina. Se o dr. Metti voltasse antes de eu terminar de limpar o apartamento ele pedia que eu fizesse algo a mais no caminho de casa, uma "incumbência pessoal" — um "favor".

Será que eu poderia *por favor*?

Diante da minha hesitação (pois eu tinha aulas na universidade naquela noite), acrescentava rapidamente que pagaria a mais. É claro.

Diretamente a você... É Vivian...? Violet? Não à agência. Dinheiro na mão.

Uma sensação trêmula, a possibilidade de *dinheiro na mão*.

Isso queria dizer, da mão (quente) de Metti para a minha.

Exausta das muitas horas de limpeza, ainda assim eu sorria para o cliente. Cuidando para que os meus ombros não caíssem e esperando que não estivesse com uma aparência tão desgrenhada quanto sentia.

Eu precisava sorrir — imagino: não importava que eu explicasse para Metti que eu tinha aula à noite, ele nunca parecia se lembrar daquilo na semana seguinte. Como se a garota da limpeza ao seu dispor existisse apenas quando Metti estava consciente dela, e cessasse de existir.

Porque eu entendia como seria fácil para Metti me demitir. Seria necessário apenas uma ligação para a agência e eu nunca o veria de novo, assim como Felice nunca o veria de novo.

(Pobre Felice! Quando eu a encontrava na Maid Brigade, ela me encarava com menosprezo. A indignação era tamanha, a magia transbordando dos seus olhos de forma tão intensa, que eu tinha que me virar, envergonhada.)

Poucos clientes davam gorjetas tão generosas quanto o dr. Metti, parecia. Poucos eram atraentes como o dr. Metti.

Então eu dizia *Ok, tudo bem*. Quaisquer tarefas adicionais que Metti quisesse de mim não pareciam um fardo tão grande.

Concordar era na verdade meio prazeroso para mim. Sorria, sorria para o cliente (homem) (solteiro) que parecia nem olhar para mim, mas que dava gorjetas mais generosas do que qualquer um.

Eu ainda não tinha aberto mão da minha dignidade. Eu achava que não. Metti não tinha encostado em mim — não tinha nem chegado perto.

Como um animal — que para evitar ser punido, para garantir alimento e aprovação — pode aprender a se comportar de modo oposto à sua natureza, e de forma convincente, eu sorria para Orlando Metti. E sorria.

Economizando o que podia do dinheiro que ganhava *por fora* para mandar à família de Hadrian Johnson, aquilo tudo daria, no fim das contas, depois de meses de limpeza, quase mil dólares.

Ninguém na minha vida para me perguntar: *Mas por quê? Isso não vai trazer o garoto de volta, vai?*

Rata, à espera

Era uma época em que eu havia começado a esperar de forma mais explícita.

Com mais clareza, apreensão: conforme o período da pena de Lionel ia chegando ao fim.

Pois me parecia que eu também estava servindo a pena de Lionel.

De sete a treze anos, e na época da sentença havia circulado a expectativa de que, é claro, Lionel ganharia liberdade condicional. *Bom comportamento. Nenhuma infração de regras. Apoio do capelão da prisão. Diploma de equivalência do ensino médio.*

Ainda assim, não aconteceu. Conforme os anos se passaram, nada de liberdade condicional.

O motivo não era claro. As decisões da Unidade Prisional do Centro do Estado, em Marcy, eram confidenciais. Nenhuma explicação.

Eu havia desistido de escrever para Lionel. Já bastava de cartões, bilhetes fraternais animados lançados num abismo, profundo como o Grand Canyon.

Antes que eu deixasse Port Oriskany, a sra. Herne havia me aconselhado a manter contato com o comitê avaliador em Marcy. *Só para que você seja alertada, Violet. Caso a sua família não conte a você.*

Não quis perguntar à tia Irma se os meus pais me culpavam pelo fato de que Lionel não tinha recebido liberdade condicional (ainda).

(Sem tato algum, mas sem querer ser cruel, Irma tinha me contado que os meus pais me culpavam pela morte do meu irmão mais velho. É claro, fazia sentido para eles: Jerr não estaria preso, não teria sido morto por um guarda na prisão, se a *rata da irmã dele* não o tivesse mandado para lá.)

Jerr não tinha nem sido cogitado para a liberdade condicional. Havia arranjado problemas em Marcy desde o começo: reconhecido pela Nação Ariana como um dos seus e grato por ter sido aceito, numa unidade prisional com tantos prisioneiros negros. Lionel estava servindo a pena de uma forma diferente, numa área diferente da prisão, em que gangues não eram tão poderosas. Ainda assim, cada um dos pedidos de Lionel por condicional foi recusado e parecia cada vez mais que ele iria "cumprir sua pena" — servir o tempo integral, de treze anos.

Eu não tive nada a ver com as audiências com o comitê de liberdade condicional. Eu me perguntava se os meus parentes acreditavam que eu tinha, e estavam espalhando boatos desconcertantes. O comitê não me chamou para falar com eles ou contra o meu irmão, e não me voluntariei.

Meu pânico do que Lionel poderia fazer comigo quando fosse solto não havia sumido nem sequer enfraquecido, mas flutuava nas sombras da minha visão periférica. Eu não ousava virar a cabeça rápido demais e arriscar vê-lo. Ainda assim, não interferiria com a sua condicional.

Não imploraria para o comitê: *Não soltem Lionel Kerrigan! Ele vai tentar me matar.*

Apesar de que o comitê avaliador sabia que o meu irmão havia ameaçado me matar antes da sua prisão. Que ele havia me "atacado". Tinha que estar na ficha dele. Referência cruzada com o Serviço de Proteção ao Menor do município de Niagara, nos relatórios de assistência social da sra. Dolores Hernes. Nada poderia desalojar ou deletar aqueles arquivos. Desde 1991, não podiam ser modificados ou expurgados. Com certeza era sabido que eu tinha sido retirada da casa dos meus pais para ser protegida do meu irmão. Que, na época, era suspeito de assassinato.

Quando Lionel for solto, terei vinte e seis anos de idade. Isso é muito mais idade do que doze anos, e ainda assim sinto que a minha vida parou aos doze anos. Eu era tão *jovem*, e tão *velha*, quanto eu jamais seria.

Lionel terá apenas trinta anos. A idade de Jerr quando foi morto.

Será que trinta anos vai parecer *pouco* para Lionel? Não faço ideia de qual é a aparência dele agora, pois apenas consigo imaginar o meu irmão como ele era aos dezesseis.

Não tenho tanta certeza de que a prisão vai me notificar quando Lionel for enfim solto, como o comitê avaliador da liberdade condicional talvez tivesse feito. A prisão não tem o meu endereço pois eu já tinha me mudado várias vezes. O telefone que havia dado a eles não existe mais.

Não quero saber. Melhor não saber.

Corra o risco...

A sra. Herne não tem uma forma entrar em contato comigo, se é que a sra. Herne sequer se lembra de mim. Na verdade, tenho certeza de que a sra. Herne não se lembra de mim. Tenho certeza de que a minha ficha nos seus arquivos foi marcada como CASO ENCERRADO. Estou longe de ser uma criança vulnerável agora.

Possivelmente, a sra. Herne já se aposentou. Cara de nabo. Eu a culpava, não sei exatamente pelo quê. Botar os meus irmãos contra mim. Por nunca me deixar ver a minha família de novo...

Sem contato com tantas pessoas que poderiam ter ajudado. Se a minha vida de rata acabar um dia, me lembrarei daqueles anos da mesma maneira que se olha para um sonho febril, onde o protagonista do sonho está em estado contínuo de perseguição, desespero.

Cumprindo minha pena. Sem condicional!

Virgem dolorosa

Talvez ele vá me ver, logo. Vá me reconhecer.
É tudo que quero: ser vista por ele.

Querendo agradar o homem a quem não se agradava facilmente. Querendo não decepcionar o homem que se decepcionava fácil.

Pois mais de uma vez enquanto eu limpava o apartamento entreouvi Orlando Metti ao telefone falando com dureza com alguém do outro lado da linha, que havia sido presumivelmente silenciado, constrangido pela sua fala precisa e cruel, como tapas na cara ligeiros com a palma da mão.

Uma mulher, eu deduzia. Ex-esposa, ou outra mulher. Asas de mariposa trêmulas, quebradas.

Mas, comigo, Metti era educado. Que orgulho eu tinha disso!

Cavalheiro, de fala gentil. Expressando satisfação (quase sempre) com o trabalho que eu fizera. Colocando *gorjetas* na minha mão.

Me causava ansiedade, ali a apenas alguns centímetros do empregador bem-vestido, que eu possivelmente/provavelmente emanava algum odor do meu corpo depois de horas arrastando um aspirador de pó pelo apartamento, me dobrando para esfregar a banheira, os boxes do banheiro, as privadas, os pisos de azulejo. Limpando, polindo, lustrando luminárias até que brilhassem com uma intensidade maníaca e sem sentido, como eu tinha sido instruída.

Suava através da camiseta branca fina, você podia ver o contorno dos meus seios, mamilos. Se quisesse ver.

Minha testa estava úmida, oleosa. A pequena cicatriz em forma de estrela na entrada do cabelo pulsava com o calor.

Por pura timidez/cautela eu não olhava Orlando Metti diretamente nos olhos. Meus olhares ansiosos para o homem eram de relance, velados. Havia se tornado a maneira como eu registrava o mundo, de relance, esperando que o mundo não me olhasse de outro modo que não de relance também.

Metti se divertia comigo, parecia. A pequena cicatriz em forma de estrela o intrigava, mas (é claro) (como intrigava muitos homens) ele era educado demais para perguntar algo tão pessoal.

— Você gostaria de uma bebida, Violet?

Uma pergunta tão inesperada que achei que poderia ser uma piada. Um teste? Eu me escutei gaguejar *Não*.

Imóvel, sorriso inerte.

Na Maid Brigade, tínhamos sido alertadas a respeito de clientes (machos) mas ninguém havia nomeado Orlando Metti como ameaça.

— Tem certeza? Spritzer de vinho, vodca com soda?

A camiseta úmida grudava na minha pele. O cabelo úmido descendo pelo meu pescoço, a cicatriz formigando quente na testa. Determinada a não coçar a cicatriz com as unhas e inflamá-la.

— Acho que... não. Mas obrigada, dr. Metti.

— Na próxima, então?

— Eu... Eu não sei...

Metti riu da resposta gaguejante como se eu tivesse tido a intenção de ser engraçada.

Agora encarando a minha testa com mais clareza, a cicatriz que parecia tão lívida, viva. Perguntando-se se de fato era uma cicatriz ou uma marca de nascença. Tatuagem?

Você gostaria de lambê-la? Beijá-la? Chupá-la?

Senti uma tontura quando Orlando Metti sorriu para mim.

— Sabe, Violet... Você poderia tomar banho aqui. Quer dizer... se quisesse. Antes de ir embora.

Outra observação inesperada que eu não conseguia responder. Meu rosto pulsando quente do sangue.

Metti riu de novo, e cedeu:

— Está bem, Violet. Não faça uma cara tão assustada. Vamos deixar para uma próxima vez. O que eu gostaria que você fizesse agora é...

Deixar roupas numa lavanderia ali perto. Deixar uma prescrição médica na farmácia ali perto. Ou levar o cachorro para uma caminhada rápida, ele não tinha tempo ou paciência para a droga do cachorro da filha hoje.

Ele quis me insultar. Permitindo que eu soubesse que ele conseguia sentir o cheiro do meu corpo.

Ele quis me excitar. Permitindo que eu soubesse que ele conseguia sentir o cheiro do meu corpo.

O jogo. Depois disso, Metti começou a deixar dinheiro espalhado pelos cantos do apartamento para que eu encontrasse. E pequenos objetos caros — abotoaduras de jade, moedas de países estrangeiros, estatuetas de cristais ou minerais, tão pequenos que poderiam cair facilmente dentro de um bolso.

Notas de um e cinco. Moedas de cinquenta, vinte e cinco, dez e cinco centavos em lugares inesperados, como gavetas de toalhas, lençóis.

Você está tentada, Violet? Pode ir em frente, querida. Sirva-se.

A fonte não seca!

E quando me acostumei a descobrir notas de pequenos valores, que sempre deixava onde encontrava, havia uma nota de vinte dólares, posicionada para parecer que tinha caído casualmente entre uma mesinha de cabeceira e a cama — e ali, no chão de um armário, entre sapatos, uma de cinquenta.

Uma nota de cinquenta! Isso era muito dinheiro para mim.

É claro, não ficava tentada. Nunca poderia roubar do dr. Metti mesmo com a sua permissão tácita. Mas o jogo me empolgava.

Pois a natureza de um jogo é a incerteza. Como vai *terminar*?

E quem será o *vencedor*?

Era uma caça ao tesouro. Exceto que nada seria tirado de seu lugar de descoberta, para que Metti não tivesse motivo para pensar que algo podia estar faltando.

As notas, eu deixava à vista, sobre uma mesa. Que é onde uma faxineira naturalmente deixaria algo que encontrou no chão de um quarto.

Artigos de roupa que precisavam ser lavados, com bolsos — quase sempre tinha moeda nos bolsos, até mesmo notas amassadas. (Já que todos os clientes deixam coisas nos bolsos, eu não conseguia determinar se aquilo era parte do jogo do dr. Metti ou um acidente.) Felice havia me instruído: confira todos os bolsos antes de colocar as roupas para lavar, coloque itens que encontrar numa cestinha na lavanderia onde o cliente pode encontrá-los com facilidade.

Mas as notas e os outros objetos espalhados pelo apartamento não estavam ali quando Felice e eu o limpávamos juntas.

Isso é novo. Isso é por minha causa. Mas — não.

A essa altura eu já tinha feito faxina para outros clientes na agência, sem grandes alardes — todas mulheres. Nada de jogos. Nenhuma remotamente parecida com Orlando Metti.

Trabalhando sozinha no apartamento, me tornei apreensiva, ansiosa — esperando pela chave do cliente na porta. Esperando que ele voltasse.

Obsessivamente desligando o aspirador de pó para poder ouvir com mais clareza se ele estava à porta — mas não. Ainda não.

Eu tinha descoberto: Metti se divorciara dezoito meses antes. Nos quartos do apartamento não havia lembranças visíveis de um passado: nada de fotos de uma família.

Nada de fotos de casamento, de família, de bebês. Nem mesmo fotos de Metti mais jovem. Trabalhos de arte emoldurados atrás de vidro, imagens e litografias de artistas de quem eu tinha ouvido falar vagamente, nas paredes, cores neutras de bom gosto, desenhos abstratos. Uma fileira de reproduções de Modigliani, nus etereamente magros, jovens garotas com belos rostos de máscara, pequenos seios esculpidos. Somente isso: não havia nada pessoal. Como se o homem não tivesse se divorciado apenas de uma esposa, mas também de um passado compartilhado inteiro.

Ansiosamente pensei — *É esse o caminho.*
O único caminho para a salvação.

Procurando ervas daninhas. Arrancando ervas daninhas. Jogando fora, numa cesta grande.

Lembrando-me do jardim de minha mãe, de como até mesmo as ervas daninhas mais fortes amoleciam com rapidez e começavam a morrer.

Isso era falta de coração, e falta de coração significava sobrevivência. Extirpar o passado como erva daninha.

Metti não era doutor em medicina, descobri. Na verdade era gestor no Instituto Biomédico Saint Lawrence, um centro de pesquisa. Não tinha se formado em medicina, mas tinha um doutorado. Quão rico era o homem? Eu me perguntava. Mesmo sem saber exatamente o significado de *rico*.

Quarenta e três anos. Ao menos um metro e oitenta e cinco, talvez noventa. Uma torre acima de mim como eu era uma torre sobre Felice. Ou assim parecia.

E havia conforto naquilo, na altura do homem. Assim como havia conforto no modo confiante do homem, a modulação da sua voz, os olhos muito escuros, o ar de controle e reticência quando outro homem, em ambiente tão próximo com uma jovem sozinha, poderia exalar uma agressividade sexual.

Usava roupas bonitas. Armários de roupas. Camisas de algodão ou linho finos, em cores pálidas, pastéis, com listras finas. Calças com dobras perfeitas. Paletós esportivos de flanela de lã suave, tweeds grossos. (Tinha diversos ternos nos armários de Metti. Mas eu nunca via Orlando Metti de terno.) Belos sapatos de couro, pretos. Sempre engraxados à perfeição.

Ele havia me pedido para engraxar aqueles sapatos, uma ou duas vezes. *Veja se consegue tirar esse arranhão. Obrigado!* As camisas elegantes que precisavam ser passadas eram levadas à lavanderia, e não confiadas a uma faxineira.

Às vezes ele me pedia, será que eu podia buscar as camisas? Uma tarefa que não custaria mais do que meia hora. Normalmente.

E às vezes ele me pedia, eu podia dar um pulo na farmácia e pegar a reposição de um remédio e, aproveitando a viagem, na loja, eu podia comprar algumas coisinhas para ele?

— *Muitíssimo obrigado.*

Uma terrível raiva doentia se revirava em mim pelo indivíduo que morava naquele apartamento luxuoso. Que era dono de roupas tão luxuosas, e que tirava vantagem do desejo que a sua empregada tinha de agradá-lo. Da necessidade de sobrevivência da sua empregada.

Sua mãe não deveria ter deixado. Aquela voz eu não conseguia reconhecer. Não era uma acusação, era o que eu queria acreditar.

Apaixonar-se pelo empregador. Tem que ser muito ingênua, boba ou idiota. Ou desesperada.

O trabalho doméstico é um trabalho cruel. O trabalho doméstico é um trabalho solitário. Faz com que você se canse a serviço de outra casa. Faz com que você habite o interior da vida de outra pessoa. Faz com que você experimente uma intimidade desnatural e unilateral.

Cabelos nos ralos, manchas em vasos e lençóis, cheiros indefiníveis que dão náusea. Roupas, roupas íntimas jogadas no chão para outra pessoa pegar. Camas desfeitas, toalhas manchadas. Um mar de sapatos pelo caminho, não importando se são sapatos caros de couro — intimidade demais.

O estado desagradável do aparelho de barbear. As escovas de dentes amareladas, guardadas sob a pia de banheiro por um motivo inimaginável.

Louças encrustadas com comida, de molho em água cinza na pia da cozinha. No lava-louça, mais louça, copos, talheres encrustados com comida que eu teria que raspar com uma faca, esfregar com lã de aço, antes que pudessem ser apropriadamente lavados na máquina.

Copos sujos se espalhavam pelos quartos do apartamento. Em alguns, restos de álcool que fediam com azedume. Copos de uísque, taças de vinho. Copos de cerveja. Ocasionalmente, aquelas taças finas que eu tinha aprendido que eram de champanhe.

Felice havia me ensinado: comece com a roupa para lavar o quanto antes. Tire a roupa de cama, reúna as toalhas, busque os cestos de roupa suja na lavanderia e ligue a máquina. O tempo que você passa limpando a casa deve ser mais ou menos o tempo necessário para lavar as roupas do cliente, pois você pode ter que bater mais de uma máquina e precisa se certificar de que as roupas estão suficientemente secas antes de ir embora. E mais importante, você não deve — nunca — guardar coisas úmidas, pois o cliente vai descobrir e ficar descontente.

Lave, seque, separe, dobre, guarde. Repita.

Felice havia me ensinado: nunca saia de um quarto até que o tenha conferido por completo, todos os cantos, teto, piso, e sob os móveis, em especial sob as camas onde a sujeira pode se acumular. E aí, confira uma segunda vez.

Ainda assim, o dr. Metti não havia dado muito valor a Felice. Ela tinha presumido uma boa relação com o cliente (solteiro, homem) que dava gorjetas mais generosas que outros, mas ele a havia deixado, a faxineira mais experiente, com uma única ligação para a agência.

Só a garota. A outra não.

Quando Ava me informou, senti uma sensação de pânico. E então, mais tarde, satisfação. Pois eu tinha sido preferida, injustamente.

O fato é que: um dia eu seria Felice. E outra garota jovem, não bonita porém jovem, com aquela expressão de curiosidade ingênua, admiração, possibilidade sexual no rosto, tomaria o meu lugar.

Você sabe que quero te comer, querida. Como é... Violet?

Eu sabia. Mas não queria saber.

Pensando em como a minha mãe, quando garota, limpando as casas na avenida Highgate, tinha sido abordada por seus empregadores. Alguns dos empregadores.

Até onde eu sabia, minha jovem mãe tinha permitido que aqueles estranhos a explorassem. Ela pode ter cortado as unhas retorcidas do pé do velho, pode ter massageado o corpo flácido do velho. Certamente, teria dito *sim* se ele lhe pedisse para fazer trabalho extra sem a agência de limpeza ficar sabendo. *Por fora.*

Pensando naquelas coisas. Arrastando o aspirador de pó de quarto em quarto, enquanto em outra parte do apartamento o buldogue francês solitário latia. *Tô aqui! Me dá comida! Me deixa sair! Me ama!*

A cada quinta-feira, o som desamparado do cachorrinho latindo partia o meu coração. Ainda assim, não poderia permitir que Brindle corresse livremente enquanto eu trabalhava, ele causaria agitação demais. Nem Metti permitia que ele frequentasse a maioria dos quartos, pois o cão tinha um hábito pernicioso de respingar urina.

O pequeno buldogue era responsabilidade de outra pessoa, não minha. Era o que eu queria pensar.

Quando enfim abria a porta para o quartinho pouco mobiliado sem carpete em que Brindle ficava, ele me encarava com surpresa como se por um momento mágico tivesse se convencido de que eu não era uma estranha mas sua dona amada, que parecia tê-lo abandonado; então os latidos frenéticos começavam de novo. Eu estava magoada que Brindle não parecia me reconhecer da semana anterior. Ou não me perdoar por ser a pessoa errada.

A cada semana, eu tinha que ganhar a confiança do cachorrinho outra vez. A cada semana, o afeto trêmulo do cachorrinho, que mal parecia distinguível de terror.

Que estranha, essa raça de cachorro! Um buldogue miniatura, pouco maior que um gato, com cara muito curta, comprimida, um nariz de pug bizarramente amassado, olhos enormes brilhantes que saltavam da cara. Peito largo, pernas curtas, anão. Seu pelo era curto, marrom e branco. Ainda assim havia algo de elegante no cachorro, tão diferente dos vira-latas de pelo curto da minha infância, que eram livres para correr pela vizinhança e nunca eram "levados para passear" de coleira.

Era impossível não rir do Brindle, ele se levava tão a sério. Não fazia ideia do seu tamanho pequenino apesar de que, quando tentava correr, ele às vezes tropeçava e caía. Para mim, mostrava os dentes descobertos, pelos eriçados. Arfando e rosnando fundo na garganta. Unhas afiadas que batiam no piso de madeira conforme ele escorregava e derrapava pela casa tentando ganhar tração e correr para as minhas pernas. Eu me perguntava — será que esse animal em miniatura vai me atacar? *Me* morder? Não fui eu quem o levou para passear semana passada quando seu dono não tinha tempo para ele?

— Brindle, não. Eu sou sua *amiga*.

Ele tinha virado o pote de água. Tinha devorado toda a ração seca. Uma poça no piso de azulejo — urina. Limpei a poça rapidamente, passei o rodo e limpei o chão todo antes que Metti chegasse e se enfurecesse.

Alvejante, saponáceo. Limpa-vidros. *Doggy-Out!* para odores caninos, toalhas de papel. Com mãos em luvas de borracha tentando afastar Brindle que corria para mim me cabeceando.

Felice tivera medo do pequeno buldogue, acreditando na avaliação que ele fazia de si mesmo. Ela reclamara de ter que limpar as sujeiras do cachorro, apesar de que (me parecia) isso mal era culpa do cachorro, já que era tão negligenciado; Brindle não tinha escolha além de fazer bagunça dentro de casa, e onde quer que pudesse no apartamento, quando podia correr livremente, latindo e derrubando coisas com a alegria da liberdade. Felice havia me dito que Brindle era compartilhado com a ex-mulher de Metti e a filha deles, e que a filha estava fazendo faculdade em outro estado e não podia levar o cachorro; a ex-mulher morava em algum lugar que não era longe, mas em outra cidade, impossibilitada ou sem vontade de assumir a responsabilidade do *cachorrinho desgraçado*.

Eu não conseguia me decidir se o cachorro de peito largo, com suas pernas curtas e cara socada ridícula, era feio ou bonito com a sua forma excêntrica. Me parecia triste que ele era tão carente por atenção. Faminto de fome e afeto. Obedientemente, eu o alimentei e troquei a água no pote, que havia ficado gosmento desde a quinta-feira anterior e teria que ser lavado. Com um papel tentei limpar o muco que havia se acumulado nos seus olhos, mas ele fugia de mim com um choramingo como se eu o tivesse machucado. O cômodo fedia muito a cachorro, eu temia que o dr. Metti reagisse com nojo e me culpasse.

Da última vez, ele havia dito com reprovação:

— *Este lugar precisa de uma arejada. Por favor.*

Uma vez anterior, ele havia dito:

— *Ainda tem manchas naquele tapete do quartinho. Tente de novo. Por favor.*

Eu me perguntava se alguém havia falado com Brindle com afeto desde a quinta-feira anterior. Ou se alguém sequer tinha falado com Brindle.

Depois de comer e lamber água do pote com desleixo, Brindle pensou melhor e decidiu que eu era amiga dele. Seu rabinho cotoco balançava para um lado e para o outro. Suas ancas tremiam. Meu coração se inundava com uma espécie de afeto exasperado pelo *cachorrinho desgraçado*.

Mas o esforço deixava Brindle sem ar, bufando. Eu sabia que buldogues miniaturas tendem a ter doenças respiratórias. As juntas ficam artríticas conforme envelhecem, ficam suscetíveis a muitos problemas de saúde. As criaturinhas compactas são criadas para exibição, não sobrevivência. Não para o próprio benefício, mas para agradar a vaidade de outro.

Brindle havia me cativado a acariciá-lo e a falar com ele, e a não olhar a porta aberta atrás de mim; ele conseguiu passar disparado por mim, pelo corredor, derrapando em suas unhas, e passando para a sala de estar, onde eu temia que fizesse xixi, no seu estado empolgado, no lindo e recém-lavado carpete bege de lã do Equador...

— Ah, Brindle. Ah, *não*.

Eu me perguntava se o pequeno buldogue francês era a punição que a antiga sra. Metti e sua filha davam a Metti por tê-las expulsado da sua vida.

Quando terminei de limpar o carpete de novo, e guardar a maior parte da roupa, e arrastar o aspirador de pó de volta no armário, veio o som de uma chave na porta — a porta enfim se abrindo. Metti havia voltado.

Um choque de antecipação tomou conta de mim. Como Brindle, em um instante eu estava alerta para a chegada de meu mestre.

Hesitante, Brindle marchou até Metti. Suas ancas tremiam. Seu rabo se movia com dúvida. Ele estava ansioso para cumprimentar seu mestre, mas também tinha medo dele. Eu não queria pensar que o mestre às vezes o "corrigia" — batia nele ou lhe dava um chute.

— Ah. Você ainda está aqui, Violet... não é? Violet.

Metti me cumprimentou de forma cortês. Vi seus olhos me percorrendo mais de imediato do que no passado, quando ele mal me notava.

Com esforço, Metti cumprimentou o cãozinho. Riu das bobagens do cão. Jamais iria reconhecer quão irritado estava com o cachorro em minha presença. Como um pai de um filho desfigurado e turbulento, desejando se livrar dele mas não com outros por perto.

Eu me sentia muito quente. O olhar de Metti me deixava inquieta. Com um zumbido nos ouvidos, mal conseguia me concentrar no que ele estava dizendo. A ideia geral era, será que eu poderia *tirar uns minutinhos* para fazer um favor a ele, levando Brindle para dar uma volta?

— Eu pago você, é claro.

Era gratificante sentir que Metti havia começado a depender de mim de tais formas; ainda assim, eu ficava ansiosa por já ter passado tanto da tarde limpando o apartamento e lidando com o cão. Não tivera tempo de terminar a leitura para a aula daquela noite. Também, durante a limpeza da casa, me veio a lembrança, com um pequeno frêmito de horror, de que ainda tinha que preparar uma crítica de uma página, espaçamento simples, da leitura, para ser entregue naquela noite.

Mas tive que dizer *sim*. Eu não podia dizer *não* para o homem que sorria para mim com tanto calor, e que tinha escondido notas e pequenos tesouros para mim no seu apartamento, como um jogo; ou como uma sugestão do que eu poderia ter, se quisesse.

Quando voltei do passeio com Brindle sob a neve suave que caía, Metti me recebeu na porta e pegou a guia do cão de mim. Ele me agradeceu imensamente e me perguntou outra vez se eu aceitaria uma bebida antes de ir embora; mas agora eu realmente disse *não*, pois tinha que ir mesmo. Meu batimento estava acelerando, os flocos de neve derretiam no meu cabelo. Eu não conseguia erguer os olhos para o rosto de Metti porque eu me perguntava se eu parecia bonita para ele, naquele momento.

— Que tal o seguinte, Violet. Fique, tome um drinque e eu levo você para casa de carro. Ou... à universidade? Você não tem aula hoje? Acho que falou isso.

Depressa, eu disse a ele *Não obrigada*. Subitamente ansiosa para fugir.

Nem sequer tinha notado, até sair confusa do elevador no térreo, que a nota que Orlando Metti havia colocado na minha mão era de cinquenta dólares.

Eu havia considerado informar à agência que não queria voltar ao apartamento do dr. Metti. *E por quê? O cliente assediou você?*
Não. Não!

Se você não trepar comigo, acabou pra você. Vamos dar mais uma ou duas semanas. Entendeu? Claro que sim, você não é idiota.

Jerr diz, ok, deixa que eu conserto.
Agachado ao lado da minha bicicleta. Franzindo a testa para a correia presa.
Eu estava andando de bicicleta na rua quando algo aconteceu e travou as rodas, e caí enroscada nela, me contorcendo de dor porque minha perna direita tinha se arrastado no asfalto de tal forma que minha calça jeans rasgou no joelho, uma explosão brilhante de sangue se espalhando pelo tecido.
A bicicleta Schwinn azul com pneus balão já era um modelo antigo que não se fabricava mais quando o papai a trouxera para mim, como pagamento por uns trabalhos de marcenaria que ele tinha feito para um amigo. Eu tinha dez anos de idade, completamente emocionada.
Caí de bicicleta na rua Black Rock de onde ainda podia ver a minha casa, mas não havia ninguém para ouvir os gritos, então tive que me arrastar mancando e sangrando.
E agora, Jerr está consertando a bicicleta para mim. Pois quando sonho com os meus irmãos, Jerr está vivo. Ele e Lionel são apenas garotos. Quando gostavam de Violet Rue, ou quando pelo menos toleravam Violet Rue, como a irmã mais nova que os adorava.
O tempo antes que eu aprendesse a temê-los. Antes que eles aprendessem a me detestar.

Vergonha. A ex-mulher que liga para Metti com frequência demais deixa mensagens tão desconexas (bêbadas?) na secretária eletrônica que me sinto tentada a apagá-las por vergonha de uma mulher tão humilhada, abandonada.
Nunca! Eu nunca faria isso.
Definitivamente nunca imploraria.
Eu não!

* * *

Prova. Em cada um dos (três) banheiros, nas pias, nos azulejos, nos ralos dos banheiros, tinha fios de cabelo visivelmente mais longos, diferentes em cor dos de Orlando Metti, que é escuro com mechas grisalhas.

Numa gaveta de escrivaninha em seu quarto, uma camisola sedosa preta — com o cheiro de um suor levemente perfumado.

Sim, eu havia pressionado a camisola no meu rosto. Sim, meus olhos haviam fechado em um desmaio de êxtase raivoso.

Numa bancada de banheiro, um tubo de batom castanho-avermelhado pela metade.

Numa prateleira no chuveiro, uma marca desconhecida de condicionador.

Numa mesinha de cabeceira, um pote do que parecia ser creme facial ou hidratante, uma marca francesa — *Yves Rocher*. Tão rico e amanteigado que sinto tentação de passar um pouco no meu rosto.

Removendo rápido as luvas de borracha das mãos que grudavam nos dedos. As luvas sempre pareciam úmidas, ou até mesmo molhadas por dentro. Eu achava que deveria ter um furo minúsculo na borracha, mas não conseguia localizá-lo. Odiava a sensação das luvas e queria nunca mais ter que usá-las de novo.

Era raro que pausasse para examinar qualquer coisa na casa de um cliente. As mulheres cujas casas eu limpava tinham poucas coisas que me atraíssem — roupas, joias, cosméticos, maridos. *Posses*.

Eu não tinha ciúmes/inveja de suas vidas. Em escravidão aos maridos, ou na verdade à ideia de marido de anos antes, que agora sumia aos poucos.

Lembrando-me do rosto abalado da minha mãe quando o papai a encarou com frieza, a insultou. *Olha. Foi você quem engravidou, não eu. Foi você que quis filhos.*

Claro que ele a amara. Essa era a voz de amor. Às vezes querendo machucar, e às vezes querendo causar risadas. Pois com outros homens, maridos de outras esposas, era possível contar com eles para umas gargalhadas sinceras.

No espelho do banheiro, o rosto era o de uma garota esperançosa abatida. Não era um rosto feio, eu achava.

A cicatriz perto da linha do couro cabeludo poderia ser uma marca de nascença. Ou uma pequena tatuagem de flor. Mais de uma vez reparei que Metti olhava para ela sem conseguir desviar o olhar. Uma sensação impressionante, imaginar o homem pressionando sua boca nela.

E, também, eu tinha mudado a cor do meu cabelo desde a quinta-feira anterior.

Metti havia visto meu cabelo castanho. Se é que tinha notado. Agora ele era um preto brilhante com luzes "cor de vinho". Mais curto, com franja que caía nas sobrancelhas.

Mudava a cor do meu cabelo de tempos em tempos. Apesar de saber que ninguém estava me seguindo, ainda parecia prudente tomar medidas que prevenissem que alguém me seguisse.

E o batom castanho-avermelhado, que cheirava a uvas maduras demais.

Eu não era tão tímida quando estava sozinha. As pessoas que acreditavam me conhecer teriam se surpreendido ao ver quão descaradamente esfreguei o creme francês perfumado no meu rosto, no meu pescoço, nas minhas mãos.

Dizendo a mim mesma que ninguém saberia. Quem quer que fosse dona do creme o havia deixado para trás. Se voltasse, não perguntaria a Metti o que havia sido feito dele. Ou ela mesma o teria esquecido. Ou Metti nunca a traria de volta.

Talvez ele se cansasse delas rápido. Essa era a prerrogativa masculina.

Mais do que uma mulher só. Eu tive certeza, examinando as provas.

Era eletrizante para mim que meu empregador fosse tão cruel com as mulheres. Mulheres adultas.

Em idade eu era uma mulher adulta — vinte e cinco anos, sete meses. Mas tão magra, quadris tão finos, seios pequenos e barriga reta, que com alguma distância era possível me confundir com um garoto adolescente, de camiseta e jeans.

Não muito diferente dos nus de Modigliani na parede da sala. Era o que tinha me ocorrido.

Só a garota. A outra não.

De fato eu estava fedendo. Pois estivera me esforçando muito. Determinada a fazer um bom trabalho para Orlando Metti, e a merecer as gorjetas generosas que ele dava. Determinada a agradar aquele homem, determinada a evitar um olhar de desgosto, decepção, no seu rosto.

Será que eu devia tomar um banho? — será que isso o agradaria? Eu limparia tudo depois, se tomasse.

A ideia era empolgante. Eu mal conseguia respirar enquanto ponderava. Mas o dr. Metti não tinha me convidado para tomar um banho no seu apartamento? Sorrindo para mim, apreciando meu desconforto. Preocupando-se de me chamar pelo meu nome — *Violet*. Para provar que não tinha esquecido.

Quantas garotas, mulheres cujos nomes aquele homem havia esquecido. Dispensadas como algo preso a um brilhante sapato de couro.

Rápido, então, antes que eu pudesse mudar de ideia, tirei a roupa — camiseta, camisa de flanela, jeans, calcinha, sutiã. Meias de lã cinza. Raro que eu me olhasse no espelho, pois não gostava de ser lembrada de quem era, mas eu via agora que meus pequenos seios duros tinham mamilos estranhamente grandes, marrom-claro, como sardinhas. Havia uma sombra em minha barriga, uma espécie de fenda. Uma faixa de pelos pubianos descendo. A palidez de minha pele sugeria doença ou desnutrição, mas era a palidez de inverno dos irlandeses, dos Kerrigan.

Na gaveta do banheiro, encontrei uma touca de banho, notei com interesse que havia diversos fios loiros presos nela, que tirei sacudindo. Uma das mulheres de Metti.

Quantas, eu não poderia adivinhar. Talvez duas ou três. Ou mais. Eu nunca tinha encontrado uma mulher no apartamento, partindo ou chegando. Ainda assim, houvera a evidência de lençóis sujos. Manchas mucosas, manchas de batom. Apesar de ter tirado os lençóis da cama king size de Metti o mais rápido possível, sem querer ver qualquer coisa, de olhos semicerrados para que me poupassem de ver qualquer coisa, ainda assim era minha sensação de que, sim, a cama de Metti com frequência tinha mais de uma pessoa dormindo nela e, até onde eu sabia, Metti havia trocado seus próprios lençóis durante a semana, ou uma das mulheres tinha trocado os lençóis sujos por limpos por um senso de delicadeza, decoro.

Languidamente, parei debaixo do chuveiro banhado a níquel, ensaboei lentamente o corpo e deixei água quente descer pelo torso, pela barriga, pelas pernas. Antes mesmo de desligar o chuveiro e me secar em uma enorme toalha macia, comecei a me sentir sonolenta.

Tirei a touca de banho, arranquei o cabelo preto brilhante. Ainda havia batom castanho na minha boca, borrado. O hidratante cremosamente amanteigado havia saído no banho, então apliquei um pouco mais no rosto, agora rosado do calor do chuveiro.

Descalça, envolta na toalha, fui até o cômodo onde Metti guardava as bebidas. Ele não havia me convidado para um drinque, mais de uma vez? É claro que eu sempre negara. Mas agora, segui descaradamente até o armário de bebidas e me servi um copo com um dedo ou dois de uísque.

Era um experimento: observar a mim mesma. Sorrindo para Metti enquanto ele me entregava a bebida. *Obrigada, dr. Metti!*

Em pequenos goles cautelosos, consumi o uísque. Quando homens me ofereciam bebidas eu nem sempre as tomava, mas encontrava maneiras de me livrar delas. Mas quando eu de fato bebia, ficava sonolenta. E agora, eu estava muito sonolenta.

Eu pretendia me vestir rapidamente e terminar a limpeza. Se Metti fosse chegar em casa antes que eu partisse, ele voltaria em cerca de quarenta minutos; já havia deixado uma gorjeta para mim em uma mesa no hall, sinal de que talvez não voltasse.

Eu ainda não havia pegado a gorjeta. Aquele seria meu prêmio quando eu terminasse a faxina.

No quarto de Metti, a luz do sol brilhante de uma hora atrás, que vazava pelas janelas altas, havia se tornado opaca, sombria. A cama king size era estranha de arrumar e necessitava de um lençol com elástico sob medida. Assim que tinha chegado para a limpeza naquela tarde, eu havia tirado os lençóis para lavar e entre uma coisa e outra tinha começado a fazer a cama com os lençóis limpos. Ninguém quer usar os mesmos lençóis a cada semana. Nem colocar as mesmas toalhas no banheiro a cada semana. Enquanto fazia a cama, eu tinha me distraído com o creme facial Yves Rocher na mesinha de cabeceira.

Tão dormente que tive que me deitar na cama. Fechar os olhos por apenas um instante, pensei.

Deveria ter tirado o batom castanho, mas... cansada demais. Se Metti visse, ele saberia...

Mas sonolenta demais. O sono subia como éter no cérebro.

E então adormeci. Aquele delicioso sono tão voluptuoso quanto flutuar em água escura. Nenhum sonho, pois a água é rasa. Mas ao mesmo tempo a água é profunda o suficiente para cobrir a boca, o nariz, os olhos. E logo então parecia que estava sendo desperta — não por uma luz acesa cegante, nem por uma exclamação de surpresa, mas por uma presença súbita por perto.

O homem havia voltado e estava parado na porta do quarto me encarando.

Totalmente surpreso. Encarando.

Do lado de fora das janelas altas, a pálida luz invernal havia mudado. Horas haviam se perdido, era muito mais tarde. Não havia luzes no quarto.

Uma única luz no corredor caía em diagonal sobre mim, estendida nua na toalha grande demais e meus braços estendidos ao meu lado como se eu tivesse caído de uma altura, desamparada.

— Violet! Oi.

Enfim Metti falou. A voz presa na garganta, ele estava profundamente perturbado. Seu rosto estava lívido com sentimentos. Eu pensei — *Ele está furioso comigo. Ele vai me demitir.*

Então pensei — *Ele vai fazer amor comigo.*

— Violet. Meu Deus.

Aquele não era um Orlando Metti familiar para mim. Aquele era um homem envergonhado, totalmente tomado de surpresa, sorrindo, mas sorrindo atordoado, quase como que sem palavras.

— Você está tão linda. Tão triste. Quase como uma *Madonna dolorosa*... ou talvez... *Virgem dolorosa*... Não consigo me lembrar do nome do artista, algo tipo Rossi, ou... Bellini? Renascença italiana...

O homem ficou na porta, indeciso, medindo. Aquele era o quarto dele, e aquela era a cama dele, e ainda assim: o que lhe era permitido? Ele ainda não havia tirado o sobretudo. O cabelo escuro começando a ficar grisalho brilhava com os flocos de neve derretidos. Ele queria que eu lhe desse permissão para se aproximar. Não queria entender errado. Não queria cometer um erro terrível. Não queria ser acusado de um crime sexual. Não queria ser processado pela Maid Brigade, ou chantageado pela garota nua envolta numa toalha em sua cama.

A essa altura eu já estava me sentando na cama. Grogue, incerta de onde estava. Um sabor residual de uísque na boca. (Eu estava bêbada? Quem tinha me embebedado?) Abraçando a toalha úmida perto do corpo.

Ainda assim estranhamente calma. Nem um pouco assustada. Pois seja lá o que acontecesse, aconteceu. E fosse lá o que ainda estava por acontecer, aconteceria, além do meu controle.

Enfim incapaz de resistir, Metti gaguejou:

— Violet? Eu posso... Tudo bem se eu... tocar você? É disso que você gostaria?

Sim. Sim. Se você me pagar a mais.

Cachorrinho desgraçado

Depois disso, as coisas aconteceram rapidamente.
Como naquela manhã na escola quando a sra. Micaela me tirou da sala de aula. E me levou para a enfermeira. E então para a diretoria. E então para os policiais.
Segura agora. Segura agora.
Porque ele me adorava, ele disse. Louco por mim.
Como eu era linda. *Melancólica.* Nunca tinha visto *olhos tão melancólicos.*
Chega de limpar o apartamento! Na verdade, ele me pagaria para *não limpar o apartamento.*
Chega de lavar as roupas! Esfregar vasos sanitários! Passar aspirador de pó! Limpar as bagunças do cachorrinho desgraçado!
O valor idêntico toda semana, com a gorjeta. É claro. Em dinheiro.
— Chega de faxina pra você, Violet. Peça demissão da agência.
Intoxicada com sua própria generosidade. A repentinidade do amor.
Álacre, festivo. Exuberante.
— Querida, temos que celebrar!
Vinho, champanhe. Com dificuldade para abrir a garrafa de champanhe que escorregava de seus dedos o tempo todo.
Ofegantes das risadas, juntos. Eu já estava bêbada, antes mesmo de tomar o primeiro gole borbulhante em um copo perfeitamente limpo que, na semana anterior, eu havia lavado e secado à mão com cuidado.
Me beijando, uma lufada de beijos feito mariposas. Ele era um amante desejoso, inesperadamente tenro. Inesperadamente cuidadoso. De não pressionar com força demais, de não colocar peso demais.
Uma respiração perpetuamente rápida, pele quente. Olhos surpresos. Mãos emoldurando meu rosto como se não tivesse visto nada igual antes.
— A primeira vez que vi você, eu soube. Fiquei louco por você.
Verdade? Não era verdade.
Confundindo meu silêncio com evasão. Confundindo minha insegurança com mistério.

— Mas também, você é tão jovem. Muito mais jovem do que eu...
Saudoso. Sem ressentimento (ainda).

"Você tem que me chamar de 'Orlando'. Vamos lá! Não é tão difícil."
"'Vio-let.' Nunca conheci uma 'Violet' antes."
E então:
"E este é o seu nome de verdade, mesmo? Na certidão de nascimento?"

Se outras mulheres ligassem quando estava na sua presença, ele não atendia. Como eu me sentia contente, por ser preferida por aquele homem.
Orlando não estava disponível. Não!
Cruel da parte dele ouvir a mensagem vacilante da mulher e então deletá-la no meio de uma frase.
Apenas uma dessas mulheres era a ex-mulher. A filha nunca ligava.
A empolgação causada por *Violet* parecia ser a descoberta de uma linda e sofrida virgem/Madonna dentro das roupas largas da faxineira. Camiseta, jeans. Meias de lã cinza.
Um corpo feminino bastante atraente, onde não se esperava corpo algum.
Beijando a cicatriz em forma de estrela na linha do couro cabeludo. Um homem é atraído sem seu conhecimento. Beijando, chupando.
Um estremecer percorrendo os dois corpos num instante.
E agora buscando um presente pelo apartamento para dar à garota de jeitos tímidos/taciturnos para fazê-la sorrir. Uma lembrança.
Um colar, contas turquesas, passando-o sobre minha cabeça, as contas se emaranhando em meu cabelo...
— ... Lindo! Perfeito.
(O colar pertencera à filha, abandonado? Eu encontraria diversos fios escuros presos nas contas e os arrancaria, confusa.)
Batom castanho-avermelhado era seu favorito.
— Elegante. Sexy.
Maquiagem translúcida em tons marfim, pó compacto. Rímel para enfatizar os misteriosos olhos profundos. Cabelo preto brilhante dividido ao meio para que a cicatriz em forma de estrela ficasse exposta.
Ele sempre achara, desde garoto, que a aparência natural era superestimada. Ninguém se excita por um rosto que não é muito diferente de um rapaz.
— Aqui, compre alguns presentes pra você. Nada de maquiagem de farmácia. Pegue tudo! Vai lá! Eu abriria uma conta de cartão de crédito pra você, mas...
A voz sumindo, como se uma memória pesarosa se intrometesse.

* * *

Mas agora ele estava sóbrio. Não tinha bebido o dia inteiro.

Bom, talvez no almoço. Mas só uma taça, duas taças, vinho tinto.

Cismado, aborrecido com alguma coisa. O júbilo havia sumido de sua voz. Ligando para mim do escritório no instituto de pesquisa, a voz baixa.

No telefone que ele havia comprado para mim, para poder me ligar a qualquer hora, e que eu deveria atender de imediato.

— Olá? Violet? Onde você está?

Um telefone comprado para mim com um número (que não estava na lista telefônica) que só ele poderia saber. *Ninguém mais poderia me ligar naquele número.*

— Ficamos combinados, Violet? Sim?

Muito empolgante, eu achava. A sensação dos dedos cercando um pescoço, começando a apertar.

Dirigindo seu carro na beira do rio. A sensação fugaz de gratificação, o carro é um Jaguar.

Lindo carro, motor silencioso. A mão do motorista desce do volante para a coxa da garota e aperta. Com força suficiente para deixar leves hematomas que ela descobrirá naquela noite.

— Conte-me de você, Violet. Você tem tantos segredos!

Era verdade, eu era muito silenciosa na presença de Orlando Metti. Era um torpor de surrealidade, que um homem adulto afirmasse que *me* adorava.

— O que você está estudando? Você chegou a me contar?

Uma vez eu tinha contado a ele. Uma vez em que ele parecia estar escutando, como um pai escutava o recital de uma criança, ouvindo a voz da criança, sorrindo em deleite para a voz da criança, sem ouvir as palavras de fato.

Apesar de Metti parecer impressionado que eu estivesse fazendo um curso universitário à noite, ele parecia não compreender que eu tinha que de fato comparecer às aulas. Jantar com ele? Ir ao Warburton Hotel, a vinte quilômetros de distância?

"Mas por que não? Você pode faltar a uma aula de vez em quando."

Ou:

"Você pode faltar a uma aula de vez em quando, pelo amor de Deus."

"Acho que é o nome mais lindo… 'Violet.' É seu nome de verdade?"

"Nada disso é importante, Violet. Não fique se preocupando."

"Você confia em mim, Violet? Quero que saiba que pode confiar em mim."

Sim, sim, sim.

Não, claro que não. Mas sim… Vou tentar.

"Tem algo errado, Violet?" — não mais em tom de piada. Uma mudança no tom da voz.

Veio a mim, e pegou minhas mãos nas dele. A sensação de seu toque tão quente, tão confortante, lágrimas enchendo meus olhos e ameaçando vazar para as bochechas.

Veio a mim, e pegou minhas duas mãos nas dele. Com força.

O impacto foi tão inesperado, as lágrimas encheram meus olhos e vazaram para as bochechas.

Ele gostava de beijar, chupar a pequena cicatriz. Gostava de beijar, chupar os mamilos de marrom suave, enrijecendo-os como grãozinhos de chumbo. Gostava de beijar, chupar o tecido úmido encolhido no meio das minhas pernas, uma ferida aberta, que nunca cicatrizaria.

Insinuando-se para mim como um parasita. Aninhando-se em meus lugares quentes e úmidos para poder se engordar às minhas custas sem meu conhecimento, mas com minha cumplicidade.

Gostando mais dela quando ela era "melancólica".

Com gentileza, perguntava:

— Tem algo preocupando você, Violet? — O simples som do nome dela assombroso na voz dele.

Não ousava perguntar. Lembrando-se de como seu pai odiava perguntas pessoais.

— Ela? A ex? Nada a dizer. "Figurinha repetida não completa álbum." *Fini.*

Terminada a fase Maid Brigade! Ela encontrou o homem mais gentil, mais maravilhoso, mais generoso, que prometeu pagar a sua faculdade.

— Pense nisso como um empréstimo, querida. Sem juros. Sem data de pagamento. Sem compromisso.

Sem compromisso. Ele ligou para o telefone instalado no quarto alugado na casa de madeira na rua Cayuga dezessete vezes seguidas. Por que não atende? Onde ela pode estar? "Você tem certeza, ninguém mais sabe esse número?"

De qualquer forma, você é paga por fora. Não deve nada a eles, eles não devem nada a você.

Ainda assim: você está pensando que, sim, vai continuar trabalhando para a Maid Brigade. Em dias que não tem aula. Exclusivamente clientes mulheres.
Não está mentindo para Orlando Metti. Não exatamente.
Bom botar as mãos em todo o dinheiro que conseguir. Enquanto pode.

Notas de vinte dólares. Notas de cinquenta dólares. Uma nota de cem dólares, pressionada na minha mão.
Sorrindo para mim mesma. *Bem. Você mereceu esse dinheiro, Vi'let.*
Parte daquilo é necessário para me manter viva. Parte é escondido numa gaveta, para mandar à família Johnson na rua Howard, South Niagara, no Dia de São Valentim no fevereiro próximo.

Abrindo a caixinha envolta em dourado. Atrapalhada, meus dedos são desastrados.
Enquanto Metti encara com ganância, austeridade.
(Ok. Estou bêbada: com esse homem, drinques não são opcionais, são obrigatórios.)
Levantando a pulseira do papel de seda. Banhada a ouro. Pesada, maciça. Dizendo ao homem *linda, tão linda, obrigada*. De imediato vejo que o fecho é impossível, nunca vou conseguir colocar esta pulseira no pulso sozinha usando apenas uma das mãos. Nunca vou conseguir colocá-la no pulso sem ajuda.
E muito menos Metti está sóbrio o suficiente para ajudar.
— Merda! Esse caralho desse troço é tão pequeno... Deveria ter levado você comigo na porra da loja...
O rosto de Metti escurece de rubor. É a primeira vez que o vejo furioso. Tentando abrir o fecho em miniatura, depois fechá-lo corretamente, é um desafio grande demais para os dedos daquele homem; sua coordenação fica ruim quando ele bebe, como agora.
— Porra de merda de...
Minha solução é tirar a pulseira de Metti. Cerrando o fecho usando as duas mãos. Então tentando enfiar a pulseira fechada por cima da mão até o pulso, o que acaba não sendo tão simples.
— O que você está fazendo? Vai quebrar...
Ainda assim continuo, pois entendo que a pulseira banhada a ouro deve ser colocada em meu pulso. Não existe forma alguma de aguentar a próxima hora se a pulseira não estiver no pulso da destinatária do presente que deve ser exibido para o homem.
Virando a pulseira, puxando-a, tentando não fazer caretas de dor enquanto a espremo por cima de minhas articulações, ou quase.

— Tome cuidado! Você vai quebrar...

Metti já parece ofendido. O rosto está perigosamente corado.

No armariozinho de remédios, vi alguns remédios vendidos sob prescrição: hipertensão.

— ... se quebrar isso, seu braço vai ser o próximo a quebrar...

Rindo como se fosse uma piada. Sim, provavelmente era uma piada.

Mas enfim a pulseira está em meu pulso, e ela fica linda de fato, e o donatário do presente está satisfeito.

— Gostou, hein? Fica linda em você.

Sim, sim, sim. Obrigada.

— Você gostou? Hein?

Sim, sim, sim. Obrigada.

— Banhada a ouro puro. Não foi barato. Não tem nada desse tipo, tem, minha querida?

Nãããо. Está certo.

— Na verdade, você não tem muito de qualquer coisa, tem, Violet? Quero dizer... coisas boas. Como essa.

Nãããо. Certo.

Inclinando-se para beijá-lo. Sentindo-se de fato grata. Sentindo de fato uma onda de algo feito desejo.

Mas ele pega minha cabeça, pressiona a boca contra minha boca, com mais força do que jamais havia feito.

A língua cutucando a minha boca, golpeando-a como um homem raivoso gritando.

— Sabe, Violet... Você é a garota mais magra que já comi desde... o ensino médio. — Rindo tanto que sua papada treme, olhos brilhantes de bêbado fixados nos meus para ver como estou reagindo àquela revelação franca.

Vendo o leve sorriso magoado em meu rosto, entregando:

— Cacete, todas as minhas namoradas eram magras naquela época.

Não faço mais a faxina para Orlando Metti. Agora que fui promovida de serva a namorada.

Ainda assim:

"O cachorrinho desgraçado fez uma bagunça de novo. Você acha que poderia limpar? Por favor? Tenho vontade de vomitar só com o cheiro."

E:

"Cachorrinho desgraçado está todo empolgado que você está aqui, escuta só! Tudo bem se você levar o bicho para dar uma volta...? Por favor."

E:

"Cachorrinho desgraçado precisa ir ao veterinário, ele andou sem ar e espirrando. Nariz e olhos escorrendo. Você teria tempo para levar, Vi'let? Por favor."

Isso é uma surpresa. Bom, não uma surpresa muito grande. Não é possível que eu diga *não*.

Metti explica que tem pagado o filho do porteiro do prédio para levar Brindle na rua uma vez por dia. Mas o garoto não é confiável.

"Não como você, Vi'let."

Com pressa o pequeno buldogue francês chega latindo, choramingando, bufando, espirrando em minhas pernas. Estremecendo de amor, carência. Tentando subir no meu colo apesar de eu não estar sentada, mas de pé. Enrolando a suave língua molhada em minhas mãos. Gotejando urina em meu sapato. (Por sorte, o mestre de olhos fuzilantes não nota.)

Pobre Brindlezinho! Desesperado para ser amado, salvo. As unhas batem no piso de madeira, de tão ansioso que está de evitar o mestre.

É verdade que o pequeno buldogue anda bufando, espirrando, fungando, com dificuldades para respirar recentemente. A cada vez que o vejo ele parece pior. Os dois grandes olhos escuros brilhantes arregalados estão inchados e um deles, o esquerdo, está obscurecido com muco, que já tentei limpar.

Ainda não convencida de que Metti fala sério sobre levar o cachorro da filha ao veterinário, mas, sim, Metti fala sério. Parece que fui promovida outra vez a algo como parente próximo, membro da família. Compartilhando responsabilidades domésticas, pois Metti tem uma ligação de trabalho "urgente" para fazer e não tem tempo — hoje à noite — para o cachorrinho desgraçado.

Ele me dá o endereço para a Dog Haven Clínica Veterinária e Canil — não fica perto, é do outro lado da cidade. Chama um táxi. Enfia diversas notas na minha mão.

— Se o tratamento for custar mais do que setenta e cinco dólares, peça para colocar para dormir.

Não tinha certeza de que tinha ouvido aquilo corretamente. Parada na frente do homem, sorrindo tensa.

— Tá bem. Cem dólares. Mas peça um orçamento primeiro, antes que eles comecem algum tratamento chique.

— Colocar pra *dormir*?

— *Sacrificar*.

Vendo a expressão aturdida em meu rosto, Metti diz rapidamente que o cachorrinho desgraçado tem sido um sanguessuga de suas finanças por anos. Em primeiro lugar, sua filha tinha que ter um *"Frenchie"*, um buldogue francês —

dois mil dólares por filhote. Então, contas médicas. Acontece que um "Frenchie" normal tem que ser levado ao veterinário duas, três vezes por ano. Como jogar dinheiro no lixo. Além disso, Brindle não é um cachorro "obediente" — ele é "podre de mimado". A expectativa de vida de um buldogue é de apenas dez anos, e esse tem quase essa idade. Era para ter ficado com Metti só por algumas semanas, mas cinco meses se passaram e agora a ex-mulher está afirmando que tem problemas médicos e a filha não atende as ligações dele...

— ... então que se fodam.

O rabo fino de Brindle está escondido entre suas ancas friorentas. Os grandes olhos mucosos estão levantados, buscando meu rosto.

Eu sei. Ouvi cada palavra.

Até chegarmos à clínica veterinária já me convenci de que Metti — (difícil pensar nele como Orlando) — estava apenas brincando sobre *sacrificar* Brindle. Talvez seja um teste da minha integridade, lealdade.

Certamente, nenhum pai mandaria *sacrificar* o cachorro da filha sem sequer avisá-la...

Triste pensar que o pobre Brindle não é um cão jovem. Agora consigo ver que o tamanho diminuto é ilusório. O caminhar levemente de lado, molenga, é provavelmente artrite, então é tocante quando ele tenta andar rápido para seguir meu ritmo. Parece ignorante ao fato de que suas pernas são ridiculamente curtas.

Na sala de espera da clínica, nós nos sentamos, esperando. Minutos carregados de terror são suportados estoicamente. Uma sucessão de cães de tamanhos variados passa por Brindle agachado sob minha cadeira, puxando a própria guia não para a frente para fugir, mas no sentido contrário para a parede, como se me puxasse para baixo da cadeira com ele.

Confiando a mim o cachorro da filha... Seria uma prova da confiança de Orlando em mim? Uma espécie de tarefa de esposa? Quero pensar que sim.

Finalmente, quando a sala de espera está quase vazia, é a vez de Brindle. Ele se recusa a andar no chão como um cachorro normal e precisa ser levado nos braços de uma jovem mulher atarracada em um jaleco azul que ri dele.

— Que carinha franzida! Qual o nome?

Sou convidada a acompanhá-los até uma sala de exames. Fico impressionada com as habilidades da veterinária jovem ao lidar com o pequeno animal trêmulo. A coerção, seu poder sobre ele é tão sutil, Brindle nem pensa em se rebelar.

O exame é longo e cuidadoso. Olhos, nariz, orelha, boca. Pulmões, coração. Então, Brindle é levado para fora da sala para mais testes e volta desconcertado e de olhos arregalados, tremendo. *Quanto é que isso vai custar!* Começo a ficar ansiosa por mim mesma.

Minha hipótese é de que Metti vai pagar com cartão de crédito quando for cobrado pela clínica. Ele parece não ter me dado muito dinheiro para o táxi e o exame — apenas cerca de quarenta dólares, dos quais gastei nove no táxi.

Em minha carteira, há um número de notas, de vinte, cinquenta, as quais Metti me deu em momentos impulsivos. Não as contei, apenas permiti que acumulassem. Não saber quanto dinheiro tem na minha carteira me dá a sensação, e a obrigação que vem com a existência dele, de que não é real de fato.

Às vezes Metti parece saber quanto dinheiro me dá como se estivesse contando cada dólar. Em outras, é extravagante, negligente como um rico bêbado cujos bolsos explodem de moedas douradas.

Aqui vai, queridinha. Para você.

... um sorrisinho? Eba!

A jovem está me contando que Brindle tem uma infecção no olho esquerdo — um ferimento na córnea causou uma úlcera possivelmente causada por um arranhão, uma batida ou chute. Vai demorar um tempo para curar. Ela lhe deu uma injeção, e ele vai ter que tomar gotinhas de antibiótico três vezes por dia nos próximos cinco dias.

Como isso vai ser possível?, estou me perguntando. Metti nunca teria tempo para o tratamento, mesmo que estivesse disposto a tratá-lo. E eu não poderia ir ao seu apartamento com tanta frequência... três vezes por dia!

Além disso, a jovem me conta que Brindle tem uma condição respiratória que está piorando gradualmente, e que deveria ser tratada em algum momento.

Além disso, as unhas de Brindle estavam começando a encravar, então ela cortou.

Além disso, pegou uma amostra de sangue. Os resultados chegariam do laboratório em alguns dias, ela vai pedir para a secretária me ligar.

Vendo o olhar doloroso em meu rosto diante da lista, a jovem me garante que, como um todo, Brindle está em boa saúde. Seu problema principal é que parece que "esse buldogue gracinha" não tem sido incentivado a se exercitar. O tecido adiposo está começando a se formar ao redor do seu coração. Não é um cachorro velho, mas tem alguns problemas de saúde de um cachorro mais velho.

— Quantos anos ele tem?

— Eu diria uns cinco.

Cinco! E Metti está pronto para uma eutanásia.

Desengonçadamente, digo à jovem que Brindle não é meu cachorro. Pertence à filha de um amigo, que está na faculdade e não consegue cuidar dele agora.

— Por isso que não sei a idade dele... Sou só uma amiga da família.

— Bom, você é amiga do Brindle.

Algo quase íntimo naquela observação, tão por acaso, dita com casualidade.

Rápido agora a mulher coloca Brindle no chão, segura-o pela guia e o incita a andar, sacudindo as pernas curtas, saindo da sala de exames para a recepção na entrada. Havia um quê de sobriedade nos modos do pequeno buldogue, como se entendesse a gravidade da situação e não fosse se comportar mal.

Na recepção, recebo uma conta: cento e quarenta e seis dólares. Isso inclui o preço das gotas antibióticas para olhos.

Encaro a conta. Chocada.

Sem saber o que fazer... Exceto, é claro, que não vou dizer à jovem sorridente que ela deveria *sacrificar* Brindle.

Contando as notas na carteira. Duzentos e dezesseis dólares. Mais do que imaginado, é o suficiente para salvar Brindle.

Ao ver minha hesitação, a jovem me diz que se eu não puder pagar o valor integral, posso pagar um sinal naquele momento e o resto mais tarde. Mas garanto que tenho o dinheiro. Consigo pagar.

É provavelmente curioso que estivesse pagando a conta em dinheiro. Ainda assim, a transação é concluída e estamos livres para ir embora.

No táxi, voltando para Metti, seguro Brindle em meus braços. O estresse da aventura exauriu os dois. Tremendo e lambendo minha mão, Brindle começa a cochilar.

Quando chego de volta a Metti com Brindle nos braços, ele encara o pequeno buldogue surpreso. Como se não esperasse que fosse trazê-lo de volta.

— Ora! Obrigado, Violet... Quanto foi?

— Setenta dólares. Você tinha me dado setenta e cinco.

— Ah, foi? Bom... Que boa notícia... — Como se esperasse que a conta fosse mais alta.

— A veterinária disse que ele tem um ferimento no olho. Deu uma injeção. Pode ter um arranhão no olho, ou alguém pode ter chutado...

Metti mal estava ouvindo. Tão surpreso que Brindle tinha sido devolvido com vida, que não sabe o que dizer.

Digo a ele que vou ter que visitar o apartamento, para dar o colírio a Brindle. Por cinco dias. Mas que posso fazer isso sem incomodá-lo, quando ele estiver no trabalho.

Metti diz que isso é fantástico. Que fantástico o trabalho feito por Violet, cuidando do *cachorrinho desgraçado*.

— Minha filha vai ficar aliviada se descobrir algum dia.

Mais tarde em seu quarto, Metti me beija de forma grosseira. Manuseia-me de forma grosseira. Afetivo, mas esbravejante como uma pessoa que prende um cachorro que ainda não o desobedeceu, mas que considera fazê-lo. Seus beijos são mordazes, punitivos. As mãos teimosas apertam meu ombro nu, minha nuca. Ele suspeita que eu mereço punição, mas não saberia dizer por quê.

Bom, você é amiga do Brindle.

Essas palavras gentis, eu as guardarei no coração.

Amigo de um amigo, o filho está comprando um carro novo. Honda Civic de doze anos de que estão se livrando, por algumas centenas de dólares Metti vai livrá-los do incômodo, para mim.

Ah, meu Deus, obrigada, Orlando! Obrigada.
O primeiro carro totalmente meu, na vida.
Eu te amo.

Meu primeiro carro próprio. Metti é tão gentil, tão generoso! — Penso no homem com gratidão, uma onda de sentimentos que devem significar amor.

Cada vez que ele me diz, com uma piscadela, como você está de gasolina, querida?, pressionando uma nota ou duas na minha mão.

Agora posso ir à universidade de carro em vez de pegar o ônibus. Posso dirigir aos trabalhos de faxina em vez de pegar o ônibus. E, quando Metti me convoca, posso ir de carro ao apartamento em vez de pegar um táxi. *Ei. Uma saudade dos infernos de você, amor. A chave vai estar na portaria, pode entrar. Vou estar esperando.*

Quando consigo o Honda Civic, Brindle já não precisa mais do colírio. Mas posso ir de carro ao apartamento de Metti durante a semana se eu estiver por perto para dar uma olhada no pobre buldogue solitário. Sem que Metti saiba.

O olho esquerdo de Brindle melhorou, mas a visão parece ter diminuído. Por conta da córnea ferida, algo tipo um filme translúcido acinzentado ganhou mais espaço.

Um dia, ao chegar no final da manhã no apartamento de Metti, em um dia que Metti com certeza não estaria, encontro a nova diarista enviada pela agência. Alta, ossos largos, com cabelo loiro-acinzentado, cílios e sobrancelhas muito claros, uma jovem de cerca de trinta anos, pele um pouco seca, sem nada de maquiagem, exceto por batom vermelho aplicado com brilho na boca.

Com timidez, ela gagueja um oi. Fala com um sotaque — polonês? Não faz ideia de quem eu sou. Filha? Namorada? (Esposa não: ela saberia que Orlando Metti não tem esposa.) Nunca nos encontramos na agência e há pouca probabilidade de que nos encontraremos.

Mas não me explico, pois não é da conta da faxineira saber quem eu sou.

— Foi você que eu vi? Acho que foi.
— Quando? Onde?
— ... caminhando com um cara, acho que ele era "afrodescendente"... ou do jeito que eles se chamam: "negro". Esses dias na rua Division.

Calculando rapidamente quando aquilo poderia ter acontecido. Pois a rua Division ficava perto da extensão da universidade para o lado norte, em interseção com Cayuga, que era onde eu morava numa antiga casa vitoriana transformada em quartos individuais.

Exceto por mim, os outros moradores da casa eram alunos da pós-graduação e, entre eles, a maioria era estrangeira e homem. Um vizinho meu era um jovem paquistanês que estudava engenharia, e às vezes nós caminhávamos juntos por uma quadra ou duas. Mas eu não tinha nem certeza do nome dele.

— Só por curiosidade. Você diz que não tem amigos na universidade, mas você parecia muito amistosa naquele dia. Quem é o cara?

O instinto é dizer rápido *Ninguém!* — *ninguém de verdade.* Pois é a verdade.

Ainda assim, se a verdade é dita de forma inepta, ela pode voltar para atingir você. Pode ser mortal.

Então, você disse com cuidado:

— Acho que deve ter sido um dos estudantes paquistaneses que mora na casa. Estuda engenharia elétrica.

Paquistanês. A identificação pareceu decepcionar Metti, seu interesse diminuiu imediatamente.

Metti me contou que a filha está vindo visitar! Finalmente.

Fica apenas um final de semana. E quando Leila for embora, ela vai levar o cão desgraçado com ela.

Isso é uma notícia surpreendente para mim. Não é uma notícia exatamente boa. Porque vou sentir falta do pequeno buldogue francês. Que estranho será o apartamento, quão silencioso, sem Brindle latindo, derrapando no piso de madeira para me cumprimentar quando chego. Tentado arrancar petiscos de mim, pelas costas do mestre. E quando me despeço, sussurrando *Boa noite!* Ele balança o traseiro em um paroxismo de desespero.

Por que eu iria querer ir ao apartamento de Orlando Metti, se Brindle não estivesse lá?

Se Metti nem tem mais a necessidade de dizer: "Poderia levar o cachorro para dar uma volta...? Por favor".

Mas então, a filha cancela o final de semana. O rosto do pai escurece como algo coagulado.

Era sábio evitar o assunto. Era sábio só ficar bêbada, evitando todos os outros assuntos.

É raro que Metti pergunte a respeito da minha vida longe dele. Como se não lhe ocorresse que poderia existir uma vida longe dele.

Exceto no atual humor deprimido dele. Desde que a filha não veio visitá-lo, Metti tem sido imprevisível.

— Ok, Violet. Me conta.

— Contar... o quê?

— Seja lá o que você nunca tenha me contado.

Estou rindo intranquila, nos braços do homem. Pois nos braços de um homem você nunca está *tranquila*.

— Onde é que seu pessoal mora, Violet? Você nunca fala deles.

Meu pessoal! Isso não soa como Metti falando.

Mas penso — *Devo contar a ele? Algo.*

Não a triste história sórdida de meus irmãos espancando um garoto negro até a morte. Não. Muito menos a história pior ainda da besteira de denunciá-los. *Minha vida de rata.*

— ... às vezes me pego pensando a respeito de um garoto em nossa vizinhança que morreu quando eu estava no sétimo ano. Não sei por quê, penso nele... "Hadrian Johnson".

Pronto. O nome foi dito. Mal ousando respirar, espero Metti responder, mas ele não diz nada.

— Nunca ouviu o nome...? "Hadrian Johnson."

Metti pensa.

— Não. Por que deveria?

— Ele era um jogador de basquete, acho que o time dele ganhou um campeonato estadual...

Isso era verdade? Eu achava que não. Por algum motivo, a possibilidade me vem, como uma observação razoável a ser feita.

— ... vocês não teriam ouvido falar dele em Catamount Falls. Ele morava em South Niagara. De onde eu... de onde "meu pessoal"... é... — Minha voz desaparece, incerta. Será que Metti sequer está ouvindo? Ele tem o hábito de me fazer perguntas, não ouvir a resposta, como um homem ligando o rádio ou a televisão, confortado pelo ruído de fundo. — Ele ia à escola com meus irmãos. Ensino médio. Jogava basquete e beisebol. A foto dele apareceu no jornal... nas páginas esportivas. As pessoas... algumas pessoas... tinham inveja dele... Teve uma briga, Hadrian foi atacado, morto... Ele tinha só dezessete anos.

Minha voz tremia. É inexplicável para mim por que estou contando aquilo a Orlando Metti e por que as palavras estão tão rasas, hesitantes, fracas, débeis. Como se cada palavra fosse uma pedra descendo pela garganta. *Ah, mas todo mundo amava Hadrian Johnson, ele era lindo.*

— Os garotos que machucaram Hadrian não fizeram de propósito... de verdade. Tinham bebido. Hadrian não... Eu não acho que ele tenha bebido. Estava indo de bicicleta pra casa, voltando da casa da avó. Os garotos eram... garotos brancos... Hadrian Johnson era negro.

Metti não diz nada. Torço para que tenha pegado no sono. Mal ouso me mover, por medo de acordá-lo.

— Eu já falei isso? Que ele era negro? Mas não foi um crime "racial". As pessoas na minha escola se davam bem... na maior parte do tempo...

Inesperadamente então, Metti diz:

— As pessoas pensam demais nessa merda de "raça". Em especial "afrodescendentes". Ou seja lá como se definem agora.

A observação é tão colérica, tão *irritada*, como se uma mosca zumbisse acima da cabeça, que me silencio em choque.

Abro meu coração para falar de Hadrian Johnson, e a resposta daquele homem é ficar *irritado*.

— É um tipo de obsessão... obsessão com "raça". Alguns de nós estamos realmente cansados disso.

Esperando que eu continuasse, mas não. Agora não.

Em um lugar semipúblico ele a beijou. Aquilo não era do feitio dele, pois não queria ser visto em público com ela (em geral). Mas, ainda assim, começava a se tornar do feitio dele, pois desde a decepção da filha, e desde que ela havia mentido para ele a respeito do cachorro, apesar de ele não ter uma forma (claro) de saber que ela tinha mentido, ele se comportava de um jeito diferente, e surgira o entendimento, tardio, envergonhado, que não era mais apropriado dizer que estava se comportando de um jeito diferente, pois agora ele estava se comportando (quase) como ela esperava que ele se comportasse, mesmo em um lugar semipúblico como o estacionamento atrás do Hotel Warburton, onde os clientes voltando para seus carros sob luzes fortes poderiam avistar o Jaguar preto lustroso cujo motorista parecia inclinado, debruçado, sobre uma figura feminina presa em um mata-leão.

Ele a beijava. Exceto que não era de fato um "beijo" — na verdade, era um ataque com a boca. E com a língua, que se projetava na boca dela com beligerância.

Ela sentia pânico, de que se sufocaria. Tentando não vomitar.

Mas ela não conseguia se libertar — ele segurava a cabeça dela com ambas as mãos. Uma imitação crua do ato sexual, a boca feminina o receptáculo, impotente para resistir ao macho.

Então, quando enfim ele a libertou, como se uma simples paixão o tivesse tomado, ou como se ela mesma tivesse feito algum convite obscuro exacerbado pelo álcool, ela tenta tomar alguma iniciativa, beijando o homem delicadamente, para indicar afeto, brincadeira. Uma espécie de frivolidade sexual. Nada sério.

Os beijos de uma garota, ou de uma criança. Ela havia beijado homens assim, no passado — esse tinha parecido que gostava. Ele tinha parecido que gostava dela.

Agora, não era claro que gostava dela. Não muito.

Recuando para longe dela, rindo, como se o ataque tivesse sido apenas uma brincadeira, já esquecido, ou prestes a ser.

— Onde é que íamos…? Ah, sim: para *casa*.

Naquelas noites ele insistia que ela ficasse com ele no apartamento.

Na suíte, na cama. Abraçando-a com força, forte como a morte.

Para que ela pensasse, maravilhada — *Ele me ama! Isso é amor, essa necessidade.*

Tão solitário. Tão solitário em sua vida. Ele não tinha ninguém além dela, agora. Mas ele *a teria*.

Ele dormia nu, seu corpo suava. Em pé, ele a encobria, na cama, seu corpo era como algo caído, inerte. Passando as mãos ansiosas nela, dizendo que ele nunca *a* magoaria. Todos os outros se voltaram contra ele. Todos aqueles em que ele confiara. A esposa havia colocado a filha contra ele. A esposa havia se tornado uma maluca para contrariá-lo. Ela tinha sido linda um dia, ela havia arruinado sua beleza para contrariá-lo. Se ela se matasse como estava ameaçando, seria para contrariá-lo.

Um homem em tamanha angústia, você deve confortá-lo. Consolá-lo.
Você *não deve* contradizê-lo.
Perguntando de repente, como se tivesse acabado de pensar naquilo, se ela estava dormindo com outras pessoas? Enquanto dormia com ele?
Ela estava dormindo com *homens negros*?
Ele não ficaria bravo, ele disse. Prometia.
Se ela contasse a verdade, era tudo o que ele queria. Se ela sentisse que podia confiar nele, se ela confiasse nele com sua vida, isso era tudo que ele queria...
Caindo no sono como um homem afunda num pântano. Afundando, afundando, até mais nada existir, nem mesmo o esboço do corpo afundado, e então ela não precisar responder, dessa vez ela tinha sido poupada.

Quem sabe, em vez de casar com ela, ele vá matá-la.
Trepar com ela de uma maneira que doa (de verdade). E mais uma vez daquele jeito, ou duas ou três, até se tornar insípido para ele, e a imagem dela e o cheiro dela e o som da fêmea fingindo gemer com paixão se tornar asqueroso para ele, quase por acidente ele extermina a vida dela.
Jesus! Não sabia o que estava fazendo.
Uma mariposa do tamanho de uma borboleta colidindo na luminária de vidro, batendo as asas, a mariposa mais linda que já tinha visto, mas o som dela me fez pegá-la com a mão sem saber o que queria fazer, e então ela estava... esmagada, morta... E acontece que era a garota na cama comigo, que eu não tinha nem me lembrado que estava ali, que tinha sido esmagada. Morta.

Voltei do passeio com o pequeno buldogue de pernas comicamente curtas. E lá estava Orlando Metti me fuzilando com um olhar de nojo. Uma expressão no rosto como se quisesse dar ao cachorrinho tremendo de medo um bom chute para confirmar que seu medo era razoável.
— Quer saber, querida...? Leva o bicho.
Sorrindo para Metti, pois não fazia ideia do que estava dizendo.
— "Levar"... onde?
— Leva com você. Quando for embora. Só... leva a porra do cachorro daqui.
E agora eu entendia, e queria pensar que Metti estava brincando.
— Mas... Brindle é o cachorro de sua filha, Orlando. — Hesitando, porque o nome *Orlando* parece estranho na minha boca, como pimenta-de-Sichuan, uma sensação de dormência. — Você não pode dar o cachorro da sua filha...
— Foda-se essa porra de história de "filha". Ela não está aqui, e você está.
— Mas...

— Você quer ou não?
— Eu... Eu... Eu não posso...
— Tudo bem, então. Deixa pra lá.

Agarrando a guia do cachorro da minha mão, puxando o cachorrinho a ponto de ele gritar de dor e pânico, enquanto Metti o arrasta de volta para o quartinho dos fundos.

Atordoada, paralisada por um momento. Sem ideia do que fazer, o que dizer que não irritasse mais o homem.

Então, implorando:

— Orlando? Por favor, espere... Por que você não liga pra sua filha? Explique as circunstâncias...

Socando o cachorro para dentro do quartinho, Metti bateu a porta com o pé. Tamanho era o trauma de Brindle, que nem mesmo choramingava.

— Eu disse que se foda a "filha". Que se fodam as "circunstâncias." Perguntei se você queria o cachorro de merda, e você disse *não*. Você deixou suas vontades claras, querida. Então cale a boca.

Logo começaram os choramingos leves do outro lado da porta. Coloquei a mão na maçaneta, e Metti me empurrou para longe com um xingamento. *Que merda. Vai se foder.*

Ele fez uma reserva para o jantar, temos que sair imediatamente. Mas o olhar acometido em meu rosto o irrita, quero passar alguns minutos com Brindle para acalmá-lo, confortá-lo. Mas Metti diz, temos que sair agora. Nesse minuto. Agora.

Então, em um instante ele mudou de ideia. Nada de jantar. Ou, melhor: ele irá sozinho.

— Só sai daqui, Violet. Essa sua cara, o jeito que está me olhando, é melhor você ir embora antes que eu a quebre.

Mais tarde, ele ligará pedindo desculpas. Seu amante é muito habilidoso, experiente em pedir desculpas.

Você ouve com calma. Com calma, você diz a ele *Não obrigada*.

Você fica longe dele. Você foi alertada. Na próxima vez ele pode quebrar sua cara. Você está determinada: *Não haverá uma próxima vez*.

Na próxima vez que você entra no apartamento de Metti, há um silêncio notável.

Nenhum latido, nada de ganidos e choramingos empolgados. Fica apreensiva sentindo falta do som de unhas batendo no chão.

Apesar de que o odor canino persiste. Você se pergunta se Metti se dá conta.

— Minha filha veio no final das contas. Levou o cachorro junto.

Metti pausa. Avaliando a resposta.

— Ele está fora da sua vida agora. Chega de cachorro.

Outra pausa. Metti está apreciando aquilo, observando seu rosto.

Faz três semanas e dois dias desde que ele mandou você embora. Depois de arrastar o pequeno buldogue no quartinho dos fundos, bater a porta.

No ínterim, Metti ligou tantas vezes, implorou que você o aceitasse de volta, desse outra chance. Desculpando-se com tanta frequência, ele estivera sob pressão no instituto, um dos maiores investidores ameaçando sair, perdeu a paciência por conta do cachorro desgraçado, mas nunca machucaria *você*.

Garantindo a você, ele diminuiu a bebida. Sério!

Reconhece que tem um problema. Com certeza. Acabou com o casamento dele, tanto ele quanto a esposa bebiam demais, exceto que a esposa, como a maioria das mulheres, não conseguia aguentar.

Mas agora ele praticamente parou. Uma taça ou duas de vinho com o jantar. Durante a semana. Quando ele mais sente saudades suas.

E então, você concordou em vê-lo de novo. Umas poucas vezes. Difícil dizer não quando o homem lhe dá os presentes mais luxuosos — uma echarpe de seda com uma etiqueta Yves Saint Laurent, um par de brincos compridos banhados a ouro (para combinar com a pulseira), notas de cinquenta dólares para ajudar, como ele diz, "com a sua educação".

— Você vai sentir saudades do Brindle, querida. Eu sei. Mas ele está melhor agora... ele sempre gostou mais da Leila.

Você se pergunta se qualquer parte daquilo podia ser verdade. Sorrindo para Metti, mas não exatamente o olhando nos olhos. Evitando uma piscadela.

É claro que o filho da puta desgraçado foi embora, e que vá com Deus.

Mas você não podia pensar naquilo. Você não podia aceitar aquilo. Estava se sentindo tonta, incerta sequer do nível de culpa que deveria estar sentindo ou se não havia motivo para culpa.

Com fraqueza, você disse:

— Bem. Brindle não vai ficar tão sozinho agora.

Metti riu.

— Tem razão, querida. Brindle nunca mais vai ficar sozinho.

Olhos ardendo das lágrimas. Você não podia permitir que o homem visse, que se gabasse. Virando-se de costas, tomada de ódio dele e de si mesma, agora era tarde demais.

Mas eu não poderia levá-lo! Não naquele momento.

Não podia... Ele era da filha...

Na minha vida, não há espaço para um cão.
Minha vida de rata.

Não era mais a *Virgem/Madonna dolorosa*. Agora era a *vaca, vadia*.
    Alguma coisa tinha sido escancarada. Ventos selvagens, pulsos acelerados.
    Os dedos sondando, cutucando. Descobrindo onde você era úmida e aberta. Desejante.
    Aprende a não se encolher. A parte mais sensível do corpo feminino, nervos expostos. Insuportável se tocados incorretamente. Não suavemente.
    Não consegue se segurar, gritando. *Ah.*
    Ei. Desculpa. Isso doeu?
    (Você sabe que dói, seu filho da puta. Pare.)
    A desculpa é que ele *se empolga*.
    Tão linda. Você é linda (pra caralho).
    Deitada muito imóvel. Olhos fechados numa espécie de oração. Que ele ame você, como disse. Proteja você para sempre.
    Quer saber...? Acho que você precisa ser minha esposa, Vi-let.
    Minha esposinha amada que vou saber onde caralhos ela está em todos os momentos.

Você já transou com homens negros?, ele pergunta.
    Enfim. Enfim ele pergunta. Queria fazer aquela pergunta havia muito tempo (ele admite).
    Diversos dedos de Johnnie Walker lançados num copo. O brilho de alegria no maroto olho masculino.
    Você não está bebendo uísque. Não naquela noite. Arriscado demais.
    Ainda assim, uma elação bêbada percorre suas veias. Hesitando com esperteza por tempo suficiente (como se) não visse a excitação no seu amante.
    Balançando a cabeça com ambiguidade. A resposta poderia ser *não*. Ou a resposta poderia ser *Não é uma pergunta que vou responder*.
    Ok, então. Me dê um número aproximado, por favor.
    Que absurdo! Você quer rir dele. Mas não, talvez não.
    Sentindo-se temerária, descarada.
    Você se escuta respondendo: onze.
    Onze!, ele está pasmo, maravilhado. A boca dele se abre literalmente.
    Ora. On-ze. E isso foi... começando quando?
    Ansioso para saber. Apavorado de saber. Olhos fixados em você, cor de uísque.

Agora escutando sua própria voz dizer ao homem que não estava contando o ensino médio. fundamental. Muito fora de si, fumava muita maconha naquela época. Você achou que ele tinha perguntado de homens de fato... adultos...

Copo de uísque erguido, batendo nos dentes. Ele olha você com algo feito ódio, fascinação. Leve descrença.

No ensino médio? Na porra do *fundamental*? Novinha assim? Jesus! Quantos?

Quantos? Nós não contamos o número.

Rindo dele agora, a expressão em seu rosto. Quem estava contando?, você quer saber.

E isso foi... quando? Com que idade...? Tipo, dezesseis? Quinze?

Perto disso. Ou mais cedo. Oitavo ano? Sétimo? Garotas brancas, quero dizer. Garotas que trepavam com garotos negros. Que não tinham medo.

Você... não tinha medo?

Por que a gente teria medo? Garotos negros eram os melhores.

Eu... eu acho... que isso deve ser... incrível... Quantos?

Por que a gente contaria? Ninguém contava. Essa pergunta é grosseira.

É possível que agora você tenha ido longe demais. *Grosseiro* não é uma palavra que se aplicaria normalmente a Orlando Metti.

Mas você está rindo. Pela primeira vez, talvez. Em tais circunstâncias.

Você está mentindo, não está? Rindo de mim.

Rindo de você? Por que você acharia isso, Orlando?

Franzindo a testa para mostrar como você está falando sério. Mas os risos borbulham de novo, como bile.

Você *está*?

Eu estou... o quê?

Mentindo. Rindo de mim.

Balançando a cabeça, poderia ser *não*. Poderia ser *sim*.

Medindo a distância necessária para fugir, para sair da rota de colisão do punho.

Mas falando de *homens*, não garotos mas *homens negros*, foram onze.

Isso inclui agora? O momento presente?

N-não... Agora não.

Mas você hesitou, ele viu. Não estava bêbado o suficiente para não ver. Fazendo a pergunta crucial. Percebendo como você a absorve.

Quando foi o último, então? A última trepada com um preto?

Não querendo provocar o homem. Mas sim, querendo provocar o homem: fazendo questão de contar nos dedos como se calculasse quanto tempo faz que conhece Orlando Metti.

Bom. Acho que... sete meses atrás. Aproximadamente.

Aqui em Catamount Falls?

É claro! Na universidade.

Ele está... Vocês estão... Agora?

Eu disse a você que *não*. Agora não.

Você já esteve envolvida seriamente com algum deles? Tipo... apaixonada...

Lambendo os lábios dele porque não é fácil. *Amor* tem um som clínico na boca daquele homem. Mas ele precisa perguntar, precisa saber. Não se aguenta. Excitante não saber qual será a resposta.

De novo, aquela inclinação vaga da cabeça, talvez *não*. Ou... *sim*.

E você já... você chega a... comparar?... um amante negro, amantes brancos...?

"Comparar"... como? Você quer dizer o tamanho do pênis masculino? Homem negro, homem branco?

Como você está sendo, que inesperado: dizendo a palavra *pênis* para envergonhar o homem que encara você em descrença.

Pois até onde ele sabia você nunca tinha sido tão franca previamente. Atraído pela *Virgem/Madonna dolorosa* descoberta adormecida em sua cama, Orlando Metti acha aquela revelação difícil de compreender.

De modo prosaico você diz ao homem surpreso que é verdade, exatamente como homens brancos temem, o pênis negro é maior.

Até mesmo um homem negro relativamente pequeno, você continua, com o ar de quem concede uma verdade relutante, ainda assim, uma verdade que deve ser dita, terá um pênis proporcionalmente maior do que um homem branco.

Sério. É mesmo?

Sorrindo, um pavoroso sorriso insincero. Como se o medo do homem (branco) tivesse sido confirmado. Tudo que receava revelando-se um segredo aberto.

Você começa a rir, de súbito. Um ronco de risada, apesar da conversa (possivelmente) não ser engraçada de forma alguma, mas perigosa.

E é por isso que é engraçado — o *perigo*.

Hora de explicar para o surpreso homem (branco) que foi tudo uma piada. Mantendo aquele punho controlado. Sem atingir seu rosto. Mas uma piada não engraçada se qualifica como uma piada?

Tendo que se adaptar aos movimentos da piada como você se adaptou aos movimentos do ato do sexo sabe-se lá quantas vezes.

Você diria a ele: *Na verdade, nunca dormi com um negro. Não dormi com onze homens. Eu nem conheço onze homens.*

Mas não, você não diz isso. Até parece que você diria isso, desfazendo o feitiço.

De repente, Metti está furioso. Dizendo, Por que você não cala essa boca, Violet.

Ainda assim você está rindo. Você está pensando, Me mate, me estrangule. Vá em frente, seu merda.

Cala a boca, cala a boca, *cala a boca*.

Pairando sobre você. O valentão sacudindo você. Dizendo coisas grosseiras para você. Se houvesse uma coleira ao redor do seu pescoço, ele teria arrastado você como fizera com o buldogue. Atirado dentro de um quarto, trancado a porta.

Ainda assim você não consegue ficar séria, seu rosto está derretendo. É tão engraçado...! O ultraje do homem branco.

Deveria estrangular você, Violet. Sua vadia do caralho. Isso faria você parar de rir de mim.

Não. Não me faria parar.

Um riso selvagem conforme ele avança correndo na sua direção, mas você não está mais onde estava.

Levantando às pressas, sem jeito. Agarrando as roupas. Sem sapatos, você esqueceu os sapatos. Fodam-se os sapatos.

Querendo esmagar você na cama. A cama fedorenta pisada. O corpo pesando em você, impotente. Enfiando-se dentro de você o mais fundo que pode, pois suas palavras o excitaram como nada o excitou recentemente. Ele arrancaria o que resta das suas roupas, homem tosco em fúria. Não importa que aquele homem tosco seja de meia-idade, gorducho na cintura, uma papada sob o queixo, respiração ofegante e superficial enquanto o coração bate em desespero no peito. Não importa que ele nem se lembra mais quem você é, qual delas que o decepcionou, traiu, escapou dele. Você é a porra da vadia, a vadia-a-ser-fodida até gritar de dor, para os ouvidos dele a mais deliciosa das dores; até que você esteja sangrando, o homem tosco se enfiou dentro de você como uma espada samurai perfurando suas tripas.

Mas você é rápida demais para ele! Não bêbada e com todos os sentidos alertas, você desliza das mãos atrapalhadas, desliza sob as mãos, vivaz como uma raposa desperta. Na sua mão, um castiçal de chumbo, deve ter ficado de olho naquilo em uma mesa próxima pelos últimos muitos minutos sem registrar seu significado. Do nada, você pegou o objeto de chumbo para lançar contra o rosto raivoso, com êxtase você atinge o rosto entre os olhos, não uma pancada muito forte, mas desconcertante para o homem que nunca tomou uma pancada dessa forma, de alguém que ele imaginava que conseguiria sujeitar com facilidade. Isso dá tempo para que você golpeie a arma uma segunda vez, e com muito mais força. Quase pode ouvir o rachar da cavidade ocular, a cartilagem do nariz esmagada, você vê o homem ofegante perder o equilíbrio, caindo. Com tudo.

Respingos de sangue. Choramingando, gemendo. Mas você não tem misericórdia, sem olhar para trás você está em um voo de êxtase descendo dezessete pisos vertiginosos em direção ao térreo, correndo sem sapatos para o ar gelado
— *Correndo para salvar minha vida.*

E sempre que você pensa em Orlando Metti risadas cruéis borbulham feito bile.

E sempre que pensa em Orlando Metti você sente um ímpeto de algo como penitência, uma espécie de remorso, arrependimento, não pelo que você fez, mas por ter feito, e Metti não perdoará você e não esquecerá.

É só uma questão de tempo, você pensa. Até Metti ir atrás de você.

Ele sabe onde você mora, tinha dado carona até sua casa várias vezes antes de lhe dar o Honda Civic. Ele saberia seu cronograma de aulas exceto que nunca prestou atenção, ele poderia se lembrar vagamente que você está no campus às quintas-feiras à noite.

É claro, ele liga. Ligações tarde da noite no telefone especialmente instalado. Você ouve, e não atende.

Ao contrário da ex-mulher, Metti não deixa mensagens extensas. Ele é astuto demais para ameaçar você. Astuto demais para deixar prova de qualquer intenção de fazer mal a você.

Tudo que ele dirá, em uma voz fingidamente jovial:
— O-lá, Vi'let. Temos uma coisinha pra conversar.

E então, a agência liga.

Não Ava Schultz, mas o gerente, um homem chamado Dwyer com quem você nunca falou antes. Dwyer é severo, grosseiro. Informando a você que Orlando Metti acusou você de roubar do apartamento dele. Ele afirma que você levou joias, artigos de roupa, dinheiro. A não ser que você devolva os itens, ele vai chamar a polícia e prestar queixa.

Você se pergunta se aquilo é uma piada. Mas não, Dwyer está sem ar ao telefone. Não é piada.

Você protesta com fraqueza: Metti deu aqueles presentes. Todos os itens foram presentes.

Ele havia dado um carro para você também. Um Honda Civic. (Pelo menos Metti não está acusando você de roubar o carro.)

Dwyer Grosseiro manda que você vá à agência e leve os "presentes" consigo.

No Honda Civic, você dirige até a Maid Brigade. Você leva consigo os presentes que seu amante deu no primeiro resplendor de seu desejo pela *Virgem/Madonna dolorosa*: um colar de contas turquesa, a pulseira banhada a ouro com o fecho complicado, brincos que combinam com a pulseira, linda echarpe de seda Yves Saint Laurent.

Você está incerta do que fazer com o dinheiro que Metti deu a você ao longo de diversos meses. Nunca fez as contas, mas acredita que deva ser quase mil dólares, a maior parte gasta no esforço de se manter viva e o resto separado para enviar a Ethel Johnson no próximo fevereiro.

E as notas foram presentes, ou gorjetas...? Impossível saber o que poderia ser na altura do término.

Até parece que você devolveria as *gorjetas* para aquele homem. As *gorjetas* conquistadas com o suor do seu trabalho.

Profundamente envergonhada, você estende os itens presenteados num balcão para que Dwyer os contemple. Cada objeto é claramente caro, de alta qualidade. Você tinha ficado emocionada de receber cada um deles, à época. Tinha vestido o colar turquesa com maior frequência, na universidade; os outros itens mais caros usados apenas na companhia de Metti, o que o agradava.

Na verdade, se você não usasse algo que Metti havia dado, ele perguntaria o motivo, emburrado.

Será que Dwyer acredita em você? Essas são as primeiras acusações de Orlando Metti contra uma das faxineiras? Com veemência infantil, você insiste:

— *Eu não roubei estas coisas! Não roubei.*

Ainda assim você se preocupa de que sua veemência não seja convincente. Uma garota verdadeiramente inocente estaria aos frangalhos, talvez. Magoada.

Já que Dwyer está muito furioso com você, ele não está com pressa de lhe dar o benefício da dúvida. Não tem motivo para ficar do seu lado em um desentendimento com um cliente. Você não será mais chamada para trabalhar na agência, mas Orlando Metti é um cliente valorizado.

É muito vergonhoso ter que admitir a Dwyer, que questiona você atentamente, que sim, você havia "se envolvido" com o cliente.

"Envolvido"... o que é isso? Dormiu com ele?

Humilhante! A pele em seu rosto parece se contrair de vergonha.

Sim, você havia sido avisada. Com muita clareza havia sido avisada. Ingenuamente você não havia escutado.

Impossível afirmar — *Mas eu estava apaixonada por ele. Eu achava. Querendo que o homem me amasse. Que cuidasse de mim.*

Aquele tinha sido o desejo, até mesmo para além do desejo por dinheiro. A esperança de que, quando Lionel viesse atrás de você, Orlando Metti fosse proteger você; sua vida tão alterada pela presença dele que Lionel nunca ousaria vir atrás de você.

Você se dá conta disso agora. Que transparente! Patético. Ainda assim, de alguma forma, você não soubera.

Por quarenta minutos Dwyer interroga você. Como Metti tinha apreciado humilhar você, agora o gerente da Maid Brigade aprecia humilhar você. E você está disposta a ser humilhada, você é apologética, odiosa. O medo de que possa ser presa pela polícia, acusada de roubo, incapaz de convencer as autoridades de que não é uma ladra, cresce em você como uma febre.

Você diz a Dwyer que não quer nenhum dos presentes. Você mal os usou, exceto na companhia de Metti. Por favor, que os devolvesse a Metti! Talvez isso o apaziguasse.

Dwyer olha para você com certa empatia. Embora ele esteja majoritariamente com nojo de você.

Dizendo a você que Metti está muito bravo. Ele tinha gritado no telefone. Parecia ter bebido. Você tem muita sorte que ele não ligou para a polícia na hora.

Dwyer concede, o relato de Metti é suspeito — afirmando que você roubou os itens ao longo de um período de semanas. Se você tinha roubado, e ele notou, por que ele não relatou os roubos na época? Por que esperaria você roubar uma meia dúzia de itens para então relatar? E se ele lhe deu o carro, e o título foi passado para o seu nome — obviamente você não havia roubado. E se ele havia dado o carro para você, ele provavelmente tinha dado os outros presentes também.

Dwyer achava que provavelmente a polícia veria os furos na história de Metti. Acusando uma mulher de roubar dele. Ex-diarista. Como história, era suspeita. Também não teriam a tendência a ficar do lado dele, um cara rico morando sozinho, divorciado, no arranha-céu perto do rio, trazendo mulheres para casa. Reconheceriam o tipo.

Diante de Dwyer você está submissa, rebaixada. É lisonjeiro para aquele homem como se sente humilhada, uma garota (em algum momento) sexualmente atraente o bastante para ter incitado um homem como Orlando Metti a lhe dar presentes caros, e Deus sabe o quanto em *gorjetas*.

Você não é tão atraente agora, sabe disso. Atordoada pela acusação de que é uma ladra. Gaguejando enquanto tenta se defender. Havia se vestido naquela manhã com uma pressa desmazelada, enfiado uma camiseta suja, jeans. Nem pensou em um banho. Fedendo a culpa. Axilas rançosas. Dwyer encara você com frieza.

Rosto, peitos, barriga, quadris, pernas. Pés. E ergue os olhos de novo, em lenta avaliação masculina, julgando você insuficiente.

Dizendo com crueldade que a polícia talvez não goste de você também. Imaginando que você estava aceitando dinheiro do cliente por sexo, o que transforma você, em alguns olhos, numa prostituta.

Você aceita aquela desonra, é devida. Pegar dinheiro de um homem, qualquer homem, mesmo que você tenha merecido, é uma espécie de *prostituição*. Você não questionará isso.

Dwyer diz que a polícia não é idiota, vão ver os problemas na história de Metti. Mas ainda assim, podem levar você para ser questionada. Ele pausa, apreciando a possibilidade.

Ainda assim, você não tem nada a dizer em sua defesa. É tudo verdade, terrível. Você quase sente uma espécie de alegria por aquele desconhecido hostil enxergar você de forma tão exposta, nua.

Hora de ir embora. Deixe os "presentes" conquistados com muito trabalho para devolução ao donatário. A Maid Brigade está dispensando você. Nem mesmo como uma funcionária de meio-período paga desdenhosamente em dinheiro, informalmente, você será bem-vinda a voltar, apesar de até muito recentemente ter sido uma das empregadas mais diligentes da agência, nunca fez reclamações nem recebeu reclamações.

Dwyer acrescenta, rindo:

— Você deve ter feito algo pra enfurecer esse cara, Vi'let. Teve sorte que ele ligou para a gente antes e não para os policiais.

Tive sorte. Sim!

Mas então, não havia um fim claro. Pois Metti me ligou poucos dias depois deixando mensagens de desculpas abjetas, insistindo que não queria os presentes de volta, que houve um desentendimento "terrível" — culpa da agência.

Quando não atendi, não retornei as ligações, Metti apareceu onde eu estava morando, uma residência vitoriana velha ao norte da extensão do campus universitário. Metti tinha visto a residência exclusivamente de fora, e à noite. De alguma forma, ele conseguiu entrar e subiu as escadas com precisão até meu quarto no segundo andar, determinado a falar comigo, mas eu me escondi dele atrás da porta trancada.

— Violet! Tente me perdoar. Eu tenho estado um pouco maluco, acho. Nunca esperei esse tipo de comportamento de *você*. Me traindo. Dormindo com... aqueles homens. Eu tinha acreditado que era o único. — Começou a bater na porta com o punho fechado. — É a sua vida, Violet. Você tem direito à sua própria vida. Consigo ver isso. Sou um pai, não um carcereiro. Uma garota... uma filha... pode dar para qualquer um que queria. Qualquer cor. Eu sei disso. Não estou contestando isso. Mas achei que você tinha me prometido. Devo ter me confundido, eu tinha certeza que você tinha prometido. Quando aceitou meus presentes. O dinheiro. Havia um acordo. Tem um acordo, se uma mulher aceita presentes e dinheiro. Mas você não, você mentiu pra mim. Mas não, não estou acusando você, Violet. É muito jovem. Mas não é jovem demais para entender. Ainda não acabou, Violet. Tem muito a fazer ainda. Nós temos muito mais a dizer um para o outro, querida. Mulheres não vão embora da minha vida, não assim. Elas vão embora quando eu falo para elas: *acabou*. Isso ainda não acabou, Violet. Sua vadia mentirosa. Nem de longe.

Então, os passos descendo as escadas. Do lado de dentro, eu estava encolhida. Do lado de dentro, eu estava calculando como poderia escapar pela janela, quebrando o vidro com uma cadeira, uma escada de incêndio completamente enferrujada do lado de fora da janela, talvez aguentasse meu peso. E eu tinha uma tesoura agarrada na minha mão. Mas então, de repente, Metti estava recuando. Da janela, podia ver o homem caminhando a passos trôpegos para dentro do Jaguar estacionado torto no meio-fio, onde ele havia atraído a atenção de diversos caras, admirando o belo formato de míssil preto lustroso. Eu me perguntei se Metti pausaria para olhar para mim, se ele acenaria. Se eu acenaria para ele.

E então, pensei — *Já chega*.

Ainda assim, não chegava. Não havia acabado (ainda). Pois poucos dias depois, quando voltei para a casa na rua Cayuga, eu descobriria, na pequena varanda da entrada, latindo e choramingando conforme eu me aproximava... Brindle! O pequeno buldogue francês amarrado por uma guia curta a um corrimão no pórtico, uma frágil echarpe vermelha ao redor do seu pescoço, tão retorcido que ele quase tinha se sufocado.

— Brindle! Meu Deus.

Era surpreendente: Brindle estava vivo, e Brindle estava *aqui*.

Mais tarde eu me perguntaria se Metti o tinha hospedado em um canil depois de nosso desentendimento. Ele queria que eu pensasse o pior, como uma forma de me punir.

Eu me perguntava se Metti havia mudado de ideia sobre *sacrificar* o buldogue ou se na verdade nenhum veterinário consentisse a ideia. Se a filha de Metti havia lhe dito em definitivo que não queria pegar o cachorro de volta.

Brindle foi tomado de alegria ao me ver. O corpo anão de peito largo tremia, balançava de um lado para o outro com a agitação do rabo magro. Seu olho esquerdo estava nebuloso, mas luminoso. Ele estava arfando, espalhando saliva em minhas mãos.

— Ah, Brindle. O que diabos vou fazer com você...

Se foi por escárnio, ou algum outro motivo, Metti havia amarrado a echarpe vermelha de seda ao redor do pescoço de Brindle, sobre a coleira. Em sua agitação, o cão havia rasgado e sujado o material delicado com suas patas.

Eu me perguntei se Metti estava em algum lugar próximo, observando. Eu não queria procurar por ele — pelo Jaguar estacionado na rua. Não. Carreguei Brindle escada acima, para o quarto. E ali também, uma surpresa — um envelope lotado com dinheiro, empurrado debaixo da porta. Dez notas de cem dólares. Mil dólares!

Nenhum bilhete, nenhuma palavra. Só o cachorro, a echarpe, o envelope cheio de dinheiro. De alguma forma isso (ainda) não parecia ser um fim.

E então agora eu deixaria Catamount Falls. Notificaria a companhia telefônica, desligaria o telefone. (Metti pagava as contas do telefone: ele veria que encerrei a conta.) Na semana anterior o semestre havia se encerrado na universidade, muitos de nós partiríamos em breve. Senti uma pontada súbita de arrependimento por aquela outra vida, a vida de que Orlando Metti não tinha conhecimento, minha vida como estudante universitária que ia ao campus apenas depois do escurecer — hesitante, diligente, obediente — uma moça que se sentava na frente na sala de aula fazendo anotações como se sua vida dependesse disso.

Carreguei o Honda Civic com o pequeno buldogue francês (em uma caixa de transporte de segunda-mão: eu não confiava que ele se comportaria no carro) e minhas (poucas) posses. Quando saí de Catamount Falls, passei pela agência para dar tchau para Ava Schutz, que havia se tornado minha única amiga lá, e perguntei se tinham ouvido qualquer coisa sobre Orlando Metti.

Ava disse que não tinham ouvido nada. Imaginava-se que, já que eu tinha devolvido as coisas que Metti afirmou que eu roubei, Metti estava apaziguado e não causaria mais problemas.

Perguntei a ela se Metti seguia sendo cliente e ela disse que claro, achava que sim. Metti na verdade não tinha feito nenhuma queixa sobre a minha faxina. Ele pagava as contas mais ou menos no prazo. Ao longo dos anos, com outras mulheres que a agência enviou para ele, a maioria tinha se saído bem. Ele nunca havia acusado outra pessoa de roubá-lo antes de mim.

— Você precisa tomar mais cuidado, Violet. Na próxima vez, já vai ser mais inteligente. — Ava riu.

Disse a Ava que estava deixando Catamount Falls e ela expressou surpresa, mas não muita, considerando-se tudo. Perguntou aonde eu estava indo e eu disse a ela que não sabia ainda...

— Só estou correndo pra salvar minha vida.

Língua

… Enfiada na sua boca para empalar você, subjugar você. A língua do homem grossa como uma cobra não quente, mas estranhamente fria, pegajosa. Língua macho predadora preparada para estocar e penetrar até você sufocar e morrer.
Puta. Vadia. Mentirosa do caralho.
Isso não acabou ainda.

— Ah, Brindle. *Pare.*
A suave língua caída no meu rosto. A alma do cão é a língua.
Rindo, empurrando o pequeno buldogue. A boca de um cão não é exatamente limpa.
Acordando em um lugar novo. Aliviada por estar viva.
Calor prematuro de maio, sol tingido de branco caindo diretamente no meu rosto, já que eu (ainda) não tinha instalado venezianas, cortinas. Do lado de fora da janela, uma varanda, um corrimão que lança sombras pelas vidraças, até a cama, no meu rosto, enquanto deito acordada pelo pequeno cachorrinho engraçado que não quer nada mais do que me beijar.
Quinhentos e quarenta quilômetros de Catamount Falls e do apartamento de luxo com vista para o metálico rio St. Lawrence. Apesar de ainda não ter calculado os quilômetros com precisão, é provavelmente a mesma distância de South Niagara. Leste e sul da cidade do meu nascimento, sul do rio Mohawk, e em uma região montanhosa e majoritariamente rural do estado de Nova York em que nunca morei e onde não conheço ninguém.
Aqui, Orlando Metti nunca vai me encontrar. Tenho certeza.
Se eu tivesse ficado em Catamount Falls, o homem poderia ter persistido. De amargura, rancor. Eu teria que me mudar da rua Cayuga para outro lugar. Mas Metti não podia me odiar tanto, ele mal me conhecia. Logo, outra garota/mulher atrairia seu olhar. Talvez a faxineira loira pálida que falava com sotaque.
Em alguns poucos meses, Metti terá esquecido meu nome. E ele tem que se sentir grato de se ver livre do *cachorrinho desgraçado*.

É uma nova vida em Mohawk, Nova York. Uma nova vida temporária.

Não uma minha vida verdadeira, mas uma provisória. Improvisada, calculada.

Devagar, assiduamente, desde os dezoito anos, tenho acumulado créditos no sistema universitário do estado. Tive muitas interrupções em minha educação. Épocas inteiras da minha vida parecem ter desaparecido. Nunca consegui frequentar a faculdade em tempo integral e agora a Universidade Estadual de Nova York em Mohawk me aceitou como aluna transferida na Escola de Serviços Sociais, com apenas cinco matérias faltando para a graduação.

Em Mohawk, uma cidade com menos de vinte mil habitantes, vou procurar uma forma nova de sustento. Vou mudar a cor do cabelo para seu tom mais natural de castanho. Vou passear com o vivaz buldogue francês pelas margens do rio ao menos duas vezes ao dia, e ver quem encontro nesse território totalmente novo para mim.

Que cachorrinho adorável! Que raça é? Como ele se chama?

Um cão é um disfarce que nunca antecipei.

Insólito

Ele. Mas... quem?

Ele estava se aproximando de mim no corredor do campus. Na primeira manhã do semestre de outono.

Ele me encarava, sem me enxergar exatamente. Atravessando por grupos aleatórios de alunos que se moviam lentamente pelo corredor alheios à presença dele.

Um homem de pele escura, jovem, ainda que de meia-idade. Compostura séria, confiante, focado em seu destino. Sua pasta era de um belo couro bege fosco, uma relíquia de outra época, claramente pesada. Os modos eram severos. Alguma coisa na sobriedade de seu porte e em suas roupas, o "paletó esportivo" em tons pasteis que podiam ser cinza, beges ou azuis, a camisa branca recém-saída da lavanderia e uma enfadonha gravata escura me faziam pensar que poderia ser um aluno mais velho da pós-graduação, estrangeiro. Os óculos de aro plástico preto e o casaco com ombros largos sugeriam uma cultura outra que a dos Estados Unidos e um estilo muito distante de na moda. E nenhum estudante americano, mesmo da pós-graduação, usaria um terno e gravata, muito menos carregaria uma pasta.

Ele me passou depressa. Ascendeu seu lance de escadas, desapareceu em um edifício de arenito.

Ao pé dos degraus, fiquei parada olhando. Uma sensação de desejo terrível me tomou, segui-lo escada acima... A sensação insólita de quando sabe quem é alguém, reconhece inconfundivelmente o rosto, ou pelo menos a essência do rosto, o rosto (único) que você conhecera em uma vida anterior, exceto que agora na confusão do momento, no salto animado em suas veias, você não consegue se lembrar quem é a pessoa, ou era.

Ainda assim, eu não tinha certeza se queria que ele me visse. Não tinha certeza se queria ser forçada a me lembrar como essa pessoa e eu nos conhecíamos.

Não deveria ser surpreendente para mim que eu pudesse encontrar alguém aqui em Mohawk que eu conhecera anos antes em Port Oriskany e em South Niagara. Com frequência, em Catamount Falls, eu encontrava ex-colegas de aula cujas companhias eu evitava, pois não queria me saber exatamente como eles se lembravam de mim, e o que sabiam de mim ou minha família — os *Kerrigan*.

Vendo nos seus rostos aquele brilho de reconhecimento? — *É ela? A garota que entregou os irmãos e os mandou pra cadeia.*

Não que fossem ser cruéis comigo, mas até mesmo sua gentileza e simpatia seriam dolorosas. E a sua pena.

E mesmo se não fosse verdade, pareceria verdade para mim. Como uma mancha permanente que de fato foi removida, mas ainda assim sua gravação sempre permanecerá na memória, uma sombra de mancha.

De forma semiconsciente evitei a área do campus onde tinha visto o homem de pele escura com a pasta. No edifício de arenito ficavam os departamentos de economia, ciências políticas e estatística, e eu não estava fazendo nenhuma daquelas aulas.

Poucos dias depois o vi novamente caminhando pelo campus, carregando sua pasta. Entre os alunos da graduação que vestiam roupas mais casuais — camisetas, shorts, jeans —, ele parecia quase comicamente digno, em paletó esportivo, camisa branca, gravata. Eu queria que alguém o cumprimentasse para que seu rosto parecido com uma máscara se rompesse em um sorriso.

Aquela sensação insólita de tentar lembrar de um sonho! Mesmo quando o sonho desaparece.

No corredor, parei o encarando. Quase consegui me lembrar dele — mas ele tinha sido mais jovem na época. Se apenas ele se virasse e me visse, e não sempre corresse como se também quisesses me evitar.

Primeiro socorro

Com suas patas curtas, Brindle estava com dificuldade de me trazer algo entre as mandíbulas. De início, parecia que tinha conseguido matar uma criatura menor do que ele, mas não, era a bolsa de denim que eu carregava em vez de uma bolsa normal, e dentro da bolsa de denim tinha um kit de primeiros socorros.

Não tinha ideia de onde tinha adquirido esse kit de primeiros socorros cujos conteúdos eu examinava com uma empolgação cada vez maior: Band-Aid, um rolo de gaze, uma pequena garrafa de desinfetante, tesourinhas, cortadores de unha também, esparadrapo (branco). Uma caixa de pastilhas para a garganta, tubo de protetor solar, protetor labial. Bombinha de asma, plástico vermelho. Potinho de ibuprofeno. Escova de dentes, um tubo muito pequeno de pasta de dentes.

Que estranho era aquilo! Ainda assim, a reação foi de curiosidade em vez de alarme. Olhando mais fundo na bolsa: um canivete suíço, uma latinha de 230 mililitros de repelente (para ser aplicado como gás de pimenta em caso de emergência), um chumaço de Kleenex endurecido com sangue e um único brinco de concha que eu não me lembrava de ter comprado.

Tive que rir, aquele tesouro era totalmente desconcertante.

Perguntando ao pequeno buldogue:

— *Onde você arranjou essas coisas doidas?*

Imprudente, Brindle subiu nas patas traseiras e começou a lamber o meu rosto. Minhas mãos, meus braços ficaram paralisados de início, eu não conseguia afastá-lo...

E então fui despertada de forma rude, abrupta. É claro que era o cachorrinho lambendo o meu rosto energicamente com sua língua molenga desmazelada.

Acima de mim, o rosto marrom e achatado pairava como uma lua escura. Olhos esbugalhados tão grandes que brilhavam como os olhos de um lunático. E a maldita língua, a arfante língua escorregadia, me fazendo tremer, estremecer, rir:

— Brindle, para! *Não.*

Eu estava na cama. Nesta cama nova e levemente desconfortável neste lugar novo em — era Mohawk, Nova York? Onde a mera casualidade havia me trazido na minha fuga em pânico de Catamount Falls.

Lembrando agora, conforme os restos do sonho me cobriam como um riacho raso, que a pequena bombinha de asma vermelha havia pertencido ao meu colega de ensino médio Tyrell Jones.

É claro! — Tyrell Jones.

Eu tinha visto outra bombinha de asma desde então? — Com certeza não.

E agora eu me lembrava: Tyrell Jones era o homem de pele escura com a pasta que eu tinha visto no campus...

Não era de surpreender que Tyrell Jones fosse um aluno aqui, na Universidade Estadual em Mohawk, como eu. Agora eu conseguia reconhecer os modos estranhos e distintos de Tyrell, a postura tímida que um garoto naturalmente introvertido teria numa situação escolar. O cabelo raspado de Tyrell não tinha mudado muito. Possivelmente Tyrell estava mais atarracado, menos infantil. Os óculos de aro fino que usava na escola que lhe davam um ar de estudante empertigado tinham sido trocados pelos óculos de aro plástico preto grosso que disfarçava metade de seu rosto.

Era um choque, pensar que Tyrell tinha que ser da minha idade — vinte e seis.

Vinte e seis! Não mais jovem. Ao menos no meu caso, nada jovem, considerando-se que a minha vida ainda nem tinha começado.

Doloroso lembrar como eu tinha deixado um bilhete no armário de Tyrell Jones — *Eu te amo.*

No que eu estava pensando! — Eu não fazia ideia.

Tão jovem na época, ingênua e impulsiva. Imaginando uma espécie de laço entre Tyrell Jones e eu, cada um de nós atormentado pelo professor de matemática cujo nome eu tinha me esforçado tanto para apagar da memória.

Agora me parecia significativo que Tyrell Jones fosse estudante aqui em Mohawk. Que tínhamos nos visto — (pois eu não tinha dúvida, Tyrell Jones havia me notado) — não poderia ter sido um acidente. Apesar de eu ter vindo para Mohawk mais ou menos por acidente, como uma extensão da universidade estadual que faria a transferência dos meus créditos sem problemas, não podia acreditar que foi por mera coincidência que Tyrell Jones também estava aqui.

Depois do dia que Tyrell quase perdeu os sentidos na aula de matemática, incapaz de respirar, pesquisei um pouco sobre asma na biblioteca da escola, fascinada e assustada. *Uma inflamação súbita das vias aéreas, a cavidade nasal, uma sensação de sufocamento precipitada por pólen, exacerbada por emoção, em parti-*

cular ansiedade e medo. Numa farmácia da região, eu havia analisado bombinhas de asma, fascinada e assustada. Pois talvez um dia Tyrell tivesse um colapso e eu seria a pessoa, a única pessoa, que saberia como "salvá-lo"...

Essas memórias voltaram para mim, deitada na cama em Mohawk, Nova York. Eu tinha mesmo me *apaixonado* por este garoto, com quem nunca troquei uma frase? Nenhum dos outros garotos de todos esses anos tinha significado qualquer coisa para mim emocionalmente. Eu não tinha nem memória dos outros garotos. Jovens com quem eu tinha me envolvido, sexualmente, nos anos recentes, e incluindo agora o meu amante mais velho Orlando Metti, não tinham significado tanto para mim como Tyrell Jones tinha, apesar de que eu sabia que Tyrell ficaria perplexo se soubesse disso.

Ou talvez Tyrell não ficasse perplexo. Talvez, ao me ver, lembrando-se de quando tinha visto Violet Kerrigan pela última vez, ele teria entendido na hora.

— Vamos lá, Brindle! Você é um buldogue! Um caçador.

Caminhando com Brindle no campus apesar de não ter aulas naquela manhã. No edifício de arenito, pretendendo visitar os departamentos de economia, ciências políticas, estatísticas, mas encontrando no primeiro departamento, uma caixa-postal pertencendo a JONES, TYRELL M.

Então Tyrell Jones não era um aluno ali. Nem mesmo um aluno de pós-graduação. Na verdade, Tyrell Jones era professor assistente, membro do corpo docente em Mohawk.

Fiquei assombrada com a revelação. Cheia de embaraço, vergonha! Enquanto eu estava fazendo faculdade por anos, largando cursos, pedindo transferências, começando de novo, instável e incerta como um barco sem leme ou remos numa corrente rápida, desperdiçando a juventude, Tyrell Jones havia mantido uma rota estável. Ele tinha feito um doutorado, ou ao menos era o que eu imaginava. Ele tinha se juntado ao corpo docente de uma universidade estadual respeitável e lecionava um assunto sobre o qual eu não sabia nada — economia.

Estava orgulhosa dele. Feliz por ele. Quase senti que poderia explodir em lágrimas.

Eu não via Tyrell desde a formatura na Escola de Ensino Médio de Port Oriskany. Como eu, ele tinha sido premiado com uma bolsa de estudo de quatro anos para uma das universidades estaduais. Como eu, ele havia recebido outros prêmios na formatura, entre eles um de matemática.

Eu me lembrava de que, depois da partida repentina do sr. Sandman, uma professora substituta de matemática tinha sido contratada para dar aula até o fim do semestre. Apesar das notas altas, o Tyrell nunca foi selecionado pelo sr. Sandman para ser membro no Clube de Matemática, mas a professora substituta, a sra. Frankl, corrigiu essa injustiça; no nosso último ano ele foi eleito presidente pelos oito ou dez membros (inclusive eu). Que maravilhoso era, pensei. Tyrell Jones não tinha sido (de forma evidente) ferido pelo racista sr. Sandman. Talvez, ao contrário de mim, Tyrell tivesse conseguido esquecê-lo.

— Que cachorrinho lindo — disse a secretária do departamento, sorrindo para Brindle, como faziam todos que encontravam o pequenino buldogue agitado. E levantando os olhos para mim. — De que raça é?

Contei para ela, como contava para todo mundo que perguntava. Numerosas pessoas todos os dias, estranhos que sorriam com alegria para o cachorrinho, e também para mim, com um calor que não teriam pensado em me dar de outra forma.

É assim que amizades repentinas são feitas. Alianças súbitas, conectadas por um afeto ingênuo e sentimental através de um buldogue pequeno com um par de olhos desconcertantemente enormes e esbugalhados, que tinha começado a adorar aquele papel público, e a me implorar, puxando a guia, por cada vez mais atenção.

Minha nova amizade, a secretária do departamento, puxou uma conversa comigo. Ela me disse, quando perguntei sobre o professor Jones, que ele era "novo, tinha entrado no ano passado" em Mohawk e "uma pessoa muito gentil... e quieta". Ela pausou como se tivesse mais a dizer e tivesse mudado de ideia.

— O professor Jones é o primeiro professor negro de economia? — perguntei com inocência.

— Ora, eu... acho que é, sim. — A mulher fez uma pausa, franzindo a testa. Ela poderia ter achado que era uma espécie de grosseria, ter notado que o novo professor assistente era negro. — Ele é uma "recomendação nova"... O departamento tem uma bolsa especial para contratações de minorias. Você é uma das alunas dele?

— Não. Sou uma amiga antiga do ensino médio.

— Mesmo? E onde era isso?

— Port Oriskany. A gente fazia a mesma aula de matemática.

— Vocês têm a mesma *idade*? Sério?

Os olhos da mulher me estudaram de cima a baixo, em dúvida. Com roupas casuais, pernas nuas e usando sandálias, eu não parecia contemporânea do professor Jones.

Na caixa-postal de Tyrell, deixei um bilhete: *Oi, Tyrell! Você se lembra da Violet Kerrigan do ensino médio? Meu número aqui é...*

Caminhando de volta pelo campus com Brindle puxando a guia eu me sentia tão feliz de repente, que cheguei até a ficar com medo. Eu havia feito uma aposta impossível de perder. Pois se Tyrell Jones não me ligasse, isso provavelmente seria uma coisa boa: eu poderia me apaixonar por ele de verdade, ou ele por mim, e um de nós acabaria seriamente magoado, ou ambos; ou, se Tyrell de fato me ligasse, e nos encontrássemos, e começássemos a ser amigos, ou talvez mais que amigos, isso poderia na verdade ser a maior sorte das nossas vidas, ainda mais preciosas por serem compartilhadas.

"Cumpriu sua pena"

Achei que você deveria saber, Violet. Lionel foi *solto*.
Nunca teve a possibilidade de liberdade condicional aceita. Serviu a pena inteira. O que chamam de *cumpriu sua pena*.
Notícias que não deveriam me surpreender. Notícias que eu esperava.
Notícias que me fariam engolir em seco, com força. Procurando às cegas um lugar para me sentar, os joelhos enfraquecendo...
Notícias que estou determinada a ver como *boas notícias*.

Como o meu irmão cumpriu sua pena, não tem obrigação de ver um agente da condicional. Não tem obrigação de se apresentar a qualquer autoridade, nem mesmo um conselheiro ou terapeuta. Não tem obrigação de evitar a companhia de outros ex-condenados ou o que chamam de *parceiros do crime*. Não tem obrigação de viver em uma área designada, é livre para morar onde quiser sem a supervisão de autoridades penitenciárias estaduais pois não mais é responsabilidade deles.
Se o meu irmão for preso pela polícia com drogas, portando armas, dirigindo acima do limite de velocidade, causando uma agitação pública — não será mandado de volta para a prisão na mesma hora, como seria se ele estivesse em condicional, pois é crucial entender, Lionel não está *em liberdade condicional*. Lionel *cumpriu sua pena*.
Com a voz animada, Katie me informou disso tudo. Ela me disse que o nosso irmão Lionel se mudou de volta para South Niagara. Ficando com a mamãe e o papai na casa nova deles até conseguir um emprego, talvez depois se mudando para uma casa dele.
Treze anos na prisão! Treze anos de vida perdidos.
Preso em maio de 1992. Solto em maio de 2005.
É claro que não é fácil. Lionel está... bem, Lionel está o que se chamaria de *taciturno*.

Fica no seu quarto (sótão). Acordado até tarde vendo televisão (no andar de baixo) ou jogando videogames (no andar de cima). Dorme tarde. Nunca usa o telefone. Não entrou em contato com nenhum dos amigos antigos. Nem tem certeza se ainda moram em South Niagara. Come algumas das refeições no quarto, especialmente se a mamãe convidou pessoas para jantar — parentes que querem ver Lionel, ou a própria Katie.

Dê um pouco de tempo ao pobre garoto, todo mundo diz. É traumático ser solto de uma prisão de segurança máxima depois de treze anos quando você só tinha dezessete anos quando entrou.

Quase metade da vida de Lionel *do lado de dentro*.

A crença geral entre a família, os parentes, os amigos, não mais examinada, muito menos questionada, é de que Lionel e Jerome Jr. foram "atropelados por um rolo compressor" para confessar. O Departamento de Polícia de South Niagara, a promotoria. Julgados e considerados culpados pela mídia, visados por serem *brancos*. Uma crença geral que a irmã mais nova Violet tinha algo a ver com as condenações. Em algumas partes, a irmã mais nova Violet tinha muito a ver com Lionel ter os pedidos de liberdade condicional rejeitados pelo comitê avaliador de novo e de novo ao longo de treze longos anos.

Você sabe que isso não é verdade, Katie. (Tentando falar calmamente.)

Eu sei que não é verdade, diz Katie. Tento explicar quando surge esse assunto...

Lionel pensa assim também? (Tenho que perguntar.)

Ah, Deus! — Katie ri. Quem sabe o que o Lionel pensa sobre qualquer coisa? Não é como se a gente se *falasse* exatamente.

A mamãe não para de se impressionar com como Lionel ficou *tão educado*. Nada parecido com o moleque barulhento que ele foi...

Bom. Que ótimo, Lionel ficou *educado*.

Tendo reunido a coragem de ligar para a minha irmã como faço a cada poucos meses. Ver como estão as coisas com Katie. Só para perguntar com casualidade como ela está. Como estão a mamãe e o papai. E Miriam, e Rick. E Les.

Esses irmãos, distantes de mim como crianças com quem eu tinha ido à escola, mas que mal conhecia.

Katie é minha amiga. Katie é a minha conexão preciosa, minha única conexão à minha vida perdida. Miriam ficou distante, distraída; Miriam não me encoraja a ligar para ela, porque ela está muito ocupada com a sua vida doméstica — crianças novas, marido ambicioso. Nunca na vida cheguei a falar com Les ou Rick pelo telefone. Mandei cartões para eles assim como mandei cartões para os outros na família Kerrigan, mas (sem surpresa) eles não responderam.

Eu teria medo de ligar para qualquer um deles, eles foram colocados contra a *irmã rata* deles e acabaram me odiando como Jerr e Lionel me odeiam.

É claro, o papai está ajudando Lionel a procurar um emprego. Papai tem conexões em toda a cidade, homens que lhe devem favores. Em Marcy, Lionel fez aulas de administração, contabilidade, literatura; ele conseguiu experiência em conserto de carros, soldagem, alvenaria, carpintaria. Habilidades que são necessárias no ambiente de trabalho. De trabalho que paga decentemente. (Não: nada de encanamento. Nunca o menor interesse em encanamento.)

Qual é a aparência de Lionel agora? — Não ouso perguntar.

Uma coisa, Vi'let, Lionel *não* perguntou sobre você. Então talvez não se preocupe, ok?

Não perguntou?

Não. Não que ele fosse me perguntar sobre qualquer coisa mas a mamãe me falou, a mamãe quer que eu saiba para (talvez) passar a informação para você.

Com esta revelação, essa pequena migalha que me é oferecida, meu coração bate mais rápido. *A mamãe quer que eu saiba para (talvez) passar a informação para você.*

A mamãe sabe que a gente se fala no telefone, então?

Bem... é difícil saber o que a mamãe sabe ou não sabe. Que nem com o papai, eles não falam sobre isso nunca.

Ok. Obrigada.

Bem, quero dizer... isso não é novidade pra você, Violet. Ou é? Depois de treze anos?

Não. Você tem razão.

Olha. Desculpa por... sei lá. Mas você perguntou. Então eu respondi. Mas acontece que a mamãe meio que sabe que estamos nos falando, e ela definitivamente me contou que Lionel nunca perguntou sobre você, então por que ela me contaria isso, se ela não achasse que eu (talvez) contaria para você?

Para isso, não tenho resposta. Limpando as lágrimas no rosto, enquanto Brindle sobe nas patas traseiras, no sofá ao meu lado, para lamber o meu rosto com vontade.

Brindle, *não*! Para com isso.

Katie pergunta o que está acontecendo aí? Quem é — o que é — "Brindle"?

Brindle é um cachorro que veio morar comigo, digo para Katie.

Você tem um cachorro? Sério, Violet? Como isso aconteceu?

O dono dele não quis ele. A vida dele estava em risco.

Que tipo de cachorro? O tom de voz de Katie é de surpresa, com um pouco de inveja. Apesar de estar, acima de tudo, aliviada de que a conversa tivesse guinado para um assunto mais seguro.

Ele é um pequerrucho. Um buldogue em miniatura.

Buldogue! Mas eles não são feios?

Brindle está me empurrando com a cabeça, o cotoco de rabo agitado. Seus grandes olhos esbugalhados brilham como luz negra. Seria o buldogue pequeno feio, ou... lindo? Na minha cara, Brindle bufando no meu rosto, lambendo o meu rosto, é impossível avaliar.

Katie me faz outras perguntas. Entre nós a surpresa de Violet ter um cachorro, que Katie não fazia ideia de que Violet tinha um cachorro, as irmãs sabem tão pouco uma sobre a outra agora.

Katie me pergunta sobre a Universidade de Mohawk, que aulas estou frequentando. Por que me transferi de Catamount Falls. O que eu estava achando de morar em Mohawk, ela tinha olhado na internet e ficado impressionada, é uma espécie de região turística, vale do rio Mohawk, vinícolas do estado de Nova York, a região dos lagos Finger. É claro, Mohawk é bem pequena — tirando a quantidade de alunos matriculados na universidade, a população é de 6 mil.

Esperando Katie perguntar se fiz amigos aqui. Algum amigo especial aqui.

Mas Katie não pergunta, por talvez imaginar que estou solitária aqui como as pessoas de South Niagara imaginam que estou, e mereço estar, no meu exílio involuntário.

Katie não pergunta, e eu não conto.

Tenho um amigo muito próximo aqui. Alguém que conheci no colégio em Port Oriskany. O que tem entre nós é difícil de explicar porque grande parte é silêncio.

Foi uma conversa boa, penso depois de Katie desligar. Estou tremendo, mas então sempre estou tremendo quando ligo para a minha irmã, e naquela noite está pior que de costume é claro já que as notícias enfim chegaram, inevitáveis, nada surpreendentes, mas ainda devastadoras como gás venenoso entrando na casa — *Nosso irmão Lionel está livre, cumpriu sua pena.*

O mal-entendido

Ele tinha certeza: estava sendo seguido.

Deixou o Shamrock às onze da noite e foi na direção do carro. O estacionamento atrás do bar estava lotado então precisou estacionar do outro lado da rua no estacionamento do Bank of Niagara deserto àquela hora.

Sabia que estavam atrás dele. Cochichando juntos sobre ele. Risos abafados como raios distantes.

Apesar de tê-los visto antes, na rua perto do cinema. Garotos negros. Só que esses pareciam mais velhos, mais altos.

Aquela sensação apertada no cérebro. Ouvindo o *tum tum tum* fraco do que parecia alguém martelando à distância mas (o médico disse) eram os próprios batimentos do coração, no seu cérebro.

Jerome tinha sido monitorado vinte e quatro horas, usando uma braçadeira de medição de pressão ao redor do bíceps esquerdo, sob as roupas, que contraía a ponto de fazer doer a cada meia hora durante o dia e a cada hora em uma noite interminável, e a descoberta foi, ele tinha uma condição chamada *hipertensão*. Claro, ele sabia o que era. Qualquer velho que eles conheciam tinha *hipertensão*. O velho patife tivera *hipertensão* além de um monte de outras doenças, mas ele viveu até os... oitenta e sete? Firme e forte até o dia da morte. Velho teimoso desgraçado, nunca deixou de beber uísque.

Jerome diminuiu um pouco a bebida, só um pouco. Também o sal. (Lula agora usava sal com pouco sódio para cozinhar. Por isso a comida estava tão sem gosto para ele agora.) Não fumava muito ultimamente de qualquer maneira, cigarros estavam caros pra caralho, e faziam ele tossir que nem o diabo, de manhã. Tomar os remédios para a pressão parecia ajudar. Ele achava que os remédios tinham ajudado, mas os que tinha já haviam acabado. Não voltava ao cardiologista há um ano. Quando o *tum tum tum* o mantinha acordado à noite ou ele parava sem ar no topo da escada, ele resolvia marcar uma consulta mas no dia seguinte tantas distrações, não tinha tempo. Se mencionasse a Lula, ela teria marcado a consulta para ele, anotado no calendário da cozinha, ela o teria importunado e insistido para manter a consulta mas ele nunca chegou a comentar com Lula especialmente por aquele motivo (a encheção de saco) e agora eles estavam numa das suas épocas de não falar um com o outro porque ele havia (supostamente) magoado ela sobre alguma coisa idiota e porra nenhuma que ele ia pedir desculpas para ela quando era tão idiota que ele nem conseguia se lembrar que caralho de problema era.

Não que ele desse a mínima que a mulher imaginasse que estava punindo ele, não se importava mesmo.

Ah, merda, ele *se importava*. Era um inferno quando a esposa se afastava dele. E ele sabia, ela não estava se sentindo tão bem nos últimos dias. Todos os filhos tinham saído de casa, só eles dois ali mas, puta que pariu, ele não ia ceder.

Houvera outras mulheres. Ele não tinha sido fiel a Lula. Nenhum dos homens, os maridos que ele conhecia, com quem tinha crescido, com quem tinha ido à escola, nenhum deles tinha sido fiel às suas esposas e (ainda assim) a maioria dos casamentos durou. Eles eram católicos, os casamentos duravam mesmo quando o amor acabava, em farrapos como um pano lavado vezes demais mas que continuava manchado. *Até que a morte os separe* — um monte de merda como tudo na igreja mas ainda assim ele e Lula estavam juntos.

O que os havia mantido juntos era o perdão de Lula. E o que a permitia perdoar era amá-lo.

A fraqueza de uma mulher: amar sem questionar. Amar sem duvidar. Amor como o oxigênio que você puxaria por um canudinho quebrado imundo, de joelhos na lama, qualquer coisa para sobreviver porque não consegue viver sem ele.

Ela não o deixaria ir, ela dissera. Depois que veio à tona que ele andara com outra e não pediria desculpas. Ele poderia tentar fazê-la odiá-lo e ainda assim, se ela o odiasse, ela não o deixaria ir. Aquilo era *amor*.

Atravessando a rua para evitar os jovens negros. Tinham que ser uns cinco ou seis. Não que estivesse com medo deles. Caminhando rápido. Não rápido demais. Um carro estacionado em fila dupla por perto, porta aberta. Rap alto saindo do carro, uma chiadeira. Aquela música de pivete, não dava para entender as palavras. Só podia estar falando mal dos brancos. Fazendo piadas com os brancos. Ele tinha a chave do carro entre os dedos que tinham ficado frios como gelo. Veio um grito:

— *Ei, senhor!*

Gangues negras o haviam perseguido antes. Era deliberado, premeditado. Haviam perseguido seus filhos Les e Rick que não tinham nada a ver com seja lá o que tivesse acontecido com Hadrian Johnson mas quem dava a mínima para aquela merda, ninguém dava a mínima para a porra da justiça de verdade.

Tinha que ser, aqueles pivetes sabiam quem ele era. Não havia um único dia em South Niagara depois de toda aquela publicidade, Kerrigan nas manchetes por semanas, que metade da população negra na cidade não soubesse quem ele era. De quem era pai.

Logo depois de Jerome Jr. e Lionel se declararem culpados pelo assassinato e serem sentenciados à prisão, o vandalismo começou. Janelas quebradas no carro de Jerome estacionado na calçada, pneus furados. Pedras atiradas na frente da casa, lixo jogado no gramado. Veículos acelerando rápido ao passar pela casa à noite, gritos e ameaças. Jerome precisou proteger a propriedade com um rifle (emprestado). Ele, Les e Rick, alguns dos seus amigos. Armados e preparados com armas. Vigilantes da rua Black Rock, era como eles se chamavam. Caras (brancos) de outras vizinhanças, alguns deles desconhecidos completos dos Kerrigan, se voluntariaram para ajudar a proteger os Kerrigan dos seus inimigos. *Se um deles colocar o pé na minha propriedade, tenho direito de matá-lo* — Jerome Kerrigan fora citado, na verdade citado incorretamente nos jornais pois o que ele tinha dito era, ele tinha certeza — *Se qualquer um colocar o pé na minha propriedade para me atacar a minha família, tenho o direito de matá-lo. É a lei.*

Uma viatura da polícia de South Niagara ficara estacionada na frente da casa, por cerca de duas semanas. Dois policiais. Ainda assim, os garotos tinham que ir à escola, Les e Rick, a coitada da Katie tão ansiosa que tinha começado a arrancar cabelo do couro cabeludo.

Lula tinha medo de dormir na casa. Medo de que seria incendiada, que morreriam enquanto dormiam. Pegou Katie e ficou por um tempo com parentes em outra vizinhança até as coisas se acalmarem depois de algumas semanas.

Se o tio de Jerome Tom Kerrigan tivesse ficado de fora, poderia ter sido até melhor. Mas então veio o velho impetuoso Tommy Kerrigan, ao olhar público em campanha — de novo — e ganhando — de novo. Você queria ter acreditado que o velho patife safado se aposentara da política mas não, ele voltara forte e energizado, vencendo as primárias republicanas numa campanha de *lei e ordem, tratamento justo para todas as raças* — querendo dizer que os "brancos" estavam sendo maltratados em South Niagara e em outras partes dos Estados Unidos, seus próprios sobrinhos eram "vítimas" de racismo negro: perseguidos porque eram brancos. Tommy Kerrigan agitou tanta amargura que South Niagara inteira se dividiu: pró-Kerrigan, anti-Kerrigan. Ele não citara o nome de ninguém porque não era o estilo de Tommy Kerrigan mas ficava subentendido que certos líderes negros, pastores negros, políticos brancos liberais eram responsáveis por imensos "erros de julgamento" que haviam mandando os seus sobrinhos para a prisão.

Anos depois agora. As coisas tinham se acalmado em South Niagara. Tom Kerrigan enfim tinha se aposentado da política, para sempre. Só podia estar com mais de oitenta anos. Morava em Naples, na Flórida, com a esposa (bem mais jovem), diziam que estava incapacitado por uma série de avcs. Mas um dos seus protegidos republicanos era congressista e outro estava se preparando para concorrer ao senado. Jerome Kerrigan não poderia escapar da ignomínia do seu nome.

Injusto pra caralho, ele sempre tivera amigos negros. Veteranos como ele. Questões raciais não haviam entrado em qualquer uma das suas trocas ao longo de vinte anos ou mais e então, de repente, eles pararam de se falar.

Por isso sua porra de pressão cardíaca estava alta. Só pensar nisso era como cutucar um dente dolorido. Além de dinheiro. *Sempre* o dinheiro.

No trabalho naquele dia se sentindo tonto do começo da manhã até tarde da noite. Cabeça doendo. Pulsos latejando. Provavelmente não era boa ideia parar para uma bebida mas precisava demais de uma. Além disso, o Shamrock era um lugar em que Jerome Kerrigan era conhecido. Por si mesmo, não pelo sobrenome ou pelo tio maldito. No bar, o familiar encantamento relaxante da reclamação. A fala dos seus amigos como havia sido a fala dos mais velhos. Uma espécie de harmonia, na reclamação. Políticos corruptos, representantes do sindicato. Quem quer que fosse o prefeito, o governador. Presidente dos Estados Unidos. Jerome podia ter certeza, ele conhecia todos os homens presentes no Shamrock depois de uma certa idade. Os jovens ele não conhecia mas os mais velhos, sim. Tinha ido à escola com alguns deles. Tinha saído com as irmãs deles, as esposas — muito tempo atrás. Seus filhos conheciam os filhos deles, ou conheceram um dia. Ele tivera desentendimentos com todos eles, mas não saberia mais dizer qual era a causa, na maioria dos casos. Um número fixo de pessoas que você conhece, não dá para brigar com todas elas mas deve ceder, perdoar. Esquecer, com certeza.

Era um assunto tabu entre os homens, como as famílias decepcionam. Talvez pudesse reclamar a respeito do seu velho pai bêbado mas não da sua esposa — não de verdade. Brincando, piadas pesadas, talvez fosse aceitável mas nada pessoal demais, privado. Nada sobre a saúde da esposa. Mencione *quimioterapia* e o olhar do seu melhor amigo fica vazio. E falar dos filhos, dos filhos adultos e como eles tinham acabado — proibido.

Se você os ama, algo terrível acontece com eles. Apesar de que se você parar de amá-los a dor piora, como um membro removido.

Nunca perdoar Violet. Sua bebê Violet Rue.

Ele perdoaria Jerome Jr. e Lionel antes dela. Os filhos haviam feito escolhas imbecis. Foi a bebida a escolha imbecil fatal — cada péssima decisão daquela noite havia sido consequência daquilo.

Era de família. Genes irlandeses. Todo mundo sabia: beber deixa você bêbado e beber deixa você idiota.

Apesar de estarem sóbrios quando mentiram para ele. Para *ele*. Falaram que estavam com medo, sem saber o que fazer, entraram em pânico e dispararam de carro e mais tarde imploraram pelo seu perdão e então ele os perdoou em algum momento, apesar de estar enojado com eles, e enojado agora quando se lembrava. Seu luto ao perder Jerome Jr. foi contaminado com esse nojo e com a fúria do nojo que os seus filhos, os seus filhos mais velhos, tinham traído ele.

Mas a filha nunca tinha dito que sentia muito. Nunca pedira para ser perdoada. Queria ser *amada* como se nada tivesse acontecido de errado com eles.

Seu coração fora despedaçado, a traição da filha ainda era uma ferida aberta mesmo anos depois. Porque ela era a que ele mais amava.

Não porque ela tivesse falado com a polícia sobre os irmãos, mas porque não viera a ele antes, para contar a ele. Juntos, teriam encontrado uma solução. Mas ela tinha agido com negligência, sem consultá-lo. O *pai* dela.

Ela tentara resolver fora da família, o que era um pecado imperdoável. E já tinha idade suficiente para saber, não era criança.

Pensando nisso, como a filha o havia traído, parecia que o seu coração era despedaçado mais uma vez, ele não conseguia aguentar. A respiração ficou rápida, um torno parecia estar apertando o seu peito. Sua raiva, sua fúria — colapsaram num punho fechado.

— Ei, senhor... tudo bem?

Ele estava de joelhos. A chave do carro havia escorregado dos dedos gelados. O pulso mais forte e mais forte — caindo para a frente no asfalto com um grito estrangulado enquanto os garotos se aproximavam com cuidado, encarando-o.

— Senhor? Ei?

— Ele está bêbado?

— Tem alguma coisa errada com ele, olha... O rosto...

Com cuidado, eles o cercaram. Um homem branco, que parecia velho, eles seriam culpados por derrubá-lo, levar a carteira dele. Mas não podiam simplesmente deixá-lo ali com dificuldade de respirar, então um deles correu para dentro do Shamrock gritando que tinha um homem caído do lado de fora, alguém liga para a emergência e chama uma ambulância.

Até a ambulância chegar nenhum dos adolescentes negros permanecera nas imediações. Saíram de lá de carro e a pé, o mais rápido que puderam.

Policiais brancos apareceriam, veriam garotos negros e um branco caído na rua e começariam a ter as piores suspeitas. E se tentassem correr naquele momento, arriscariam levar uma bala nas costas.

O retorno

Hesitante, Katie disse que acha que vai ficar *tudo bem*.

Estou me perguntando o que *tudo bem* significa.

Se é voltar para South Niagara. Ficar com ela e a sua família.

Para a minha primeira visita de verdade em mais de treze anos. Uma semana? Duas?

Se a mamãe concordar em me ver, é tudo que eu quero.

Porque o papai morreu. (É difícil para mim murmurar essas palavras — *o papai morreu.*)

Tudo bem agora — porque o papai morreu e a amargura morreu com ele. Ou essa é a esperança.

Ou possivelmente Katie quer dizer que está *tudo bem* que eu volte para South Niagara apesar do nosso irmão Lionel ter sido solto da prisão e estar morando lá. *Tudo bem* — Lionel não vai me matar.

Ou essa é a esperança!

No telefone choramos juntas. E nos vendo, pela primeira vez em anos, nos abraçamos, com força. E choramos.

— Ah, Violet! Eu sinto tanto.

Sinto tanto por excluir você da minha vida. Sinto tanto por parar de amar você.

Naquele instante perdoei a minha irmã. Claro.

Não parecíamos mulheres adultas uma para a outra. Enlutadas pelo nosso pai, nós éramos garotinhas de novo como se nenhum tempo tivesse passado.

Anos que nos haviam afastado. Minha irmã fora a minha amiga mais próxima e ela estava casada, e ela teve um bebê (uma filha) sem mim. E eu mal sabia. Como era possível?

Agora, Katie seria a minha irmã de novo. Nenhuma confusão no alívio no seu rosto, a felicidade em me ver, correndo para me cumprimentar, me abraçar, enquanto eu chegava no Honda Civic, espiando pelo para-brisa os números numa parte pouco familiar de South Niagara — a estrada West Cabot.

— Ah meu Deus, Vi'let... é *você*.

Rindo, abraçadas. Lágrimas brilhando nos nossos rostos quentes como ácido.

Ouvi as notícias (tardias, chocantes) através da tia Irma. Meu pai havia morrido de um AVC na semana anterior. Andava bebendo muito, diziam. Estranhos o encontraram na rua do lado de fora do Shamrock, chamaram uma ambulância mas ele não sobreviveu.

Tanto Katie quanto Miriam tentaram entrar em contato, mas só tinham telefones antigos. Irma se lembrou de que eu tinha pedido transferência para a Universidade Estadual de Mohawk e desta forma conseguiu entrar em contato comigo pelo escritório de apoio estudantil, depois de alguma dificuldade. *Ah, Violet. Tenho más notícias...*

A família ficou chocada. Jerome havia morrido tão de repente, sem aviso — tão jovem, apenas sessenta e quatro anos.

Mas pensei — o estresse da vida do papai! Suas brigas, seus rancores. Tinha se desgastado ao brigar com inimigos.

Treze anos, um filho na cadeia. O outro, o primogênito morto na prisão. A filha que traiu ele. Você nunca consegue superar a vergonha, a ignomínia, se for um homem de orgulho. A cada dia é lembrado de novo. Cada dia está contaminado.

Ainda assim, eu teimosamente acreditava que o papai cederia e me perdoaria, um dia. Contanto que fosse uma escolha dele, sem ser forçado por outra pessoa, isso poderia ter sido possível.

Decidindo um dia por impulso me ligar. Me chamar.

Ei, Violet Rue! Estou com uma saudade danada.

No jardim da minha mãe

Katie insiste que sim vai ficar *tudo bem*.

É claro, ela preparou a mamãe. E a mamãe está me esperando.

Não na casa em que crescemos na rua Black Rock, 388 mas em uma casa menor na mesma vizinhança, menos de um quilômetro de distância.

Estou nervosa! Secando as palmas das mãos na calça jeans.

Dirijo até a casa, sozinha. No porta-malas do Honda Civic, há diversos vasos de plantas para o jardim da minha mãe que Katie me ajudou a selecionar na loja de plantas local.

Katie acha que é melhor eu ir sozinha. Na próxima vez que visitar a mamãe, ela virá comigo. Mas desta vez...

— Só vocês duas. Vai ser melhor assim, acho.

É encorajador para mim, Katie imaginar que haverá uma segunda visita. Que a mamãe vai ficar feliz de me ver, e que vai querer me ver de novo.

Katie me avisou para não ficar chocada com a aparência da nossa mãe. Cinco meses atrás, ela fizera uma cirurgia para remover um pequeno nódulo debaixo do braço, perto do seio esquerdo. O câncer estava no estágio três, metastizado para diversos gânglios linfáticos. Mas a cirurgia correu bem, radiação e quimioterapia correram bem, só mais umas poucas semanas de tratamento.

Tudo isso é novo para mim. Outro choque. Katie me garante, mamãe não queria que a maioria das pessoas soubesse sobre o câncer. Ela tinha contado a ela, é claro. Contado a Miriam. E uns poucos parentes, amigos próximos. Mas não havia contado à irmã, não queria que Irma viesse visitá-la, fizesse um escarcéu. *Fazer um escarcéu* era o maior pavor de Lula.

É claro que não havia contado aos garotos. Les, Rick. Lionel.

Se pudesse ter guardado esse segredo do papai, teria feito isso. Naquelas condições, ela tinha escondido o pior dos efeitos colaterais do nosso pai, dormindo boa parte do dia enquanto ele trabalhava para que pudesse estar forte o suficiente para preparar uma refeição à noite, e controlando o apetite para poder comer ao menos parte da refeição com ele, para não levantar suspeitas. Ela colocava maquiagem no rosto, quase parecia bem. Usava roupas largas para que ele não notasse quanto peso ela tinha perdido. Assim que o cabelo começou a cair, ela o cortou à máquina para que pudesse usar uma peruca linda, idêntica ao seu cabelo quando fora jovem e saudável e ela se certificava de que o papai nunca a visse sem a peruca.

Incrível! Fico cheia de admiração pela minha mãe. Pensando em como eu a conheço pouco.

E funcionou? — Tenho que perguntar.

Katie riu.

— Bom... talvez. Você sabe como são os homens.

— Sei? Como eles são?

— Não conseguem encarar bem a realidade. Se puderem se convencer de que uma mulher não está doente, não de verdade, se isso for possível de alguma forma, é o que vão dizer a si mesmos, porque pensar o contrário causa horror a eles.

— E era assim com o papai?

— Não conseguia encarar que a mamãe pudesse estar doente de verdade. Se Miriam ou eu tentássemos tocar no assunto, ele nos cortava. Não ficava muito tempo em casa. No trabalho, e depois do trabalho não ia direto para casa. Não era muito diferente do jeito que sempre foi, na verdade. Eles tinham esse tipo de casamento... a esposa fica em casa. O homem fica trepando por aí.

— Ah, Katie! Isso parece horrível.

— Mamãe se virava, ela estava bem. Não feliz, mas bem. Todas as mulheres casadas que conhecia tinham a mesma experiência. Ela não poderia ter deixado o papai mesmo se quisesse, não tinha como se sustentar. Tudo que ela fez na vida foi ser "dona de casa"... cuidando de crianças. Então veio aquela coisa que aconteceu, como uma estaca no meio do coração do casamento.

Aquela coisa que aconteceu. O modo como a nossa família havia aprendido a falar do assassinato de Hadrian Johnson. Um negócio, um evento, uma ação que havia *acontecido*.

— Não era só porque o papai tinha casos... transava... com outras mulheres, que não podiam falar a respeito. Ele e a mamãe nunca pareceram reconhecer o que Jerr e Lionel *fizeram*. Era como se não conseguissem, simplesmente não conseguissem compreender... Tudo que o papai falava era de advogados e como recorrer, como conseguir "reverter" as condenações. Tinha crenças fixas, ninguém ousava desafiar o homem. O estresse deixou o papai desequilibrado, doente. E então o matou. — Katie para, limpando os olhos.

Tinha sido uma espécie de choque para mim, ouvir observações desse tipo ditas pela minha irmã. Essa perspectiva súbita do casamento dos nossos pais é nova para mim. E essa irmã nova, tão pensativa, analítica... mal se parece com a garota tímida de que me lembro.

— Mas o papai amava a mamãe, do jeito dele. Ele amava todos nós... Era isso que tornava o papai tão perigoso. Quando você ama alguém assim você pode se virar contra a pessoa com muita crueldade... Do jeito que o papai se virou contra você.

Querendo perguntar para a minha irmã — *Mas você acha que o papai teria me perdoado? Em algum momento?* Mas não, é claro que não vou perguntar.

É verdade, estou com medo de ver a minha mãe depois de tantos anos.

No último vislumbre que eu tivera da mamãe ela estava se afastando de mim, no "abrigo". Drogada e de andar trôpego mas determinada a escapar de mim.

Difícil evitar reconhecer o fato de que a minha mãe havia me abandonado. Transformou-me numa órfã. Por quê?

Ela amava mais os seus irmãos. Não — ela amava mais o seu pai.

Como uma memória de ter tido intoxicação por ter comido algo. Mal conseguindo sobreviver. E, ainda assim, aqui está a comida de novo... E você está com fome.

Mas Katie me garantiu: mamãe quer me ver, não será uma surpresa desagradável para ela.

O funeral do nosso avô tinha sido cedo demais. Não estariam preparados para me ver, Katie diz. Mas agora...

E ainda assim: estou tremendo por antecipação, que de alguma forma no seu estado medicado, perturbado ou deprimido pela morte do papai, a mamãe não vai se lembrar que a visita foi planejada, que estou em South Niagara na casa de Katie.

Ou a mamãe pode se lembrar. Mas pode ter mudado de ideia sobre me ver de novo.

A rata! Você.

Dirigindo para o endereço novo que fica a poucas quadras da casa antiga estou tomando uma decisão consciente de não passar pela rua Black Rock, 388. A casa em que morei por doze anos. A única casa da qual me lembro, marcada fundo na minha alma.

Melhor não. Agora não. Outro dia.

Pois na rua Black Rock verei — de novo — os fundos da casa, a terra não cultivada, trechos de sujeira até a beirada por cima do rio Niágara correndo.

A área de mato raquítico onde os meus irmãos enterraram o taco de beisebol. Onde haviam enterrado o garoto negro assassinado, chutando terra e folhas por cima dele na sua cova rasa...

Em alguns dos meus sonhos confusos, aquilo era verdade. O garoto assassinado enterrado com o taco de beisebol numa cova rasa.

Em outro sonho, eu tinha visto os meus irmãos chutando outras coisas na cova... uma bicicleta quebrada, um boné de beisebol...

Tenho que balançar a cabeça, para afastar essas memórias fantasmagóricas. Tantos anos assombrados, não tenho sempre certeza do que é real e do que não é; o que vi com os meus próprios olhos e o que imaginei que poderia ter sido os meus olhos se eu estivesse no lugar certo na hora certa.

Ah...! Aqui está a casa "nova". Como a família chama.

Um leve choque, a casa na rua Harrison, 111 é consideravelmente menor do que a antiga casa dos meus pais, mais comum, até mesmo um pouco desgastada, apesar de também ter estrutura de madeira em ripas pintada de cinza, num terreno menor.

Só um degrau na frente. Nada de segundo andar exceto pelo que parece ser um sótão sob um teto pontiagudo. (Onde Lionel está morando?) Uma das numerosas casas pós-guerra *construídas barato* como o papai diria com escárnio, por ruas como a Harrison.

Era provável que o meu pai tivesse repintado esta casa, feito algumas reformas. Com uma hipoteca feita como medida temporária, profundamente endividado com as contas dos advogados. Deve ter sido sofrível para Jerome Kerrigan morar aqui, um homem que tivera tanto orgulho em manter a sua propriedade.

Asfalto na entrada da garagem muito rachado, tão estreito, que mal dava para acreditar que um carro de tamanho normal conseguiria entrar. O olmo arruinado, a maior parte da árvore removida, apenas um tronco no jardim da frente.

Numa vizinhança de classe operária tinha parecido crucial fazer pequenas distinções. A rua Black Rock com uma fileira de casas com vista para o rio Niágara era reconhecida por ser um lugar superior para morar em comparação às ruas menores como a Harrison. *Veja o que fiz pela minha família* — a declaração de orgulho de um pai.

Tão nervosa que fiquei sentada por minutos no carro estacionado na frente da casa tentando juntar coragem. Como se a camada externa da minha pele tivesse sido arrancada. Não contei muito a Tyrell Jones sobre a minha vida, muito menos Tyrell me perguntou apesar de sim, ele saber quem eu sou. Impossível crescer em Port Oriskany sem conhecer o nome *Kerrigan*. Mas eu havia contado a ele que o meu pai morreu do nada, eu tinha que partir naquele instante para South Niagara, então — ele poderia ficar com Brindle por uns dias? — e sem hesitar ele falou sim. É claro.

Tyrell também disse *Seja lá o que aconteça, Violet… Vai ter alguma lógica nisso. Lógica!* Quero acreditar nisso.

Meu desejo é viver uma vida em que as emoções surgem devagar como nuvens num dia calmo. Você vê a aproximação, contempla a beleza da nuvem, observa-a passando, deixa-a ir. Você não se detém no que viu, não se arrepende. Está feliz em entender que uma nuvem idêntica nunca virá de novo, não importa quão bela, quão única. Você não chora pela sua perda.

Tocando a campainha da porta da frente em tamanho estado de ansiedade, que me sinto (absurdamente) aliviada quando ninguém atende. Estou carregando uma rosa-trepadeira vermelha para o jardim da minha mãe, presa nos braços contra o meu peito como uma armadura.

Katie me contou que provavelmente a mamãe vai estar no jardim. Se ninguém atender, é só dar a volta na casa.

A mamãe teve quimioterapia ontem. Vai estar sentindo os efeitos hoje. Uma das nossas primas mais novas vai ficar com ela, cuidar dela até Katie poder ir no final da tarde.

Estranho, enervante, caminhar para os fundos da pequena casa de madeira na rua Harrison, 111, a qual nunca vi antes. Sob os meus pés a grama está descuidada, seca em alguns trechos. Todas as venezianas nas janelas estão fechadas. Parece tanto invasão de propriedade, em um conto de fadas em que a pequena garotinha tola tropeça para dentro da zona proibida e se arrepende disso.

Um pequeno choque, virando um canto da casa, e há um quintal normal, um pequeno trecho de solo lavrado, poucas plantas florescendo, moitas, e lá, sob o brilho do sol entrecortado por nuvens, sentada numa cadeira de lona com um chapéu de palha cobrindo parte do seu rosto — uma mulher mais velha em roupas largas com pele branca, traços delicados como uma aquarela borrada. Minha mãe?

— Mãe…? Oi…

Aqui está o choque verdadeiro: minha mãe me encara piscando rápido, sem parecer me reconhecer. Então ela abre um sorriso duro.

— Mãe? É Violet. Eu… estou visitando Katie.

Engolindo em seco, porque isso é esquisito. (Será que devo ir até a minha mãe, abraçá-la? Tomar a sua mão? Beijá-la? Estou carregando a roseira nos braços, e vou pousar aos seus pés.)

— Eu... Talvez Katie tenha avisado...? Estou ficando na casa de Katie por... uns dias.

Minha mãe é linda! — esta é a minha primeira impressão.

A pele parece translúcida. A boca está mais magra do que me lembro, mas tocada levemente de batom. Sob a sombra do chapéu de palha, os olhos são grandes, luminosos.

— Mamãe? É a Violet.

O pensamento me ocorre — *Ela não sabe quem eu sou.*

— Tia Lula? Você tem visita.

Uma garota robusta de coxas grandes em jardineiras se apressa para fora da casa para facilitar a visita. É evidente que é a minha prima Trix, de quem mal me lembro de quando criança, e Trix é treinada como assistente de enfermagem, ficando com a tia Lula sempre que necessário.

— Tia Lula? Olha: alguém trouxe um presente pra você.

Tolamente, gaguejo que tem mais roseiras no carro... para o jardim da mamãe.

Determinada a não explodir em lágrimas e ainda assim em poucos segundos, estou chorando sem controle.

— Ah, oi, Vi'let... Está tudo bem. Sua mãe está indo muito bem, não tem nada para ficar triste. Tia Lula? Viu quem está aqui? É "Violet".

Minha mãe continuou a me encarar, com uma expressão de reconhecimento lento. Sua voz é rouca e quase inaudível:

— "Violet"...?

Minha mãe não é exatamente acolhedora mas pelo menos não está se afastando de mim em repugnância.

Provavelmente, a memória foi afetada pela quimioterapia. Apesar de Katie tê-la preparado para a minha visita, parece ter esquecido.

— "Vio-let"?

É claro, eu também mudei. Mudei muito. Não consigo nem me lembrar de como deveria ser a minha aparência da última vez em que a minha mãe me viu.

Vinte e sete anos de idade! Não mais uma garotinha.

Estou pairando para abraçar a minha mãe na cadeira, desajeitada. Vejo que os seus olhos estão grotescamente injetados. Sua pele é anormalmente pálida, com aparência quebradiça como se pudesse desintegrar ao toque. Sob o chapéu de palha de abas largas, que lhe dá um ar quase glamouroso, a peruca loira-acobreada está levemente torta.

— Ah, mamãe! Eu sinto tanto.

Como parece natural, pedir desculpas. Sempre, o recurso mais fácil.

Um esforço para a mamãe erguer os braços mas ela consegue. Sem jeito, estou dobrada sobre ela, tentando abraçá-la sem machucá-la. Braços tão frágeis! Corpo tão frágil! Um dia Lula fora carnuda, reconfortante com seus seios amplos, quadris; agora eu tenho medo de machucá-la.

— Violet. Oi... — Ainda assim, a mamãe parece incerta sobre mim, quem sou eu, por que estou ali. A voz é áspera, mal dá para ouvir. Mas está alerta para a rosa-trepadeira vermelha, um presente. — Que bonitas! Obrigada.

— Para o seu jardim, mamãe. Vou ajudar você a plantar.

Fico me perguntando se, com os seus olhos injetados, a mamãe sequer consegue ver as pequenas flores com clareza. Ela agarra o meu pulso para se estabilizar.

A mamãe está usando uma calça e um suéter largos, pantufas nos magros pés brancos. Um odor químico flutua de seu corpo, beliscando as narinas. Vista de perto, a peruca loira-acobreada é obviamente falsa; uma peruca de cabelo humano teria custado mil dólares. Mas não duvido que o papai fosse enganado por essa peruca, ou quisesse ser enganado.

Queria que Katie tivesse me alertado a respeito dos olhos injetados. Veias capilares rompidas pela quimioterapia, deve ser. E o odor forte! Estou quase vomitando.

Vendo que estou distraída, tremendo, lágrimas escorrendo pelas bochechas, minha prima assistente de enfermagem Trix entrega uma caixa de lenços para mim. Me oferece um copo de suco de toranja...

— Sua mãe adora, e é bom pra ela, não tem muito açúcar.

E arrasta outra cadeira de jardim para eu me sentar, perto da minha mãe.

Me atrevo a pegar uma das mãos da mamãe. Pele fina, fria, como papel, veias visíveis pela pele, nenhum anel — esta não é uma mão que já vi antes. E tão *macia*.

Nenhum anel, os dedos estão magros demais. Eu me pergunto se ela sente falta deles. Se um dia vai usá-los de novo.

— Ah, mamãe. Deus...

Não palavras mas palavras vazias. Em momentos assim, palavras tropeçam e caem, falham conosco.

A mamãe consegue apertar a minha mão em resposta, ainda que fracamente. Apesar de (possivelmente) não estar certa de quem eu sou, por que estou aqui, o que está acontecendo, ela se comporta com o instinto natural de uma mulher para o que é esperado dela.

Apertando os olhos para mim:

— Você vai ficar por muito tempo? Você mora aqui agora?

Interpretando — *É você quem vai ficar aqui por muito tempo? É você quem mora aqui agora?*

Não tenho certeza de quanto tempo vou ficar. Uma semana? Duas? Quanto tempo serei bem-vinda?

Digo à minha mãe que não moro em South Niagara no momento. Que por enquanto estou morando em Mohawk, Nova York. Terminando a faculdade finalmente.

Eu contaria mais a mamãe — por que demorei tanto para terminar a faculdade, o que estou estudando e o que espero fazer depois da faculdade — mas de repente ela fica agitada.

— A Katie está aqui? Cadê a Katie? — A mamãe olha para os lados, preocupada.

— Katie não está aqui agora, mamãe. Ela vai chegar mais tarde.

— Por que a Katie não está aqui? Eu achei... Disseram que...

Mas eu estou aqui. Eu sou a Violet. Eu estou aqui com você agora.

— ... eles iam trazer o papai. A Katie ia. Ele está lá agora, tem um lugar só pra ele no trabalho. Você sabe como o seu pai domina o ambiente — diz a mamãe com um risinho sem ar, puxando o meu pulso como se tentasse se levantar, ou me puxar para baixo. — Qualquer lugar que ele está, ele só... domina... Deram um caminhão pra ele agora, no trabalho. Ele nunca precisou obedecer a ninguém.

Empolgada, a mamãe está gesticulando com a mão na direção da rua. A Katie mora naquela direção?

Estou me perguntando por que Katie não me alertou que a mamãe não parece saber que o papai morreu. Ou talvez seja um conhecimento doloroso que vai e volta e ela perdeu a força de manter essa informação por enquanto.

Amanhã, vou visitar o túmulo do nosso pai no cemitério de St. Matthew. Katie se ofereceu para ir comigo mas acho que vou sozinha.

Katie disse que o nosso irmão Rick liga para a mamãe todo domingo à noite. Ele teve uma fase ruim com as drogas depois do ensino médio mas tinha ido para a reabilitação, agora era conselheiro numa instituição para dependentes químicos em Boise, Idaho. Nosso irmão Les parece estar desaparecido no momento: ele tinha morado em Buffalo, trabalhado em fábricas de parafusos e porcas, casado com dois filhos, então no processo de um divórcio desapareceu sem notificar ninguém e poderia nem saber que o papai tinha morrido, que a mamãe tinha tido câncer.

É claro, Miriam liga o tempo todo. Visita quando pode, de Albany.

E então tem Violet Rue! Por onde andou essa Violet Rue?

Das sete crianças Kerrigan apenas Katie permanece em South Niagara. Anos atrás, quis desesperadamente sair, mas não partiu, ficou em South Niagara por causa da nossa mãe e agora parece que nunca mais vai embora, ela disse.

Como uma família é igual a uma árvore gigantesca. Não importa se a árvore está profundamente ferida, começando a morrer e apodrecer, as raízes estão emaranhadas de baixo da terra, impossível de desembaraçar.

Conforme a mamãe e eu nos esforçamos para conversar, hesitando, caindo em silêncio e começando de novo, nossa prima Trix circula ao redor. Olhando o meu rosto, avaliando as emoções como uma profissional treinada.

(Ela acha que eu vou desmaiar? Que vou desabar em lágrimas de novo, como uma criança crescida? Estranho ver uma prima mais nova me olhando com o olhar de profissional de saúde.) Vendo que a mamãe e eu estamos nos dando razoavelmente bem Trix se oferece para trazer as outras roseiras do carro e se afasta — partindo numa corridinha com entusiasmo — ansiosa para exercitar as pernas fortes e musculosas.

Garota vigorosa, no começo dos vinte anos, com um sorriso fácil, o cabelo num rabo de cavalo grosso quicando atrás enquanto corre. Quero muito conhecer Trix, ter conhecido Trix enquanto ela crescia. Uma das muitas primas! Perdi todos os primos. No fundo, não tenho família. É quase tudo culpa minha — eu poderia ter me esforçado mais para mantê-los quando me rejeitaram.

Sentindo uma pontada de culpa, como eu tinha deixado a tia Irma de lado. Eu juro: vou ligar para Irma, visitá-la logo. Vou me portar de uma forma que permitirá que seu marido Oscar saiba que já esqueci, perdoei seja lá o que tenha acontecido entre nós, ou não acontecido exatamente.

— Tia Lula, olha! Rosas lindas pra *você*.

Trix voltou com as outras roseiras, que coloca no chão na frente da minha mãe.

— Ah, obrigada! E essas são de...? — Mamãe olha ao redor, incerta. Na névoa da confusão ela ainda mantém um instinto materno, conjugal, de não querer ferir os sentimentos de ninguém.

— Da Violet, tia Lula. Você sabe... *Violet*.

— De mim, mamãe. Para o seu jardim.

Agora, nós temos algo sobre o que falar. Alguma coisa para olhar, observar juntas, admirar. E consigo identificar as rosas para minha mãe. As vermelhas são do tipo trepadeira. As amarelas são híbridas-de-chá. As exóticas em tons de rosa pálido/lavanda são arbustivas.

Enquanto mamãe olha para a frente piscando e sorrindo Trix e eu plantamos as roseiras no jardim. O solo é úmido, escuro, quase sem ervas daninhas; obviamente, alguém tem ajudado a minha mãe com o jardim que está florescendo com zínias de cores brilhantes, dálias, flores-de-cone delicadas, calêndulas, escovinhas, assim como diversas roseiras em condição razoavelmente saudáveis.

— Lembra, mamãe? Os besouros que costumavam comer as suas rosas? — A memória volta a mim com uma inundação de nostalgia infantil.

Mas a mamãe não parece ouvir. Parece cansada agora, suas pálpebras tremulam e despencam. Ela se esforça para ficar acordada, observando Trix e eu fazendo buracos com uma pá e uma enxada, pousando as roseiras com cuidado no lugar, molhando as raízes, cobrindo as raízes com terra. Era emocionante trabalhar com Trix, minha prima tão esforçada.

Me sinto grata pela beleza das flores. Obriga a Deus pela beleza, um bálsamo para a alma.

Trix vai embora, volta com mais suco de toranja. Mamãe faz um esforço para beber mas a mão treme, ela derrama um pouco do líquido na frente do guarda-pó, que limpo com um lenço. Mamãe ri, e pega a minha mão. Impulsivamente, ela a beija.

— Bom. Aqui está você... "Violet Rue". Por que demorou tanto?

Perdão

— Violet. Oi.

A voz de Lionel está rachada, rouca. Na cadeia, ele tinha *se ferido*, como os relatórios médicos da prisão declarariam. Misteriosamente esmagado a laringe numa "queda acidental" de forma que, se você suspeitasse que outro homem tinha machucado o seu irmão, fosse um outro prisioneiro ou um guarda, pareceria indicar que ele tinha sido chutado na garganta, com força.

É claro que, se fosse o caso, se Lionel tivesse mesmo sido atacado de forma violenta na prisão, sido chutado sem parar na garganta, era possível até que o agressor tivesse pulado na sua garganta enquanto ele estava de costas no chão, planejando esmagar cada osso na garganta dele, Lionel não teria contado a autoridades sobre o ataque. Na prisão, você não *dedura*. Você não é *rato*.

— Lionel! Oi.

Com timidez, você pega a mão nodosa do seu irmão que está estendida não para você exatamente, mas na sua direção, em cautela. Como se, caso a sua mão se recolha da dele, Lionel está preparado para afastar a dele também.

Dedos frios, um pouco duros, inflexíveis. Você consegue sentir a prudência no corpo do seu irmão como sentiria num animal que está tenso antes de pular para fugir. Ou pular para cima de você.

Tímida com o seu irmão que você não viu por mais de treze anos.

Ainda assim ansiosamente vocês encaram um ao outro. Estranhos tentando ver no rosto do outro um traço, uma pista, uma explicação da conexão entre vocês.

Lionel parece estar confuso que o seu cabelo não é da cor que ele esperava — no entanto, agora que parou para pensar nisso, ele não consegue parecer se lembrar da cor do seu cabelo quando você era garota.

Como a dele, você diz a ele. Mais ou menos.

A dele...? Lionel toca o cabelo, raspado curto. Como se tampouco conseguisse lembrar da cor do seu cabelo. Você descreveria como se fosse cor de trigo, castanho-claro. Não uma cor notável. Não é dramaticamente escuro como o cabelo do seu pai antes de se desfiar em cinza. Não loiro-acobreado como o cabelo da sua mãe quando ela fora jovem.

Um leve pânico nos olhos de Lionel. A não ser que você esteja imaginando aquilo.

Sem dúvida, há um brilho de leve pânico nos seus olhos.

A gente está fazendo isso mesmo? Estamos aqui... de verdade?

Como o encontro com a sua mãe ontem, esse encontro com o seu irmão foi organizado por Katie na casa "nova" da rua Harrison onde Lionel tem morado depois de ser solto da prisão. Em outra parte da casa sua mãe está deitada tentando tirar uma soneca e a sua prima Trix está conversando no telefone com uma amiga.

Já passou da hora que vocês dois se encontrarem, disse Katie animada.

A casualidade em *vocês dois* é encorajadora. Talvez tudo tenha sido um mal-entendido da sua parte, a animosidade dos dois irmãos? Talvez tenha sido um acidente, Lionel ter empurrado você nos degraus congelados?

Você se pergunta se Lionel sequer se lembra daquilo. Aquele momento de confusão e incerteza, pavor. Quando a prisão dos seus irmãos tinha parecido iminente e ainda assim, a prisão não havia acontecido (ainda).

Você se pergunta se está se lembrando daquilo direito: se os degraus estavam congelados, você pode ter apenas escorregado?

Lionel tem dificuldade de sorrir. Mover a boca. Um esforço. Olhos como picador de gelo. Testa franzida de um homem bem mais velho. Enfim ele consegue, seu sorriso é um tremor de dor.

Você pensa — *Ele está tentando perdoar. Não é fácil para ele.*

Você está sorrindo também. Sorria, sorria como garçonetes aprendem a fazer esperando ganhar gorjetas.

Desajeitados, vocês falam juntos. Lionel está reticente, você terá que conduzir a maior parte da conversa. Faça perguntas que são fáceis de responder. Sem ameaças. Sem julgamento implícito. Você ouviu que o papai o ajudou a conseguir um emprego na Neilson's Lumberyard, uma madeireira que você conhece desde a infância, é natural perguntar a ele a respeito do trabalho, também se ele encontrou os amigos da escola, apesar de que (parece que) não é uma grande pergunta já que Lionel fica em silêncio, com uma careta. *É claro, não pergunte isso pra ele! Seu irmão é um ex-presidiário. Foi envergonhado aos olhos dos velhos amigos e todos que o conheciam.*

Sua voz está rouca também, fina e insincera. Você não foi capaz de decifrar todas as palavras de Lionel mas não quis pedir a ele que falasse mais alto pois talvez ele não consiga.

Pensando que se tivesse visto este homem na rua é provável que você não o tivesse reconhecido.

Passando por ele, você evitaria fazer contato visual.

Há um olhar queixoso no rosto de Lionel, um ar de reprovação, mágoa. Sua pele se tornou áspera, da cor de massa corrida. Está atarracado e lento quando já foi elegante e musculoso, hiperativo e impaciente. As sobrancelhas são grossas e bem-definidas. Você consegue imaginar que algumas mulheres o achariam atraente — exceto pela expressão de escárnio para a qual a sua boca se guia naturalmente.

Lionel tem trinta e um anos de idade mas poderia ter uma década a mais. Nunca morou sozinho. Morou apenas na casa dos pais e na prisão de segurança máxima em Marcy. Até recentemente nunca teve que cuidar de si mesmo como adultos fazem: comprar roupas e comida, cozinhar para poder comer, dirigir um carro. Katie me contou como quando Lionel voltou para South Niagara de início ele parecia apavorado de sair de casa. Ela tinha se oferecido para levá-lo ao shopping para comprar roupas e outros itens e ele tinha praticamente entrado em pânico, paralisado com a visão de tantas pessoas entre as quais muitas (ele tinha certeza) estavam cientes da sua identidade. Ele congelou numa escada rolante. Ele se enfiou no banheiro masculino para evitar alguém que achava ser da sua turma de ensino médio. Ele suara num estado de terror enquanto Katie dirigia, se encolhendo nas curvas.

Trágico, como o papai morreu, logo depois de Lionel voltar para casa para viver.

Ele ficara aturdido com a morte, se escondera no quarto e se negou a ir à missa do funeral ou a visitar o cemitério.

Desde então, Lionel tem conseguido se ajustar mais ao mundo exterior. Disse que gosta de trabalhar na madeireira onde não precisa interagir com clientes, simplesmente segue ordens como fazia na prisão. Ele pretende tirar a carteira de motorista logo.

Em desafio, Katie diz, como se fosse algo que ela tivesse pontuado antes, para o marido talvez: temos que ajudar Lionel. Ele é meu irmão. Seja lá o que tenha acontecido está no passado agora. Ele cumpriu sua pena.

Cumpriu sua pena. Há conforto em palavras tão familiares.

É verdade, você está pensando. Você vai ajudar Lionel, se puder.

Selvagem, o pensamento vem — *Volte a morar em South Niagara. Morar com a mamãe e Lionel. Arranje um emprego aqui...*

Você se lembra de como quando garoto Lionel admirava e imitava o seu irmão mais velho Jerome Jr. mas também tinha sido intimidado por ele, assediado e constrangido. Sem Jerr para incomodá-lo, Lionel nunca teria cometido crime algum muito menos um crime tão terrível.

Enquanto Lionel fala hesitando na sua áspera voz rachada você está pensando nessas coisas. Querendo que tivesse a ousadia de falar com Lionel abertamente. Mas há a timidez entre vocês, cada um incerto do que o outro lembra, que emoções ainda nutrem.

Tateando, se enrolando para uma reconciliação. Se é que é isso.

Enfim Lionel pergunta a você da sua vida. É um esforço para ele, você consegue ver — ele tem pavor de ouvir que você está indo bem, e que está feliz; mesmo que pareça querer ouvir que você está indo bem, e que está feliz. Você hesita em contar a ele a respeito de Tyrell Jones mas mostra diversas fotos de Brindle.

Lionel espia um Brindle em miniatura. Que tipo de cachorro é esse? Tem certeza de que não é, na verdade, um rato?

Rato. Foi sem querer, você acha. Sem intenção de zombar ou ferir.

Você diz a Lionel que Brindle é um buldogue em miniatura. Um cão muito doce.

Por que não trouxe Brindle com você para South Niagara? — Lionel não pergunta.

O motivo é: se algo acontecesse com você aqui. Se (como você tinha pensado, ainda em Mohawk) houvesse perigo real aqui, vindo de Lionel. Melhor deixar Brindle com Tyrell, os dois se dão bem.

Agora, o motivo parece tolo. O homem melancólico à sua frente, seu irmão Lionel, corpo indolente, em meia-idade prematura, não é nada como o rapaz furioso e vingativo que você tem imaginado por anos. Absurdo pensar que ele um dia quis matar você…

Você se ouve contando a Lionel que está terminando a graduação na Escola de Serviços Sociais na Universidade Estadual de Mohawk. Seu plano é seguir para a pós-graduação e fazer um mestrado. Você não diz a ele *Tudo que tive que enfrentar na vida, no meu exílio… Quero que tenha um propósito.*

Esperando não soar arrogante, que você tem trabalhado num estágio (ridiculamente) remunerado nos Serviços de Apoio à Família do Município de Mohawk. Nesse escritório com poucos funcionários mal pagos você foi confiada com responsabilidades, talvez você pareça ser uma pessoa confiável. Você fica até tarde no escritório, disponível quando necessário. É você quem segura a mão da criança assustada, é para você que a esposa, a filha espancada podem falar com as vozes baixas. Na sua mochila ficam os melhores lencinhos para olhos, não os mais baratos comuns de farmácia. Na sua mochila há uma seleção de todos os analgésicos vendidos sem receita que você vai oferecer conforme forem necessários, com moderação. Como você parece ser mais jovem do que é e poderia (quase) ser uma delas, garotas adolescentes se sentem confortáveis com você, pois não é provável que você as julgue. Ao contrário dos seus superiores você não é muito verbal. É mais provável que fique quieta. Como aquelas que apanham são silenciosas. A intimidade do silêncio é natural para você. Você sabe como o som áspero e abrasivo pode soar, para os feridos. Melhor o silêncio até a chegada das palavras certas.

De forma defensiva, Lionel está ouvindo você, ou dá essa impressão. Ele não olhou para você exatamente mas lançou olhares de esguelha que parecem melancólicos, ansiosos. Você esteve inquieta esperando que a fúria irrompesse, mas não parece haver fúria alguma.

Ele está cansado. Abatido. Será que tudo está acabado?

Você estende a mão, para pegar a nodosa mão molenga de Lionel. Não é um gesto decisivo — pode ser retirado num instante. Você está tentando manter a calma. Não chorar. Você entende que, na prisão, um presidiário não pode chorar. Um homem não pode chorar. Você quer dar conforto a este homem ferido mas não está totalmente à vontade com ele, ainda não. Você tem cautela, medo.

Querendo explicar a Lionel como aconteceu. Não por quê, você não tem ideia do porquê. Mas como aconteceu foi *rápido demais*.

Naquela manhã. Na enfermaria da escola. A pele estivera queimando, febril. Você não estava pensando com clareza. Não tinha pensado nas consequências. Estranhos questionaram você, com a intenção de serem protetores e gentis. Na confusão do momento você não sabia como não responder a eles.

Enunciando certas palavras para uma oficial de polícia. Não é como enunciar as mesmas palavras a um padre. *Você vai ficar segura agora, Violet.*

É impossível explicar para Lionel. As palavras não virão. A criança que você tinha sido se perdeu, não pode ser recuperada. Seu irmão é confrontado apenas com *você*.

Apesar de você continuar apertando a mão nodosa, que não resiste ou cede à sua.

Nesta pausa, a visita parece ter terminado. Neste silêncio, algum entendimento foi obtido. Cada um de vocês está aliviado, exausto. O fôlego preso sai, você se sente quase eufórica ao se levantar.

Há um momento em que vocês deveriam se abraçar. É uma decisão sua, a fêmea, fechar os braços ao redor do homem — apesar de Lionel ser mais alto que você em muitos centímetros, mais pesado em ao menos vinte quilos.

Ele não perdoou você. Não.
Mas você deve perdoá-lo.

Mas então, quando você está prestes a entrar no seu carro, Lionel chama:

— Vi'let?

E você se vira, e vê que Lionel seguiu você para fora da casa, piscando e sorrindo embaixo do sol, aliviado, eufórico como uma pessoa libertada recentemente de uma caverna.

Ele chamou você de "Vi'let" — como os seus irmãos chamavam você, quando você era uma garotinha.

Tão tocada por isso que mal ouve o que Lionel diz a seguir.

— Eu estava pensando... talvez... a gente pudesse caminhar até a casa velha? Só pra dar uma olhada nela? Pode ser? — É o máximo que Lionel já disse para você, de uma vez só.

Seu plano incompleto é que no caminho de volta para a casa da Katie você dirigisse pela rua Black Rock. Passasse por cima da ponte da rua Lock. E depois, poderia ir à rua Howard, ver a casa onde Hadrian Johnson morou um dia.

Essas intenções, à espreita na periferia da sua consciência enquanto você estivera conversando (atrapalhada, hesitante) com Lionel na casa.

Tão perto da rua Black Rock! Uma caminhada de cinco minutos.

Cada vez que você pensa em ver a sua casa de infância você se sente empolgada. Como uma criança poderia se sentir, desafiando a si mesma a tocar num fio que poderia lhe dar um choque.

Em Mohawk, em Catamount Falls, em Port Oriskany por anos você se consolou, e se atormentou, com a perspectiva de voltar para a antiga casa perdida. A maioria dos seus sonhos parece ter sua origem lá, no quarto que você dividia com Katie. Até mesmo sonhos do presente provavelmente se passam na antiga casa. *Onde estou? Que lugar é esse? Ah — sim...*

Imaginando que a casa de Hadrian Johnson seja diferente. Na sua vida, você nunca a viu. Nem mesmo uma vez.

Você ouvira falar onde os Johnson moraram — na rua Howard. E a avó do garoto na Amsterdam. E tinha Delahunt. Mas você não tem memórias reais desses lugares. Tudo que tem são sentimentos — empolgação, ansiedade. *Lugares proibidos. Não são pra você.*

É claro, você não tem certeza nenhuma de que Ethel Johnson ainda mora na rua Howard, 29. Que qualquer um dos Johnson ainda mora ali.

Mas Lionel não está sugerindo uma visita à rua Howard. Só caminhar até a rua Black Rock umas poucas quadras de distância.

Katie lhe confidenciou que depois que os seus pais saíram da casa na rua Black Rock anos antes, nunca voltaram para vê-la. Evitavam Black Rock como a praga
— *Teria partido o coração da mamãe.*

Você sabe através de Katie que Lionel tem poucos amigos em South Niagara. Trabalha na madeireira, volta para casa. Não dirige o próprio carro, pega carona com um colega. Às vezes, come com a mamãe e quem quer que esteja visitando a mamãe, na maior parte do tempo come no quarto, de porta fechada. Joga videogame, vê televisão. Uma espécie de recluso, se é assim que quer chamar. Mas agora, sorrindo para você, Lionel parece ansioso, esperançoso. O rosto está animado. Os olhos aquosos brilham.

Você diz a Lionel que sim...

— É uma ótima ideia.

Lionel está vestido com roupas quentes demais para o dia ameno de setembro. Pulôver escuro de mangas compridas endurecido com sujeira nos punhos, calças cáqui com muitos bolsos, botas de caminhada de solas grossas que ele precisa usar na madeireira. Sue pele está ainda mais áspera, vendo agora sob a luz. Seus dentes desiguais estão levemente manchados, amarelados. O pensamento vem a você, empático e repelido — *Ele não podia escovar os dentes muito bem. Na prisão.*

Lionel diz que tudo bem mas só um minuto — ele já vai voltar, tem que pegar uma coisa — corre para dentro da casa, volta com um saco de papel marrom, e dentro três latas de cerveja frias da geladeira.

— Tipo, se a gente ficar com sede. Ok?

Você nota que desde que se animou Lionel está pontuando as frases com um tique nervoso: ok.

Você ri e diz para ele:

— Ok.

No meio-fio Lionel pergunta a você sobre o carro. Impressionado que você tem carro, tem carteira de motorista. Como se Violet Rue tivesse surpreendido o seu irmão mais velho, toda adulta.

— Você comprou zero quilômetro? — Lionel não consegue resistir à pergunta.

— N-não. Não zero quilômetro.

Através de Katie, você sabe que Lionel não tirou carteira de motorista (ainda). Se e quando ele tirar uma carteira ele vai ter que usar o carro do seu pai que está na garagem, quase nunca usado. Para todos os fins práticos é o carro de Lionel agora mas você não fala isso.

Nada que faça Lionel pensar que as pessoas estão falando dele. Nada para provocar suspeita, ansiedade.

Como parece surreal para você, caminhar até a rua Black Rock com o seu irmão Lionel. Lado a lado, amigavelmente, com o irmão que você temera por tantos anos. Você deseja muito que o seu pai pudesse ver você agora — vocês dois.

Tentando não entrar em desespero, pelo seu pai ter morrido antes que vocês pudessem se reconciliar. Você estava esperando que a sua mãe confidenciasse a você — *Sabe, Violet. O papai tinha perdoado você. Ele falou isso tantas vezes.*

Se o papai visse você com Lionel, teria entendido que Lionel perdoou você. Por que não ele, então?

Lionel colocou óculos escuros, para proteger os olhos do sol. Como você, ele caminha mancando de leve, como se a cada passo ele sentisse um pouco de dor. Você nunca perguntaria é claro mas é de se presumir que tenha se ferido na prisão.

Seu joelho ferido se consertou faz muito tempo. Você consegue caminhar rápido, e pode correr. Mas se o seu joelho começa a doer você é inteligente o suficiente para não perseverar. Um dia, dois dias sem forçá-lo — e você fica bem de novo.

Você se pergunta se Lionel notou a pequena cicatriz na forma de estrela na sua testa. Você achou uma maneira de pentear o cabelo sobre ela, num ângulo que ela fica praticamente invisível.

Apesar de o sr. Sandman ter observado com sagacidade: é fútil tentar esconder sua cicatriz.

Tyrell não parece ter notado a pequena cicatriz. Tyrell com o sorriso para dentro e a atitude desajeitada. É de se supor que um homem negro em um mundo branco veja mais do que se sente obrigado a reconhecer.

Eis aqui uma surpresa: a rua Black Rock. Vire a esquina, você está lá.

Seu pai teria ficado tão desesperado ao ver como permitiram que as casas na rua Black Rock se deteriorassem. O passadiço de um vizinho está todo rachado, há uma placa caseira de à venda no meio-fio.

Diversas casas precisam de pintura. Reparos no telhado. Árvores precisam ser podadas. Você vê com o olho atento do seu pai, seu instinto para a ruína iminente. Você começou a sentir o fardo da idade adulta sobre o qual crianças e adolescentes nada sabem: a responsabilidade de manter uma propriedade.

E lá na rua Black Rock, 388, está a nossa casa. Parando de repente, você encara e encara.

— Porra — murmura Lionel, abalado. Pega uma lata de cerveja da sacola de papel, abre.

A visão da casa. Depois de tanto tempo. Parece mesmo menor do que você lembra apesar de ser maior do que as casas dos dois lados. E ainda está pintada no cinza-metálico preferido do seu pai. Venezianas, porta da frente um tom mais claro de cinza. O teto parece estar em bom estado.

Um novo corrimão na varanda da frente? Ferro preto forjado? Você tenta se lembrar se o corrimão estivera lá, anos antes. Não tem certeza.

Persianas nas janelas estão abertas, não baixadas até o final como a casa na rua Harrison.

Seu coração bate rápido, você mal consegue respirar em pânico de ver algo terrível — algo que teria ferido o orgulho do seu pai. Mas nada mudou muito, você acha.

O fato é que a rua Black Rock, 388, dificilmente pode ser considerada uma casa distinta. Mas é mantida com esmero, respeitável. E a entrada para a garagem parece nova. Lixeiras na calçada parecem novas. Perua de modelo novo estacionada, bicicletas apoiadas na garagem.

Lionel está encarando a casa enquanto bebe cerveja direto da lata. Tão distraído, ou desorientado, que demora um tempo para sequer se lembrar de oferecer uma das cervejas mas você diz *não, obrigada*. Possivelmente não era uma boa ideia estar bebendo na rua, ainda mais com a rapidez que Lionel está fazendo isso.

— É tão estranho, não é... que outras pessoas morem nela...

Sua voz é experimental, cautelosa. Um feitiço se estendeu entre você e o rapaz alto e entroncado ao seu lado arfando como se estivesse correndo.

Lionel murmura algo em concordância vaga. Ou talvez um — *Porra* — de novo.

Um reconhecimento de surpresa, senão a ausência de surpresa. Emoção forte, senão a ausência de emoção forte. Lionel está bebendo cerveja, sedento, embora (você acha) Lionel não esteja com sede nenhuma.

Estranhamente — apesar de não parecer estranho no momento — você acha que é bom que a concentração feroz do seu irmão esteja direcionada para a casa e não para você.

A casa da família, vendida para sanar dívidas. Centenas de milhares de dólares em custos jurídicos. Punição sofrida pela família pelos crimes dos filhos.

Mas Lionel não está pensando nisso, você tem certeza. Se ele sente inquietação, agitação, é por outros motivos.

— ... é quase como se alguém pudesse olhar pela janela no segundo andar, e nos ver... e... se perguntar quem é a gente... — Você para, sem saber bem o que está tentando dizer: — ... quero dizer um de *nós*... Como a Miriam... Olhando pela janela e nos vendo aqui... adultos, diferentes de quem a gente era...

Apesar das suas palavras não fazerem sentido, Lionel resmunga com empatia:

— É.

Pausando para engolir o resto da cerveja na lata:

— Caralho, é mesmo.

Seu aliado, você pensa. Nessa estranheza.

Por mais alguns minutos você e Lionel ficam na calçada em frente à casa, encarando e piscando como se nunca pudessem se saciar de ver fosse lá o que estivessem vendo: uma casa como muitas outras na vizinhança e em South Niagara; o que poderia ser chamado de *casa perfeita para uma família*, dois andares, pintada recentemente, árvores altas espalhadas, arbustos sempre verdes, o que parece ser um canteiro de flores ou jardim ao redor da casa onde a sua mãe um dia tentou estabelecer um jardim. Você se vê sorrindo, lembrando da marmota que enfurecia a sua mãe, correndo com entusiasmo surpreendente para a toca, deixando para trás um jardim devastado. Lionel diz:

— Você se lembra daquela marmota desgraçada que o Jerr e eu matamos? — Ele ri, amassando a lata de cerveja com a mão.

Mataram? Você não se lembra daquilo.

— Batemos na filha da puta com uma pá. Achatamos a porra da cabeça.

Tanta veemência, tanto ar de indignação honrada.

— Foi a mamãe que mandou. Perseguimos por toda a porra do jardim.

Você está se sentindo um pouco tonta, desequilibrada. Nenhuma memória da marmota sendo perseguida por todo o jardim, muito menos morta...

Mas eis aqui uma memória mais perturbadora: como, além dos fundos da propriedade, na terra de ninguém às margens do rio, seus irmãos enterraram às pressas e sem cuidado o taco de beisebol que os incriminaria. Tão pouco confiável é a memória, tão surreal, que você podia jurar que os vira chutando folhas, adubo, pedras sobre o corpo de Hadrian Johnson largado em uma cova rasa com o taco.

Murmurando para si mesmo, rindo, Lionel se atrapalha à procura de outra lata e a abre. Oferece esta para você — (se o gesto é falsamente cavalheiresco você escolhe não notar) — e você se vê pegando a lata dos seus dedos por um desejo de parecer amistosa ao seu irmão, não parecer inamistosa a ele, não desejando ofendê-lo, ou sugerir (a ele) que você se imagina superior (a ele), erguendo a lata ainda fria da geladeira para os lábios e tomando um gole (pequeno).

Então devolvendo-a para Lionel. Como se fosse algo que vocês fizessem com frequência, compartilhar uma lata de cerveja na rua.

Tanta familiaridade entre vocês! De fato, se alguém estivesse observando vocês do segundo piso da casa, seu pai por exemplo, franzindo a testa e olhando, balançando a cabeça em descrença (confusa), ele identificaria vocês dois não apenas como *irmã e irmão* mas como *amigos, companheiros*.

Mas você está engasgando, só um pouco. A cerveja (amarga) entrou pelo buraco errado.

— Estranho. "Família" quer dizer tanto para as pessoas.

Essa é a observação de Lionel. Muito diferente de tudo que você já ouviu Lionel dizer.

— Bem. Não tem muito mais além disso, não é? — Uma resposta provável, uma resposta de fêmea/irmã, apesar de você não estar convencida de que é o caso.

— Quer dizer, pra maioria das pessoas.

Lionel dá de ombros. Bebe. Há algo de furioso, ofendido na dor do seu irmão.

Com vivacidade, você diz:

— Dizem que a vida não tem um sentido intrínseco, o que significa que ter uma família, ficar unido a outras pessoas e sustentá-las, e sustentar a si mesmo, pode dar sentido.

Essas são palavras que você ouviu ou leu. São palavras que Tyrell Jones entenderia. Talvez Tyrell seja a origem dessas exatas palavras. Irônico que você — justamente você — esteja repetindo as palavras como se soubesse bem o que poderiam significar.

Naquele instante pensando — *Vou ter a minha própria família. Vou começar... logo!*

O ponto de virada da sua vida. Neste instante na calçada da rua Black Rock, 388. Quando você deixar South Niagara, o que acontecerá em breve, iniciará a campanha para estabelecer esta vida nova.

Lionel diz, cético:

— Tem tipos diferentes de famílias. Você nasce em algumas, mas outras meio que chegam até você. Às vezes... é só uma pessoa.

De novo, não parece ser alguma coisa que você já tenha ouvido do seu irmão reticente. Qualquer um dos seus irmãos.

Você se pergunta se Lionel está se referindo à experiência na prisão. Você se pergunta o que ele teve que aguentar, tantos anos numa instituição em que por uma parte do tempo foi um dos presos mais jovens.

Promotores municipais insistiram em julgar Lionel como adulto, e enviá-lo para uma instituição normal, para adultos. Jerome Jr. e Lionel tinham sido mandados para a prisão de segurança máxima em Marcy. Os outros garotos, provavelmente tão culpados quanto Lionel, ou não menos culpados, foram tratados com mais leniência. Seu primo Walt Lemire foi enviado para um reformatório juvenil do qual foi liberado aos vinte e um anos. Você tinha ouvido falar que Don

Brinkhaus recebeu liberdade condicional muito tempo atrás de uma prisão de segurança média.

Você sente a injustiça da pena, como Lionel teria sentido. A injustiça. Como o mundo foi envenenado para ele, o ar que ele tem que respirar.

Você se pergunta se Walt Lemire e Don Brinkhaus sabem que Lionel foi solto da prisão e decide que sim, é claro que sabem. Suas famílias teriam falado para eles.

Você se pergunta se vivem na região agora. Se Lionel fez alguma tentativa de entrar em contato com eles.

Provavelmente não. Afinal, por quê?

Relutante em deixar a casa antiga, mas ainda assim é hora de ir, caminhar de volta. Só — dê meia-volta e ande para longe.

É a última vez que vai ver a casa. Você sabe disso.

Ainda assim, está inquieta, empolgada — tanto você quanto Lionel. Não estão prontos para voltar para a casa da rua Harrison. Não.

Tomando o caminho para os fundos das propriedades a diversas casas de distância, sem precisar trocar uma palavra.

A primeira natureza selvagem que você conheceu. Onde, quando garotinha, tinha sido alertada para não "brincar" — *Você nunca sabe quem pode aparecer por aqui.*

Alertada pela mãe, diversas vezes. Mas o aviso mal podia ser levado em consideração pois o terreno estava tão próximo, e com vista para o rio.

Terra de propriedade municipal, nunca limpa e liberada para construção, um retângulo com muitos acres de extensão. Atrás das casas na rua Black Rock às margens do rio, uma tira estreita de terra entre propriedade privada e a água; no fim, uma área arborizada cruzada com caminhos de terra, cheia de espinheiros de amora e rosas selvagens, hera venenosa e sumagre. Nas moitas perto da rua tem lixo, detritos, uma filigrana de jornais apodrecidos, folhas. Restos esqueléticos de coisas que um dia estiveram vivas como esquilos, pássaros. Você vê caminhos de terra familiares pelo mato, inalterado desde a última vez em que esteve aqui.

Seguindo um dos caminhos até o rio. Uma queda íngreme e vertiginosa para o rio abaixo.

É um dia de céu claro, o rio Niágara está cinza-ardósia. Água escura correndo e se revirando como se viva.

Na costa mais distante o penhasco é de argila xistosa exposta. Parecendo úmida, brilhando. Olhando da janela do quarto que dividira com a sua irmã você pensaria que caiu uma chuva, um aguaceiro recente, mas não, só a luz do sol em pedras pontudas.

Espinheiros de amora se prendem às suas pernas, roupas. Mais lixo no chão do que você lembra. Toras parcialmente queimadas, grama chamuscada. Latas de cerveja descartadas, garrafas. Lionel joga uma lata vazia e por que não? Tem tantas.

Fascinante como esse caminho permanece, mantido por gerações de crianças, adolescentes. Anônimos. Adultos não sabem nada de lugares como esse escondidos da visão (adulta): terrenos baldios, árvores derrubadas, detritos de tempestades, lixo velho, podridão.

Plástico quebrado, isopor misturado com os restos enferrujados de uma bicicleta — parte desse lixo pode ter estado ali desde que você era garotinha. Afinal, quem o tiraria de lá?

Se você se mudasse de volta para South Niagara, você pensa. Morar com a sua mãe. Cuidar da sua mãe, que precisa de você. Cuidar do seu irmão que precisa de você. Finais de tarde em que você iria para os fundos da rua Black Rock. Precisando ficar sozinha. Apaixonada pela solidão, melancólica.

Felicidade não é confiável. Melancolia é.

Abaixo, uma descida íngreme para a margem do rio. A maior parte destroços, pedregulhos afiados, entulho — pedaços de cimento, cabos enferrujados. Se precisasse escapar de repente, você está pensando. Esta seria a única rota.

Perigoso, traiçoeiro. Você nunca desceu o caminho (em parte erodido) em quinze anos.

Alto acima do rio, falcões estão subindo em lufadas de ar invisível. Deslizando para baixo com asas bem abertas. Tanta graça, beleza. Gaviões com escamosos pés garrados, perfurantes bicos predatórios.

Como é possível que Lionel já tenha terminado a segunda lata de cerveja? Está bebendo compulsivamente, com um ar de impaciência, raiva. Abre a terceira com um estalo sem, desta vez, pensar em oferecer nem mesmo um gole para sua companheira-irmã.

Falando de repente, com um ar de admiração como se a visão dos falcões lânguidos tivesse mexido com ele:

— Não foi o Jerr. As pessoas se perguntavam. Achavam que tinha que ser ele, mas não foi. Fui eu.

— Como assim? — você precisa perguntar. Apesar de um arrepio passar por você, você sabe exatamente do que Lionel está falando.

— A pessoa com o taco. Quer dizer, a pessoa que pegou o taco, quando Jerr meio que deixou cair. Tipo, ele ficou com medo. Apavorado. Então eu peguei o taco, as mãos dele estavam fracas. Foi como se as minhas mãos tivessem pegado as dele, e como se o taco pegasse as minhas, e... eu acho... eu matei o garoto negro. Acho que fui eu. Não foi exatamente "matar", foi mais como terminar algo que tinha sido começado. Mas não foi o Jerr como vocês todos pensam. O papai pensava assim também. E a mamãe. — Lionel bebe um gole grande de cerveja, engasga um pouco, ri. — Fui eu... "Lionel".

Sua pele está coçando toda. Sua boca secou. Você está tentando se manter calma. Isso é só uma conversa, você acha. Só algo que o seu irmão está dizendo neste lugar isolado onde ninguém vai ouvir ele. Exceto você.

Lionel ri, com aquele ar de admiração, incredulidade. De que ele fez essa confissão para outra pessoa? Para *você*? De que um dia ele fez algo assim? Cometeu um ato desses? Risadas como pedrinhas sendo sacudidas dentro de uma lata. Risadas que se transformam em um acesso de tosse.

Lionel sucumbiu a acessos de tosses diversas vezes desde que você o viu. Tosses ásperas, com sons agonizantes como se a garganta tivesse sido arranhada além da pele.

Dizendo agora, com tristeza:

— Cristo! Parece que tenho câncer de pulmão ou qualquer coisa assim. Tive que parar de fumar em Marcy depois de doze anos quando eles proibiram o cigarro. Deixavam você fumar tudo que conseguisse pagar até o último ano quando eu estava lá, aí, do nada, proibiram, como se cagassem se a gente estivesse enlouquecendo. Tipo, a gente teria matado por um cigarro.

Quando você não responde a essa explosão veemente, parada o mais imóvel possível, encarando os falcões acima do rio, Lionel acrescenta, rindo da maneira que havia rido quando adolescente, brincando com um amigo:

— Uma trepada ou um cigarro. Você mataria pela primeira coisa, mas mataria de verdade pela segunda.

Dando meia-volta rápido, para longe do seu irmão. Um erro! Um erro ter vindo aqui.

Seus batimentos cardíacos acelerados são um sinal: você vai ter que correr.

Mas Lionel estava esperando por este momento, lançando-se atrás de você na hora em que você começa a correr, agarrando o seu pulso e torcendo-o com força.

— Pra onde pensa que vai? Rata. Puta. Arruinou a minha vida. E depois fodeu com a minha condicional. — A voz rouca está amarga e ofendida e, ainda assim, exaltada. Finalmente!

Não adianta apelar para Lionel, você sabe que será inútil. Só vai deixá-lo mais furioso.

Torcendo o seu pulso até você cair de joelhos por causa da dor. Agonia. Será que ele vai quebrar o seu pulso, continuar torcendo-o? O rosto dele está lívido, repleto de sangue. A exaltação da vingança. Tantos anos em preparação, agora liberta, explosiva. Lionel chuta você até te derrubar, grunhindo enquanto chuta as suas costas, as suas pernas, a sua barriga desprotegida, com a bota pesada. O horror toma conta de você, o seu irmão vai chutar você até a morte e deixar o seu corpo lá para apodrecer naquele lugar ermo apenas alguns metros da rua Black Rock...

Então uma injeção de adrenalina acerta o seu coração como um tiro.

De alguma forma, você rastejou para longe dele, da bota que chutava, conseguiu se levantar de algum jeito, apesar do corpo latejando de dor, e a descrença da dor. Como um animal ferido você corre do predador, empoderada pelo medo, terror. Você não tem escolha a não ser tomar o caminho para baixo, o perigoso, o caminho parcialmente erodido, o caminho amedrontador de raízes expostas como nervos dissecados, nenhuma escolha senão fugir derrapando por esse caminho, rumo ao rio, pois o seu irmão enlouquecido bloqueia a rota para a rua e o matagal é grosso demais para você atravessá-lo e voltar por lá.

Lionel está gritando com você mas não vai seguir você — não pelo caminho íngreme. Ele não confia nas pernas, na coordenação dele. Nos olhos.

Frustrado, ele pega algo para jogar em você como uma criança rancorosa poderia ter feito — um punhado de lama seca.

— Vou te matar. Te matar. Puta! Rata!

Descendo pelo caminho, deslizando em parte de bunda, temendo ficar de pé por medo de perder o equilíbrio e cair. É uma queda de quase dez metros para o banco abaixo. Tentando pensar com clareza, lembrar onde tem uma bifurcação no caminho que levará para cima por uma encosta de espinheiros e para a faixa de terra atrás da casa antiga. Se conseguir fazer isso — se a rota não acabar dentro do rio, ou você não cair — pode escapar correndo entre as casas, pensa. Não há cercas dividindo as propriedades. Mesmo que Lionel a siga, tem uma chance de escapar dele.

Mas faz anos, a extensão do caminho cresceu bastante. Espinhos rasgam as suas roupas e a sua pele, você está sangrando de uma dezena de cortes pequenos. Ofegante, suando. Há um odor forte de algo químico, como nitrogênio.

Você lembra — o cheiro do rio, sob a ponte da rua Lock. Água descolorida como cobras de dez metros. Você sente náusea, vontade de vomitar. Como se a terra estivesse desabando aos seus pés, você está em perigo de perder o equilíbrio, cair nas pedras abaixo...

Mas agora, de repente — a bifurcação. Cheia de ervas daninhas e mato, mas você a encontrou. Sobe com dificuldade, engatinhando. Agarrando-se desesperada a raízes expostas, gramas — você avança para cima.

A essa altura, o seu irmão furioso parou de gritar. Ou você está fora do alcance da voz dele e não consegue mais ouvi-lo. Você está inundada de adrenalina, num delírio de terror próximo da exaltação, tanta convicção — mas também raiva, fúria. Que você foi tão enganada, tão cega — o seu irmão estivera planejando atacar você esse tempo todo, você nem fazia ideia.

Querendo perdoá-lo. Amá-lo. Cuidar dele. Querendo ser perdoada. Como pôde!

A irmã culpada

— Ah, Violet... É mesmo?

Você disse a Katie que tinha acabado de receber uma ligação de um amigo de Mohawk, que você precisa deixar South Niagara hoje e voltar.

Na verdade, voltar naquela hora. Apesar de já ser final da tarde, e você vai ter que dirigir horas durante a noite na estrada Thruway.

Katie olha para você sem entender. Claramente está muito surpresa e magoada. *Justo quando tínhamos começado a ser irmãs de novo! Violet sempre foi tão... imprevisível. É frustrante.*

Buscando no seu rosto, esperando não ver aquilo que teme ver, que você está escondendo dela.

(Embora você vá contar a Katie o que aconteceu, daqui a um ou dois dias. Quando tiver se recuperado e sentir que pode falar no telefone com calma, de forma convincente.)

Tinha conseguido lavar o rosto imundo, rápido quando entrou na casa. Grata por Lionel não ter feito o seu nariz sangrar, não ter deixado um olho roxo. Fazendo uma careta de dor, ele havia chutado você com força nas costas, na lombar, nas pernas, hematomas lúgubres surgirão abaixo da cintura mas seguramente escondidos dentro das roupas onde Katie, para começo de conversa, nunca verá.

Palmas das mãos arranhadas, sangrando. Como você havia se arrastado para cima da encosta íngreme, desesperada para não morrer... Você balança a cabeça, não. Não é algo que você vai querer lembrar se puder evitar.

Suas mãos, lavadas com sabão, ardendo, ainda tremem muito. Conseguindo refazer a mala que tinha acabado de desfazer. Distraída demais para ajudar, Katie fica parada sob o batente da porta, encarando.

— Mas e a mamãe, Violet? O que digo pra ela?

Diga à mamãe que consegui escapar com vida.

— Diga à mamãe que eu a amo. Vou ligar pra ela, vou manter contato. Volto pra visitar de novo, em breve. Em algum momento.

Não querendo pensar — *Mas a mamãe não vai se lembrar de mim. A mamãe já se esqueceu de mim.*

— A gente achou que você ficaria uma semana pelo menos, Violet. Tem parentes que querem ver você... — A voz de Katie vai desaparecendo, ela não quer soar reprovadora. Apesar de, sim, sua irmã estar desapontada com você. De novo.

Você está pensando — *parentes*. Mas por que esses *parentes* não fizeram esforço algum para entrar em contato com você, muito menos ver você, por treze anos?

— Quem é esse amigo que ligou pra você, Violet? — Katie parece cética.

— Um amigo. Você não conhece.

É claro que não. Você não conhece ninguém na minha vida.

— Vou manter contato, Katie. Vou voltar, prometo.

— Vai? — Ela não consegue se segurar, Katie é uma irmã mais velha. E você... *Violet Rue.*

Mas Katie se recompõe, e ajuda você a fazer as malas. Apesar de ter muito a ser feito, você trouxe poucas coisas. Dizendo a você que seria uma ideia bem melhor dirigir pela manhã, durante o dia, quando não estivesse tão chateada...

A isso, você não responde. Katie nem sabe o quanto você está chateada.

Mas e o Lionel? — Katie não perguntou.

E então você vai se perguntar, Será que Katie sabe? Quanto Katie sabe? Você garante a si mesma: Katie não teria como adivinhar como o seu irmão é perigoso, ou não teria organizado que você passasse tanto tempo sozinha com ele.

Nosso irmão é um assassino. Ele não é a pessoa que você quer achar que ele é.

— Ah, Violet. Eu sinto que... Como se tivesse fracassado alguma coisa com você... Me desculpa.

— Ei. *Eu* que peço desculpas.

Katie começa a chorar. Você abraça a sua irmã, pressionando o seu rosto quente no pescoço dela. Tanto para contar. Mas não, agora não. Não é a hora.

Rua Howard

Dirigindo pela pouco habitada rodovia Delahunt. A caminho da saída de South Niagara, para a estrada Thruway na direção leste. Posto de gasolina, lanchonete, concessionária, restos de um estacionamento de trailers, campos abertos. Uma estrada esburacada, acostamento largo sulcado onde (você lembra) Hadrian Johnson estava pedalando quando o seu irmão Jerome Jr. virou o carro para cima dele...

Mas onde exatamente, você não tem certeza. Possivelmente nunca soube.

Rua Amsterdam, onde a avó de Hadrian havia morado. Rua Howard, onde a mãe de Hadrian, Ethel Johnson, morava. Mora?

Ao norte pela Delahunt, buscando a rua Howard. Você tinha imaginado que a Howard estava ali, no cruzamento com a Delahunt, mas as placas não são familiares, e nem todas as ruas têm placas... Sem saber o que fazer pois você passou ao menos por duas ruas (não pavimentadas) sem sinalização, sendo que qualquer uma delas poderia ser a Howard. Essa é uma parte de South Niagara que você não conhece, a quilômetros de distância da rua Black Rock e o rio Niágara — *Onde o povo de cor mora.*

Como a sua mãe poderia ter dito, com cuidado. Ou o seu pai.

Qualquer um dos Kerrigan. Qualquer pessoa branca que você conhecia.

Apesar de não o seu avô Kerrigan, ele teria dito de uma forma ainda mais preconceituosa...

Talvez fosse melhor dirigir um pouco além, e se não achar a Howard, fazer o retorno. Não tinha muito trânsito na Delahunt naquele horário.

Enfim, você vê uma placa para a rua Howard — você acha. Porém, mais perto, você vê que diz *Powell*.

Enfim, às margens da cidade você faz o retorno na estrada e volta. No entanto, você continua sem sorte. O Honda Civic é um carro econômico sem sistema de rastreamento. O seu telefone celular é um modelo rudimentar — praticamente só um telefone. Você tem vergonha de entrar numa dessas ruas onde pequenas casas tipo bangalô são construídas em terrenos surpreendentemente grandes, nas margens da cidade.

No céu a oeste o sol desapareceu no horizonte, deixando um pálido laranja-avermelhado, devagar, então sumindo rápido atrás das colinas. Crepúsculo.

Não é o horário ideal para estar dirigindo. Conforme Katie avisou.

A Delahunt parece não ter iluminação pública. Você não tem certeza sobre as pequenas ruas laterais.

Uma loja de conveniências, numa esquina. Você poderia entrar, perguntar qual era a rua Howard.

Mas você não se decide e avança o carro. E agora um posto de gasolina — está aberto? Não? Vendo tarde demais que parece estar aberto apesar do interior mal iluminado...

Enfim, você vislumbra uma placa de rua — *Howard*.

Não espanta que você não tenha visto antes, a placa está virada de lado.

E agora, dirigindo devagar pela rua Howard. Quadras de pequenas casas de madeira. A rua Howard é pavimentada mas muito esburacada. Veículos estacionados de ambos os lados dificultam a direção. Sem luz, é impossível ler os números das casas. E nem todas as casas parecem ter número. Você aperta os olhos para distinguir os números nas caixas de correio. Ao lado das portas. *Quarenta e quatro? Oitenta e oito?*

Está tarde, você deveria ter vindo antes. Deveria ter vindo ontem. Ainda abalada pelo ataque do irmão, sem pensar com clareza. Sem ver com clareza.

Começando a entrar em pânico. Sem ideia de onde está.

Mas você sabe onde está. Só não faz ideia de onde fica a casa de Ethel Johnson.

Aproximando-se de uma vizinhança mais populosa. Os grandes jardins raquíticos sumiram. Casas geminadas de pedras marrom construídas perto da calçada. Latas de lixo. Veículos estacionados pertos na rua.

Você está decepcionada, por muito tempo imaginou a casa de Hadrian Johnson sozinha. A Ethel Johnson que viu na televisão, por quem sentiu enorme simpatia, vivendo numa casa própria. Com talvez um jardim nos fundos — rosas-alcea, roseiras selvagens, ipomeias. Recebendo os cartões de Dia de São Valentim que enviou, intrigada, mas sorrindo, ao abrir o envelope grande demais, examina o cartão de Dia de São Valentim tão obviamente feito à mão, ternura...

Parando o carro em uma das casas geminadas. Mas o numeral ao lado da porta parece ser *21*, não *29*...

Você se assusta com uma batida na janela do banco do carona. Você baixa o vidro, uma jovem espia dentro, pergunta o que parece ser um *Posso ajudar?*

Você diz a ela que está procurando Ethel Johnson. Que mora, ou costumava morar, na rua Howard, número 29.

A mulher não ouve você, você precisa repetir a pergunta. Sua voz é fraca, esperançosa. De desculpas.

Na sua pele branca, confrontando a estranha. É claro que você está pedindo desculpas, é um tique como o do seu irmão terminar cada observação com *ok*.

Seu maxilar começou a doer, falar num tom normal é doloroso. Seus olhos doem também, a visão ficou borrada.

A jovem não pode ajudar você, parece. Não parece saber onde *rua Howard, 29* pode ser, a não ser que não tenha ouvido com clareza.

Sem jeito, você consegue dar meia-volta com o Honda Civic na rua estreita, voltar à rodovia Delahunt, devagar, inclinando-se por cima do volante, vendo os números de casas. Os faróis que passavam a deixavam cega. Está tarde demais! Escuro demais! Que péssima ideia era aquela. Pare o carro, dê ré, deixe o outro motorista passar na rua estreita, com lentidão excruciante.

Esperando que não vá arranhar a lateral do carro. Porque você não tinha nada que estar ali, na rua Howard.

Como água suja, a futilidade dessa busca afoga você. Você nunca vai compartilhar com Tyrell Jones a lógica dessa busca ingênua.

Finalmente! Numa das casas estreitas de pedra marrom a apenas poucos passos da calçada está o número *29*. Para a sua decepção o interior da casa está escuro.

— Ah. Que *merda*.

Ainda assim, você sai do carro. Bate na porta. Como se pudesse provocar quem quer que estivesse dentro, escondido na escuridão, a se revelar para você.

Em outra parte da quadra há o brilho de luzes mornas dentro das casas, vidas misteriosas. Música, vozes da televisão. Mais faróis percorrendo lentamente a rua estreita.

Outro motorista, uma mulher, tendo estacionado o carro em uma entrada de garagem próxima, vê você no degrau da frente da casa geminada e se aproxima. Por um momento confuso você acha que pode ser a mulher amigável do ônibus Greyhound, a mulher cuja preocupação fez você chorar, então você se lembra que Sarabeth morava em Port Oriskany. Esta mulher não é ninguém que você conheça e é muito mais jovem que Sarabeth e não está sorrindo como Sarabeth estaria.

— Moça? Você parece perdida, posso ajudar?

— Sim, obrigada! Estou procurando por Ethel Johnson.

— Quem?

— A sra. Johnson? Ethel? Ela costumava morar aqui... rua Howard, 29.

Sorrindo com tanta força que o rosto doía. A mulher encara você, franzindo a testa.

Você repete o pedido desajeitado. Considera murmurar o nome *Hadrian Johnson* — mas não faz isso.

Educadamente a mulher pergunta se você é da — (você não consegue decifrar a palavra, talvez um nome próprio) — e você responde:

— Eu acho que não. Não.

Não faz ideia de como se identificar. Nenhuma ideia de por que está ali nesta vizinhança da qual não sabe nada e onde ninguém conhece você. Sua cabeça está destruída de dor, seus joelhos estão trêmulos. Você não consegue absorver — bem — o significado de que neste mesmo dia você foi espancada, chutada. Xingada. E se fosse encontrar a mãe de Hadrian Johnson, Ethel, o que poderia dizer a ela?

Você tinha escrito tantos cartões para ela, e jogado fora. Talvez seja melhor assim, escrever e jogar fora. Sua ânsia, seu desejo inexpressável. Talvez seja melhor assim, poupar a mãe do garoto assassinado uma lembrança da sua perda, depois de tantos anos.

A mulher repete a pergunta, questionando se você é uma *das pessoas pra quem a sra. Johnson trabalhava* e desta vez você entende: sua pele clara sinaliza que você está buscando uma empregada da sua família, uma faxineira talvez.

Não uma amiga, uma empregada. Você sente uma onda de vergonha, a mulher julgou você pela cor da sua pele.

É claro que é uma suposição razoável. Você entende.

Você diz que não, que você não é dessa família. Você lhe agradece e diz que virá outro dia para ver sra. Johnson. *N-nada importante, só... queria dar um oi.*

Voltando para o carro, você deixou a chave na ignição e o motor ligado. Sem pensar com clareza. Tome cuidado, nesse estado, você pode causar fácil um acidente.

Na calçada, a mulher permanece, observando você partir de carro. Ela estava mais curiosa a respeito de você do que suspeita. Não foi hostil — não exatamente. No retrovisor, você vê aquela figura se retirar até sumir na escuridão da rua Howard e você voltar para a Delahunt, onde há postes altos e você pode respirar mais profundamente.

Na próxima vez que estiver em South Niagara vai se sair melhor, você promete a si mesma. Você vai bater na porta de Ethel Johnson durante o dia e vai se apresentar.

Só para dar um oi.

Casa

No Honda Civic, dirigindo rumo a leste para a estrada Thruway. Flutuando em ondas de alívio tão intensas que parecem ser felicidade.

Enfim voltando para Mohawk. *Para casa.*

A noite não é o momento ideal para sair sozinha numa viagem de carro de muitas horas, mas você está ansiosa para escapar de South Niagara. O ar parece opressor aqui, difícil de respirar. Você chegou tão perto de ser morta nesse lugar, chutada a ponto da insensibilidade. E talvez, como gesto de despedida, seu irmão teria colocado o pé na sua garganta exposta quando você estivesse desamparada deitada no chão, pressionado para baixo, triturando, exatamente como alguém tinha feito com ele.

A alegria de silenciar o outro, para sempre! Você nunca sentiu tal alegria mas veio a entendê-la, em outros.

É verdade, conforme prometeu para a sua irmã, que voltará a South Niagara logo? Para ver sua mãe e Katie? Para ver onde o seu pai está enterrado no cemitério montanhoso atrás da igreja de St. Matthew?

Não. Você nunca mais vai voltar.

Mas — sim. Talvez.

Nunca diga nunca. Uma observação frequente do seu pai, da mesma natureza de *Tudo que vai volta.* Um velho ditado do boxe, você imagina.

Você quer ver Katie de novo. Quer ver a sua mãe... Mas não tem tanta certeza a respeito de visitar o cemitério, na verdade. Ele nunca perdoou você, nunca iria perdoar você, era um direito dele.

Mas sim, você gostaria de dirigir pela rua Howard, durante o dia.

Na entrada para a Thruway você estaciona para ligar para Tyrell Jones no celular.

Sensação de pânico, o telefone pode ter ficado sem bateria. Ou, pior — não há um número para o qual ligar.

Seu relacionamento com Tyrell Jones é tão misterioso para você, tão forjado em desejo não expressado, silêncios e elipses — em momentos incertos você se pergunta se é real, e não um sonho. Você se pergunta se, longe de você, Tyrell Jones se sente da mesma forma.

A necessidade que você tem de tê-lo. A avidez.

Como o cachorrinho desgraçado tem de você. É melhor admitir.

Ouvindo o telefone tocar do outro lado. Mordendo o lábio inferior em angústia, temendo que ele possa não ser atendido...

Ele verá o seu número no identificador de chamadas. É um direito do homem, atender, ou não atender.

Então, você ouve a voz de Tyrell. Por um instante, não consegue falar, há uma faixa apertada ao redor do seu peito.

— Violet? Oi. Olá.

— Oi...

— Onde você está? O que aconteceu? — A voz de Tyrell é clara e assertiva. É sempre uma surpresa para você, ouvir essa voz adulta no telefone, tão diferente da sua própria voz hesitante.

Você conta a Tyrell que a sua visita não correu tão bem quanto você esperava, e que está voltando para Mohawk antes do previsto. Você fala rápido, rápido o suficiente para Tyrell não perguntar *por quê*.

Você não contou muito a Tyrell sobre a sua vida. Tudo que ele sabe dos Kerrigan tem pouco a ver com você. Nunca perguntou a você sobre a sua família. Nunca perguntou a você sobre os seus (notórios) irmãos. Não poderia ter ideia de que um deles foi solto da prisão, muito menos de que este irmão estava morando com a sua mãe, e que havia uma probabilidade de você encontrá-lo.

Tyrell pergunta quando você imagina que chegará em casa e você diz a ele: esperava que antes da meia-noite.

Ele vai esperar por você acordado é claro. Vai pedir comida chinesa, vai se certificar que tem o suficiente para você.

Perto do limite. Perto das lágrimas. Você sente a garganta doer, como se alguém tivesse chutado você lá. *Eu te amo. Me perdoa. A todos nós... perdoe a todos nós.*

Uma declaração assim apenas envergonharia Tyrell. Não há forma possível de responder isso.

Vendo como ele olha para você às vezes, com aquele afeto confuso, você se pergunta se Tyrell entende você como você nunca ousou imaginar que outra pessoa poderia entender. Como se você parasse na frente dele nua, na ilusão de estar totalmente vestida.

Tyrell havia se transformado num professor de história americana, afinal de contas. Muito diferente do garoto tímido incapaz de falar da escola, aterrorizado pelo demônio branco professor de matemática. Ele triunfou brilhantemente sobre aquele demônio e seguiu em frente. Astuto, sagaz, se é vingança que Tyrell Jones quer, esta é a vingança perfeita: conhecimento. Não emoção, não a desobediência do desejo ou a alegria estática da violência, mas em vez disso, conhecimento, e o poder do conhecimento.

Agora, você deve seguir em frente. Sua velha vida ferida, o orgulho perverso no rosto cicatrizado, você deve se render.

Você perdeu o fio da meada do que estava falando. Esta conversa apressada no carro, na entrada da estrada Thruway sob o crepúsculo, enquanto uma sucessão de faróis passa planando por você como água ondulante, é doméstica, pragmática. Sim, antes da meia-noite. Se tudo der certo. E sim, comida chinesa seria perfeito. Você sente fraqueza de tanta gratidão. Você está tão perto das lágrimas. Tyrell, protetor por instinto, garante rápido que é uma notícia maravilhosa que você esteja voltando para casa antes do esperado.

— Brindle está morrendo de saudade.

Este livro foi impresso pela Lisgráfica,
em 2022, para a HarperCollins Brasil.
O papel do miolo é pólen soft 80g/m²,
e o da capa é cartão 250g/m².